U0579133

人文通识

兰州大学教材建设基金资助项目

唐宋散文十二讲

风骨兴寄

高璐 著

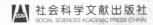

社会科学文献出版社
SOCIAL SCIENCES ACADEMIC PRESS (CHINA)

引　言

中国古代散文具有非常悠久的发展历程，其产生可以上溯到上古时期的官府文书。唐宋散文则是中国古代散文发展长河中的一个新高峰，它继承了先秦两汉时期散文的创作传统，同时还吸收了六朝骈文中的一些艺术技巧，在这些基础上形成了具有自身文学特色和审美意蕴的优秀作品。其中所确立的书写范式和展现的艺术力量，又深深影响了明清散文的创作。即使是在现代白话文兴起一个世纪后的当下，唐宋散文的章法结构、语言艺术仍对今天的写作具有重要的借鉴意义。

中国散文史的发展，按照前人的意见，大致可以分为先唐和唐以后两个阶段。先唐时期是古代散文产生和发展时期。文学史家认为中国最早的散文总集是《尚书》，它是上古官府文书的总汇，在作为历史典籍的同时，也已经具备了一些基本的文学特征。《尚书》中的文章结构趋于完整，有些篇章注重人物的口吻和语气，有些篇章注重语言的形象化，有些篇章则注重对场面的具体描写。后世的制诰、诏令、章奏，都明显地受它的影响。由于《尚书》距离我们的时代太过于遥远，其中的一些记言文章佶屈艰深，晦涩难懂。所谓"周诰殷盘，佶屈聱牙"，[1]从这种描述中可以窥见上古散文的最初面貌。

春秋战国时期，社会环境发生了翻天覆地的变化，孕育出了各种新的思想，它们互相不断碰撞，迸发出耀眼的火花，形成了"百家争鸣"的情状。散文在该时期也进入了全面兴盛的时代。这一时期出现了历史散文与诸子散文，前者以《春秋左氏传》《战国策》《国语》等为代表，后者以《老子》《论语》《孟子》《庄子》《韩非子》等为代表。这些散文言语犀利、情采并茂，力求在表达上具有最大的说服力和鼓动性，从而展现出一种崭新的文风。不仅如此，这些散文还非常善于运用比喻和寓言，把道理讲得深入浅出、富有启发意义。其中的许多小故事写得饶有风趣，常隐含着耐人寻味的意旨，成为流传后世的成语典故。如"画蛇添足""狐假虎威""狡兔三窟""南辕北辙""鹬蚌相争""亡羊补牢"等成语，沿用至今，极具生命力。大家在学生时期或许已经接触过一部分这类文章，譬如《烛之武退秦师》《城濮之战》《孟子见梁惠王》《逍遥游》等，都是我们耳熟能详的名篇。

1　韩愈著，马其昶校注，马茂元整理《韩昌黎文集校注》卷一《进学解》，上海古籍出版社，2018，第54页。

两汉散文艺术又在前代基础上有了新的突破。司马迁以生命的体验来实现立言的崇高目标。他饱含着深厚的情感运笔行文，使《史记》具有震撼人心的艺术感染力，表现出磅礴的气概和雄浑刚健的艺术力量，对后世传记文学产生了极为深刻的影响。汉初贾谊、晁错、枚乘、邹阳等人创作的政论文风格朴实，议论酣畅，意气纵横，尽所欲言，具有将说理与情感、气势、形象相结合而动人心魄的特色。《淮南子》在继承先秦道家思想基础上，吸收诸子百家学说，融会贯通而成。它旁涉奇物异类、鬼神灵怪，保存了许多神话材料，呈现出宏大雄奇的特色。东汉时期，班固的《汉书》开创了"包举一代"的断代史体例。注重史事的系统、完备，力求有始有终，记述明白，以实录精神叙写社会各阶层人物，平实中见生动，与《史记》一道，堪称后世传记文学的典范。整体来看，汉代散文风格朴实，造诣突出，得到了后世的有力肯定，唐宋以来的诸多习文者也往往以三代两汉文章作为学习的典范。

魏晋时期，社会政治环境的改变促成了思想新变，散文也从史学、经学中独立出来，政教色彩减弱，表现出通脱自由、持论清峻的文艺特征。建安、黄初时期的散文，曹魏成就最高，吴、蜀次之。刘师培在《中国中古文学史讲义》中指出，曹魏散文与汉代散文不同之处在于："书檄之文，骋词以张势，一也；论说之文，渐事校练名理；奏疏之文，质直而摒华，二也。"[1]曹操《让县自明本志令》质朴简明，曹丕《与吴质书》情真意切，诸葛亮《出师表》文辞笃实，忠悃之情跃然纸上。魏

---

1 刘师培：《中国中古文学史讲义》第三课"论汉魏之际文学变迁"，江苏文艺出版社，2008，第35页。

晋之际，受到玄学清谈风气的影响，散文或为玄理之辩，或多愤世之词。嵇康思想新颖深刻，主张"越名教而任自然"。[1]其代表作《与山巨源绝交书》立意超俗，行文精练。阮籍的《大人先生传》洒脱奔放，语重意奇，发前人之所未发。

西晋散文注重形式技巧，情文兼善。李密《陈情表》剖陈深衷，言辞恳切，笔调哀婉，君主为之动容。潘岳、陆机则以辞采华丽著称，前者为文言情至深，善为哀辞；后者天才秀逸，下笔藻翰精美。东晋散文受到玄学和儒学的双重影响，审美风格趋于平淡。王羲之《兰亭集序》，情理融会自然，清隽潇洒；陶渊明《五柳先生传》高标卓立，《桃花源记》朴淡浅净。这一时期文体骈俪化的风气逐渐盛行了起来，出现了全篇以双句为主，讲究对仗的工整和声律的铿锵的骈文。这种创作风气在南朝时期进一步发展，文章骈俪的形式更加精巧，华靡的时代风尚也于此推波助澜，使得无韵的散文被归入"笔"，即应用文的范畴，文体功能被逐渐削弱，创作呈现衰颓之势。这一时期，除了部分历史地理类的著作，如郦道元《水经注》、杨衒之《洛阳伽蓝记》外，散文基本上被骈文取代。

不仅如此，即使是在原本属于散文写作的范畴内，骈文也经常"闪亮登场"，大大挤占了散文的空间。在范晔《后汉书》中，骈文时时见诸字里行间，其论马援曰："夫利不在身，以之谋事则智；虑不私己，以之断义必厉。"[2]骈体行文，堆叠拖沓，和《史记》《汉书》的行文利落相比，让人感到阅读起来不够流畅洒脱。文章骈俪化大行其道的趋势在当时也受到了一些反

---

1 嵇康著，戴明扬校注《嵇康集校注》卷六《释私论一首》，中华书局，2016，第402页。
2 《后汉书》卷二四《马援传》，中华书局，1965，第852页。

对。西魏宇文泰把苏绰模仿《尚书》所作的《大诰》定为各种体裁文章的"准式"。隋文帝杨坚下诏命令"公私之翰，并宜实录"，并治罪以华艳词句写文表的泗州刺史司马幼之。治书侍御史李谔《上隋高祖革文华书》称：

> 江左齐梁，其弊弥甚。贵贱贤愚，唯务吟咏。遂复遗理存异，寻虚逐微，竞一韵之奇，争一字之巧。连篇累牍，不出月露之形；积案盈箱，唯是风云之状。世俗以此相高，朝廷据兹擢士。禄利之路既开，爱尚之情愈笃。于是闾里童昏，贵游总丱，未窥六甲，先制五言。至如羲皇舜禹之典，伊傅周孔之说，不复关心，何尝入耳。以傲诞为清虚，以缘情为勋绩，指儒素为古拙，用词赋为君子。故文笔日繁，其政日乱，良由弃大圣之轨模，构无用以为用也。损本逐末，流遍华壤，递相师祖，久而愈扇。
>
> 及大隋受命，圣道聿兴，屏黜轻浮，遏止华伪。自非怀经抱质，志道依仁，不得引预搢绅，参厕缨冕。开皇四年，普诏天下，公私之翰，并宜实录。其年九月，泗州刺史司马幼之文表华艳，付所司治罪。自是公卿大臣，咸知正路，莫不钻仰坟集，弃绝华绮，择先王之令典，行大道于兹世。[1]

但文风的流行似乎是有"惯性"的，它并不一定随着某个王朝的结束就戛然而止。隋文帝的行政命令没能有效解决文风问题。散文的真正复兴，要等到中唐韩愈、柳宗元登上文学发

---

1 《文苑英华》卷六七九《上隋高祖革文华书》，中华书局，1966，第 3502 页。

展的历史舞台以后。在此之前，从初唐到中唐，许多文人为文风的改变做出了探索和尝试。梁肃在《补阙李君前集序》中称："唐有天下几二百载，而文章三变。初则广汉陈子昂以风雅革浮侈；次则燕国张公说以宏茂广波澜；天宝已还，则李员外（李华）、萧功曹（萧颖士）、贾常侍、独孤常州（独孤及）比肩而出，故其道益炽。"[1] 也就是说，在韩愈、柳宗元发起古文运动之前，唐代的散文至少已经出现了三次变化。按照葛晓音先生的观点，初盛唐散文可以划分为三个阶段。第一阶段是从唐太宗贞观元年到唐高宗时期，代表作品有魏徵的《论政事疏》《十渐疏》《论治道疏》、王绩的《五斗先生传》《醉乡记》《答冯子华处士书》等散文。第二阶段是武则天至唐中宗时期，这一时期由于武后爱好文章辞采，讲求对偶、雕琢辞藻的骈文几乎占领了文章创作的所有领域。在这一时期的文士中，笔者认为陈子昂（661~702）很值得注意，他的《与东方左史虬修竹篇序》提倡恢复古道，反对雕饰，强调比兴寄托，实际上为后来的文学创作扫清了障碍。第三阶段是盛唐开元天宝年间（713~756）到唐德宗贞元年间（785~805）之前。这时期代表作品更为丰富，如张说《兵部尚书代国公赠少保郭公行状》、张九龄《敕安西节度使王斛斯书》、李白《与韩荆州书》、王昌龄《上李侍郎文》、王维《山中与裴秀才迪书》《招素上人弹琴简》、李华《吊古战场文》、元结《右溪记》等散文都是在这一时期产生的。[2]这个划分方法条理清晰，能使我们迅速概览初盛唐散文的基本面貌。

---

1 《全唐文》卷五一八《补阙李君前集序》，中华书局，1983，第 5261 页。

2 葛晓音：《唐宋散文》，上海古籍出版社，2011，第 3~6 页。

　　在本书中，初盛唐散文部分主要由前三讲组成。分别是
"魏徵与王绩：初唐时期的仕与隐"、"陈子昂：风骨与兴寄的呼
唤"和"李白与王维：盛唐的信笺"，均以作家为线索，向外
关联其时代风尚，向内探讨其创作特征。此后的第四讲"韩愈：
'文起八代之衰'"、第五讲"柳宗元：'独钓寒江雪'"，则围绕
韩愈、柳宗元的散文创作展开。韩愈一生宗经明道，堪称一代
宗师。他的议论气势充沛、先声夺人，《论佛骨表》义正辞直，
充满情感张力，后世称其"允为有唐一代儒宗"。[1]他笔下的人
物则活灵活现、各异其面，如张巡之严肃刚毅，南霁云之豪气
干云，贺兰进明之阴险狡狯，无不声口毕肖，读之使人犹如身
临其境。柳宗元的创作则"牢笼百态"，摹景、写人、状物，
活灵活现，栩栩如生。他的"永州八记"将自然山水与主体人
格相联系，借山水之形胜抒胸臆之郁结，对后世山水游记的创
作产生了深刻影响。他的寓言散文则因物设譬、意味深长，《三
戒》《蝜蝂传》都是流传千古的名篇。

　　自韩柳以后，散文创作者虽然不少，但他们的成就并未超
过韩柳。至晚唐，骈文又重新占据了文坛主流地位。其中的原
因是多方面的，首先，韩门弟子的散文虽然语言畅达、条理清
晰，但对于散文的文学性不太关注。他们的散文叙述详尽却缺
乏感染力，因此难以动人心魄。其次，一些作者在文章中喜欢
使用冷僻、怪异的字词，其本意是借此产生一种令人过目难忘
的陌生感和新鲜感，实际上却使文章晦涩难懂。生造出的词句
使人不知所云，因此流传不广。最后，散文本身具有应用性特

---

[1]　康熙御选，徐乾学等辑注《御选古文渊鉴》卷三五《论佛骨表》，文渊阁四库影印本，
　　台北：台湾商务印书馆，1983，第 1 页。

征，在实际书写中又与具体事件、名物、人际交往相关联，创作者如果仅仅是为了完成任务而敷衍为文，就很难把散文的精神气格表现出来。这种情况也向我们揭示出，中国古代散文的发展是一个漫长的历程，它的成就并非一蹴而就，需要许多优秀的作家参与其中，做出不懈的努力。

尽管如此，仍有一些散文作家作品值得我们关注。为拾"遗珠"，本书第六讲"吉光片羽：唐代散文遗珠"选择了天宝时期李华的《吊古战场文》、中唐白居易的《庐山草堂记》、晚唐皮日休的《读司马法》进行赏析。由此，唐代散文中的名作庶几一览无遗。

宋初文风沿袭晚唐五代，纤秾有余而未见自家面目。其后，又有"西昆体""太学体"等风格陆续主导文坛，前者伤于"缀风月，弄花草"，[1]后者又流于艰涩险怪、脱离实际。这一阶段可谓北宋初期文学发展的"曲折探索"时期。本书第七讲"风雅再临：北宋初期的散文"对宋初散文的发展脉络进行梳理与介绍，并围绕王禹偁《黄冈竹楼记》、范仲淹《岳阳楼记》两篇名作分别设置章节进行精讲。经过柳开、王禹偁、范仲淹等人的不懈努力，至嘉祐二年（1057）欧阳修知贡举，文风变革由此打开了新局面。此后，以苏轼为代表的一批文学新人登上了文坛，他们纷纷写出时代的悲欢与心中的歌哭，为北宋散文创作添上了浓墨重彩的一笔。

本书第八讲"欧阳修：'醉翁'的胸襟"围绕欧阳修的生平经历与文学贡献展开。他的名作《醉翁亭记》和《祭石曼卿文》脍炙人口，在这一讲中我们也会逐一赏析。曾巩和王安

1　石介：《徂徕石先生文集》卷五，陈植锷点校，中华书局，1984，第62页。

石既是挚友，又是当世一流的文学家，第九讲"曾巩与王安石：平和简练不寻常"就以他们二人为中心进行相关作品分析。曾巩《醒心亭记》和王安石《祭欧阳文忠公文》又都与欧阳修有直接关系，故而第八讲、第九讲也可以被视为一个单元组合。第十讲"苏洵与苏辙：劲健沉稳有余响"、第十一讲"苏轼：'坡仙'的文法"则以"三苏"的创作为中心，也可以视为一个单元组合。苏洵的《六国论》纵横恣肆、气势恢宏，苏辙的《武昌九曲亭记》叙述细腻、灵动如画，而苏轼更以其不世出的天才之力，为中国古代散文艺术长廊贡献了诸多名篇，《留侯论》《日喻》说理生动，前后《赤壁赋》珠联璧合，均堪称传世名篇，使人感到回味无穷。

除了以上名家外，宋代还有两位作家值得我们关注。其中一位是女作家李清照，她在《金石录后序》中叙述生平坎坷，行文绵密，极富真情实感。另一位是南宋末年的民族英雄文天祥，他在《指南录后序》中写尽一腔悲愤，其中所流露出的拳拳爱国之情，千载之后仍动人心魄。由此形成第十二讲"李清照与文天祥：忧国伤时正气彰"的主要内容。

以上就是本书所精选精讲的 20 位唐宋散文名家名作。从魏徵、王绩、陈子昂、李白、王维、李华，到韩愈、柳宗元、白居易、皮日休；从王禹偁、范仲淹、欧阳修、王安石、曾巩、"三苏"，到李清照、文天祥。他们的作品独出机杼，脍炙人口，或引经据典发人深省，或慷慨激昂饱含衷情，从中可窥见唐宋散文的创作理路、作家本人的人生际遇和唐宋社会转型期的宏大时代变迁。

唐宋散文对后世散文创作的影响极为深远，历代传诵不衰。明清散文的发展受到了唐宋散文的直接影响，刘基在《卖柑者言》中借小贩之口，对世道人心进行了犀利的讽刺，其中隐约可见柳宗元的寓言笔法。宋濂《秦士录》中的人物细节饱满，神采飞扬，与韩愈《张中丞传后叙》可谓一脉相承。《桃花涧修禊诗序》《环翠亭记》，下笔清秀简洁，又好似欧阳修的《醉翁亭记》。至明代中期，"唐宋派"崛起于文坛，大力提倡学习唐宋散文。茅坤编纂的《唐宋八大家文钞》选辑了唐代韩愈、柳宗元，宋代欧阳修、苏洵、苏轼、苏辙、曾巩、王安石八家文章共 164 卷。其中对每家又各附有解析性的说明。这个选本在当时和后世有很大影响，成为千万读书人初学文章的门径，几百年来盛行不衰。"唐宋八大家"的说法也由此流行开来。清代古文名家辈出，桐城派的古文创作引领了一代风气。以姚鼐、刘大櫆、方苞为代表，他们写文章师法欧阳修和曾巩，要求立论鲜明，语言简洁顺畅。桐城派弟子甚多，其文学影响一直延续到近代。新文化运动以后，白话文写作逐渐流行起来，但唐宋散文作为中国传统文学创作典范，仍然对我们今天的语言表达与文章书写具有重要的启迪和借鉴作用。

第一讲　魏徵与王绩：初唐时期的 仕与隐

　　唐王朝刚刚建立的时候，国家百废待兴，尚未出现我们后来所称道的"贞观之治"。经过隋末的社会动荡之后，人口锐减，人才匮乏，而政府的运转却不能有片刻停止，因此唐王朝建立之初所选用的官员，一部分来自前朝遗留的文学士人，另一部分则来自各路诸侯的烽火之间。在前朝遗留的文学士人中，王绩堪称隐逸的代表。他尽管应唐朝的征召出来做官，但很快又回归乡野，希望过一种贴近自然、与世无争的生活。即使唐朝初建，盛世将启，于他而言似乎未尝动心。这种行为的思想根源，恐怕还要从他的前半生所经历的世道丧乱中去寻找答案。与王绩处世态度截然相反的是魏徵，尽管他同王绩一样身处隋末的铁血时代，但他选择的却是另一条道路。在天下大乱之际，他审时度势地辗转于混战的诸侯之间；在唐朝建立后，他又以过人的谋略与坚毅的品格辅佐唐太宗李世民开创盛世。这固然有时代与形势的因素推波助澜，但也与他始终渴求实现自我价值的进取心态息息相关。魏徵和王绩，其实是隋唐易代之际两类士人的代表，进入唐朝后，他们又分别通过个人的选择呈现了初唐时期出仕与归隐的不同社会文化面相。

第一节　魏徵《谏太宗十思疏》

魏徵是我们比较熟悉的历史人物，早在中学的历史课本中，我们就认识了这位能臣。他因为直言敢谏，辅佐唐太宗共同创建了被誉为"贞观之治"的盛世，后人称其为"一代名相"。其实最初他追随的是太子李建成。玄武门之变以后，秦王李世民将李建成、李元吉等诛杀，夺取了继承权，成为后来的唐太宗。李世民在清算太子旧党的时候，听说魏徵以前经常劝谏李建成把李世民安排到别的地方去，就派人把魏徵带来，问他："尔阅吾兄弟，奈何？"意思是，你为什么要离间我们兄弟？魏徵回答道："太子蚤从徵言，不死今日之祸。"[1]意思是，太子当时要能按照我说的去做，就不会有今天的失败了。李世民见魏徵为人坦诚、出语直爽，不仅赦免了他，而且任命他为詹事主簿。这也说明，李世民作为一个君主，具有容纳别人的雅量，这也正是一个有为的领导者所应当具备的素质。

---

1 《新唐书》卷九七《魏徵传》，中华书局，1975，第3868页。

贞观元年（627），李世民改元，任命魏徵为尚书左丞。李世民有志建立盛世，多次于卧榻召见魏徵询问得失，魏徵直言不讳，前后上谏两百多事，李世民基本都能采纳。魏徵死后，李世民登上禁苑西楼，哀痛地望着灵车哭悼魏徵。他亲自为魏徵撰写碑文，并且给魏徵的墓碑题字。对周围的侍臣说："夫以铜为镜，可以正衣冠；以古为镜，可以知兴替；以人为镜，可以明得失。朕常保此三镜，以防己过。今魏徵殂逝，遂亡一镜矣！" [1] 这样君臣相得的情况，在古代是不多见的，因此被后世传为佳话。

《谏太宗十思疏》是魏徵写给唐太宗的诸多奏疏中最有名的一篇。贞观十一年（637）的三月到七月，魏徵"频上四疏，以陈得失"，[2]《谏太宗十思疏》是其中第二疏，因此也称"论时政第二疏"，意在劝谏太宗居安思危。篇名中的"太宗"指的就是李世民，在他的统治时期出现了安定富强的社会局面。但是在繁荣昌盛的时局之下仍然隐藏着危机，魏徵上奏的目的就是希望太宗看了之后感到警醒。"十思"，就是奏章的主要内容，即十条值得深思的情况。"疏"，就是奏疏，是古代臣下向君主议事进言的一种文体。魏徵进谏的对象是古代的国家管理者，但是他的这些谏言到现在仍然具有一定的指导意义，这是因为其中包含着一些朴素的哲理。在品读这篇文章时，大家应当设身处地地思考自身可改进的部分，这样学习的收获就更为丰富全面。

先看《谏太宗十思疏》的开篇，魏徵是一个极富经验的说

1　《旧唐书》卷七一《魏徵传》，中华书局，1975，第 2561 页。

2　《旧唐书》卷七一《魏徵传》，第 2550 页。

服者，他借助排比增加论述的力量，其中显示了高超的语言技巧："臣闻求木之长者，必固其根本；欲流之远者，必浚其泉源；思国之安者，必积其德义。"[1]"浚"，是"疏通"的意思。魏徵对李世民说，我听说想要树木生长得茂盛，就一定要稳固它的根；想要泉水流得远，一定要疏通它的源头；而想要国家安定，就一定要多做有利于群众的事情。那么与之相反的情况又如何呢？"源不深而望流之远，根不固而求木之长，德不厚而思国之安，臣虽下愚，知其不可，而况于明哲乎！"在这里，魏徵使用一正一反的对比手法来说明问题，让行文具有跌宕起伏的情致。他说，水源不深却希望泉水流得很远，根系不牢固却想要树木生长得茂盛，德行不深厚却想要国家安定，我虽然地位低、见识浅，也知道这是不可能的，更何况聪明睿智的人呢？在正反论述中，有条不紊地推进了话题，便于下文进一步呈现观点，同时又显得非常自然妥帖。接下来，魏徵就要凸显李世民作为君主所要承担的责任了，唯其有责，故而有"思"，这是这篇奏疏的关键部分。

"人君当神器之重，居域中之大，不念居安思危，戒奢以俭，斯亦伐根以求木茂，塞源而欲流长也。""神器"，指的是君主的帝位。古时认为"君权神授"，所以称帝位为"神器"。作为一个国君，处于社稷的重要位置，在传统社会中承担着至为重要的社会角色。如果君主不能在安逸的环境中葆有危机意识，避免生活腐化的话，就如同挖断树根来求得树木茂盛，堵塞源泉而想要泉水流得远一样。魏徵在行文中用了一组组比

1　本书所引魏徵《谏太宗十思疏》内容均出自吴楚材、吴调侯编选，洪本健、方笑一等解题汇评《解题汇评古文观止》卷七《谏太宗十思疏》，华东师范大学出版社，2002，第393~395页。以下不再重复注释。

喻，目的是把说理形象化。而且他运用的喻体都是我们生活中常见的事物，由此联系的则都是朴素易懂的道理，因此非常易于为对方所接受。在实际生活中，我们难免也会遇到需要阐明观点、说服对方的时候，如果能够把抽象的道理具体化、形象化，那么我们的语言就会很有感染力，像魏徵这样使用打比方的方法就非常便捷有效，能够起到事半功倍的效果。

"凡昔元首，承天景命。善始者实繁，克终者盖寡，岂其取之易而守之难乎？""元"，是"元元"的省略，意思是"百姓、庶民"。《战国策·秦策一》曰："制海内，子元元，臣诸侯，非兵不可！"高诱注曰："元，善也，民之类善故称元。"[1]这样来看，"元首"意谓"百姓的首领"。这个词我们现在还在使用，用来指代一国的最高首长。君主制国家有国王，多为世袭，共和制国家则称总统、主席等。"凡昔元首"，指的就是所有从前黎民苍生的首领。由于古代信奉"君权神授"的思想，因此魏徵说他们是"承天景命"。"景"是"大"的意思，即认为他们是承受了上天赋予的重大使命来治理国家的。可是这些领导者"善始者实繁，克终者盖寡"，也就是开头做得好的确实很多，能够坚持到底的却很少。这又是为什么呢？"岂取之易、守之难乎？"难道说，取得成就很容易，而想要守住、保持这个成就却非常困难吗？

其实魏徵已经洞察其中的原因。"盖在殷忧必竭诚以待下，既得志则纵情以傲物。竭诚则胡越为一体，傲物则骨肉为行路。"通常处在忧患之中，由于形势所迫，在上者往往能够竭尽诚心来对待属下，形成同舟共济的牢固关系。一旦度过危

---

1 《战国策》卷三《秦策一》，上海古籍出版社，1985，第81、84页。

机、取得业绩，就傲慢起来，往往放纵自己的性情，这是事业走下坡路的开端。魏徵在这里举了个例子，他说如果君臣能够竭尽诚心，即使像胡、越那样的遥远关系，也能结成一体。但倘若傲视别人，哪怕是亲人也会形同陌路。由于胡地在北，越地在南，古代用来比喻疏远隔绝的关系。那么有的人就要说了，没关系，我施行严刑峻法，不怕属下不听话。魏徵又说："虽董之以严刑，振之以威怒，终苟免而不怀仁，貌恭而不心服。""董"在这里，是"督责"的意思，我们现在还有个词叫"董事长"。"董"就是"监督、负责"的意思。大家想一想，如果有一个人高高在上，不讲道理，只是用严酷的刑罚来督责你，用威风怒气来吓唬你，你的心里会认同他吗？这个时候属下们只求苟且免于刑罚。表面上看起来是毕恭毕敬的，但心里是不服气的。"怨不在大，可畏惟人。载舟覆舟，所宜深慎。"群众的力量是非常巨大的，这种力量如同水一样，看似波澜不惊，实际上深不可测。水能载舟，亦能覆舟，所以掌舵的人要非常小心。

讲到这里，文章铺垫的部分就完成了，自然而然地进入了主干部分。魏徵由此提出了具体的十条措施，请君主予以落实。下面我们一条一条来解读。

"诚能见可欲则思知足以自戒。""诚能"两个字，引出此后的"十思"。第一个是"见可欲则思知足以自戒"，意思是一见到引起欲望的事物，就能想到知足，来自我克制欲望。"将有作则思知止以安人。""作"，在这里是"兴建"的意思。将要兴建什么就应想到适可而止，以使百姓得到安宁。"念高危则思谦冲而自牧。"什么叫"高危"呢？我们知道一句话叫作"高处不胜寒"。一个人高高在上的时候，往往也是孤家寡人，本能地会产生不安全感。那这个时候该怎么办呢？就要谦虚，加强自我修养。"牧"，是"养"的意思。《易》曰："谦谦君子，卑以自牧也。"[1]"惧满盈则思江海下百川。"这里的"下"是"下于"的意思。《老子》曰："江海所以为百谷王者，以其善下之。"[2]江海之所以能够成为百川河流所汇往的地方，是由于它善于处在低下的地方。那么类比我们为人的品德，则应当待人谦和，有礼有节。"乐盘游则思三驱以为度。""乐盘游"指的是打猎取乐。《易》曰："王用三驱。"[3]意思是天子不合四围，而开一面之网。网三面，留一面，遵循适度原则，不做赶尽杀绝的事情。其中既包含了我们的先民敬畏自然的朴素思维，也揭示了人与万物和谐共生的秘诀。"忧懈怠则思慎始而敬终。"如果担心意志松懈，那么在开始的时候就应当谨慎，不要因冲动而去做决定，结束的时候则要做好收尾工作，华丽的谢幕胜过草草收场。"虑壅蔽则思虚心以纳下。""壅"，是"堵塞"的意思。如果担心言路不通、受到蒙蔽，就应当虚心听取下级的意见。"惧谗邪则思正身以黜恶。""黜"，是"排斥，罢免"的意思。如果担心身边出现谗佞奸邪的小人，就应当先端正自身的行为，如果自己作风很端正，就会有一腔正气油然而生，哪怕身边真的有小人，也会对你产生敬畏的心理。"恩所加则思无因喜以谬赏，罚所及则思无以怒而滥刑。"这两句话说起来容易，做起来难。施加恩典的时候，不要因为自己的一时高兴而过度奖赏，动用刑罚的时候，也不要因为一时发怒而处罚过重。这就要求我们要克制个人情绪，保持理性，行事趋近于公平原则。

1 《周易正义》卷二《谦》，北京大学出版社，1999，第 82 页。
2 朱谦之撰《老子校释》第六十六章，中华书局，2018，第 278 页。
3 《周易正义》卷二《比》，第 56 页。

这实际上非常考验一个人的克制力。"总此十思，弘兹九德。简能而任之，择善而从之。""简"，是"选拔"的意思。魏徵说，如果能深思以上这十个方面，弘扬深思而来的诸多心得，选拔并任用有才能的人，选择并听从好的意见，"则智者尽其谋，勇者竭其力，仁者播其惠，信者效其忠。文武并用，垂拱而治。何必劳神苦思，代百司之职役哉！"如此一来，有智慧的人就能为国家贡献他的谋略，勇敢的人就能使出他的力量，仁爱的人就能散播他的恩惠，诚信的人就能献出他的忠诚。文臣武将共同为国家效力，领导者垂衣拱手就能治理好天下。魏徵说，君主能做到这十个方面，国家自然能够治理好，何必亲自劳神，事无巨细地去替百官干活呢？

这就是管理的艺术。一个领导者不可能面面俱到地去处理每一件事情。作为团队的中心，他起的是领路人的作用。那么，这个领路人应当具备哪些素质呢？我们来总结一下，首先，领路人要具备全局视野和远大的志向，不能因为眼前的诱惑就忘记了长远的目标。这就是"见可欲则思知足以自戒，将有作则思知止以安人"。其次，领路人要有凝聚团队的能力。这个凝聚力从哪里来呢？魏徵提出了切实的建议，譬如"思谦冲而自牧""思江海下百川""思虚心以纳下"等行为，都是有利于团结的做法，值得提倡。再次，领路人应当具备正直、仁爱、勤勉等个人品德，这就是"思正身以黜恶""思三驱以为度""思慎始而敬终"。最后，这个领路人还要公正，应当"恩所加则思无因喜以谬赏，罚所及则思无以怒而滥刑"，由此才能取得团队的信任。能不能取得团队的信任，是能不能干成事业的一个大前提。

人的精力是有限的，领路人不可能事无巨细都一一亲自处理，否则就是"劳神苦思，代百司之职役"。魏徵说只要懂得"十思"，具备领路人的良好素质，自然会有人才去竭力为你效命。温故而知新，我们发现魏徵这篇文章到现在仍然具有借鉴意义。同时更为可贵的是，魏徵下笔生动，文采斐然。读完这篇奏疏，大家能够感到它的气势是非常强的，这是因为文章措辞有力，语言连贯性很强，冲击力很大。林云铭《古文析义》卷一〇称："非魏公不敢为此言，非太宗亦不能纳而用之。千古君臣，令人神往。文虽平实，当与三代谟训并垂。"[1]如果我们也想写出这样的好文章，还要来赏析一下它的艺术特点。

文章以类比的方式切入主题，说理生动。魏徵进谏的对象是君主，他深知君主的行为直接影响到整个国家的未来走向，但在行文上并没有陷入"公文化"的程式性表述中，而是从流水、树木这些生活中常见的自然事物切入，因此文章说理就显得质朴亲切，容易为对方所接受。魏徵是怎样使用类比的呢？借助生活常识。想要树木茂盛生长就必须使得树根稳固，想要泉水流得很远就必须疏通它的源头，这些都是生活中的常识。进而指出君主想要国家安定，就应以厚德载物。连通贯穿下来，使得行文很有力量。铺垫完成之后，指出人君这个角色的关键作用。作为"当神器之重，居域中之大"的领导者、引路人，如果不能够居安思危、戒奢以俭，其危害是不言而喻的。

除了善于运用类比之外，我们还发现，面对同一个问题，魏徵往往从正反两方面进行剖析，使说理更透彻。开篇从正面论述"固其根本""浚其泉源""积其德义"的必要性，再从反面论述"源不深""根不固""德不厚"的危害。再如"盖在

1　《解题汇评古文观止》，第 395 页。

殷忧必竭诚以待下，既得志则纵情以傲物。竭诚则胡越为一体，傲物则骨肉为行路"一节，对"殷忧"与"得志"、"竭诚"与"傲物"的正反论述也非常精彩。最能集中体现这种正反论述的是"十思"。文章中所列举的"见可欲""将所作""念高危""惧满盈""乐盘游""忧懈怠""虑壅蔽""惧谗邪"，其实正是人性中的一些本能反应，魏徵将它们与理性自制的一面进行了正反对举，发人警醒。吴楚材、吴调侯《古文观止》卷七曰："通篇只重一'思'字，却要从德义上看出。世主何尝不劳神苦思，但所思不在德义，则反不如不用思者之为得也。魏公十思之论，剀切深厚，可与三代谟、诰并传。"[1]

此外，这篇文章的句式也有值得注意之处。魏徵善于把结构相同或相似、意思密切相关、语气一致的词语或句子成串地排列，达到一种加强语言气势的效果。他使用了大量整齐的排比句式，铺排罗列，语气一贯，勾连而下，气势不凡。各排比项意义范畴相同，带有列举和强化性质，深化了文章的主题。由于文章节奏鲜明，说理充分透彻，行文流畅，易于诵读，给后世学习者留下了明晰、深刻的阅读印象。李扶九《古文笔法百篇》卷二称其"有埋伏，有发挥，有线索，反正宕跌，不使直笔，排募雄厚，不尚单行，最合时墨。以理论，忧盛明危，善始虑终，虽古大臣谟诰，不过如此。疏上太宗即纳，此魏公所以称贤相，而贞观之治亦几于古也"。[2] 这就是为什么从义理上我们深受感染、为其所折服，从节奏上又感到朗朗上口、流畅连贯的原因。

1　《解题汇评古文观止》，第 395 页。

2　李扶九选编，黄仁黼纂定《古文笔法百篇》卷二《就题字生情》，岳麓书社，1983，第 27 页。

【附】《谏太宗十思疏》

臣闻求木之长者，必固其根本；欲流之远者，必浚其泉源；思国之安者，必积其德义。源不深而望流之远，根不固而求木之长，德不厚而思国之安，臣虽下愚，知其不可，而况于明哲乎！人君当神器之重，居域中之大，不念居安思危，戒奢以俭，斯亦伐根以求木茂，塞源而欲流长也。

凡昔元首，承天景命。善始者实繁，克终者盖寡，岂取之易、守之难乎？盖在殷忧必竭诚以待下，既得志则纵情以傲物。竭诚则胡越为一体，傲物则骨肉为行路。虽董之以严刑，振之以威怒，终苟免而不怀仁，貌恭而不心服。怨不在大，可畏惟人。载舟覆舟，所宜深慎。

诚能见可欲则思知足以自戒，将有作则思知止以安人，念高危则思谦冲而自牧，惧满盈则思江海下百川，乐盘游则思三驱以为度，忧懈怠则思慎始而敬终，虑壅蔽则思虚心以纳下，惧谗邪则思正身以黜恶，恩所加则思无因喜以谬赏，罚所及则思无以怒而滥刑。总此十思，弘兹九得。简能而任之，择善而从之。则智者尽其谋，勇者竭其力，仁者播其惠，信者效其忠。文武并用，垂拱而治。何必劳神苦思，代百司之职役哉！

第二节　王绩《五斗先生传》

和魏徵身居朝堂相反，王绩是一位隐士。其实他曾经也做过官，在隋朝大业末年应孝悌廉洁举，得中高第，被朝廷授为秘书正字。但是很快他就发现自己不喜欢做官的生涯，所谓"端簪理笏，非其好也"，[1]于是就上疏称病，希望去地方上任职，朝廷将他外放为六合县丞。不久天下大乱，他托病弃官还乡。到了唐朝武德年间，政府选拔官吏，王绩以前朝官待诏门下省。贞观初年，他又告病回到了山野。此后由于家贫，他一度赴选为太乐丞，但是没过几年又挂冠归里。此后，他结庐于河渚，纵意琴酒，彻底过上了隐居的生活，再也没有出来做官。

　　王绩为人放达，不拘小节。他字无功，号东皋子。从他的字号就可以知道，这是深受老庄思想影响的一个人。《庄子·逍遥游》曰："至人无己，神人无功，圣人无名。"[2]精神世界完全能超脱于物外的人，已不再受到功利思想的束缚，故曰"无功"，由此可见王绩对自我的期待是超尘出俗的。在归隐故里时，王绩写过一首叫作《野望》的诗，为人所称道："东皋薄暮望，徙倚欲何依。树树皆秋色，山山唯落晖。牧人驱犊返，猎马带禽归。相顾无相识，长歌怀采薇。"这首诗言辞流畅，风格质朴，用非常简练的笔墨勾画出一幅田园牧歌式的秋山薄暮图。其实，王绩的作品大都具有这样的一种情致，质而不俗，近而不浅，疏朗率真，有魏晋高士的风采，在初唐文坛上别具一格。吕才《东皋子集序》说他"高情胜气，独步当时"。[3]他和魏徵虽然大致是同时代的人，但是和魏徵起先投身瓦岗寨，辗转易主，最后辅佐太宗开创盛世的经历相比，王绩选择的是完全不同的人生道路。改朝换代的变乱环境似乎使他内心感到无比厌倦，即使进入新朝，为官做宰的吸引力对他来

1　王绩：《东皋子集》，四部丛刊续集集部第五七册，上海书店，1985，第2页。
2　郭庆藩撰《庄子集释》卷一《逍遥游》，王孝鱼点校，中华书局，2018，第20页。
3　《东皋子集》，第2页。

说也非常有限，而老庄的思想则深深根植在他心里，成为他行为的指南。

王绩生平喜欢饮酒，这也与魏晋时期的人物举止很相似。据说他的最后一次选官也与饮酒的癖好相关。吕才《东皋子集序》载："时太乐有府史焦革，家善酝酒，冠绝当时。君苦求为太乐丞，选司以非士职不授。君再三请曰：'此中有深意，且士庶清浊，天下所安，不闻庄周避漆园，老聃耻柱下。'卒授焉。数月而焦革死，妻袁氏时送美酒。岁余，袁又死。君叹曰：'天乃不令吾饱美酒。'遂挂冠归田。"[1] 由此可见其简傲放诞的性格，使人不觉莞尔。王绩"性简放，饮酒至数斗不醉。常云：'恨不逢刘伶，与闭户轰饮。'因著《醉乡记》及《五斗先生传》，以类《酒德颂》云。"[2] 我们今天要讲的就是他的名作《五斗先生传》。

王绩用讲故事的口吻开启了这篇文章，有种娓娓道来的情致："有五斗先生者，以酒德游于人间。人有以酒请者，无贵贱皆往。往必取醉，醉则不择地斯寝矣，醒则复起饮也。"[3] 他说，有一位叫作五斗先生的人，因为喜好喝酒而游历于人世间。如果有人邀请他喝酒，不论对方身份高低贵贱，他都欣然前往。去了后一定要喝个酩酊大醉，喝醉了之后，也不挑拣地方，倒地便睡，睡醒后起来又继续喝酒。文章中"不择地斯寝矣"中的"斯"，是"这里"的意思。由于这位先生"常一饮五斗，因以为号"，一喝就是五斗，就用"五斗"作为自己的别号，向我们交代了这个称呼的由来。

---

1 《东皋子集》，第 3 页。

2 《东皋子集》，第 1 页。

3 本书所引王绩《五斗先生传》内容均出自王绩著，韩理洲校点《王无功文集五卷本会校》，上海古籍出版社，1987，第 180 页。以下不再重复注释。

"先生绝思虑，寡言语，不知天下之有仁义厚薄也。""绝"在这里是"断绝"的意思，"绝思虑"，就是不胡思乱想。古人认为胡思乱想会极大地损耗心神，"绝思虑"则是一种养生的方式。"寡"是"少"的意思，"寡言语"，就是不多说话，言下之意就是不对别人的行为说三道四，不说闲言碎语。"忽然而去，倏焉而来；其动也天，其静也地：故万物不能萦心焉。""忽然"和"倏焉"都是指极快的样子。这位五斗先生忽然就走了，突然就来了，行踪飘忽不定，很有几分神秘的意味。但是他的行为完全符合天地自然运转的法则，即文中所谓"其动也天，其静也地"。唯有行为动静符合万物运转的规律，世间的一切俗事杂务才不能牵绊缠绕住他的心。"萦"在这里是"牵挂"的意思。

"尝言曰：'天下大可见矣！生何为养，而嵇康著论；途何为穷，而阮籍恸哭？故昏昏默默，圣人之所居也。'"这位五斗先生说，对于天下世事，自己已然洞悉，不过如此。这句话看似轻巧，实则有许多沉痛的感慨在其中。王绩亲历乱世，由隋入唐，是鼎革之际中幸存下来的少数人。在改朝换代之际，像王绩这样的文士尚属幸运，大量底层百姓却在兵戈中流离失所，身填沟壑。对于生逢战乱的人来讲，由于目睹生死无常，极易对人生、对世道产生虚无的感受。因此，只有了解王绩所处的时代，才能理解他的话语。王绩说："生何为养，而嵇康著论；途何为穷，而阮籍恸哭？"这明显地带有避世的意味，其中提到两位魏晋时期的著名人物——嵇康和阮籍。他们两人是当时士人的代表，在他们周围还有山涛、向秀、刘伶、王戎及阮咸等人，即"竹林七贤"。

《晋书·嵇康传》载，嵇康居山阳，"所与神交者惟陈留阮籍、河内山涛，豫其流者河内向秀、沛国刘伶、籍兄子咸、琅邪王戎，遂为竹林之游，世所谓'竹林七贤'也。"[1] 南朝宋刘义庆《世说新语·任诞》曰："陈留阮籍、谯国嵇康、河内山涛，三人年皆相比，康年少亚之。预此契者：沛国刘伶、陈留阮咸、河内向秀。琅邪王戎。七人常集于竹林之下，肆意酣畅，故世谓'竹林七贤'。"[2] 这七位士人是当时玄学的代表人物，他们的思想倾向略有不同。嵇康、阮籍、刘伶、阮咸始终主张老庄之学，"越名教而任自然"，山涛、王戎则好老庄而杂以儒术，向秀则主张名教与自然合一。由于当时社会处于动荡时期，司马氏和曹氏争夺政权的斗争异常残酷，政局动荡，风雨飘摇。文士们在这个环境里不但无法施展才华，而且时时担忧生命，因此崇尚老庄哲学，以此寻求精神寄托，用清谈、饮酒、佯狂等形式来排遣苦闷的心情，"竹林七贤"成了这个时期文人精神的代表。

　　王绩说"嵇康著论"，指的是嵇康所写的《养生论》。这篇《养生论》是我国古代养生学说中较早的名作，主要论述养生的重要性，提出了许多具体的养生方法。但是王绩对此不以为然，他反问"生何为养"，这又是为什么呢？要解答这个问题，仍要联系王绩的生平经历和时代因素。在王绩看来，乱世中生死无常，存在与消亡并不由个体掌握，而被不可知的命运所操控。当此之际，如果仍汲汲于养生益寿，岂不是滑稽吗？这是王绩性格中的疏狂任诞之处。下一句"途何为穷，而阮籍恸哭"，指的是阮籍的放诞行为。阮籍由于不满世事，经常佯装狂放，驾车出游，遇到无路可走的时候就痛哭而返。但是王

---

1 《晋书》卷四九，中华书局，1974，第1370页。
2 刘义庆著，刘孝标注，余嘉锡笺疏《世说新语笺疏》卷下之上《任诞》，中华书局，2016，第800~801页。

绩却说"途何为穷"，也就是说尽管命途未卜，可是人生道路哪里有穷尽的时候呢？这是王绩性格中的达观之处。

　　既然生不足养，途无穷尽，那么应当如何处于世间呢？王绩说："故昏昏默默，圣人之所居也。""昏昏默默"，意思是故作糊涂。"圣人之所居也"，指的是圣人所持的行事态度。于王绩而言，前半生所经历的沧桑巨变使他认为自己已经熟悉世道浮沉的本质。既然看淡了世间的荣辱，故而"人有以酒请者，无贵贱皆往"。连生死都没有什么规律可以把握，因此才说出"生何为养，而嵇康著论"的话来。这种虚无主义思想，看似无稽之谈，究其根本其实是隋唐之间的社会战乱环境对个人心灵造成巨大创伤的体现。这也解释了为什么在有着"贞观之治"盛誉的黄金时代，王绩仍然选择挂冠归里，隐居东皋，了此一生。结合他前半生的具体经历，才能理解他为什么会说故作糊涂是圣人所持的行事态度，才能理解他"遂行其志，不知所如"的人生选择。

　　这篇文章可以视为王绩的自传。他所处的时代，距离魏晋还不是很远。王绩在文章里写了自己不拘小节、狂放不羁的性格，写了自己无欲无为、纵浪大化的处世哲学。有的同学读了王绩的《五斗先生传》之后，隐隐感觉到似乎有些面熟，这是因为这篇文章在结构与句式上对陶渊明《五柳先生传》多有仿效。陈军《古代经典自传的回响——〈五柳先生传〉的影响研究》一文中对此有较为细致的剖析：《五柳先生传》以'不'字结构全文，在多个否定性短语中写出自我随意读书、肆意饮酒、著述娱情的隐逸之乐，突出了居贫晏如的高致性情，并于连串否定性语汇中确立了自己的精神追求。《五柳先生传》叙写其隐逸之乐，其文曰'不慕荣利''好读书，不求甚解''性嗜酒，家贫不能常得''既醉而退，曾不吝情去留''环堵萧然，不蔽风日，短褐穿结，箪瓢屡空，晏如也''不戚戚于贫贱，不汲汲于富贵'。……这种通过'不'字或其它否定性词汇来结构全文，以突显隐逸高致的表达方式对后世自传多有影响。如王绩《五斗先生传》就继承了这种破立结合的谋篇方式。……王绩醉了就不择地而睡，'绝思虑，寡言语'，'万物不能萦心'，最后'不知所如'。作者通过这些否定性语汇体现出自己意欲远离尘嚣，弃绝人世的隐逸情怀。文章有很强的《五柳先生传》的影子。"[1] 可以说，在结构与句式层面，王绩《五斗先生传》对陶渊明《五柳先生传》的承袭是很鲜明的。

但从表现内容上来看，尽管他们都以白描的笔法为我们呈现了一代隐士的形象，陶、王二人笔下的隐士，仍存在明显的差异。除时代因素外，根植于内心的不同思想倾向是形成这种差异的主要原因。我们观察陶渊明笔下的五柳先生，他显然是儒家所提倡的理想人格类型。从描述中我们知道，他"闲静少言，不慕荣利""好读书，不求甚解。每有会意，便欣然忘食"，具有诚恳、好学的优秀品质。在"环堵萧然，不蔽风日"的家中，过着"短褐穿结，箪瓢屡空"的生活，却能够心中晏如，与儒家所推重的安贫乐道的志趣相应和。同时他内心充实、笃定，"常著文章自娱，颇示己志""衔觞赋诗，以乐其志"，是一位有志之士。文末引用黔娄之妻的话，赞颂五柳先生能够"不戚戚于贫贱，不汲汲于富贵"，[2] 则是对其节操的高度褒扬。由此来看，陶渊明在五柳先生这位人物身上投注的儒家人格是较为明确的。

---

1 陈军：《古代经典自传的回响——〈五柳先生传〉的影响研究》，《安康学院学报》2014年第1期，第85~86页。
2 袁行霈撰《陶渊明集笺注》卷六《五柳先生传》，中华书局，2018，第492页。

　　而王绩所勾勒的五斗先生则具有道家思想的精神内核。他"绝思虑，寡言语"，符合《老子》所言"大音希声"[1]"大辨若讷"[2]"希言自然"[3]等哲学思想。他"不知天下之有仁义厚薄"，事实上是消弭了价值评判标准。既然事物并无仁义厚薄的区别，"万物不能萦心"也是自然而然的了。由于消解了干预世道的热情，儒家积极入世、求为有用的理论便在五斗先生这里彻底失了灵，他推崇的是"昏昏默默"的处世方式，认为这才是圣人所持的行事态度。由此观之，他"往必取醉，醉则不择地斯寝矣，醒则复起饮也"的任诞行为就有了内在的思想依据。因此可以说，王绩的《五斗先生传》尽管在书写形式上受到了陶渊明《五柳先生传》的极大影响，但两篇文章各自所具有的精神内核是明显不同的。

【附】《五斗先生传》

　　有五斗先生者，以酒德游于人间。人有以酒请者，无贵贱皆往。往必取醉，醉则不择地斯寝矣，醒则复起饮也。常一饮五斗，因以为号焉。

　　先生绝思虑，寡言语，不知天下之有仁义厚薄也。忽然而去，倏焉而来；其动也天，其静也地；故万物不能萦心焉。

　　尝言曰："天下大可见矣！生何为养，而嵇康著论；途何为穷，而阮籍恸哭？故昏昏默默，圣人之所居也。"遂行其志，不知所如。

1　《老子校释》第四十一章，第179页。

2　《老子校释》第四十五章，第191页。

3　《老子校释》第四十五章，第98页。

第二讲　陈子昂：风骨与兴寄的呼唤

　　对于陈子昂我们并不陌生，许多人小时候就诵读过他的诗歌，其中尤为著名的是他的《登幽州台歌》："前不见古人，后不见来者。念天地之悠悠，独怆然而涕下。"但我们对他在唐代散文发展史，乃至中国文学理论批评史方面的贡献，却不甚了解。从文学地位来看，在唐代的诗坛上，陈子昂比不上飘逸洒脱的李白和沉郁顿挫的杜甫；在文坛上，他也比不上"文起八代之衰"的韩愈和"牢笼百态"的柳宗元，但他是唐代文学发展历程中实实在在绕不开的一个人物。为什么他如此重要？我们下面就来揭秘。

第一节　陈子昂与他的时代

　　唐人卢藏用在《陈子昂别传》中这样描述陈子昂："（陈
子昂）奇杰过人，姿状岳立。始以豪家子，驰侠使气，至年
十七八，未知书。长从博徒入乡学，慨然立志，因谢绝门客，
专精坟典，数年之间，经史百家，罔不该览。"[1]《新唐书》则这
样记载他："（陈）子昂十八未知书，以富家子，尚气决，弋博
自如。它日入乡校，感悔，即痛修饬。"[2]

　　所谓"气决"，指的是果敢而有魄力。"弋博"，指的是射
猎博戏。陈子昂长于富贵人家，幼而聪颖，少而任侠，长到
十七八岁，还没有正经读过书。但是有一天，他进入乡里的学
堂，或许是受到了心灵刺激，从此洗心革面，谢绝旧友，努力
读书。所谓"浪子回头金不换"，他一旦发愤图强起来，进步
很快，虽然几经波折，终究还是取得了功名。

　　进士及第以后，由于他生性耿直，一度遭到当权者的排
斥和打击。不久唐高宗李治病逝于洛阳，武则天执掌朝政，议
迁梓宫归葬。陈子昂听说后，上书加以谏阻。武则天看了之
后，觉得这个人非常有才华，授他为麟台正字，旋迁右拾遗。
垂拱二年（686）和万岁通天元年（696），陈子昂两次从军北
征。陈子昂在北征途中多次直言进谏，不但未被采纳，反而被
降职，就在这种情况下，他写下了《登幽州台歌》："前不见古

1　《全唐文》卷二三八《陈子昂别传》，第 2412 页。
2　《新唐书》卷一○七《陈子昂传》，第 4067 页。

人，后不见来者，念天地之悠悠，独怆然而涕下。"闻一多先生在《宫体诗的自赎》一文里讲《春江花月夜》是具有"宇宙意识"的，[1] 笔者觉得陈子昂《登幽州台歌》中的"宇宙意识"也非常鲜明。这是因为，这首诗一方面当然是陈子昂感怀不被重用、不被发现、壮志难酬的叹息之作；另一方面，由于它模糊了主语和时代背景，使其深刻地表达出了那种人类所共有的对于孤独的感受。无论你生活在什么时代，无论你的出身高低、从事何种职业，我们人类本身就有一种与生俱来的孤独感，这种感受是无论如何都难以回避的。它会使你感到渺小而茫然无助。当你登上高台，四野无人，时空模糊了它的边界，这个时候，你就会从内心产生一种"前不见古人，后不见来者"的孤独感，"念天地之悠悠"，"天"就是时间，"地"就是空间，时空好像从来没有因为人类的存在而产生任何改变。在这种大视野下，不要说个人，就是全人类，在宇宙中都是沧海一粟，微不足道。人生的意义在这种情况下已经难以讨论，更不要说眼前的一些具体的得失。这时候巨大的孤独感就会从内心涌起，使人不得不怆然而涕下。也就是说，这首诗的内涵实际上触及了我们人类这个物种无法逾越的哲学难题。

壮志难酬的陈子昂在三十八岁辞职还乡，后来被人陷害，死于狱中，年仅四十一岁。他的《登幽州台歌》也就成为绝响。关于陈子昂，还有一个"伯玉毁琴"的故事。说的是陈子昂落第之后，心情非常低落，正好在街上看到一人出售胡琴，索价百万。围观的人群中不乏当时长安城里的豪权显贵，众人纷纷传看胡琴，却没有人懂这个乐器。这时，陈子昂挤进人

---

1 闻一多：《唐诗杂论》，《闻一多全集 3》，生活·读书·新知三联书店，1982，第 21 页。

群，拿出了一千缗，把琴买下。"缗"是古代穿铜钱的绳子，一串一千文，为一缗。"一千缗"是很多钱了。众人惊讶到了极点，问他是谁，陈子昂从容不迫地说："我会弹奏它。"众人纷纷问："能不能演奏一曲？"陈子昂说："那大家明天来宣阳里吧。"围观的豪贵们都想一睹为快，于是第二天纷纷到场，陈子昂捧出琴后也不弹奏，而是感叹道："蜀人陈子昂，有文百轴，驰走京毂，碌碌尘土，不为人知。此乐贱工之役，岂宜留心？"说完就把这把昂贵的胡琴砸碎，然后拿出自己的诗文作品，给与会者发送传阅。一时帝京瞩目，他的声名马上就传遍了长安。这个小故事其实反映了两方面的信息：其一，陈子昂还是那个"奇杰过人"的机灵鬼，有"不走寻常路"的举动；其二，在科举制度成熟前，唐代文人扩大自身影响以求取功名的方式可谓多种多样。

借助陈子昂的生平故事，我们对他的了解又加深了一步。他对当时的文学风气非常不满，甚至说"文章道弊，五百年矣"，也就是说，从他所处的时代上溯五百年，偌大的中国竟然没有出现过一篇好作品！为什么他会说出这样的话呢？

陈子昂说这个话，是有一个时代背景的。他本人对初唐文坛创作现状深为不满，那我们就应该考察一下当时的文艺创作情况，究竟萎靡不振到了什么地步，才让陈子昂痛心不已呢？我们在之前引言部分简要介绍过南北朝时期的文学特征，提到过治书侍御史李谔的《上隋高祖革文华书》。齐梁以来，文学形式更为精美，视角细致入微，但走向了内容狭窄、缺乏真情的创作泥潭。梁简文帝萧纲算是宫体文学的一代宗师，他提出"立身先须谨重，为文且须放荡"的观念。他有一首名作，叫作《咏内人昼眠》："梦笑开娇靥，眠鬟压落花。簟文生玉腕，香汗浸红纱。"一个女子香甜地酣睡在凉席上，娇嫩的面颊上现出两个梦中笑开的酒窝儿，环形的发髻压着从枝头飘落的花瓣，白皙的手臂上隐现着竹席的印纹，玉肌渗出的香汗把红色的纱衫浸湿了。萧纲的这首诗是宫体诗中咏美人的名作。写夏天昼眠的宫中女子娇媚的睡态和服饰，尽态极妍地表现了她的体态美和服饰美，甚至连竹席印在手臂上的印纹、香汗润湿的红衫都细致入微地刻画出来了，使女子娇美的睡态和俏丽的服饰宛然若见。

窥一斑而知全豹，由此可知南朝文风的大概面貌：它的吟咏务求精美细致，但是视野狭窄，风格轻浮软媚。而文风的流行是有惯性的，这类文风就像传染病一样从南朝一直延续到隋朝，直到初唐时期，整个文坛还是弥漫着这种辞藻精美繁复，但是内容狭窄的创作风格。

但是，新的时代要求已经出现。一个新兴的、幅员辽阔的国家建立以后，它的国运蒸蒸日上。那么，与这种政治氛围、社会心理相适应的文学创作，必然要冲破形式主义的樊篱去诉求更高一层的精神内涵。宫廷的狭小空间，飘荡的尘埃和蛛网，乃至女性的衣服、发饰这些琐碎的题材已经难以满足文人们的视野。所以，这一时期的唐代文人把目光投向了山川、大漠，他们说，宁为百夫长，胜作一书生。在这种情况下，陈子昂在《与东方左史虬修竹篇序》里将汉魏风骨与风雅比兴联系起来，反对没有气格、言之无物的文学作品。这样复归风雅的目的，不仅是要恢复建安文学传统，更重要的是在诗歌创作中寄托大丈夫经天纬地的济世理想和人生意气，这便与片面追求"彩丽竞繁"的齐梁宫廷诗风彻底地划清了界限。这个主张，对于盛唐诗文的变革具有关键性意义，所以它不

仅是一篇优秀的散文，同时在中国古代文学理论中也占据非
常重要的地位。

第二节　陈子昂《与东方左史虬修竹篇序》

　　理解了陈子昂和他所处时代的文风特征，再来看他的《与
东方左史虬修竹篇序》，就能更为深切地理解陈子昂的呼声。
题目中的东方左史虬，指东方虬，他在武则天时担任过左史这
一官职，应当是陈子昂的朋友辈，具体生平已经不详。

　　"东方公足下：文章道弊，五百年矣。"[1] 足下，是旧时的交
际用语，下称上或同辈相称的敬辞。陈子昂在文章一开篇就发
出惊人之语：文章创作的正路已经衰敝了五百年之久。他的开
篇掷地有声，使我们在惊异之余又很想看下去，探究他这样说
的原因。文中说的"五百年"，指的是从西晋至唐初，实际上
这段时间不到五百年，这里是概称。陈子昂为什么这么说呢？
我们在上一节介绍过，西晋至南朝，华而不实的文风弥漫于文
坛，已经成为积习。唐朝立国以后，随着社会环境的变化，这
种文风逐渐不能适应时代要求。在这种情况下，陈子昂提出了
新的创作取向，他说："汉、魏风骨，晋、宋莫传，然而文献有
可征者。"说到汉魏风骨，不免使人想起汉魏时期的古诗所具有
的那种爽朗有力、苍凉古直的文学传统。那什么是风骨？或者
说，一个人、一部作品有风骨，会给人一种怎样的直观感受？
你脑海里出现的第一个印象是什么？

──────────

1　本书所引陈子昂《与东方左史虬修竹篇序》内容均出自陈子昂《陈伯玉文集》卷一，四
　　部丛刊初编集部第一〇三册，上海书店，1989，第 472~473 页。以下不再重复注释。

风骨，给我们的第一感受，是有气格的人或者艺术品所具有的风格，是大丈夫行于天地间的苍凉磊落、骨气端翔，而不是娇娇怯怯、婆婆妈妈的感觉。风骨是我国古代文论的重要范畴。"风"指的是情志，是一种内在的、能感染人的精神力量。有了情志，文章才能鲜明生动。"骨"可以指代文章的表现方式。也就是说文章应该表现得刚健有力，直接体现在语言的运用上，能够准确、简练、明晰地表达文义，由此形成一种有力的气势和逻辑的力量。有风骨的作品具有充沛感人的思想情感内容，同时表现出一种清峻、刚健、有力的艺术风格。

这样优秀的文学传统，陈子昂说可惜"晋、宋莫传"。西晋以来，文学创作重视情采，发为辞藻，精美清丽，走上了形式主义道路，因此陈子昂说其未能继承汉魏传统。但他又说了一句话，"然而文献有可征者"。也就是说，虽然文学风格没有传下来，但是文学作品传下来了，这是非常幸运的事情，文献的保存给了后人学习从前经典作品的可能。

那么，南朝的文学作品是什么样的呢？陈子昂说："仆尝暇时观齐梁间诗，彩丽竞繁，而兴寄都绝。""彩丽竞繁"，指的是过分追求辞采的华丽。而"兴寄"，指的是比兴寄托。也就是说，比兴寄托在这个时期的作品中已经看不到了。那么，比兴寄托是什么？它在中国古代文学创作中又承担什么作用呢？

比兴寄托是古代诗歌的常用技巧。对此，宋代朱熹有比较准确的解释。他认为："比者，以彼物比此物也。"[1] "兴者，先言他物以引起所咏之词也。"[2] 通俗地讲，"比"就是打比方，是

---

1 朱熹集撰《诗集传》卷一《螽斯》，赵长征点校，中华书局，2017，第 7 页。
2 《诗集传》卷一《关雎》，第 2 页。

对人或物加以形象的比喻，使其特征更加鲜明突出。通过打比方，寄托我们的内心感情。这是一种非常含蓄而动人的文学手法。

　　这种传统在我们当下的生活中不仅存在，而且大量存在。举个例子，20世纪90年代有一首非常流行的歌曲《寂寞是因为思念谁》，里边有一句歌词："你知不知道思念一个人的滋味？就像喝了一口冰凉的水。"思念一个人的滋味有的人有过，有的人可能没有。即使有过的人，"思念"这种感觉落实到每个个体身上之后，也是千差万别的。怎样才能把这种体验真实地传递出去，尽可能地让对方"感同身受"呢？古人很善于运用"比"的方法。打比方能够迅速把一个抽象的概念形象化，变得可感可知。思念一个人的滋味太抽象了，但是喝一口冰凉的水，是很容易做到的。而喝过一口冰凉的水之后的感受，每个人又是各不相同的，从中又生发出来许多新的感受。这真是应了那句话："如人饮水，冷暖自知。"

　　但是在这个过程中我们也能看出，打比方不是从逻辑到逻辑的，而是从形象到形象的，它讲求的不是一个人的推理分析能力，而是感知领悟能力。比如孟子说："人之性善也，犹水之就下也。"[1]人性是很抽象的东西，孟子认为它的本质是善的，就好像流水始终是从高处流向低处的。实际上这个话中间是有跳跃性的，因为从逻辑推理角度去分析，人性和流水两者之间并没有本质上的、必然的逻辑关系。这说明了什么？打比方的"比"在语言运用中，突出了说理形象化的长处，而掩盖了逻辑推理上的短处。它在发挥长处的时候，效果非常惊人。"你知不

1　《孟子注疏》卷一一《告子章句上》，北京大学出版社，1999，第295页。

知道思念一个人的滋味？就像喝了一口冰凉的水。"马上让你调动起你的个体经验和对方共鸣。而这种表述，其实是从感知到感知的。从一个难以理解的感知，到一个容易获得的感知；从一个容易获得的感知，到一个二次生发的感知。中国文学就是沿着这样的传统发展到今天。你只要熟悉了这种表达特征就能明白，在我们中国人的文化心理和思维模式中，感知的传递和理解是意义非凡的。

我们回到兴寄。"兴"就是感兴、起兴，借助其他事物来作为诗歌发端，以引起所要歌咏的内容。《诗经》里说"关关雎鸠，在河之洲"，[1]就是起兴。"比"与"兴"常常连用，"你知不知道思念一个人的滋味？就像喝了一口冰凉的水"其实也有比兴的特征，只是它把"兴"的部分放在后边。如果我们稍作改动，调整语序，马上就能发现这个奥秘：喝了一口冰凉的水，就像尝到了思念的滋味。像不像民歌？这说明了什么？说明我们虽然进入了现代，但是我们的文化心理、思维模式和传统是一脉相承的，古人并没有走远。

这种特征在陈子昂看来，是文学言之有物、含蓄蕴藉的优良传统，而在当时竟然不复存在了，因此他"每以永叹，思古人，常恐逶迤颓靡，风雅不作，以耿耿也"。这里的"永"，是"长"的意思。《尚书·舜典》说："诗言志，歌永言，声依永，律和声。"[2]"声依永"，就是声音拖长。陈子昂是一个很有责任感的文学家，他为自己的时代没有出现代表本时代精神的文学作品而深深地难过。"耿耿"，我们用它组词，最常见的是"耿耿

---

1 《毛诗正义》卷一《关雎》，北京大学出版社，1999，第22页。
2 《尚书正义》卷三《舜典》，北京大学出版社，1999，第79页。

于怀"，形容令人牵挂或不愉快的事在心里难以排解。"耿耿"在文中也是这个意思。陈子昂说自己回想古人，常常担心浮艳绮靡的文风充斥文坛，而风雅比兴的传统就此沉寂下去，因此心中很是不安、很是牵挂。陈子昂的"思古人"，实际上开启了此后文人复古思路的先声。稍晚一点的李白说："自从建安来，绮丽不足珍。圣代复元古，垂衣贵清真。"（《古风》其一）可以说，在这方面李白和陈子昂的观点是一脉相承的。

"一昨于解三处见明公《咏孤桐篇》，骨气端翔，音情顿挫，光英朗练，有金石声。""一昨"，意思是前些日子。"解三"，应当是陈子昂和东方虬共同的朋友。唐人称呼好友的习惯是用对方的姓氏加上其家族排行。这在许多诗题中有反映，譬如《别董大》《送元二使安西》，"解三"也是如此。也就是说，陈子昂在解三那里看到了东方虬的《咏孤桐篇》，被深深打动。陈子昂说自己感到诗中透露出一种与当时不同的艺术气质：诗风刚健有力，韵文相配，读起来声情并茂，抑扬顿挫。表达鲜明精练，音韵铿锵悦耳，因此"有金石声"。"遂用洗心饰视，发挥幽郁"，意思是心目为之一新，内心的郁结和愁苦也因此消除。

何以如此呢？因为在对方的作品中，陈子昂看到了本时代文学的发展方向。东方虬的作品上承魏晋诗歌传统，使他又惊又喜："不图正始之音，复睹于兹；可使建安作者，相视而笑。"他说没想到正始之音，相隔数百年后又在今天见到了。那么，什么是"正始之音"呢？这是一个非常重要的知识点。"正始"（240~249）是魏齐王曹芳的年号，正始之音在这里指代"正始文学"，它包括正始以后到西晋立国这一时期的文学。曹魏后期，政局混乱，司马懿父子掌握朝政，诛杀异己。在这样的背景下，文学创作发生了重大变化。由于周围环境危机四伏，以及玄学思想的盛行，正始文人很少直接针对政治现状发表意见，而是避开现实，以哲学的眼光来观察事物、讨论问题。这就使正始文学呈现出浓厚的哲理色彩。"正始之音"代表性的创作群体是以嵇康、阮籍为代表的"竹林七贤"，这个文人群体我们在讲王绩的时候介绍过。他们以清谈、饮酒、佯狂等形式来排遣内心苦闷，其作品基本上继承了建安文学的精神，但由于魏晋易代之际，政局莫测，他们不能直抒胸臆，所以不得不采用比兴、象征等手法，以隐晦曲折地表达自己的思想感情，可见"正始之音"与建安文学的风格是不同的，但是它们都真诚地反映了一个时代。

陈子昂说，没有想到竟然在东方左史的作品当中，感受到了正始之音。"可使建安作者，相视而笑。"那么，"建安作者"指的又是哪些人呢？是以"三曹""七子"为代表的邺下文人群体。"三曹"，就是曹操、曹丕、曹植。熟悉三国历史的同学并不陌生，他们是曹魏集团的核心人物。而"七子"之称，始于曹丕所著《典论·论文》："今之文人，鲁国孔融文举，广陵陈琳孔璋，山阳王粲仲宣，北海徐干伟长，陈留阮瑀元瑜，汝南应玚德琏，东平刘桢公干。斯七子者，于学无所遗，于辞无所假，咸以自骋骐骥于千里，仰齐足而并驰。"[1]这些文人所代表的建安文学，书写乱世，寄托志向，言之有物，情感真挚，发语质朴动人，风格慷慨磊落，这种文风与后来南朝时期的形式主义文风完全不同，因此被陈子昂所追慕。

为什么陈子昂会追慕这样的一种创作风气，要求改革文风呢？在上一节的写作背景介绍中我们解析过，初唐时期的文学

1　《文选》卷五二《魏文帝典论论文》，上海古籍出版社，2019，第 2315 页。

作品仍然无法摆脱齐梁以来的宫体文风，其表达方式和创作内容逐渐无法与一个新兴帝国的风貌相匹配。初唐时期的文人，已经把目光从狭小的宫闱转向了边塞和大漠，渴望建功立业。万里的山河开阔了他们的视野，而"九天阊阖开宫殿，万国衣冠拜冕旒"（王维《和贾至舍人早朝大明宫之作》）的国运，又给他们增添了极大的自信心。因此，陈子昂复归古道，要求文章有气格、有风骨，要表达言之有物的内容，实际上是时代的呼声，是时代借了陈子昂的口，把时代的格调表达了出来。这就是陈子昂这篇文章在中国文学批评史上占有非常重要的地位的原因。它把握住了时代的脉搏，顺应了时代的要求。

陈子昂说，东方虬的《咏孤桐篇》可使建安作者相视而笑。这说明在陈子昂看来，东方虬的这首《咏孤桐篇》，上承建安传统，一扫六朝余绪，是值得推崇的创作风格。"解君云：'张茂先、何敬祖，东方生与其比肩。'"张茂先即西晋张华，其字茂先，是西晋时期著名的政治家，也是一代文宗。惠帝继位后，他出任太子少傅，位极人臣。永康元年（300），赵王司马伦发动政变，张华被杀害，享年六十九岁。他工于诗赋，辞藻华丽，编纂有中国第一部博物学著作《博物志》，其中分类记载异境奇物、古代琐闻杂事及神仙方术等。内容多取材于古籍，有山川地理的知识，有历史人物的传说，还保存了不少古代神话材料。

那么，何敬祖又是谁呢？其即何劭，字敬祖，也是西晋时期的文学家。他小时候和晋武帝司马炎一起长大，《晋书·何劭传》曰："劭字敬祖，少与武帝同年，有总角之好。"[1]什么是

---

1 《晋书》卷三三《何劭传》，第 998 页。

"总角之好"？古时候儿童束发为两结，向上分开，形状如角，叫作总角，借指童年时期。"总角之好"指的就是从小一起长大的好伙伴，如同北京方言中的"发小"。有了这样的一层关系，司马炎受封晋王太子后，何劭就做了太子中庶子。晋武帝即位，任命他为散骑常侍，累迁侍中尚书。晋惠帝即位，初建东宫，何劭被任命为太子太师，累迁尚书左仆射。何劭这个人博学多才，又善于写文章，陈说近代事，了如指掌。永康初年，迁司徒。赵王司马伦篡位，请他做太宰，他一直活到永宁元年（301）才去世。

这两位西晋人物，对我们而言固然是生疏隔膜了，但对于初唐时期的士人来说，他们却是前代享有盛名的文坛宗主。"东方生与其比肩"的意思是，东方虬可以与他们两位人物相媲美，这是很高的评价了。"比肩"，是"差不多高低"的意思。解三对于东方虬的评价很高。那么，陈子昂怎么看呢？他认为，"仆亦以为知言也"。他不仅非常认同解三的话，甚至欢欣鼓舞地应和对方了："故感叹雅制，作《修竹诗》一篇，当有知音以传示之。"他看到了汉魏风骨的复兴，就忍不住写了《修竹诗》，期待献给知音欣赏。他的欢呼如此纯粹，如此诚恳，使我们都不禁为他这种真诚的快乐而感动。

在唐诗发展史上，陈子昂这篇短文好像一篇宣言，从内容到形式都提出了革新要求，这篇文章的出现标志着唐代文学创作风格的革新和转变。我们梳理一下，他提出了哪些理论和主张。首先，他批评了空洞繁缛的文风。南朝的刘勰、钟嵘也曾经反对当时的形式主义诗风，标举过"比兴""风骨"的传统。初唐四杰之一的王勃也指责宫廷诗风是"骨气都尽，刚健不闻"。陈子昂则继承了他们的主张，一针见血地指出初唐宫廷诗人们所奉为偶像的齐梁诗风是"彩丽竞繁，而兴寄都绝"，没有太大的生命力。

其次，他主张恢复诗歌比兴言志的风雅传统。他说："每以永叹，思古人，常恐逶迤颓靡，风雅不作，以耿耿也。"他希望诗歌能够言之有物，革除浮侈，体现一个时代真正的风貌。

最后，他提出了"风骨""兴寄"的革新口号，从内容到形式都提出了革新要求。"风骨"和"兴寄"都是关系着诗歌生命的首要问题。"风骨"的实质是要求诗歌有充沛、刚健的思想感情和表达方式。"兴寄"的实质是要求诗歌有鲜明的思想内容。并且他将"汉魏风骨"和"风雅兴寄"的光辉传统作为创作的先驱榜样，在复古的旗帜下实现诗歌内容的真正革新。他的态度很坚决，旗帜很鲜明，号召很有力量。

从当时的情况来说，只有实现内容的真正革新，才能使诗歌负起时代的使命。同时，我们还应该看到，由于"初唐四杰"等诗人的积极努力，新风格的唐诗已经出现，沿袭齐梁的宫廷诗风已经越来越为人们所不满，诗歌革新的时机更加成熟了。陈子昂的革新主张在这个时候提出，不仅有理论的意义，而且富有实践的意义。他抨击了陈腐的诗风，为当时正在萌芽成长的新诗人、新诗风开辟了道路。而他本人的诗歌创作，例如我们之前提到的《登幽州台歌》，同样鲜明有力地体现了他的革新主张。

那么，时人与后世怎样评价他呢？卢藏用《右拾遗陈子昂文集序》说："横制颓波，天下翕然质文一变。"什么叫作"质文一变"呢？《论语·雍也》曰："质胜文则野，文胜质则史，文质彬彬，然后君子。"[1] 原意为一个人的质朴胜过文采，就显

---

[1] 《论语注疏》卷六《雍也下》，北京大学出版社，1999，第 78 页。

得粗野，而文采如果胜过质朴就显得注重繁文缛节而不切实际。只有文质相配，才能称得上是君子。后来"文质"这个词也用于评论文章，"质"指的是文章的内容，而"文"指的就是文章的辞藻。陈子昂提出的变革理念，为后来盛唐文学铺平了道路，使文坛风气出现了变革。前述梁肃在《补阙李君前集序》中说道："唐有天下几二百载，而文章三变。初则广汉陈子昂以风雅革浮侈。"认为唐代文章第一次变革的标志性人物就是陈子昂。此后各个时期的文人回顾这一时期的文学创作情况时，对陈子昂也赞赏有加。白居易《初授拾遗》诗曰："杜甫陈子昂，才名括天地。"把陈子昂和杜甫放到了同等的文学地位，大加褒扬。韩愈甚至认为唐代文学创作的兴盛是从陈子昂开始的，其《荐士》诗曰："国朝盛文章，子昂始高蹈。"到了宋代，刘克庄在《后村诗话》里讲得更为细致："唐初王、杨、沈、宋擅名，然不脱齐梁之体，独陈拾遗首倡高雅冲淡之音，一扫六代之纤弱，趋于黄初、建安矣。"[1]"建安"是东汉末年汉献帝的年号，这一时期东汉政权主要由曹操掌握。"黄初"则是三国时期曹魏的君主魏文帝曹丕的年号，与"建安"前后相连。后世亦以"黄初、建安"指称汉魏之际的文学创作，严羽《沧浪诗话·诗体》曰："以时而论，则有：建安体，黄初体。"[2]可见，在初唐的文学变革中，陈子昂有首倡之功。他革除了六朝文风纤弱的余弊，标举风骨，倡导兴寄，对当时的浮华风气做出了有力的扭转，使得文学走上了健康发展的新道路，故而后来的名家往往称述其功绩。

---

1 刘克庄：《后村诗话》卷一，中华书局，1983，第 6 页。
2 严羽著，张健校笺《沧浪诗话校笺》，上海古籍出版社，2012，第 203~205 页。

【附】《与东方左史虬修竹篇序》

东方公足下：文章道弊，五百年矣。汉、魏风骨，晋、宋莫传，然而文献有可征者。仆尝暇时观齐梁间诗，彩丽竞繁，而兴寄都绝。每以永叹，思古人，常恐逶迤颓靡，风雅不作，以耿耿也。一昨于解三处见明公《咏孤桐篇》，骨气端翔，音情顿挫，光英朗练，有金石声。遂用洗心饰视，发挥幽郁。不图正始之音，复睹于兹；可使建安作者，相视而笑。解君云："张茂先、何敬祖，东方生与其比肩。"仆亦以为知言也。故感叹雅制，作《修竹诗》一篇，当有知音以传示之。

第三讲　李白与王维：盛唐的信笺

　　经过陈子昂等人的努力呼吁，此后的文坛创作渐渐打开了格局。随着唐朝国力进一步增强，整个社会进入了相对平稳的发展阶段。科举取士逐渐形成定制，稳定地为朝廷输送成批人才。王公贵族好尚文学的氛围在该时期有增无减，又于其中引领风气，锦上添花。在多种因素的综合作用下，许多优秀的文学家在盛唐时期出现，使得该时期文学发展的面貌焕然一新。李白和王维正是该时期难以忽视的两位杰出创作者，他们的诗歌成就被视为唐诗中引人瞩目的两座高峰，他们的散文亦不乏脍炙人口、传诵千古的名篇。李白的《与韩荆州书》与王维的《山中与裴秀才迪书》是两封写于盛唐的信笺。前者汪洋恣肆、意气纵横，淋漓尽致地显示出期望报效国家的进取精神与乐观态度，后者则更多地体现出亲近山林、体察自然的闲情逸致。

第一节　李白《与韩荆州书》

说到李白，就让人联想到盛唐。人们喜欢用盛唐气象来形容那个恢宏浪漫的时代，而李白与他的诗，正是盛唐气象最典型的人格与艺术象征。余光中在《寻李白》一诗中称赞他"酒入豪肠，七分酿成了月光；余下的三分啸成剑气；绣口一吐，就半个盛唐"。[1] 可以说，李白不仅是中国古代最杰出的浪漫主义诗人，也是民间知名度最高的古代诗人。他的诗作妇孺皆知，譬如"举头望明月，低头思故乡"（《静夜思》）、"飞流直下三千尺，疑是银河落九天"（《望庐山瀑布》）、"两岸猿声啼不住，轻舟已过万重山"（《早发白帝城》）、"桃花潭水深千尺，不及汪伦送我情"（《赠汪伦》）等作品，语言清新明畅，情感强烈执着，为我们所熟稔。

李白祖籍在陇西成纪，即今甘肃省秦安县。但是他的出生地尚有争议，较为普遍的一种说法是他出生于中亚的碎叶城，即今吉尔吉斯斯坦托克马克附近，在当时属于唐安西都护府管辖。据《新唐书》记载，李白为兴圣皇帝凉武昭王李暠的九世孙，"其先隋末以罪徙西域"，[2] 按照这个说法，李白和李唐诸王是同宗的关系。李白幼年跟随父亲从西域回到内地，客居

1　卢斯飞:《洛夫余光中诗歌欣赏》，广西教育出版社，1993，第 221 页。
2　《新唐书》卷二〇二《李白传》，第 5762 页。

剑南道绵州昌隆县，就是现在的四川省江油市。他出生在一个富裕且重视文化教育的家庭，在《上安州裴长史书》中，他自称："五岁诵六甲，十岁观百家。轩辕以来，颇得闻矣。常横经籍书，制作不倦。"[1] 可见天赋异禀如李白者，一样勤奋好学。从这段自述中也能发现，李白从小的学习范围很广，并不限于儒家一门。"六甲"指的是用天干地支相配来计算时日，其中有甲子、甲戌、甲申、甲午、甲辰、甲寅，故称"六甲"。《汉书·食货志上》载："八岁入小学，学六甲五方书计之事，始知室家长幼之节。"[2] 也就是说，古代的儿童在启蒙阶段会学习一些有关年份日期和推理计算的生活常识。"百家"则是诸子百家之思想。既然涉猎百家而不拘泥于儒学一门，李白早年的读书范围就相对广泛，视野也较为开阔，这对他的创作无疑是有好处的。

开元十二年（724），李白出蜀，"仗剑去国，辞亲远游"。[3] 他沿江东下，走到江陵，遇到了著名的道士司马承祯。李白气宇轩昂、风度翩翩，给司马承祯留下了深刻的印象。等阅读过李白的诗文后，司马承祯更是大为赞赏，称其"有仙风道骨，可与神游八极之表"，[4] 这正是李白的风度和文学风格给予人的总体印象。李白为司马承祯的评价而欢欣鼓舞。此后，他从江陵南下，继续东行，经庐山、当涂，先后游历了金陵、广陵、越中等地。吴越之游结束后，李白回到湖北安陆寿山暂住。在这

1　李白：《李太白全集》卷二六《上安州裴长史书》，王琦注，中华书局，1977，第1243页。

2　《汉书》卷二四《食货志上》，中华书局，1962，第1123页。

3　《李太白全集》卷二六《上安州裴长史书》，第1244页。

4　《李太白全集》卷一《大鹏赋》，第1544页。

段时期，李白以干谒的方式结交地方长官和贵公子，提高自己的声誉。他的才华得到了唐高宗时的宰相许圉师的赏识，许圉师将孙女嫁给了他，李白就在安陆定居了下来。

开元二十二年（734），朝廷初置十道采访使，荆州大都督府长史韩朝宗驻节襄阳，向朝廷举荐人才。李白向韩朝宗上书，希望得到他的赏识和推荐，《与韩荆州书》就是在这种背景下产生的。李白在信中怀着激动的心情向韩朝宗介绍自己，开篇就有一种先声夺人的效果："白闻天下谈士相聚而言曰：'生不用封万户侯，但愿一识韩荆州。'"[1]"谈士"指的是言谈之士，这里指的是当时和李白一样四处干谒的文士们。"万户侯"又是什么呢？汉代有食邑万户的侯爵，但唐代已经没有万户侯这个封爵了，这里借指显贵。李白起笔开门见山，他说我早听闻天下士人有这样的共识：大丈夫立身处世，获得高官显爵尚在其次，只要得到韩荆州的赏识，那就不枉活一世了！这种写法自然有夸张之处，但唯其夸张，才能获得先声夺人的效果，李白的这个开篇可以说是成功的。顺理成章地，李白发出了一个问句："何令人之景慕，一至于此耶！""景慕"指的是敬仰向慕之情。这个问句是针对韩朝宗发出的，使接下来的表述文从字顺："岂不以有周公之风，躬吐握之事，使海内豪俊，奔走而归之，一登龙门，则声誉十倍。所以龙盘凤逸之士，皆欲收名定价于君侯。"原来韩朝宗具有拔擢人才的慧眼，为对方提供一展宏图的机会，无怪乎天下士人说出"但愿一识韩荆州"的话了。这里有几个典故需要解释，譬如文中所提到的"周公"，他是周

1　本书所引李白《与韩荆州书》内容均出自李白《李太白全集》卷二六，王琦注，中华书局，1977，第1239~1242页。以下不再重复注释。

武王的弟弟。因其采邑在周，故有此称。《史记·鲁世家》载："周公戒伯禽曰：'我文王之子，武王之弟，成王之叔父，我于天下亦不贱矣。然我一沐三捉发，一饭三吐哺，起以待士，犹恐失天下之贤人。'"[1] 词语"吐握"之意即源于此，后世比喻求贤心切。另一个典故是"龙门"，龙门在今山西河津西北黄河两岸，峭壁对峙，形如阙门，传说江海大鱼能上此门者即化为龙。东汉李膺有高名，当时士人有受到李膺青眼相待者，名为"登龙门"。"龙盘凤逸"又是什么呢？龙是盘曲起来的，凤凰是隐于山野的，比喻有能力的人屈居下位，尚未得到朝廷的重视。这些龙盘凤逸之士听到韩朝宗慧眼识珠，因此"奔走而归之""皆欲收名定价于君侯"。"收名定价"，指获取美名，奠定声望。

这时候李白突然笔锋一转，落落大方地说："愿君侯不以富贵而骄之、寒贱而忽之，则三千宾中有毛遂，使白得颖脱而出，即其人焉。""君侯"是对尊贵者的敬称，这里指的是韩朝宗。"毛遂"的典故出自《史记·平原君列传》，战国时赵国平原君门下有许多食客，秦国围困邯郸，情势紧急，赵王让平原君求救于楚国，毛遂请求前往，平原君说："你在我门下三年，要是有本事，我早就认识你了，为什么从来没有听说过你？"毛遂不慌不忙地回答道："我就像一把锥子，你要是早点把我放到袋子里面，我的锋芒早就显现出来了。今天我就是来请求把我放入袋中，让我为您效命。"他的自信折服了平原君，平原君带毛遂随从至楚，果然说服了楚王。建立了奇功。[2] 李白在这里以毛遂自比，他虽然有求于人，但仍旧不失洒脱气概，甚至

1 《史记》卷三三《鲁周公世家》，中华书局，1959，第 1519 页。
2 《史记》卷七六《平原君虞卿列传》，第 2365~2376 页。

在首段末尾向韩朝宗提出了要求：这么多的才士奔走于您的门下，希望您不因自己富贵而对他们显露出骄傲的态度，也不因他们地位低微而轻视他们，这样您才能获得像毛遂那样有才干的人，而我李白正是这样的人。

这一部分是文章的开篇，李白开门见山，褒扬韩朝宗，末句把话题引回自身，自然而然地开启了自我介绍："白，陇西布衣，流落楚、汉。十五好剑术，遍干诸侯。三十成文章，历抵卿相。虽长不满七尺，而心雄万夫。皆王公大人，许与气义。此畴曩心迹，安敢不尽于君侯哉？"这一段自述历来被认为是研究李白生平的重要依据。他并未提及自己的家世，只是说自己出身于陇西，使对方疑心他与陇西大族李氏或许有着什么联系。李白这时候并没有功名，因此自称"布衣"。"流落楚、汉"则指他当时安家于湖北安陆，频繁往来于襄阳、江夏等地的情状。接着他介绍自己的过往履历："十五好剑术，遍干诸侯。三十成文章，历抵卿相。"这两句文辞，句式整齐，朗朗上口，气势充沛。"干"是"干谒"的意思，读平声。"诸侯"指地方长官，"卿相"与诸侯相对，指的是朝廷官员。也就是说，李白不仅文武双全，而且性格开朗，热情主动，为实现用世之志，屡屡拜谒名公贵卿，广泛交游，积累了丰富的见识阅历。"长不满七尺，而心雄万夫"，是说自己个头并不高，但是气概凌云，胆识超过万人。

为什么李白胆识能够超过万人？自然与他的性格禀赋相关。但接下来，他谦虚地说："皆王公大人，许与气义。此畴曩心迹，安敢不尽于君侯哉？"这都是因为王公大人赞许我有气概、讲道义。往日的心事行迹，怎敢不尽情向您表露呢？如此一来，行文就不是一味豪壮自诩、自我夸赞，而是具有一张一合、跌宕起伏的韵味，显得摇曳多姿起来。此处"许"是"称许、称赞"的意思，"畴曩"是"往日、从前"的意思。做好铺垫之后，李白提出了愿望，希望韩朝宗给自己一个面谈的机会："君侯制作侔神明，德行动天地，笔参造化，学究天人，幸愿开张心颜，不以长揖见拒。""制作"指的是文章著述，"侔"是"相等、齐同"的意思，这两句是对韩朝宗的才能与品德的褒扬。褒扬的目的是希望韩朝宗"开张心颜"，和颜悦色地礼贤下士。"开张"在这里是"开扩、舒展"的意思。"长揖"则是一种平等的礼节，相见时拱手高举自上而下以为礼。我们发现，李白的称赞并不是一味地颂扬，字里行间仍然时时流露出难以掩饰的"青莲本色"。他希望和对方以一种相对平等的身份面谈，这是他一贯具有的慷慨气概和"平交王侯"的心态使然。

"必若接之以高宴，纵之以清谈，请日试万言，倚马可待。"设想，如果韩朝宗能够礼贤下士，李白是不惮于展露才华的，他希望对方以盛宴来接待自己，给他发表观点的机会。而且李白主动请求韩朝宗考察自己的能力，也就是"日试万言"，一日之内，手不停笔，万言顷刻而成。何谓"倚马可待"？这个典故来自《世说新语》。东晋时期袁宏随同桓温北征，受命作露布文。袁宏倚马前而作，手不辍笔，顷刻便成，而文极佳妙，为人传诵。[1] 李白以袁宏自比，形容自己敏捷的文思不亚于前代才子。"今天下以君侯为文章之司命，人物之权衡，一经品题，便作佳士。""司命"是传说中的神灵，掌管人的寿命。"文章之司命"指的是判定文章优劣的权威。"权"是秤锤，

---

1 《世说新语笺疏》卷上之下《文学》，第 300 页。

"衡"是秤杆。那么"人物之权衡"指的就是品评人才高下的权威，故而才有"一经品题，便作佳士"之说。这说明，尽管科举制已经推行，但中唐以前的官员任命仍留有一些汉代察举制的遗风，文士干谒名流、耆宿品评人物则是这种遗风的体现。"而君侯何惜阶前盈尺之地，不使白扬眉吐气、激昂青云耶？"这是一个反问句，有加强语气的作用。意思是说，既然才学之士向您自荐，您又何必吝惜台阶前区区一尺之地不去接待他，而使其不能大展宏图、为国效力呢？所以，这一部分主要是李白表达自己对韩朝宗的仰慕之情，并期望得到接见。

　　接下来，行文进一步展开，李白借用古人举贤荐才的佳话来比附当下的情景，进一步凸显了上书的主题——希望为国家效力。"昔王子师为豫州，未下车，即辟荀慈明；既下车，又辟孔文举。""王子师"大家一听觉得很陌生，其实就是东汉末年的王允，其字子师，汉灵帝时出任豫州刺史，勤政爱民，曾征召荀爽和孔融为官。"辟"就是"征召"的意思。"山涛作冀州，甄拔三十余人，或为侍中、尚书，先代所美。"山涛，字巨源，"竹林七贤"之一。他四十岁才入仕途，出任冀州刺史后，查访贤人隐士，表彰或任命三十多人，均有名于当时。他每次选用官吏，先秉承晋武帝意旨，且亲作评论，时人称为"山公启事"。王允、山涛为国家选贤举能，在朝廷和士人中间获得了极高声誉，故而李白说这两位前贤是"先代所美"。言古是为了喻今，话头一转，自然就到了韩朝宗这里："而君侯亦荐一严协律，入为秘书郎。中间崔宗之、房习祖、黎昕、许莹之徒，或以才名见知，或以清白见赏。"可见韩朝宗也曾向朝廷举荐过一些人才。"严协律"，其名不详。"协律"指的是协律郎，属太常寺，掌校正律吕，负责礼仪的事务。崔宗之，名成辅，是李白的好朋友，他和李白、贺知章等人并称为"酒中八仙"。房习祖、黎昕、许莹三人生平不详。可想而知，急于实现自我价值的李白，是非常羡慕这些人的，他说："白每观其衔恩抚躬，忠义奋发，以此感激，知君侯推赤心于诸贤腹中，所以不归他人，而愿委身国士。傥急难有用，敢效微躯。""抚躬"，就是拍着身体，表示慨叹、感激。它和"抚膺""抚髀"的构词方式相同，意义也是相近的。"推赤心于诸贤腹中"这句话，其实来自一个成语典故，叫"推心置腹"。《后汉书·光武帝纪》载："萧王（刘秀）推赤心置人腹中。"[1] "国士"指的是国中杰出的人才。李白说，我屡次看到这些得到推举的士人感激奋发、恳悃倍常，心里就知道您是一位能够礼贤下士的伯乐，因此我不向他人门下奔走，而愿意托身于您。如逢紧急艰难，有用到我的地方，那我一定献身效命。"所以不归他人"这句话，省略了主语"我"。这段话强调了两层意思。其一，"不归他人，而愿委身国士"，等于说这是一个双向选择：是因为您是国士，我才不归他人，才郑重地上书求见。其二，"傥急难有用，敢效微躯"，意思是在紧急关头，您可以用得上我，我的才干在关键的时候能派上用场。这个态度，可以说是不卑不亢的。体现了李白自身所带有的那种洒脱气质。李白虽然是求人提携援引，也不乏对对方有所赞扬，但就表述和措辞来看，他始终还是能够和对方保持在一个相对平等的地位侃侃而谈。前述他希望韩朝宗不以长揖见拒，也体现了这一点。

我们都听说过一个词——"文如其人"，就是说一个人有没有见识、有没有才华，是可以从他的文章中看出来的。李白

1　《后汉书》卷一《光武帝纪》，第17页。

想让韩朝宗进一步了解自己，他声称已经准备好了上呈的著作：
"且人非尧舜，谁能尽善？白谟猷筹画，安能自矜？至于制作，
积成卷轴，则欲尘秽视听。""谟猷"和"筹画"都是"谋划"
的意思，这里指的是胸中所藏的治国安邦、辅佐社稷的计策。
"自矜"在这里是"摆架子、自我夸耀"的意思。这句话以一
个让步句开始，李白说，人非尧、舜，谁能完美无缺？我胸中
素昔的对于国家形势的谋略策划，岂能一味自夸？这些想法我
都已经记录下来，积累成为卷轴，想要请您过目。唐代书籍的
装帧方式是以轴卷束，像画一样卷起来，外边束上丝带，故称
"卷轴"，因此才有"某某文集第几卷"这样的说法。线装书则
是明清以来才有的书籍装帧方式。"尘秽视听"是谦语，意思是
请对方阅读自己的作品。

　　行文至此，突然出现了一个转折："恐雕虫小技，不合大
人。"既然已经准备好要上呈作品，为什么又故作谦虚呢？这是
因为李白仍然在争取面见韩朝宗的机会。"若赐观刍荛，请给纸
墨，兼之书人，然后退扫闲轩，缮写呈上。庶青萍、结绿，长
价于薛、卞之门。"割草为刍，打柴为荛，"刍荛"指割草打柴
的草野之人，这里用作谦称。"赐观刍荛"的主语是韩朝宗，李
白期望他对自己的才华感兴趣，为自己提供纸墨和书记员，以
及誊抄作品的处所。这个请求是大有深意的，既然以往的制作
已经"积成卷轴"，誊抄就不大可能顷刻而就，或许需要一段
时间，可能是四五天，也可能是十天半月。在这段时间里，以
李白的开朗性格，他可以同韩朝宗进一步熟络起来，使对方
更好地了解自己，这比仅随书信附上文章的做法又直接许多。
"庶"就是"庶几，或许"的意思。"青萍"是宝剑的名称，"结
绿"是美玉的名称，李白用它们自比。"薛"是薛烛，春秋时期

越国人，善相剑。"卞"则是卞和，春秋时期楚国人，正是他发现了和氏璧。此处都喻指韩朝宗，意思是希望像青萍这样的宝剑、结绿这样的美玉，能在薛烛、卞和这里得到重视。"幸惟下流，大开奖饰，惟君侯图之。""下流"在这里是自谦的话，指的是地位微寒的人。李白在文章的末尾提出了自己的请求，希望韩朝宗顾念身居下位的才士，大开奖誉之门，将他们推荐给朝廷。

可以说，李白的这封信写得洋洋洒洒，恢宏恣肆，他虽然有求于人，但这篇书信的行文一点也不含蓄。这是因为李白本人就有一种"平交王侯"的气概，也是他自己性格使然。李白在这封信里，毫无掩饰地讲述自己的才华，把一封求荐的信，写得气概凌云，具有一种战国时期士的风采。同时也反映了李白自身所具有的一种纯真无邪的诗人气质，他不因求人而显出半点唯唯诺诺的样子，而是给人一种落落大方的感觉，既颂扬了韩朝宗荐贤纳士的美德，也介绍了自己的才华，同时表达了希望在韩朝宗的荐举下大展宏图的想法。言辞恳切，意气如虹，字里行间洋溢着一种豪放的气概。后世是如何评价这篇文章的呢？吴楚材、吴调侯《古文观止》卷七载："本是欲以文章求知于荆州，却先将荆州人品极力抬高，以见国士之出不偶，知己之遇当急。至于自述处，文气骚逸，词调豪雄，到底不作寒酸求乞态。自是青莲本色。"[1]谢有辉《古文赏音》卷一二载："气岸雄伟，光焰万丈，想见其心雄万夫之概。"[2]可见"文如其人"确有其理，李白豪气干云的精神气概凝结在这篇书信中流

---

1 《解题汇评古文观止》，第408页。
2 《解题汇评古文观止》，第408页。

传了下来，使后世千万读者能够从字里行间感受到这种潇洒磊落的风采。

【附】《与韩荆州书》

白闻天下谈士相聚而言曰："生不用封万户侯，但愿一识韩荆州。"何令人之景慕，一至于此耶！岂不以有周公之风，躬吐握之事，使海内豪俊，奔走而归之，一登龙门，则声誉十倍。所以龙盘凤逸之士，皆欲收名定价于君侯。愿君侯不以富贵而骄之、寒贱而忽之，则三千宾中有毛遂，使白得颖脱而出，即其人焉。

白，陇西布衣，流落楚、汉。十五好剑术，遍干诸侯。三十成文章，历抵卿相。虽长不满七尺，而心雄万夫。皆王公大人，许与气义。此畴曩心迹，安敢不尽于君侯哉？

君侯制作侔神明，德行动天地，笔参造化，学究天人，幸愿开张心颜，不以长揖见拒。必若接之以高宴，纵之以清谈，请日试万言，倚马可待。今天下以君侯为文章之司命，人物之权衡，一经品题，便作佳士。而君侯何惜阶前盈尺之地，不使白扬眉吐气、激昂青云耶？

昔王子师为豫州，未下车，即辟荀慈明；既下车，又辟孔文举。山涛作冀州，甄拔三十余人，或为侍中、尚书，先代所美。而君侯亦荐一严协律，入为秘书郎。中间崔宗之、房习祖、黎昕、许莹之徒，或以才名见知，或以清白见赏。白每观其衔恩抚躬，忠义奋发，以此感激，知君侯推赤心于诸贤腹中，所以不归他人，而愿委身国士。傥急难有用，敢效微躯。

且人非尧舜，谁能尽善？白谟猷筹画，安能自矜？至
于制作，积成卷轴，则欲尘秽视听，恐雕虫小技，不合大
人。若赐观刍荛，请给纸墨，兼之书人，然后退扫闲轩，
缮写呈上。庶青萍、结绿，长价于薛、卞之门。幸惟下
流，大开奖饰，惟君侯图之。

第二节 王维《山中与裴秀才迪书》

王维是我们比较熟悉的一位唐代诗人，他的许多诗歌我们
在很小的时候就耳熟能详，譬如《九月九日忆山东兄弟》《相
思》《鹿柴》等。他的文学成就在盛唐时期就已经获得了极高
的赞誉。唐代宗在《答王缙进王维集表诏》中这样评价王维：
"卿之伯氏，天下文宗。位历先朝，名高希代。抗行周雅，长
揖楚辞。调六气于终编，正五音于逸韵。泉飞藻思，云散襟
情。"[1]文士能够获得如此之高的、出自君王之口的褒扬，是不
多见的。

王维出身于一个声望显赫的旧家大族——太原王氏家族，
他的母亲出自博陵崔氏家族。从社会声望来看，王维的家庭背
景是盛唐重要诗人中最为显赫的，这使得他青年时期就能出入
王府，又以高超的艺术才能得到岐王李范的赏识。李范是唐睿
宗李旦第四子，唐玄宗李隆基的弟弟。他始名隆范，玄宗继位
后，为了避帝讳，改名为李范。

---

1 《全唐文》卷四六《答王缙进王维集表诏》，第510页。

　　开元十九年（731），王维考取状元。薛用弱《集异记》里记载了一个王维夺魁的小故事，饶有趣味。据说王维应考的那一年，考试尚未开始，外界已经传闻有一个叫作"张九皋"的文士声名显赫，风头正盛。有人经常出入公主家，将张九皋推荐给了公主，请求公主在主考官面前保荐，将其取为当年考试的第一名。王维听闻这个消息，便拜见岐王，请他出主意。岐王对他说："你把自己诗集中清雅卓越的作品，选录十篇，再谱一首声调哀切的琵琶新曲，五天以后再来我这里。"王维依言如期而至。岐王拿出色彩鲜艳、华美奇异的锦衣，让王维穿上，一同去公主的府第赴宴。宴会上，伶人簇拥王维入场，王维演奏新谱的琵琶曲，满座动容。公主问是什么曲名，王维回答说："这是《郁轮袍》。"公主大加赞赏。岐王赶紧说："他不仅擅长音律，文学也是当世一流、无出其右。"公主更惊讶了，问王维："你有诗作吗？"王维于是拿出自己的作品上呈给公主。公主看后惊讶地说："这些都是我经常诵读学习的诗歌。我以为是古人的作品，没有想到竟然是你写的！"于是请王维更换儒衣上座。王维在席间谈吐不凡，岐王乘胜追击，他对公主说："如果今年京兆考试让王维取得第一，那不是国家的光彩吗？"公主答："对呀，你何不鼓励他参加考试呢？"岐王说："没有人出面保荐，他是不肯参加的。而且我听说您已经保荐了张九皋。"公主笑着说："那只不过是碍于人情罢了，并非我愿意插手。"公主转头对王维说："你文才出众，当得起头名称号，我一定尽力保举你！"王维称谢，遂一举夺魁。小说家言，姑妄听之。这个故事有虚构的部分，但也从侧面反映出科举制的早期形态其实并不如我们设想的那样完善，它并未给大批寒士提供登上朝堂的机会，而更近似于从贵族子弟中进行内部择优选拔，仅

比从前"父死子继"的世袭制进步了一些，仍未完全开通阶层
上升的渠道。而寒士成批地登上庙堂，源源不断地为朝廷输送
新的血液，打破阶层固化并由此显示出一种新的政治气象，则
要等到宋代科举制进一步完备以后了。

王维状元及第后，任太乐丞，因伶人舞黄狮子受累，贬为
济州司仓参军。开元二十一年（733）张九龄拜相，次年拔擢王
维为右拾遗。张九龄罢相后，王维奉命出使西北边塞，在河西
节度幕府中从事，担任节度判官。安史之乱爆发，叛军攻陷洛
阳、长安，玄宗仓促出逃，王维为安禄山军队所俘，他服药假
装不能说话，试图借此避免与叛军共事。但安禄山爱惜他的才
华，胁迫他到东都洛阳任伪职。叛军在凝碧池设宴，召梨园乐
工演奏。王维感到物是人非，痛悼赋诗："万户伤心生野烟，百
官何日再朝天？秋槐叶落空宫里，凝碧池头奏管弦。"（《菩提
寺私成口号》）至德二载（757），唐军收复两京，肃宗自凤翔
还长安，凡做过伪官的，都以六等定罪。王维的弟弟王缙恰好
任刑部侍郎，请求削官为兄赎罪，《菩提寺私成口号》诗就成
了减免罪责的证据。肃宗认可了王维在凝碧池吟诗所表露出的
心迹，恢复了他在朝廷中的优厚地位。不过，也有人说这首诗
是事后用来开罪而伪作的。此后，王维在朝中担任了一系列高
官，一直做到尚书右丞。晚年的王维虔诚信奉佛教，妻子去世
也不再续弦，在蓝田县南面的辋川修筑别墅，与裴迪、崔兴宗
等友人游历览胜，自得其乐，多有述作。

很多人喜欢王维的诗，因为其中呈现出一种动态的画面
感，《使至塞上》《山居秋暝》等诗作均体现出这一点。譬如
"大漠孤烟直，长河落日圆"，在这个画面里，孤烟形成垂直
上升的线条，长河形成水平流动的线条，太阳则作为几何图

形——圆，出现在长河这一线条的上方，同时又显示出物体从较高点向较低点的近乎垂直的位移。再如"明月松间照，清泉石上流"，同样能够带来一种动态感，明月把光辉投向了松林，清澈的泉水在山石间哗哗流动。这个时候的秋天山林不是万物萧瑟，而是给人一种清爽、活泼的喜悦之感，所以王维说："随意春芳歇，王孙自可留。"春日的芳菲不妨任由它消歇，秋天的山中也值得流连。《楚辞·招隐士》曰："王孙兮归来，山中兮不可久留。"王维的体会恰好相反，他觉得"山中"洁净纯朴，人能够把自我投入到自然的状态当中，复得返自然。

除了富于动态感的画面外，王维的作品往往又包含一种言有尽而意无穷的美感，空灵而淡然，譬如《竹里馆》："独坐幽篁里，弹琴复长啸。深林人不知，明月来相照。"这首诗据说作于王维晚年隐居蓝田辋川时期。王维早年信奉佛教，思想非常超脱。安史之乱中他身陷叛军，命途坎坷，到了四十岁以后就过着半官半隐的生活。他自述曰："晚年惟好静，万事不关心。"（《酬张少府》）常常独自坐在幽深的竹林之中，弹琴以抒怀。意兴的清幽与竹林的清幽相应和，心灵的澄净与明月的澄净相应和。作为主体的人，与自然客体的种种属性于此悠然相会，遂命笔成篇。这样的诗作就像参禅的偈语一样，有言外之意，象外之象。

由诗而文，他写给朋友裴迪的《山中与裴秀才迪书》同样具有画面灵动、内涵隽永的艺术特征。在这里还得介绍一下裴迪，他是和王维来往最多的盛唐山水田园诗人，开元末曾在张九龄荆州幕府从事，后到长安，在终南山一带隐居。在王维写给裴迪的诗和信中，经常称裴迪为"秀才"，可见他们交往期间，裴迪尚未获得朝廷任命。裴迪现存诗歌二十八首，都是同王维往来而产生的赠答、同咏之作，大多为五绝，描写的内容主要是山林间的幽寂景色，与王维创作风格相近。二人这一时期的唱和诗作形成了著名的《辋川集》，其中对他们在终南山中的生活和逸兴雅趣多有记录。王维的《山中与裴秀才迪书》也大致写于这一时期。接下来，让我们一起欣赏这封来自盛唐的优美信笺。

"近腊月下，景气和畅，故山殊可过。"[1]"腊月"指农历十二月。古代在农历十二月举行"腊祭"，所以称十二月为腊月。"景气"，我们现在说到这个词，总是把它同商业活动联系在一起，譬如常听到有人问："最近生意景气不景气？"意思是问最近买卖好不好做。而这里的"景气"，指的是景色、气候，词义与现代的"景气"不同。古代的词语发展到现在，其中一些词语的词义发生了变化。常见的变化有"扩大"、"缩小"和"转移"，"景气"的词义变化就体现了"转移"的特征。"故山"指旧居的山林，这里指王维的"辋川别业"所在地蓝田终南山一带。"殊"是"很"的意思。"过"指的是过访、游览。"故山殊可过"，就是说旧居蓝田终南山很值得一游。那么，王维为什么没有与裴迪一起游玩呢？这是因为"足下方温经，猥不敢相烦"。原来，裴迪准备来年春天参加进士考试，正在加紧用功，温习经义，所以王维不便打扰他。"方"在这里表示正在做某件事，其用法与英文中的"正在进行时"有异曲同工之妙。"猥"则是谦辞，指自己。朋友正在紧急备考，王维只好一个人出门了："辄便独往山中，憩感配寺，与山僧饭讫而去。""辄

---

1 本书所引王维《山中与裴秀才迪书》内容均出自王维撰，陈铁民校注《王维集校注》卷一○《山中与裴秀才迪书》，中华书局，1997，第 929 页。以下不再重复注释。

便"的意思是"随即"，承接上句，引起后文。"饭"在这里名词用作动词，意思是"吃饭"，"讫"是"完毕"的意思。这句是说，他就自己出门往终南山走了，在感配寺休息了一会儿，和僧人们吃了一顿素斋，吃完离去。

北方接近腊月的时节，昼短夜长。王维刚吃过晚饭，从感配寺出来，天已经黑了。接下来看到的，是冬天长安郊外的夜景："比涉玄灞，清月映郭。"冬夜在王维眼前铺展开来，显示出静谧与清幽。"比"用作副词，有"及、等到"的意思。"比涉玄灞，清月映郭"的意思是，"等到（我）渡过黑色的灞河的时候，月亮的清辉就映照在了城郭上"。不过，在其他文献版本中，这里"比"字被记载成了"北"字，这是由于二字形近，在流传过程中产生了异文。仅就句意而言，"北涉玄灞"也能讲得通，意思是"向北渡过灞河"。究竟以何者为是，凭君采择，但如果要笔者来选，我还是会选"比"字。原因很简单，王维的辋川别业在蓝田一带的终南山麓，他"辄便独往山中"，应当是出长安城后，往东南方向走。"北涉玄灞"，属于南辕北辙了。

再说这个"玄灞"，"玄"指黑色，"灞"指灞河，在今西安东。灞河怎么会是黑色的呢？这是一种文学性的修饰，指由于夜色的覆盖，灞河水呈现为黢黑的色泽。"夜登华子冈，辋水沦涟，与月上下。"王维乘着夜色登上华子冈，这是他在蓝田辋川别业的一处景观。站在山上观景，又与平原不同，有视野开阔的好处。王维清楚地看到，月色中的辋川水波泛起银色的层层涟漪，月亮的倒影在水中上下波动。极目而视，"寒山远火，明灭林外"，这是远山中有行人路过。除此之外，茫茫夜色中再也看不到什么了，但是听觉在冬夜的静谧中变得异常灵敏："深巷寒犬，吠声如豹。村墟夜春，复与疏钟相间。"附近村庄里的狗叫声，吠叫起来声同猛兽，声音大得吓人。尚未休息的农户人家利用冬夜的空闲时间，把谷物放在石臼里捣去外壳。春米的声音又与山寺晚课的钟声相交错。你看，就这么短短两三笔，长安郊外冬夜的景象就被王维活脱脱地呈现了出来。使我们感到既陌生，又熟悉。陌生是因为从他的时代到我们的时代，时间已经过了一千多年。熟悉的是他的这种表述，生动而富于温情，使得许多有过乡间生活经历的人，勾起了内心深处的关于故乡、关于幼年的许多记忆。

可是这时候，王维却很孤单："此时独坐，僮仆静默。多思曩昔，携手赋诗，步仄径，临清流也。"他落寞地回到家中，一个人静静地坐着。仆人们知道主人的习惯，并不来打扰他。他回忆起和裴迪一起在山中携手赋诗的时光，他们一同走在山间的狭窄小路上，在清澈的溪流边流连徜徉，那是多么快乐！而此时只有他一个人在灯下垂头闷坐，形影相吊。这句话里的"曩昔"，是"从前"的意思。"仄径"指的是狭窄的小路。这个冬日已然如此，但是好在春天总会来到。因为有这样的希望，王维此刻的内心又生出许多期待，下面这一部分内容就是王维对于明年春天的遐想。请注意，以下画面并非他的所见，而全是他在深冬夜晚独坐时头脑里的活动：

"当待春中，草木蔓发，春山可望，轻鲦出水，白鸥矫翼，露湿青皋，麦陇朝雊，斯之不远，倘能从我游乎？"在沉闷的冬天畅想轻盈的春日，真是一件愉快的事情。等到春天来到的时候，草木的嫩芽从山间的泥土里、枝头上重新生长了出来，这时候春天的山显示出一种新的气象，给人以雀跃的期待，故而说它是"可望"的。溪水解除了冰封，淙淙地汇聚流淌着，水里的鲦鱼轻捷地游动，有时候还跃出水面来，惹得白鸥举起双翼，在水面上掠过。露水打湿了青草地，早晨在麦田里还能听到野鸡的鸣叫。这句话里，"矫"的意思是"举起"，"皋"指的是水边的高地。"雊"这个字，我们现在已经不常用了，意思是野鸡的鸣叫声。《说文解字·隹部》载："雊，雄雉鸣也。"[1] 那么"朝雊"的意思，就是野鸡在早晨的鸣叫声。这个词语出自《诗经·小雅》中的《小弁》："雉之朝雊，尚求其雌。"[2]

在这句话里，从"当待春中"往下，用了六个四字句，结构整齐，语意丰富，呈现出春日的勃勃生机，使人产生许多遐想。最后，王维以邀请式的问句收束整段："斯之不远，倘能从我游乎？""斯"是"这些"的意思，指代前边所描述的种种春日景象。王维说，这样的美景已经快要到来了，你能同我一道去游赏？这个问句放在六个四字句后，是多么地具有感染力！许多人读到此处都深深觉得，不仅是裴迪，似乎千载之后的自己也收到了邀约，也开始欣欣然期待起了春天的来临。

王维接着说："非子天机清妙者，岂能以此不急之务相邀？""子"指的是裴迪，他在王维心中是一个脱俗的、对自然山林的变化富于感知的人，故而称其"天机清妙"。其实王维也是这样的人，他充满领悟力，在深冬中能够凭借想象，勾勒出来年春山种种动人的景象。什么是"不急之务"呢？这里指的是在大自然的怀抱中徜徉，观察万物变化。由于这类活动近乎精神审美而远离实际社会事务层面，因此称为"不急之务"。虽然是"不急之务"，但王维接着又补充了一句："然是中有深

1　《说文解字》卷四，中华书局，2013，第 70 页。

2　《毛诗正义》卷一二《小弁》，第 747 页。

趣矣！无忽。"这是说，在这种审美活动里，由于物象的丰富和灵动，使人能够体察到深刻的生命趣味，产生一种心灵的栖息之感，所以希望朋友不要轻视、不要忽略。

"因驮黄檗人往，不一。""因"是"凭借"的意思。黄檗是一种落叶乔木，果实和茎内皮可入药，茎内皮为黄色，也可以做染料。王维是有仆人的，但他没有差遣仆人快马加鞭地专程送信，而是把书信交给了驮黄檗的人，请他顺便把这封信带给裴迪。这种看似漫不经心的举动给书信的结尾添上了一丝悠闲的意味：一切都是从容不迫、顺理成章的。"不一"是古人书信结尾常用的套语，意思是不一一详述了，就写到这里吧。这封书信的落款也很简单，并没有附上什么声势喧天的官职名号，而只是淡淡地说："山中人王维白。"可见王维情志清雅，确实不同于流俗。

我们回顾这封信的内容，它先呈现出秦岭北麓辋川一带的深冬景象。其中，月光中的城郭、沦涟的辋川水波、萧疏清冷的寒山、明灭的林间火光，形成视觉片段；而深巷的寒犬吠声、村墟的夜舂声、山寺的疏钟声，则形成了听觉片段，它们叠加，点缀出了冬夜的幽深、静谧。接下来，它又为我们描绘出了春日的轻盈感：草木渐渐生长起来，春山又显露出了生机。鲦鱼轻快地在溪流中游动，白鸥展开矫健的翅膀觅食。水边的高地被露珠打湿，泥土得到滋润之后，变得松软湿滑。清晨还可以听到野鸡在麦田中声声鸣叫。这一切响动、气息和形象预示着自然生命的萌动、生长，与深冬景色的清幽、素净形成了鲜明的对照。山中人王维正是他笔下所谓的"天机清妙者"，他在寒冬夜色中仍然敏锐地捕捉出有限的声与光，把它们呈现为灵动的听觉效果与视觉画面；他还能预感到生机勃勃的春天就蕴含在这宁静的冬夜中，当它再次降临，山林万物都将焕然一新。王维素来以"诗中有画"著称于世，这种富于画面感的文学表达特征在他的行文中也同样存在。王维的《山中与裴秀才迪书》从体例来看是一封简短的书信，但其中所包含的诗意语言与动人图景，生动地呈现出盛唐文人士大夫所追求的山林之趣与自然之思。

【附】《山中与裴秀才迪书》

近腊月下，景气和畅，故山殊可过。足下方温经，猥不敢相烦，辄便独往山中，憩感配寺，与山僧饭讫而去。

比涉玄灞，清月映郭。夜登华子冈，辋水沦涟，与月上下。寒山远火，明灭林外，深巷寒犬，吠声如豹。村墟夜舂，复与疏钟相间。此时独坐，僮仆静默。多思曩昔，携手赋诗，步仄径，临清流也。

当待春中，草木蔓发，春山可望，轻鲦出水，白鸥矫翼，露湿青皋，麦陇朝雊，斯之不远，倘能从我游乎？非子天机清妙者，岂能以此不急之务相邀？然是中有深趣矣！无忽。因驮黄檗人往，不一。山中人王维白。

第四讲　韩愈："文起八代之衰"

　　韩愈作为唐代古文运动的倡导者，被后世尊为"唐宋八大家"之首，有"百代文宗"之名。苏轼在《潮州韩文公庙碑》一文中称赞他"文起八代之衰，而道济天下之溺；忠犯人主之怒，而勇夺三军之帅"，[1]从文学地位到思想传承，从个人品质到社会贡献，均热情地给他以极高的评价。韩愈具有如此重要的文学地位，使我们不由自主地想要深入了解这位唐宋转型期的关键人物，近距离观察他的为人与为文，探究他的出现为中国古代散文的发展开创了什么样的新局面。

1　苏轼：《苏轼文集》卷一七《潮州韩文公庙碑》，孔凡礼点校，中华书局，1986，第 509 页。

第一节　韩愈的传道之志与如椽之笔

　　唐代宗大历三年（768），韩愈出生在河南河阳（今河南孟州）。他的父亲叫韩仲卿，早逝。韩愈三岁时便成了孤儿，由兄长韩会抚养长大。大历十二年（777），韩会被贬为韶州刺史，没过多久便病逝在韶州任上。韩愈随寡嫂郑夫人回河阳原籍安葬兄长，因遭遇兵乱，又随嫂和族人迁居至宣州（今安徽宣城）。可以说，他不仅幼年失怙，青少年时期也是在颠沛流离中度过的。

　　韩愈的科举之路也异常艰辛坎坷。贞元二年（786），十八岁的韩愈只身前往长安，投奔族兄韩弇未果。贞元三年（787）至贞元五年（789），他接连参加了三次科举考试，都没有考中。一直到贞元八年（792），韩愈第四次参加科举考试，终于登进士第。按照唐律，士人考取进士以后还必须通过吏部博学宏词科考试才能授官。贞元九年（793）韩愈应吏部博学宏词考试，不中。次年再到长安，二应吏部试，又不中。贞元十一年（795），韩愈三应吏部试，还是不中。在此期间，他曾三度上书宰相，但没有得到任何回复。此后，他只好暂时寄身于幕府，两度担任地方节度使推官。贞元十六年（800）冬，韩愈前往长安，准备第四次参加吏部考试。贞元十七年（801），饱经坎坷的韩愈终于通过铨选。次年春，韩愈被任命为国子监四门博士，这是他正式走上仕途的开始。

　　韩愈所处的时代，与盛唐时期已经大不相同。"安史之乱"极大地损耗了唐朝的元气，使国家由盛转衰，也改变了中国历史的发展走向。中唐以来,地方上形成藩镇割据之势,各镇拥兵自重,俨然自成一体,不再完全服从于君主。朝堂上文官内部关系错综复杂,又为后来的党争埋下了隐患。此外,宦官的权力在唐德宗时期进一步增大,开始统领禁军,逐渐肆无忌惮,专权横行。种种现象猛烈地冲击着原有的、在儒家思想基础上建立的社会价值体系和基本行为秩序。

对于韩愈这样自幼饱读诗书、深受儒家伦常教诲的士大夫而言,中唐严峻的现实情况已经与经籍中的规则背道而驰。这种客观现实也使得整个士大夫群体都面临着极大的信仰挑战,甚至诱发精神层面的犹疑不决。假设他们同时身负朝廷的官职,其犹疑不决则会导致实实在在的治理危机。这是因为,文官的主要职责就是上佐君主以振纲纪,下谕百姓以安世道,而无论是"振纲纪"还是"安世道",其思想源头均来自对儒士身份的道德自信和对儒家伦理的天然认同。从这个意义来讲,对乱臣贼子僭越行为的熟视无睹,就等同于文官群体对自身职责的主动放弃。既然主动放弃了自身职责,道德滑坡就是迟早的事。由此来看,因"礼崩乐坏"而引发的道德危机与治理危机,是一个关系着当时文官群体乃至帝国命运走向的重大问题。

正是在这种情况下,韩愈大力倡导古文运动,他的目的是文学的,但更是现实的。他以复兴儒道为己任,振臂高呼,期望通过笔底文章弘扬儒家思想,约束社会各阶层的行为,恢复井然有序、各安其位的传统社会秩序。尽管这样的努力带有一定的理想主义情结,但仍能从中看出韩愈对儒道的重振、对中唐社会的复兴怀有巨大的热忱,这是由其所肩负的强烈使命感与责任感所致。在这一点上,他无愧于中唐社会文化中流砥柱之称。

　　贞元十九年（803），韩愈在京任监察御史。这一年关中大旱。京兆尹李实为邀功取宠欺瞒朝廷，灾情愈演愈烈。韩愈亲自查访发现，灾民"有弃子逐妻以求口食，拆屋伐树以纳税钱，寒馁道途，毙踣沟壑"[1]的惨状，令人痛心。为了缓解灾情，韩愈上疏请求皇帝特敕京兆府，停征这一年京畿地区的税收。由于直指时弊，反遭谗害，贬官为连州阳山令。元和元年（806）六月，韩愈奉召回到了长安，担任国子博士，后来又去东都洛阳任职过一段时间。元和五年（810），韩愈被授为河南令，次年秋天回到长安。此后，他在朝廷先后做过职方员外郎、国子博士、比部郎中、考功郎中等职务，兼任史馆修撰。元和十二年（817）八月，宰相裴度任淮西宣慰处置使兼彰义军节度使，聘请韩愈为行军司马。淮西平定后，韩愈随裴度回朝，因功被授为刑部侍郎，并撰写《平淮西碑》。这时的韩愈，正处于前途大好的上升时期。

　　元和十四年（819）正月，唐宪宗派使者去法门寺迎佛骨，京城一时掀起信佛狂潮。这种情形与韩愈长久持有的儒家思想形成了激烈抵牾，他不顾个人安危，毅然上《论佛骨表》极力劝谏。在这篇文章中，韩愈说供奉佛骨实在是一件荒唐事，要求将佛骨烧毁，永远根除，不能让天下人被佛骨误导。宪宗看了韩愈的上表，勃然大怒，要用极刑处死韩愈，裴度、崔群等文官极力劝谏，但宪宗难以平息怒火，将韩愈贬为潮州刺史。被贬后，韩愈必须尽快离京，他行至蓝田驿时，写下一首著名的诗《左迁至蓝关示侄孙湘》：

1　《韩昌黎文集校注》卷八，第 695 页。

一封朝奏九重天，夕贬潮州路八千。

欲为圣明除弊事，肯将衰朽惜残年。

云横秦岭家何在，雪拥蓝关马不前。

知汝远来应有意，好收吾骨瘴江边。

韩愈用这首诗歌来感怀自己的境遇。说自己早晨写了一篇奏章给皇帝，没想到很快就被贬官到路途遥远、远离中原的潮州去。他后悔吗？或许有那么一刹那，后悔的情感在他心头闪过。但很快地，儒家士人所秉持的无畏气概又给了他力量。他说，自己本身的出发点是没有错的，这个心迹是无可置疑的——不过是想替君主除去弊政罢了。落得今日的处境，可谓"求仁得仁"，顺理成章地引出后一句"肯将衰朽惜残年"，意思是不能因为自己垂垂老矣就畏首畏尾，不去慷慨直言。这个反问句的力量是很充沛的，带有一种从容赴死的悲慨，使人不由心生出许多敬意，故而为后世士人所称道。此后两句"云横秦岭家何在，雪拥蓝关马不前"写目中所见，触景伤情。高耸的秦岭云雾缭绕，韩愈举目远望，已经无法再看到故园。山岭间通往关隘的道路，也被厚厚的白雪所覆盖，使马匹踟蹰不前。眼前一片悲凉惨淡，前途更是凶险难知。尾联两句话是给自己的侄孙叮嘱的话：知道你远道而来定会有所打算，正好在瘴江边收殓我的老骨头吧。这说明韩愈的情绪是十分悲苦的，他根本就没想过活着再回长安。

诗题中的这个"侄孙湘"是谁呢？民间传说他就是"八仙"之一的韩湘子。是否确实如此？恐怕也是杜撰多过实迹。

陈尚君《韩湘子成仙始末》[1]一文中有细致考论，可作参看。韩愈到了潮州之后，循例要写谢上表。在表中他为自己辩白，希望能重回长安。据《新唐书·韩愈传》记载，唐宪宗读了韩愈的上表后，怒气渐消，对臣子说："愈前所论是大爱朕，然不当言天子事佛乃年促耳。"[2]意思是韩愈从前的持论，其实是爱护君主。但他身为人臣，不应当说出君主奉佛就短命这样的话。宪宗主动向臣子提起这个话头，其实内心有重新起用韩愈的打算，但又碍于颜面，所以试探文官们的态度。宰臣皇甫镈素来忌恨韩愈为人心直口快，不愿他马上回京，提醒君主："愈终疏狂，可内移。"[3]于是韩愈被调任为袁州刺史。元和十五年（820）九月，韩愈调任国子监祭酒，回到了京师。然而四年之后，也就是长庆四年（824）十二月，韩愈就因病去世了，终年五十七岁。

韩愈一生坎坷，几度起落。但他以复兴儒家道统为己任，不仅留下许多脍炙人口的名篇，而且还提出了文道合一、气盛言宜等丰富的写作理论，对后世的散文创作具有指导性意义。葛晓音先生在《唐宋散文》一书中提出："韩愈对中国古代散文所作出的重大贡献之一，就是使散文从应用性转向了文学性。"[4]他的《送穷文》寓庄于谐，《进学解》以颂为刺，"打破了古文向来只能正面立论记事的常规"，而用于抒怀书愤。不仅如此，韩愈还汲取了先秦历史散文、诸子散文和两汉史传文学中的艺术特色和创作手法，他的议论气势充沛、先声夺人，《论佛骨表》

1　陈尚君：《韩湘子成仙始末》，《古典文学知识》2012 年第 1 期，第 63~71 页。

2　《新唐书》卷一七六《韩愈传》，第 5262 页。

3　《新唐书》卷一七六《韩愈传》，第 5262 页。

4　葛晓音：《唐宋散文》，第 22 页。

义正辞直，充满情感张力，后世称其"允为有唐一代儒宗"。[1]他笔下的人物则活灵活现、各异其面，如张巡之严肃刚毅，南霁云之豪气干云，贺兰进明之阴险狡狯，无不声口毕肖，读之使人犹如身临其境。下面，我们就来领略韩愈"文起八代之衰"的如椽巨笔和卓荦风采。

第二节　议论篇:《论佛骨表》

谏迎佛骨是中国历史上儒佛两种思想的一次重大斗争事件。两汉之际，古印度的佛教传到中国，一开始只在少数上层人物中流传。东汉灭亡以后，社会进入分裂动荡的时期，其间政权更替频繁，百姓颠沛流离，佛教借助乱世得以扩大影响力，逐渐由上层流传到社会各阶层。其中，"三世说"给乱世民众的精神注入一线希望，促使他们产生对彼岸的美好憧憬，而"果报说"又使他们在面对现实痛苦时，心理能够归于平衡，施药、施法、施咒等社会活动也渐次发展了起来。隋唐时期，佛教进一步发展，与中国本土的道教、儒学并称"三教"，形成鼎足之势。再加上唐代许多君主都信仰佛教，使得佛教盛极一时。佛教盛行后，严重影响唐朝政府的财政收入，给征兵、征役、收税、选拔官吏等方面造成严重困难。当时文官中的有识之士为了国家利益，提出了遏制佛教进一步发展的意见。在唐宪宗元和十四年（819），儒佛矛盾就以一种激烈的形式爆发了。

陕西凤翔法门寺有一座佛塔，内藏佛指骨舍利一节，每

1　康熙御选，徐乾学等辑注《御选古文渊鉴》卷三五《论佛骨表》，第1页。

三十年开一次塔，把舍利取出，让人瞻仰、参观。元和十四年是开塔的时期，唐宪宗就打算把佛骨迎入宫内供养三日。韩愈听到这一消息，马上就写下这篇《论佛骨表》上奏宪宗，认为君主不应当带头崇信佛教，甚至列举历代佞佛的皇帝"运祚不长"的史实。同时，韩愈还极为恳切地说，如果佛祖有灵，能降罪作祟，那么所有的灾祸，都加在我一个人的身上，绝不后悔。他的立论尖锐锋利，突兀急切，几乎无可辩驳，深深地刺痛了唐宪宗的自尊心。唐宪宗接到谏表之后大怒，要处死韩愈，由于百官们的说情，才决定把韩愈贬为潮州刺史。深入研读这篇文章，不仅使我们能够身临其境地感受到当时两种思想斗争呈现出的紧张气氛，而且使我们更为直接地理解韩愈的性格与创作理路。

"臣某言：伏以佛者，夷狄之一法耳。自后汉时流入中国，上古未尝有也。"[1] "臣某言"，是古代表文开头的一种格式，"某"是上表者的代词，此处指的是韩愈本人。"伏"则是下对上的敬辞，表示自己对君主谦恭的态度。韩愈开门见山地说，佛教不是我们本土产生的一种宗教，而是来自异邦夷狄。这里的"夷狄"与"本土"相对，是有一些贬低的意思在里面的，指的是佛教诞生之地古印度。佛教传入中国的时间大致在两汉之际，据范晔《后汉书》载，东汉明帝派遣蔡愔到天竺去求佛法，得到了《四十二章经》和佛像，与僧人摄摩腾、竺法兰用白马载佛经，同回中原，永平十一年（68）在洛阳建寺，以"白马"名之，佛法从此流入中国。这是传统的说法，据今人考证，佛

---

1 本书所引韩愈《论佛骨表》内容均出自韩愈著，马其昶校注，马茂元整理《韩昌黎文集校注》卷一《论佛骨表》，上海古籍出版社，2018，第721~727页。以下不再重复注释。

教传入中国的时间甚至要比白马驮经更早一些。

　　既然佛教并非从本国的土壤中自然产生,韩愈认为其合法性是值得怀疑的。可是君主又何尝不知道这一点呢? 之所以大加信奉,是出于实用主义的目的: 希望自己长生不老,社稷延续千秋万代。韩愈针对这一点,列举了许多君主关心的例子: "昔者黄帝在位百年,年一百十岁;少昊在位八十年,年一百岁;颛顼在位七十九年,年九十八岁;帝喾在位七十年,年一百五岁;帝尧在位九十八年,年一百一十八岁;帝舜及禹年皆百岁。此时天下太平,百姓安乐寿考,然而此时,中国未有佛也。"这里列举的黄帝、少昊、颛顼、帝喾、尧、舜、禹,都是传说中上古时代部落联盟的首领。那么在生产力低下的原始部落社会里,人要不断地和自然抗争,是否可以活得那么长呢? 这实在值得怀疑。韩愈在这里的列举,其实反映的是古人对上古三代时期所抱有的美好想象,传说那个时候君臣和睦,人民安乐,路不拾遗,夜不闭户。这种对原始大同社会的美化与追述,源于传统社会中的尊古、复古的文化心理。这种心理早在春秋时期就已经存在,譬如《论语》中表述的对失落的礼乐传统的哀悼、《老子》中对"小国寡民"社会理想的向往,其实都体现出古人对人类社会"初创"时代的怀念。这两部典籍作为中国传统思想的源头,深刻地影响了后世,使得"言必称三代"的情况时时可见,但论实际的情形,我们现在知道社会的生产力水平是由低到高,逐渐发展进步的。

　　"其后殷汤亦年百岁,汤孙太戊在位七十五年,武丁在位五十九年,书史不言其年寿所极,盖亦俱年不减百岁。"殷汤,又称商汤,是商朝的开国君主。太戊,是殷汤第四代孙。武丁,则是殷汤第十代孙。这个时期的部分历史事件被记录在

《尚书》中，流传了下来。《尚书·无逸》载："肆中宗之享国，七十有五年。"[1] 就是"汤孙太戊在位七十五年"的数据来源。韩愈说虽然没有文献记载这些先王的岁数，但是他们在位时间那样长，只要推算一下，就可以知道他们的年龄恐怕都不在百岁之下。

接下来，他又列举了周朝先王的年龄："周文王年九十七岁，武王年九十三岁，穆王在位百年，此时佛法亦未至中国，非因事佛而致然也。"殷商末期，周人兴起，周人领袖姬昌为后来灭商建周奠定基础。传说他长寿而多子，被追谥为周文王。《史记集解》引徐广曰："文王九十七乃崩。"[2] 武王是周文王的儿子，名发，是周王朝的建立者。据说他也是一位长寿的人，《礼记·文王世子》载："武王九十三而终。"[3] 穆王则是文王的五世孙，名满。《尚书·吕刑》说他"享国百年"。[4] 这些长寿的统治者早就存在于佛法传入之前的中国历史，他们的福祚自然不是因为礼敬佛法而得来的。这样的立论非常有力，虽然其中一些文献记录渺茫久远，难以追考，但被韩愈有条理地加以整合，使人一时难以辩驳。

正面论述完毕，韩愈从反面开始论证，他接下来所罗列的文献记载与前一部分相比就更为确凿："汉明帝时始有佛法，明帝在位才十八年耳，其后乱亡相继，运祚不长。"汉明帝是光武帝刘秀之子刘庄，东汉的第二代皇帝。从汉明帝驾崩，到汉献帝退位，共历一百四十五年，中间经章帝、和帝、殇帝、安

1　《尚书正义》卷一六《无逸》，第 430 页。
2　《史记》卷四《周本纪》，第 118 页。
3　《礼记正义》卷八《文王世子》，北京大学出版社，1999，第 623 页。
4　《尚书正义》卷一九《吕刑》，第 534 页。

帝、顺帝、冲帝、质帝、桓帝、灵帝、少帝,共十位皇帝。除桓、灵二帝在位各超过二十年外,其余皇帝在位时间都很短促,殇、冲、质、少四帝在位时间甚至不满一年。此后的三国和西晋、东晋,皇帝在位年数亦皆不长。所以说"乱亡相继,运祚不长"。"运",指的是国运。"祚",指的是君位。他接着又说:"宋、齐、梁、陈、元魏已下,事佛渐谨,年代尤促。"这个话也是有历史依据的。南朝宋,立国六十年,经八帝,平均七年多就要换个皇帝。齐,立国二十四年,经七帝,平均三年多就要换一次皇帝。梁,立国五十六年,经四帝,但实际上主要是梁武帝在位时间久一点,然而这个皇帝结局很悲惨,韩愈后边还会专门说到他。陈,立国三十三年,经五帝。平均六年多换一次皇帝。以上为南朝。"元魏",即北魏及其分裂出的东魏、西魏,立国总计一百七十一年,传了十八个皇帝,等于平均十年不到就换一个皇帝。这就是北朝的情况。在古代,皇帝一般来说是终身制,换得越勤,非正常死亡的情况就越多。这些王朝的皇帝们确实都很信奉佛法,晚唐诗人杜牧在《江南春》诗里写道:"千里莺啼绿映红,水村山郭酒旗风。南朝四百八十寺,多少楼台烟雨中。"这首诗歌许多同学在小学时候就背诵过,说的就是南朝举国信奉佛法的情况。北朝也是一样的情况,甚至比南朝有过之而无不及。杨衒之《洛阳伽蓝记》中记录了北魏洛阳城里佛寺的壮丽辉煌,可知当时的君臣是如何的崇信佛法。我国的云冈石窟、麦积山石窟举世闻名,其中的洞窟大部分是在北魏时期开凿的。但是无论南朝政权还是北朝政权,不仅都没能完成统一天下的大业,反而一个个都亡国了。因此韩愈说他们"事佛渐谨,年代尤促"。"已",在这里同"以"。"谨",是"虔诚"的意思。"促",是"短暂"的意思。所谓"事佛渐谨，年代尤促"，是说南北朝的皇帝们日渐虔诚地信奉佛法，可他们在位的时间却越来越短。

其中有一个特例，就是南朝梁的开国皇帝梁武帝萧衍。他不仅在位时间长，就年龄来说，也可以算同辈中特别长寿的人，韩愈便把他单列出来评论："惟梁武帝在位四十八年，前后三度舍身施佛，[1]宗庙之祭，不用牲牢，尽日一食，止于菜果。"这些事情是有史料记载的，据《南史·梁本纪》载，梁武帝于大通元年（527）、中大通元年（529）、中大同元年（546）、太清元年（547）四次舍身同泰寺做和尚，每次皆由他的儿子和大臣用重金赎回。天监十六年（517）三月，梁武帝下令："郊庙牲栓，皆代以面。"[2]古代的祭祀活动需要献牲，行祭前需先将用来祭祀的动物饲养于牢，故这类用于献祭的动物也称为牢，又根据其搭配的种类不同而有太牢、少牢之分。牛、羊、豕三牲全备为"太牢"。只有羊、豕，没有牛，叫作"少牢"。梁武帝虔信佛教，取消了祭祀活动宰杀牲畜的做法，用面捏成祭品的样子来代替祭祀用的牲畜，这是为了避免杀生。不仅如此，据《三宝记》载，梁武帝"天监中，便血味备断，日唯一食，食止菜蔬"。[3]每天只吃一顿饭，食物也仅仅是蔬菜和水果，因此韩愈说他"尽日一食，止于菜果"。如此虔诚，最后得到了什么样的结果呢？"其后竟为侯景所逼，饿死台城，国亦寻灭。"真是令人叹息。侯景，字万景，原为东魏大将，向梁武帝请降，不久又背叛了梁武帝，引兵攻破建康。梁武帝被他囚禁在台城，竟然活活饿死在那里，国家也很快就覆亡了。"寻"，是

1　据《南史·梁本纪》记载，梁武帝在位期间实际四次舍身出家，详见后文。

2　《南史》卷六《梁本纪》，中华书局，1975，第196页。

3　张春雷等校注《历代三宝记校注》卷一一，河南人民出版社，2013，第179~200页。

"不久"的意思。在这个过程中，神佛可曾保佑过他和他的人民吗？韩愈说："事佛求福，反更得祸。由此观之，佛不足信，亦可知矣。"这句话有力地为之前的论述做出了总结，戳破了君主对佛教抱有的虚幻期望。

说完前朝旧事，韩愈的话题自然而然地转入本朝。言古的目的在于喻今，这是韩愈所深谙的道理："高祖始受隋禅，则议除之。当时群臣材识不远，不能深知先王之道、古今之宜，推阐明圣，以救斯弊，其事遂止，臣尝恨焉。""高祖"，指的是唐高祖李渊，他于公元 618 年废隋恭帝，受禅称帝，建立唐朝，年号武德。《旧唐书》和《新唐书》均记载，武德九年（626）太史令傅奕上疏请除释教，高祖从其言，打算裁汰僧尼。可是这件事情并未实行下去。韩愈说，当时的群臣，才能见识短浅，不能深刻领会先王的旨意，不能了解从古到今普遍适用的治国措施，无法理解并推行高祖皇帝神圣英明的主张，以纠正信奉佛法这种社会弊病，废除佛教这件事于是就停止没有实行。这其实是指当时中书令萧瑀等人反对傅奕除佛的主张。不久玄武门之变发生，高祖李渊退位，议除佛教的事也就中止了。"臣尝恨焉"中的"尝"，是"常常"的意思，"恨"，是"遗憾"的意思。虽然它不同于我们现代汉语中的"仇恨"之义，但也能从语气中感受到韩愈行文至此的情感是多么激动、多么恳切。顺理成章地，他非常真诚地向君主表达了自己的想法："伏惟睿圣文武皇帝陛下，神圣英武，数千百年以来，未有伦比。即位之初，不许度人为僧尼道士，又不许创立寺观。臣常以为高祖之志，必行于陛下之手。今纵未能即行，岂可恣之，转令盛也！""度"，是"剃度"的意思。世俗人出家，由其师剃去其发须，称为"剃度"，亦单称"度"，意即引度人脱离世俗苦海。"恣"在这里，是"放纵"的意思。韩愈说，皇上您即位之初就抑制僧尼和寺院的数量，我以为您会实现祖宗的志向，可是现在就算不能立即实现，怎么可以放纵佛教转而让它兴盛起来呢？这是韩愈的真心话，但是这种表达方式不易为人所接受。韩愈在立论之初就站在了"高祖之志"的道德制高点上，继而追忆宪宗即位之初的政策，似乎隐隐在批评宪宗目前的做法出尔反尔，令人失望。这种指责更多地带有情绪的发泄，实际上无益于事件的推进。而之前"神圣英武，数千百年以来，未有伦比"之类的铺垫，也就显得玄虚滑稽了起来。

"今闻陛下令群僧迎佛骨于凤翔，御楼以观，舁入大内，又令诸寺递迎供养。臣虽至愚，必知陛下不惑于佛，作此崇奉，以祈福祥也。直以年丰人乐，徇人之心，为京都士庶诡异之观、戏玩之具耳。安有圣明若此，而肯信此等事哉？"这段话里的"御楼"，指的是君主登上宫楼。古代称皇帝的行动为"御"，譬如"御笔亲书"，就是皇帝亲自写下文字，而"御驾亲征"，就是指皇帝亲自带兵打仗。"舁"是"抬"的意思。"大内"，指皇帝宫殿。"舁入大内"，就是抬入皇宫里。"徇"是"顺从、随着"的意思。韩愈说，我听说您下令让群僧从凤翔把佛骨迎到长安来，您亲自登楼来观赏庆佛骨的典礼，而且要把佛骨抬入皇宫，再令长安的各大寺庙依次奉迎、供养佛骨。我虽然愚笨，也知道陛下您一定不是被佛迷惑，做这样隆重的道场，只是希望讨个好彩头罢了。年成丰足，百姓安居乐业，于是您顺应子民的心意，设置这些奇异的景观和游玩的把戏给大家寻开心，哪里有圣明的人肯信这种东西呢？

韩愈曾说过，写文章要"气盛言宜"，这篇文章就是活生生的例子，所谓"必知陛下不惑于佛""安有圣明若此，而肯

信此等事哉"等句子，几乎是冲口而出的，都发自韩愈内心
不容置疑的对于儒家思想的自信。在他的认知中，宪宗必然
是"不惑于佛"的，是与自己同心同德的。韩愈觉得对于这
种蛊惑人心的把戏，既然自己都能看穿，圣明的陛下就更没
有道理看不穿。这种强烈的自信使得他的文章有一种难以抵
挡的气概，读起来使人感到底气十足、朗朗上口，显示出一
种先声夺人的感染力。可他未曾设想过，万一皇帝当时真的
是"惑于佛"，读到他的这些话，又该如何呢？可见，他已经
不假思索地将自己置身于极其危险的境地，慷慨激昂的书写
背后实际上潜伏着巨大的风险，使我们读到这里不得不为他
捏一把冷汗。

　　但是无论如何，他已经在主观上"设法"将君主摘到了
是非之外，所以后边的表述反而显得驾轻就熟，鞭辟入里：
"然百姓愚冥，易惑难晓，苟见陛下如此，将谓真心事佛，皆
云：'天子大圣，犹一心敬信；百姓何人，岂合更惜身命？'"
上有所好，下必甚焉。君主的言行具有天然的号召力，老百
姓看到天子敬信佛法，自然也会纷纷效仿，形成一种社会风
气。"合"在这里是"应当"的意思。韩愈作为帝国的官员，
真正担心的事情是世风的改变："以故焚顶烧指，百十为群，
解衣散钱，自朝至暮。转相仿效，唯恐后时，老少奔波，弃
其业次。若不即加禁遏，更历诸寺，必有断臂脔身，以为供
养者。伤风败俗，传笑四方，非细事也。""焚顶烧指"，指
用香火烧灼头顶或手指，以苦行来表示奉佛的虔诚。"解衣散
钱"，指信众施舍钱财。而"断臂脔身"则是以身体作为供
养，表示虔诚。其中，"断臂"是指砍断上肢，"脔身"则是从
身上割下肉来。这种供养方式血腥恐怖，与儒家传统中"身

体发肤，受之父母，不敢毁伤"[1]的思想形成了尖锐对立，以现代人的眼光来看则更是难以理解。而这些"百十为群""自朝至暮"的信众，他们放弃本业，不再从事原有的社会生产，演变成社会中一股流动的不稳定因素，这些都是韩愈所深为忧虑的。他期望宪宗马上意识到这不是一件"细事"，而是一个足以动摇国家根本的大隐患。

韩愈明白，要想君主被自己说服，愿意和自己站在同一战线，就必须给佛教这一社会思想"祛魅"，从根本上戳破其神化形象，去除其存在的合法性。于是在接下来的部分，他把火力集中对准了佛本人："夫佛者，本夷狄之人，与中国言语不通，衣服殊制。"这句话提纲挈领地强调，佛及其思想和中国本土思想属于完全不同的文化系统。何以见得呢？他举了三个非常关键的例子："口不言先王之法言，身不服先王之法服，不知君臣之义、父子之情。""法言"，是合乎礼法准则的语言。相应地，"法服"就是合乎礼法的服饰。这是说，佛嘴里不讲我们中原古代圣明君主留下的合乎礼法的道理，身上也不穿我们中原古代圣明君主所规定的、合乎礼法的衣服。这两个短句结构整齐，形成的语言冲击力很大，顺理成章地为后边"不知君臣之义、父子之情"这句话做好了铺垫，使全句气势充沛，难以辩驳，因此历来为人所称道并引用。

从语言、服饰到思想价值观念，韩愈指出印度佛教和中原的思想迥然有别。接下来，他从儒家视角出发，对佛本人做出新的解析，目的是把对方从神坛上请下来，还原为一个普通的历史人物。韩愈在这里所采用的口吻，颇有一些以儒家传人睥

1　《孝经》卷一《开宗明义》，北京大学出版社，1999，第3页。

睨异邦思想的味道，一本正经，却令人忍俊不禁：

> 假如其身至今尚在，奉其国命，来朝京师，陛下容而
> 接之，不过宣政一见，礼宾一设，赐衣一袭，卫而出之于
> 境，不令惑众也。况其身死已久，枯朽之骨，凶秽之余，
> 岂宜令入宫禁？

"宣政"，指的是宣政殿，在大明宫内含元殿后，是唐代君主接
见外国朝贡来使的地方。据《资治通鉴》载："唐时四夷入朝贡
者，皆引见于宣政殿。"[1] 而"礼宾"，指的是礼宾院，在长兴里
北，当时是朝廷设宴招待外宾之所。据《资治通鉴》载："唐有
礼宾院，凡胡客入朝，设宴于此。"[2] "一袭"，是指单衣、复衣齐
全的一套衣服。这一段是说，假如佛至今还活着，奉了他们国
君的命令，来到我国京城朝拜，陛下容纳接待他，也不过在宣
政殿接见一次，由礼宾院设一次酒筵招待一下，赐给他一套衣
服，派兵护卫着让他离开我国境内，不许他迷惑百姓。何况他
已经死了很久，留下的枯朽指骨是不祥的、污秽的死尸残余部
分，怎么可以让它进入宫廷里呢？韩愈这段话固然是发自内心
的，但也是脱离实际的，他无视佛教当时已经完成了中国化的
事实。所谓"过犹不及"，无怪乎君主勃然大怒。

接着韩愈抬出了先贤的教诲和古代的传统，希望能够说
服君王："孔子曰：'敬鬼神而远之。'古之诸侯行吊于其国，尚
令巫祝先以桃茢祓除不祥，然后进吊。今无故取秽朽之物，亲

1 《资治通鉴》卷二四〇，中华书局，2013，第 7983 页。
2 《资治通鉴》卷二四〇，第 7983 页。

临观之，巫祝不先，桃茢不用，群臣不言其非，御史不举其失，臣实耻之。"敬鬼神而远之"[1]语出《论语·雍也》，意思是对鬼神要尊敬，但不要亲近。"敬而远之"这个成语即由此而来。"古之诸侯"以下内容，涉及先秦时期的礼制。《礼记·檀弓下》载："君临臣丧，以巫祝桃茢执戈，恶之也，所以异于生也。"[2]"桃茢"是什么呢？"桃"指的是桃木，古人认为鬼魂害怕桃木，它有辟邪的作用。"茢"是笤帚。这句话是说，古代的诸侯在他的国家举行祭吊活动，先要命令巫师用桃枝扎成笤帚的样子，举行祓除的仪式，然后才进行祭吊。韩愈说，您现在无缘无故地取来朽烂污秽的东西，亲临观看，巫师不先来作法驱逐不祥，臣子们都装聋作哑，也不指出这种做法的错误，我真是感到羞耻。

那么依韩愈的意思，应当怎么办呢？他提出了一个非常大胆的设想："乞以此骨付有司投诸水火，永绝根本，断天下之疑，绝后代之惑。使天下之人，知大圣人之所作为，出于寻常万万也，岂不盛哉？岂不快哉？"韩愈说，我请求将佛骨交给有关部门，把它扔进水里火里，永远灭绝骗人的根本，断绝天下人的疑虑，杜绝后代人的迷惑。使天下的人知道皇上您的所作所为，远远地超出普通人之上，这岂不是大好事吗？岂不是十分快乐的事吗？这里的大圣人自然指的就是唐宪宗，从韩愈的角度来看，他是尊敬君主、忠于君主的，但他丝毫没有意识到诸如"岂不盛哉？岂不快哉？"这样陶醉而忘我的表述，实际上已经深深地冒犯了对方。

---

1 《论语注疏》卷六《雍也下》，第 79 页。
2 《礼记正义》卷四《檀弓下》，第 291 页。

　　韩愈似乎也不能说是完全没有顾及君主的感受,譬如他也想到了君主可能担心遭到神佛报应,于是将一切后果都包揽到自己身上:"佛如有灵,能作祸福,凡有殃咎,宜加臣身,上天鉴临,臣不怨悔!"韩愈说,佛如果真的灵验,能降下灾祸的话,那么一切的祸殃,都应加在我的身上。老天爷在上面看着,我绝不后悔埋怨。韩愈的诚恳是一以贯之的,后世许多儒家士人在读到这部分的时候,总为他一往无前的赤忱所感动。最后,他写道:"无任感激恳悃之至。谨奉表以闻,臣某诚惶诚恐。"这句话是古代表文结束时的套语。"无任",是"不胜、非常"的意思。"恳悃",是"恳切忠诚"的意思。韩愈借此表达了自己对君主诚挚的情感,并由此结束了全文。

　　精读这篇文章后,我们感到它非常有气势,感到韩愈具有一种无畏的战斗精神。韩愈在《答李翊书》中说:"气,水也;言,浮物也。水大而物之浮者大小毕浮,气之与言犹是也,气盛则言之短长与声之高下者皆宜。"[1]他特别重视作家精神力量对作品的影响,提出只要内心气势充沛,就有益于发言、著文,无论言之长短、声之高下,都是适宜的。"气盛言宜"是韩愈关于作家内心修养气质与文辞关系的论断,其《论佛骨表》就很好地体现了这一理论,故而《古文渊鉴》称赞韩愈"义正辞直,足以祛世俗之祸,允为有唐一代儒宗"。[2]

　　除了充满情感张力外,这篇文章在结构设置方面也显得匠心独具。孙琮在《山晓阁选唐大家韩昌黎全集》卷一中说,这篇文章的前半部分,可以分为两段来看,一方面是说上古没有

1 《韩昌黎文集校注》卷三《答李翊书》,第 201 页。
2 康熙御选,徐乾学等辑注《御选古文渊鉴》卷三五《论佛骨表》,第 1 页。

佛的时候，那些君王都很长寿；另一方面说的是后世许多君王崇信佛教，反而不得长寿。这个切入点是就当时皇帝通过信佛来求长寿的情况发出的，因此有着明确的针对性。

此外，韩愈在处理具体表述的时候也体现了一些用心的设计，譬如他不说皇帝轻信佛教，反而说是下层老百姓容易被迷惑，皇帝不过是以此为游戏，顺应社会心理而已。这其实是为皇帝开脱，同时也尽量显得自己的语气委婉一些。在这一点上，他认为君主只不过是暂时被新奇事物所吸引而已，在根本问题上是同自己一条心的。既然批判不是冲着皇帝来的，韩愈才会在文章后半部分讲出"岂不盛哉？岂不快哉？""佛如有灵，能作祸福，凡有殃咎，宜加臣身"这样激情洋溢的话，他没有考虑君主能不能接受他这种激烈的、不容置疑的表述方式，能不能理解他的这种不顾生死、要和佛教同归于尽的战斗精神，终于以"一封朝奏九重天，夕贬潮州路八千"作结。从这起事件来看，韩愈没能阻挡宪宗迎佛骨，还险些丧命。被贬以后，又在潮州上表谢恩、悔过，说明韩愈个人的努力归于失败。但是，千万不要小看这样的努力，它如同点燃稻草的火星，所产生的影响是令人始料不及的。韩愈的谏迎佛骨在当时似乎没有起到什么作用，但他敢于据理力争，铮铮铁骨已冲击了许多士人的心灵。第二年，"奉佛太过"的皇帝就一命归西，重蹈了历史上"事佛求福，反更得祸"的覆辙，证明了韩愈所提出的"佛不足信"的论断。

【附】《论佛骨表》

臣某言：伏以佛者，夷狄之一法耳。自后汉时流入中国，上古未尝有也。昔者黄帝在位百年，年一百十岁；少昊在位八十年,年一百岁;颛顼在位七十九年,年九十八岁;帝喾在位七十年,年一百五岁;帝尧在位九十八年,年一百一十八岁;帝舜及禹年皆百岁。此时天下太平,百姓安乐寿考,然而此时,中国未有佛也。其后殷汤亦年百岁,汤孙太戊在位七十五年,武丁在位五十九年,书史不言其年寿所极,盖亦俱年不减百岁。周文王年九十七岁,武王年九十三岁,穆王在位百年,此时佛法亦未至中国,非因事佛而致然也。

汉明帝时始有佛法,明帝在位才十八年耳,其后乱亡相继,运祚不长。宋、齐、梁、陈、元魏已下,事佛渐谨,年代尤促。惟梁武帝在位四十八年,前后三度舍身施佛,宗庙之祭,不用牲牢,尽日一食,止于菜果。其后竟为侯景所逼,饿死台城,国亦寻灭。事佛求福,反更得祸。由此观之,佛不足信,亦可知矣。

高祖始受隋禅,则议除之。当时群臣材识不远,不能深知先王之道、古今之宜,推阐明圣,以救斯弊,其事遂止,臣尝恨焉。伏惟睿圣文武皇帝陛下,神圣英武,数千百年以来,未有伦比。即位之初,不许度人为僧尼道士,又不许创立寺观。臣常以为高祖之志,必行于陛下之手。今纵未能即行,岂可恣之,转令盛也!

今闻陛下令群僧迎佛骨于凤翔,御楼以观,舁入大内,又令诸寺递迎供养。臣虽至愚,必知陛下不惑于佛,作此崇奉,以祈福祥也。直以年丰人乐,徇人之心,为京都士庶诡异之观、戏玩之具耳。安有圣明若此,而肯信此等事哉?然百姓愚冥,易惑难晓,苟见陛下如此,将谓真心事佛,皆云:"天子大圣,犹一心敬信;百姓何人,岂合更惜身命？"以故焚顶烧指，百十为群，解衣散钱，自朝至暮。转相仿效，唯恐后时，老少奔波，弃其业次。若不即加禁遏，更历诸寺，必有断臂脔身，以为供养者。伤风败俗，传笑四方，非细事也。

　　夫佛者，本夷狄之人，与中国言语不通，衣服殊制。口不言先王之法言，身不服先王之法服，不知君臣之义、父子之情。假如其身至今尚在，奉其国命，来朝京师，陛下容而接之，不过宣政一见，礼宾一设，赐衣一袭，卫而出之于境，不令惑众也。况其身死已久，枯朽之骨，凶秽之余，岂宜令入宫禁？

　　孔子曰："敬鬼神而远之。"古之诸侯行吊于其国，尚令巫祝先以桃茢祓除不祥，然后进吊。今无故取秽朽之物，亲临观之，巫祝不先，桃茢不用，群臣不言其非，御史不举其失，臣实耻之。乞以此骨付有司投诸水火，永绝根本，断天下之疑，绝后代之惑。使天下之人，知大圣人之所作为，出于寻常万万也，岂不盛哉？岂不快哉？佛如有灵，能作祸福，凡有殃咎，宜加臣身，上天鉴临，臣不怨悔！无任感激恳悃之至。谨奉表以闻，臣某诚惶诚恐。

第三节　写人篇：《张中丞传后叙》

　　《张中丞传后叙》是韩愈为安史之乱期间睢阳守将张巡、许远等人所作的一篇补白事迹之文。什么事迹如此紧要，亟须补全而不能使其阙疑？这篇文章又写于何时呢？韩愈在此文开

头就开门见山地揭明了写作缘起:

> 元和二年四月十三日夜,愈与吴郡张籍阅家中旧书,得李翰所为《张巡传》。翰以文章自名,为此传颇详密。然尚恨有阙者:不为许远立传,又不载雷万春事首尾。[1]

元和二年,是公元 807 年。这天夜晚韩愈与友人张籍翻看家中旧书,阅读了李翰所写的《张巡传》,大受触动。但他觉得这篇传记中仍有缺漏之处,便亲自动笔对相关文献史料作一些补充,故而此文题目有"后叙"二字。这篇文章最为人称道的是叙事跌宕起伏、张弛有度,而描写人物又能各异其面、生动细致,历历如在目前。

张中丞,就是张巡,《新唐书》说他是邓州南阳(今河南南阳)人。唐玄宗开元末年(741)举进士,由太子通事舍人出任清河县令,回朝后不附权贵,调任真源县令。安史之乱中,张巡在雍丘一带起兵抗击叛军,转战宁陵后,与睢阳太守许远合兵,共同坚守睢阳,睢阳就是今天的河南省商丘市。这个城守得非常艰苦,当时唐王朝各个割据的藩镇,大都采取隔岸观火的姿态,使得睢阳城变成了一座没有外援的孤城。随着敌军的不断增多,城里没有东西吃,许多人因饥饿而死,活着的也或伤残,或疲惫不堪。士兵们吃完了粮食之后,开始吃麻雀,吃老鼠,吃铠甲和弓箭上的皮。张巡把自己的爱妾杀了给士兵吃,许远把自己的仆人杀了给士兵吃。这种行为对现代人而

---

1 本书所引韩愈《张中丞传后叙》内容均出自韩愈著,马其昶校注,马茂元整理《韩昌黎文集校注》卷二《张中丞传后叙》,中华书局,2019,第 88~94 页。以下不再重复注释。

言，是万万难以理解的——为了守住城池竟然先转头杀死和自己朝夕相处的、无辜的人，则其守之为何？但这种情况在历史中并不鲜见。在家天下的时代，对秉持儒家伦理道德的文臣而言，他所效忠的对象首先是君，这是他自幼熟悉并信奉的价值体系，即所谓"纲常"。故而我们所见的悖谬，于其自身行为逻辑而言仍能自洽。我们所见的不道德，正是他的道德。

或许有人要因此嘲讽张巡的迂腐及其无谓的牺牲，这恰如现代人嘲讽古人没有见过电灯电话一样，仍是一种高高在上的视角。须知我们所享有的文明观念也并非产生于一朝一夕。文明的观念，譬如人人平等的意识，是现代社会以来才为大众所逐渐接受。既然文明的出现并非易事，则其存续与推进就更值得我们每个人去身体力行。

至德二载（757），睢阳城破，张巡被俘，与部将三十六人同时殉难。这场守城战最终以失败告终。安史之乱平定以后，朝廷中有人竭力散布张巡、许远降贼有罪的流言，这是割据势力在设法为自己推脱过错。韩愈感愤于此，秉笔直书，为守城的将士谱写了一曲慷慨悲壮的颂歌。其中，守将南霁云出城求救、拒食断指、抽矢射塔等细节极为传神，人物的形象栩栩如生，光彩照人。我们这一节主要围绕这部分展开解析，由此领略韩愈文章感情充沛、气势恢宏、褒贬分明的创作特色。

"愈尝从事于汴、徐二府，屡道于两府间，亲祭于其所谓双庙者。"韩愈在这里自述曾先后在汴州（今河南开封）、徐州（今江苏徐州）担任幕僚，而且亲自在双庙中祭祀过张巡和许远。唐代称幕僚为从事，"道"在这里名词用作动词，是"取道、路过"的意思。两府，就是汴徐二府。"双庙"则指的是张巡、许远死后，后人在睢阳为他们所立的庙，因为祭祀的是两位英雄，故称"双庙"。以上是韩愈自述经历，接下来他不着痕迹地转换了叙述视角，引出一个当地的老人作叙述者，"其老人往往说巡、远时事，云……"这样一来，后边的事情都是通过当地老人的视角呈现给我们的，大大地增加了读者的在场感和事件的可信度。韩愈隐藏了自己作为代叙者的身影，这种叙事手法可谓巧妙。我们来看老人给我们讲了什么故事。

"南霁云之乞救于贺兰也。贺兰嫉巡、远之声威功绩出己上，不肯出师救。爱霁云之勇且壮，不听其语，强留之，具食与乐，延霁云坐。"这一段话只有寥寥数十个字，却充分显示了韩愈驾驭文字的功力，他简洁、清楚地告诉我们当时情势的紧急和矛盾的关键点。南霁云是魏州顿丘（今河南清丰西南）人，出身贫苦。安禄山起兵以后，他投身到了抗击叛军的队伍中，不久被派遣到睢阳与张巡议事，为张巡的诚恳所感动，坚持留下来做张巡的部将。睢阳城岌岌可危，粮草耗尽，张巡便派遣南霁云冒死突围，求救于贺兰进明，也就是文中的"贺兰"。"贺兰"是一个复姓，来自北方少数民族鲜卑，他们中的大部分人在北魏时期随着政权中心的南移而接受了汉文化的洗礼。到中唐时期，汉化的鲜卑人已经在中原地区生活了数百年之久。据《唐才子传》记载，贺兰进明于开元十六年（728）登进士第，安史之乱时，他担任河南节度使兼御史大夫，驻节于临淮一带。面对南霁云的求援，他有自己的打算。他妒忌张巡、许远的威望和功劳，担心他们的影响力超过自己，不愿意派兵相救，却又看中了南霁云的勇敢磊落，想把他纳入麾下，成为自己的一员猛将。因此，他摆出了一副虚与委蛇的态度，既不为南霁云的请求所动，又勉力挽留他，还准备了美酒佳肴和乐师歌女，大排宴席，请南霁云入座。这样一来，矛盾的焦点就集中到了南霁云身上，他的选择关乎后边事态的变化。

人在平常波澜不惊的生活中，是看不到所谓性格的。"我"之所以是"我"，是在重重的冲突中，是在面对数倍强大于自身的可怕对象时，才渐次清晰的。换言之，正是人最终所做的那个选择，定义了"我"之为何，定义了"我"的独特性。南霁云现在就面对着痛苦的选择，我们来看他是怎么选的。

"霁云慷慨语曰：'云来时，睢阳之人，不食月余日矣！云虽欲独食，义不忍；虽食，且不下咽！'"南霁云很聪明，他一眼就看穿了贺兰进明的想法。他说，我来的时候，睢阳守城的军民们已经一个多月没有东西吃了，我就算想一个人享受，我心中的道义也使我难以接受自己的行为；就算我吃进嘴里，也难以下咽！这几句话简练而坚决，从它被讲出来的那一刻到现在，已经过去一千多年了，但还是真诚而鲜活，好像刚刚从男子汉义愤填膺的喉咙里喷薄而出，动人心魄。其语言力量又是如此之强，遂使许多读到此处的读者，脑海中都纷纷再现了那个洞见肺腑、慷慨悲怆的场面。

这是南霁云在语言上的明示。同时，他为了表明决心，避免啰唆，做出了后续一系列动作："因拔所佩刀断一指，血淋漓，以示贺兰。一座大惊，皆感激为云泣下。"这个举动可谓出人意料，使在座的所有人都猝不及防。人类对于那些大无畏的、为族群舍身赴义的英雄总是存有一种天然的敬意，因为他们在危急关头所显示出的气概给普通人呈现出了一种崇高的、美的精神震撼。在座的诸公看到南霁云竟然拔出佩刀，斩断了自己的手指来显示决心，纷纷大惊失色，继而都深受感动，甚至流下眼泪。至此，南霁云在道义上、气势上赢得了压倒性的群体心理认同，这又与他孤身求援的处境形成了鲜明的对照。

此时的局面悄悄地发生了新的变化,选择题又抛回到了贺兰进明这里。是同在座诸公一样,深受感触,毅然出兵救援睢阳,还是仍然作壁上观,只图自我保全? 历史也曾给予贺兰进明登台亮相的机会,可惜他并未选择英雄的人生。"云知贺兰终无为云出师意,即驰去",韩愈行文运笔的简练深刻在这里又一次体现了出来。"即驰去"三个字表明南霁云行动干脆利落。他知道贺兰进明不会出兵,便马上离开,没有丝毫的延宕。我们不妨设身处地地想想,南霁云调转马头的时候,他难道不知道贺兰进明会给自己一个栖身的职位吗? 他难道不知道睢阳万般凶险,自己这一去将会玉石俱焚吗? 但他"即驰去",没有犹疑恋栈,也决不拖泥带水。韩愈用人物的行为动作替代了人物的心理活动,为我们呈现的是一位沉默而坚定的英雄形象。

那么,这位沉默而坚定的英雄,他的内心难道如同木石一般,毫无波动吗? 不是的,我们再往下看:"(南霁云)将出城,抽矢射佛寺浮图,矢着其上砖半笴,曰:'吾归破贼,必灭贺兰! 此矢所以志也。'"这句中的"笴",是"箭杆"的意思。南霁云在出城之际,突然搭弓射箭,用力之深竟然使那支箭射进了佛塔砖面,半根箭杆都没入了砖里。这时,他发出了自己的誓言:"如果我这次回去能大破安史叛军,一定会回来向贺兰报仇! 这支箭,就是见证!"由此可以想见其内心的绝望、痛苦与愤恨。南霁云千辛万苦血战突围去求援,他很想为张巡、为睢阳城带回一点好消息,他很希望拥兵自重的节度使们能暂时放下私利,挺身而出。说到底,他的大义凛然与贺兰进明的自私狡狯,是两种价值观的冲突。由此,我们也就能够理解,他的刻骨痛恨并非为个人得失,而是为当时危急的国家情势,为他所珍视的道义。可以说,南霁云的人物性格是通过一次次矛盾的促迫和一次次主动的选择完成的，这正是韩愈写人的高妙之处——并非概念化地灌输给读者一个脸谱式的符号，而是把活生生的、有血有肉的人放在命运的夹缝中，让人物自己去呈现独特的个性特征。

至此，我们感觉到文章的节奏、情感已经非常紧张，如同拉满的弓弦，如果再拉下去，这个弓弦就要绷断，行文则难以为继。怎么办呢？韩愈自有办法，他突然宕开了一笔，插入了一段亲身经历，一下子把我们从讲故事老人的视角那里拉了回来："愈贞元中过泗州，船上人犹指以相语。"这句话的作用，如同电影的镜头切换，我们眼中的场景突然切换到了韩愈的舟中经历。韩愈说，此事真实不虚。何以见得？我在贞元年间曾经乘船路过泗州，这是当年贺兰进明屯兵驻扎的地方。和我同船的人还指点着那个带着箭镞的佛塔，讲这段掌故给我听，故曰真实不虚。这样一来，之前荡气回肠、吞声饮恨的历史场景被迅速转换，再现为口耳相传的民间掌故，行文节奏的紧张程度被大大减弱，故事的可信度却因有了韩愈的亲身经历作为佐证而大大提高。与此同时，全文的叙事节奏仍牢牢地掌握在韩愈手中，显得收放自如——他以"愈贞元中过泗州，船上人犹指以相语"收束了上一个叙事场景，寥寥数语过渡之后，马上就开启了下一个叙事场景，这个场景转换到了睢阳城陷落之后。

"城陷，贼以刃胁降巡，巡不屈，即牵去，将斩之；又降云，云未应。巡呼云曰：'南八，男儿死耳，不可为不义屈！'"睢阳城终于还是陷落了，张巡、许远、南霁云等人都被安史叛军所俘虏。这句中的"贼以刃胁降巡"，"降"是使动用法，意思是叛军拿着刀威胁张巡，想使他投降。张巡当然不会屈身事贼，于是被绳索绑缚着拉到一边，就要被杀害。此时，叛军又开始招降南霁云，南霁云沉默不语，故曰"未应"，意思是并没有马上作出回应。这个时候，张巡突然忍不住喊了起来。他嚷道，南八，堂堂男子汉，死又算得了什么？不要做不忠不义的事情，玷污一世英名。"南八"就是南霁云，他排行第八，故称"南八"。之前我们讲陈子昂《与东方左史虬修竹篇序》这篇文章的时候提到，唐人称呼好友的习惯是用对方的姓氏加上其家族排行。譬如"董大""元二""解三"等，此处的"南八"又是一例。笔者最初看韩愈这篇文章时，读到此处心生许多感动。张巡在面对自己即将死亡这件事的时候显得很平静，文中说他"即牵去"，似乎一语不发，很是镇定。反倒是看到南霁云沉默不语的时候，张巡焦急了起来，甚至失声呼喊。舍生取义，何其难哉？此刻张巡似乎忘记自己马上就要被砍头，担心的却是南霁云不能坚定信念、善始善终。我们来看南霁云的反应："云笑曰：'欲将以有为也，公有言，云敢不死？'即不屈。"于生死之际神色不变，甚至未言先笑，韩愈用寥寥数笔凸显出南霁云一贯的轻生重义、慷慨洒脱的性格。南霁云说，我本来是有所打算的，您既然这样说，我就随您去吧。于是没有投降叛军，也被杀害了。他到底有什么打算呢？"将以有为"所指为何？韩愈没有写明，可以理解为先佯装投降，麻痹敌人，等待机会，再图立功。

　　现在我们总结一下韩愈《张中丞传后叙》中的这部分故事，它主要分为两个板块：其一是南霁云突围求援；其二是睢阳城破以后，张巡、南霁云等人从容就义。在南霁云突围求援这部分故事中，韩愈把南霁云放入了一个充满冲突的复杂环境中，借助各方之间尖锐的矛盾冲突来凸显人物的性格。贺兰进明嫉妒张巡、许远的威望，不愿出兵相救，而又企图把南霁云收入麾下。南霁云由不忍独食到抽刀断指，由慷慨陈词到抽矢射塔，他的举动不是无源之水、无根之木，而是被所处的环境一步一步促迫，走向了最终的爆发。这样一来，南霁云忠诚、勇敢、决绝、愤怒等性格就自然而然地跃然纸上，给我们留下了鲜明而深刻的印象。不仅如此，韩愈在情节紧张之时巧妙地加入了贞元年间自己路过泗州的经历，在紧张激烈的气氛中，突然宕开一笔，不仅加深了故事的可信度，而且显得行文张弛有度、余音不绝。

韩愈在写人的时候，还非常善于运用对比、陪衬的方法凸显人物特征。南霁云的英勇无畏，同时也是在贺兰进明自私自利的性格下反衬出来的，一公一私，对比鲜明。而在南霁云慷慨就义的这一部分，韩愈把南霁云和张巡放在一起来写。都是临危不惧、深明大义的英雄，怎么才能区分他们的人物特性呢？韩愈通过描写他们被俘后各自的语言、神态和动作，来表现两位英雄各自的性格特征和精神面貌——张巡是严肃的、沉稳的、悲壮的，而南霁云则神采奕奕、豪气干云。

总体来看，这篇文章的写作手法无疑有模仿《史记》的痕迹，无论是人物性格的表现，还是故事情节的叙述都带有史传文学的风神韵味，难怪《唐宋文醇》称韩愈此文"叙致曲折如画，真得龙门神髓，非徒形似也"。[1] "龙门"者，太史公司马迁也。因为司马迁在《史记·太史公自序》中称："迁生龙门，耕牧河山之阳。"[2]故而后世以"龙门"代指他。韩愈的创作受到司

1　乾隆御定《唐宋文醇》，乔继堂点校，上海科学技术文献出版社，2020，第31页。

2　《史记》卷一三〇《太史公自序》，第3293页。

马迁《史记》笔法的深刻影响是大家的共识，但他又能青出于蓝，在充分汲取先秦、两汉文学创作经验的基础上自成一家。黄震《黄氏日抄》称："（韩愈）阅李翰所为《张巡传》而作也。补记载之遗落，暴赤心之英烈。千载之下，凛凛生气。"[1] 所谓"凛凛生气"，是说韩愈文章中的人物所蕴含的精神力量使人过目难忘、肃然起敬。韩愈的如椽巨笔使张巡等人的英勇事迹彪炳于后世，此后在民族危亡的关头曾激励过许多仁人志士奋起反抗。譬如文天祥，他在《正气歌》中就以张巡、颜杲卿相比："为张睢阳齿，为颜常山舌。"可以说，韩愈文章中所蕴含的精神力量是后世中国人所共有的一笔宝贵的精神财富。

前述葛晓音先生《唐宋散文》一书中提到，韩愈对中国散文所作的重大贡献之一，是使散文从应用性转向了文学性。这种文学性还表现在"韩愈散文中创造的许多比喻和辞语，由于生命力强，已经成为了今天广泛使用的成语"。[2] 为此，葛晓音还举了很多例子，如"俯首帖耳""摇尾乞怜""熟视无睹""痛定思痛""面目可憎，语言无味""蝇营狗苟""垂头丧气""贪多务得，细大不捐""同工异曲""佶屈聱牙""动辄得咎""头童齿豁""深居简出""兼收并蓄""落井下石""杂乱无章"等。或许有人会说，这有什么了不起呢？我们生活中每天、每年都会冒出许多网络流行语，那可都是"新词"。诚然如此，但是请仔细想一想，这些所谓"新词"，它们的生命力又如何呢？是昙花一现，过几年就被大家抛在脑后，谁说它谁就显得"老土"、跟不上时代；还是稳定地进入了我们汉语的

1　黄震：《黄氏日抄》卷五九，《全宋笔记》第十编，大象出版社，2008，第215页。
2　葛晓音：《唐宋散文》，第37页。

语料库中，生命力顽强，常用常新？

事实上，中国大多数成语的源头都可以上溯到春秋战国时期，上溯到先秦的经典中，譬如"围魏救赵""卧薪尝胆""邯郸学步"等，均是如此。它们的背后往往承载着一个个小故事，经过时间的沉淀，逐渐稳定为常用的语料，进入汉语的日常表达。从语用角度来讲，如果一样事物被某个民族习惯于用某个固定的语料来表达的话，久而久之，它会被稳定地沿用下去成为"成语"，此后即使产生了同类的表达方式，也因为有"珠玉在前"，而很难再进入这个民族的"成语库"中了。而早期产生的、经典化的文本总是有限的，在它们被文人所尊奉、诵读并反复引用的同时，其中的表达方式也逐渐占据了我们汉语"成语库"的大部分空间。从这个意义上来说，年代越往后，汉语的"成语库"里能够稳定增加的新成员就越少。而韩愈生活的时代是中唐时期，这个时代与先秦典籍的产生时代相距千年，汉语中的大部分成语不仅已经出现，而且沿用已久。在这种情况下，他的文章竟然还能为汉语的"成语库"增添如此之多的成员，其中的许多成语在我们现在日常生活中仍被频繁地使用着，由此可见韩愈文章语言的生命力之强。

【附】《张中丞传后叙》（节选）

愈尝从事于汴、徐二府，屡道于两府间，亲祭于其所谓双庙者。其老人往往说巡、远时事，云：南霁云之乞救于贺兰也。贺兰嫉巡、远之声威功绩出己上，不肯出师救。爱霁云之勇且壮，不听其语，强留之，具食与乐，延霁云坐。霁云慷慨语曰："云来时，睢阳之人，不食月余日矣！云虽欲独食，义不忍；虽食，且不下咽！"因拔所佩刀断一指,血淋漓,以示贺兰。一座大惊,皆感激为云泣下。云知贺兰终无为云出师意,即驰去,将出城,抽矢射佛寺浮图,矢着其上砖半镞,曰:"吾归破贼,必灭贺兰!此矢所以志也。"愈贞元中过泗州,船上人犹指以相语。城陷,贼以刃胁降巡,巡不屈,即牵去,将斩之;又降云,云未应。巡呼云曰:"南八,男儿死耳,不可为不义屈!"云笑曰:"欲将以有为也,公有言,云敢不死?"即不屈。

第五讲 柳宗元："独钓寒江雪"

柳宗元与韩愈并称"韩柳"，是唐代散文创作的另一位代表性人物。他的创作"牢笼百态"，摹景、写人、状物，无不生动，活灵活现，其中最为人称道的是他的山水散文和寓言散文。柳宗元的山水散文创作上承元结，将自然山水与主体人格相联系，进一步丰富了散文的表现力，进而形成了新的创作范式，他的"永州八记"，借山水之形胜抒胸臆之郁结，对后世山水游记的创作产生了深刻影响。他的寓言散文则诙谐生动，描摹声口毕肖，讽刺入木三分，如《三戒》《捕蛇者说》《种树郭橐驼传》《蝜蝂传》都是流传千古的名篇。柳宗元在"永贞革新"失败后离开了长安，去国怀乡，郁郁而终，其深厚的笔力又与其坎坷起伏的曲折命运紧密相连。下面我们就来走近这位人物。

第一节　柳宗元的贬谪心结与真切笔触

对于柳宗元我们并不陌生,许多人从小就学习并背诵过他的著名诗作《江雪》:"千山鸟飞绝,万径人踪灭。孤舟蓑笠翁,独钓寒江雪。"儿童的所见,真诚而简单,因此在最初背诵这首诗的时候,我们只是觉得他笔下的蓑笠翁孤独、落寞、寂寥,却并不知道他为什么要塑造这样一个茕茕孑立于天地间的形象。实际上,这个"蓑笠翁"正是柳宗元对自己的侧写。

柳宗元的祖籍河东郡,是今天的山西省永济市。河东柳氏是世家大族,柳宗元的祖上世代为官,他的堂高伯祖柳奭做过宰相,他的曾祖父柳从裕、祖父柳察躬、父亲柳镇都是朝廷命官。他的母亲来自名门望族范阳卢氏,知书达理。他本人则出生于京城长安,幼年在天子脚下度过,是标准的世家子弟。与当时的寒门子弟相比,柳宗元的人生起点是比较高的。用现在的话说,叫作"赢在了起跑线上",这既是他的幸运,却也是他的不幸。

建中四年(783),唐德宗李适征发泾原及诸道兵驰援襄城(今河南襄城),当时襄城被淮西节度使李希烈重重围困。泾原军士冒雨寒出征,途经长安,因得不到天子的犒赏而哗变。唐德宗在宦官的护卫下,狼狈逃往奉天(今陕西乾县)。泾原兵涌入皇宫府库,抢运金帛。柳宗元为了躲避战火前往父亲的任所夏口(今湖北武汉)。贞元元年(785),其父又到江西做官。柳宗元跟随父亲宦游,接触到了广阔的社会面貌,这使他增长了许多见识。不久,他回到长安准备参加科举考试。

　　与韩愈相比，柳宗元的科举之路，实在是顺畅得多。贞元八年（792），柳宗元被选为乡贡，得以参加进士科考试。第二年，年仅二十一岁的柳宗元便进士及第，名声大振。不久，他父亲柳镇去世，他便回乡守制。古人父母去世，就要在家守丧，不能出来做官，叫作丁忧。丁忧期满后，柳宗元又回到了朝廷。贞元十二年（796），柳宗元被安排到秘书省任校书郎。过了两年，他参加了博学宏词科考试，顺利中榜，被授为集贤殿书院正字。他胸怀壮志，仰慕上古贤臣，希望自己能够辅佐君主，成就一番事业。贞元十七年（801），柳宗元被任命为蓝田尉。过了两年被调回长安，担任监察御史里行，这一年柳宗元才三十一岁。回到朝廷以后，他成为王叔文革新派的重要人物，以热情昂扬、踔厉风发的气概，准备施展自己辅时及物的远大抱负。此时的柳宗元可谓少年得志，他的人生顺风顺水，未曾遭遇过什么挫败，但险恶的命运之神不久就露出了它的獠牙。

　　贞元二十一年（805）正月二十三日，唐德宗驾崩，太子李诵继位，改元永贞。李诵即位后，重用王伾、王叔文等人。柳宗元由于与王叔文等政见相同，也被提拔为礼部员外郎。此时，在王叔文周围还有许多政见相同的政治人物，形成了一个政治集团。王叔文等人掌管朝政后，积极推行革新，采取了一系列的改革措施，史称"永贞革新"。但是好景不长，李诵身体羸弱，随着病情加重，逐渐失去权力。改革遭到了宦官和朝廷保守势力的打击而宣告失败，王叔文被贬为渝州司户，元和元年（806）被赐死，王伾被贬为开州司马，到任不久病死。柳宗元、刘禹锡等八人则被贬谪到边远地区去当司马，这就是历史上有名的"二王八司马"事件。柳宗元在永州司马任上十年，又被改贬为柳州刺史。四年之后，在柳州病逝，享年四十七岁。没有能够再回到梦想中的故乡长安。

可以说，柳宗元，包括他的好友刘禹锡，都是中唐政治斗争的牺牲品。漫长的贬谪生涯使柳宗元感到非常痛苦，他无时无刻不思念家乡、思念长安。他这一时期的文学创作真实地表明了他的痛苦处境。他在《江雪》诗中所写的"千山鸟飞绝，万径人踪灭"，正是对他孤苦无依的贬谪生涯的反映。他在这种环境中，就好像孤舟上的渔翁，被世人所遗弃，只能独钓寒江雪。还有一些大家可能不是很熟悉的诗作，写得更为凄楚。比如他的《与浩初上人同看山寄京华亲故》诗："海畔尖山似剑铓，秋来处处割愁肠。若为化得身千亿，散上峰头望故乡。"柳宗元为了排遣愁思，和朋友浩初和尚一起登山望景，没想到柳州一带的山峰和中原不同，柳州的山势起伏很大，如同宝剑的剑锋一样。柳宗元登高之后，更加触动愁怀。我们即使在千年之后读到这首诗，也会惊异于他的想象力，并真切地感受到他诗中不可遏制的痛苦和思念。"一身去国六千里，万死投荒十二年。"（《别舍弟宗一》）残酷的政治迫害，边地环境的荒远险恶，使他内心感到无比痛苦，他思念长安、思念故乡，曾写过"岭树重遮千里目，江流曲似九回肠"（《登柳州城楼寄漳汀封连四州刺史》）这样伤心的诗句。他许多的作品都表明，他的痛苦如此真切，使我们对这位起点颇高却中道摧折的人，感到深深的同情；同时还表明，他每时每刻都在反复咀嚼这种痛苦，陷入无尽的哀伤，又使我们不禁为他沉溺于痛苦的精神状态感到惋惜。

笔者总是想起他的好朋友刘禹锡，他说"种桃道士归何处，前度刘郎今又来"（《再游玄都观》），还说"自古逢秋悲寂寥，我言秋日胜春朝"（《秋词二首》其一），刘禹锡最终回到了中原，同白居易一道唱和赋诗时，他说"沉舟侧畔千帆过，病树前头万木春"（《酬乐天扬州初逢席上见赠》），这两句话，多么沉痛！谁是沉舟？谁是病树？谁不是只有一次人生？凭什么就成了沉舟和病树？可是，无论如何他克服了那些可怕的遭遇，他能笑着说出"今日听君歌一曲，暂凭杯酒长精神"这样从容的话。我总是想，是不是因为柳宗元的前半生起点太高？他是长安的世家子弟，见惯了繁华。此后少年登科，走在了许多人的前头，本来是风光无限、前途无量的。这些顺风顺水的优势，最后竟然通通成了他的劣势，登高跌重的心理落差使他的情绪难以缓和，由希望到失望，终至绝望，年仅四十七岁就死在了贬所。

　　他在贬所做些什么事情来排遣内心的忧郁呢？柳宗元和古代的文人士大夫一样，还是通过流连山水、寻幽访胜来寻求精神的解脱。他笔下的游记，不仅观察细微，描绘精确，而且寄托了他遭到贬谪的悲愤心境，得到了主客观的高度统一。其中最著名的，莫过于"永州八记"了。"永州八记"是《始得西山宴游记》《钴鉧潭记》《钴鉧潭西小丘记》《至小丘西小石潭记》《袁家渴记》《石渠记》《石涧记》《小石城山记》八篇山水散文的合称。它们各自独立，但又在内容上相互呼应，所描写的大都是眼前小景，譬如小丘、小石潭、小石涧、小石城山等，幽深宜人，展示出永州山水的特有风姿，也体现出作者"以小见大"的创作本领。譬如《至小丘西小石潭记》中对小石潭周围环境的描写："四面竹树环合，寂寥无人，凄神寒骨，悄怆幽邃。"[1]以真切的笔触创造出一种空无人迹的山野清幽之美。

1　柳宗元：《柳宗元集》卷二九《至小丘西小石潭记》，中华书局，1979，第767页。

柳宗元曾说："余虽不合于俗，亦颇以文墨自慰，漱涤万物，牢笼百态，而无所避之。"[1]虽然因永贞革新遭挫，但他未改本色，借山水之题，发胸中之气，洗涤天地间万物，囊括大自然百态，在用笔赞赏山水美的同时，把自己和山水融合在一起，借以寻求人生真谛，聊以自慰。故而柳宗元在散文中所刻画出的山水形象、色泽和气概，并非纯客观地复刻自然，而是借山水以自我寄托，同时也赋予自然山水以灵魂，山水在其笔下有了人的精神与品格。

第二节　山水篇:《始得西山宴游记》

《始得西山宴游记》是柳宗元"永州八记"的第一篇，这篇文章领起了柳宗元此后的诸篇山水小记，起到统摄全局的作用，十分关键。文中为我们呈现出柳宗元在贬所的真实处境与心理状况，记述了他发现和宴游西山的经过，描写出西山远远高于其他山峰的高耸怪特。柳宗元由外物联系自身，在宣泄遭受创伤的愤懑和伤感的同时，其心灵也在山水的慰藉下复归于平和。事实上，它是我们走近柳宗元、理解柳宗元的一个重要窗口。下面，我们来细读文本。

"自余为僇人，居是州，恒惴栗。"[2]文章第一句就大有深意，不可忽略。何谓"僇人"？"僇人"者，罪人也。《韩非子·制分》曰："故其法不用，而刑罚不加乎僇人。"陈奇猷集释曰:

1　《柳宗元集》卷二四《愚溪诗序》，第 643 页。
2　本书所引柳宗元《始得西山宴游记》内容均出自柳宗元《柳宗元集》卷二九《始得西山宴游记》，中华书局，1979，第 762~763 页。以下不再重复注释。

"是此文所谓僇人者，乃当加刑戮之人。"[1] 柳宗元因为永贞革新失败，被贬为永州司马，故自称"僇人"。一个人如何定位自己，如何看待自己，是非常关键的，这决定了作者面对客观世界的态度，也决定了其某一时期文章的整体基调。此时的柳宗元认为自己不仅是一个政坛落败者、一个从屠刀下侥幸生还的人，而且还是一个有罪之人。其定位如此，则其痛苦迷茫也就不言而喻了。

那么他的情绪怎么样呢？"恒惴栗。""恒"是"常常、经常"的意思。"惴栗"是"恐惧不安"的意思。有个成语叫惴惴不安，形容因害怕或担心而内心不得安宁，和"惴栗"的意思相近。那么你可能要问了，何至于此呢？他不是已经被政敌赶出长安了吗？他不是已经被远远地贬谪到永州了吗？难道还不够吗？关于这个问题，我们不得不联系"永贞革新"失败后所发生的一系列天翻地覆的变化来看。"永贞革新"失败后，王叔文被贬为渝州司户，次年惨遭杀害。王伾被贬为开州司马，不久病死。所谓物伤其类，柳宗元的担心不无道理。此时的他远离京城、身在异乡，而中晚唐时期暗杀猖獗、刺客横行。前鉴不远、覆车继轨的事情还少吗？柳宗元的内心犹如惊弓之鸟，充满了犹疑、恐惧和感伤。只有理解他此刻的精神状态，我们才能理解柳宗元创作山水散文的初心，他不是为了记录"美好的一天"，而是为了在文字中寻求暂时的安宁。

那么，他又如何安排自己的贬所生活呢？"其隟也，则施施而行，漫漫而游。"这句话省略了主语。"隟"同"隙"，指空闲时间。"施施"，慢步缓行的样子，读作"yíyí"。这个词不

1　陈奇猷校注《韩非子集释》卷二〇《制分》，上海人民出版社，1974，第1141、1150页。

是柳宗元的创造，它来自《孟子·离娄下》。《孟子·离娄下》里有个故事，讲的是齐国有个人和一妻一妾共同生活。丈夫每次外出，都是吃饱喝足才回家。妻子问跟他一起吃饭的都是些什么人，他就说那都是有钱有地位的人。妻子觉得很奇怪，对妾说："丈夫每次出去，都是酒醉饭饱才回家，问是谁跟他在一起吃喝，都是有钱有地位的人。可是，从来也不曾见有显贵体面的人到家里来。我要暗中看看他到底去什么地方。"第二天清早起来，妻子就跟踪丈夫。丈夫走遍整个都城，都没有人停下来与他打招呼。最后，妻子看到他走到东城门外的坟墓中间，向那些扫墓的人乞讨残羹剩饭。要是不够吃的话，他就四下里看看，再到别的地方乞讨。原来这就是他天天酒醉饭饱的方法。妻子回去，把看到的一切告诉了妾，说："丈夫是我们指望依靠过一辈子的人。现在却是这个样子。"于是两人一起在院子里哭成一团。丈夫却一点也不知道，还得意扬扬地从外面回来。这里的原文是"而良人未之知也，施施从外来，骄其妻妾"。[1] 这个"施施从外来"，就是写丈夫慢悠悠走路的样子。那么，"漫漫而游"又是什么呢？意思是自我放任地、漫无目的地随便走，走到哪里算哪里，无所谓终点。有人可能要说了，这不是很自在吗？想去哪就去哪。从表面上看，似乎是这样。但我们深思一下，如果一个人毫不在乎目的，那么他的行动恐怕是缺乏热情的。柳宗元此时的"漫漫而游"，正是一种缺乏期待的、无可无不可的、仅仅为打发时间而做出的机械动作罢了，有一种好似大病初愈之人的那种迟缓、无力的感觉。你完全能理解他提起这种生活时，那种无聊又无可奈何的语气：

---

[1] 《孟子注疏》卷八《离娄章句下》，第 240 页。

> 日与其徒上高山，入深林，穷回溪，幽泉怪石，无远
> 不到。到则披草而坐，倾壶而醉。醉则更相枕以卧，卧而
> 梦。意有所极，梦亦同趣。觉而起，起而归。以为凡是州
> 之山水有异态者，皆我有也，而未始知西山之怪特。

柳宗元说，我在永州每天的生活就是这样，和同伴们上高山，入深林，走到蜿蜒的溪流尽头，看看清幽的泉水，摸摸嶙峋的怪石，这里所有偏远的地方我都去过，没什么大不了的。我们每到一处，便用手分开杂草席地而坐，喝光酒壶里的酒。要是喝醉了，也就不分什么年龄大小尊卑贵贱了，大家都躺倒在草地上，枕着对方的胳膊或腿，睡就是了。睡着以后，心里牵念的事情就会出现在梦里。

　　柳宗元这几笔多么洒落，要是粗看一遍，很难发现他有什么情绪在里边。表面上看，他似乎沉醉于异乡的山林与美酒中，实际上他处于一种心不在焉的状态。他每天和同伴们漫无目的地出行，随便走到什么地方就席地而坐，喝光携带的酒，喝醉了就睡，以此来打发时间。这样的举动无疑带有逃避现实的意味，他不想再想起那些让他感到痛苦的事情，除非是不得已梦到。具体梦到什么情景呢？柳宗元是个有所保留的作家，他没有细说，留白给我们去猜。与繁华的京师相比，永州毕竟是个小地方，这样的日子过久了，柳宗元就觉得乏味。他说，我以为永州境内稍为独特一些的风景，都已经遍历，却从不曾晓得西山是如此奇异和特别。你看，这个施施而行、漫漫而游的"僇人"，看到西山后突然眼睛为之一亮，精神为之一振！西山有什么不得了的地方，竟然让一个落寞失意的迁客重新燃

起了对生活的兴趣？这简直太使人好奇了。这正是柳宗元笔法的高妙之处，实际上他此前所有的叙述都是铺垫，目的就是为了引出西山。我们不知不觉地就进入了他的视角，很想再往下看。以下是他"发现"西山的经过：

"今年九月二十八日，因坐法华西亭，望西山，始指异之。""今年"，指的是元和四年（809）。古人说日期，指的是农历，我们现在日常使用的公历日期，则要比农历早一个月左右，所以"九月二十八日"，实际上已经到了公历的十月底。这个时候，即使是长江以南的永州，也已经进入了深秋初冬时节。柳宗元这一天在法华寺西亭闲坐，一眼就看到了西山。他没有马上直接大发感慨，而是用动作代替心理活动——"始指异之"。"指"，是做出指点的动作。"异"，是觉得奇特。他说，我用手指着西山，感到无比的惊讶。这无疑是一个限知视角，我们都很想知道他看到了什么，西山怎么个独特法，于一瞥之间就能使人惊讶无比？可柳宗元还是没有说出原因，引我们继续读下去。

"遂命仆人，过湘江，缘染溪，斫榛莽，焚茅茷，穷山之高而止。"柳宗元让仆人所渡过的"湘江"，应当是潇水。潇水是湘江的支流，它流经永州城西，至萍州才与湘汀汇合。"缘"是"沿着"的意思。陶渊明《桃花源记》中有句话："缘溪行，忘路之远近。"[1]这两个"缘"的用法是一样的。"染溪"又作"冉溪"，柳宗元也称它为"愚溪"，它是潇水的一条小支流。仆人奉命渡江，沿着染溪溯流而上，他的任务是什么呢？原来是要为柳宗元登上西山开辟一条道路。"斫"，是"砍伐"的意

---

1 袁行霈撰《陶渊明集笺注》卷六《桃花源记》，第 469 页。

思。"榛莽"，指杂乱丛生的荆棘灌木。"茅茷"，指长得繁密杂乱的野草。"穷"在这里是"达到极点"的意思。"穷山之高而止"，是说这个勤劳的仆人要一路砍伐灌木杂草，焚烧枯落草叶，直到山顶才停下来。柳宗元虽然遭到朝廷贬谪，但他仍然是唐王朝的官员。在他所处的时代，士大夫并不直接从事劳动。因此文章此处的主语是有变化的，需要注意。

此后的一些活动，虽然也缺少主语，但显然出于柳宗元的所历所闻："攀援而登，箕踞而遨。则凡数州之土壤，皆在衽席之下。"由此，行文当中的主语又转移回了柳宗元自身。"攀援而登"，意味着山路并不易走，需要手脚并用攀登而上，故称"攀援"。李白《蜀道难》诗曰"猿猱欲度愁攀援"，极言山路之难行。"箕踞"，指坐时随意伸开两腿，像个簸箕，是一种违背礼节的坐法。古人正规的坐法是将屁股压在脚后跟上，两腿不能伸直，否则就是失礼。由此可见，柳宗元在山野之中、世俗之外，感到不再受拘束，身心都得到了极大的放松。这时，他可以从容不迫地细细观察了，为我们呈现出一幅居高临下、俯瞰四野的图景。"土壤"者，土地也。"衽席"者，坐垫也。这西山有多高呢？柳宗元没有对山体进行直接的正面描摹，也没有给我们提供"千仞""万仞"之类的夸张数字，而是使用了一种反衬的方式，一句话就让我们感受到了西山的巍峨峭拔：周围几个州郡的土地，都在我的坐垫之下，我看得清清楚楚！

那么，他具体看到了什么呢？柳宗元把自己在西山之巅的真实所见一股脑儿交代给了我们。这时，我们"共享"了他的视角："其高下之势，岈然洼然，若垤若穴。尺寸千里，攒蹙累积，莫得遁隐。"这里的"其"，指代上句的"数州之土壤"。

柳宗元说，我从西山顶上一眼望去，就能够了解周围的州郡地形的高低。其中，"岈然"是山势隆起的样子，对应前一句中的"高"；"洼然"则是深谷低洼的样子，对应前一句中的"下"。视野中周围的地形固然有高有低，但怎么个高低法呢？"岈然"的山能有多高？"洼然"的谷又能有多低？柳宗元用了两个比喻，非常形象、具体地为我们呈现了出来——"若垤若穴"。"垤"，是蚂蚁做窝时堆在洞口的土。即使是"岈然"的山，从西山上望去，不过就像是蚂蚁窝洞口的小土堆罢了。"穴"在这里，是"孔洞"的意思。"若垤"承接"岈然"，"若穴"则承接"洼然"。原来，这些平日里越不过的深山峡谷，从更高的视角来看，不过是蚂蚁窝和小孔洞罢了！柳宗元的时代没有无人机，但他笔下真实地模拟出了这种令人心旷神怡的大视野。他的比喻使我们觉得既有趣，又惊异，没想到西山竟然这样高！这还不够，柳宗元又说，西山上视野开阔，一眼望去似乎只有尺寸之远，实际上有千里之遥，所有的山势地形（即文中所谓"攒蹙累积"者），都一览无余。

再往远看，能看到什么呢？柳宗元说："萦青缭白，外与天际，四望如一。"此处以颜色指代事物，"青"者青山，"白"者白水，指的是山顶所见潇、湘二水。青山萦回，白水缭绕，在视野的尽头与天相连接。再向周围四方望去，视野无所阻碍，因此看到的都是一样的景色，故曰"如一"。可见，此处就是制高点了。"然后知是山之特立，不与培塿为类。"这一句，干净利落地收束了对西山之高的描摹。"是山"，指西山。"特立"，意谓挺立、突出。"培塿"者，小土丘也。西山如此卓尔不群，其他的小土丘是不能同它相提并论的。为什么我们说柳宗元笔下的山水往往带有人的品格呢？此处即为典型例证。看起来说

的是西山，说它巍峨高耸、卓尔不群，其实是用西山来比拟自
我的精神与志气。

　　柳宗元通过眼前这座山峰，联想到了自己。自己这样孤
独地屹立在天地间，似乎很是寂寥，但是这种孤独是伟大者的
孤独。柳宗元用两句话来表述这种感受，注意，这是一组对
句——"悠悠乎与颢气俱，而莫得其涯；洋洋乎与造物者游，
而不知其所穷。"从句式上来看，在散体行文的过程中突然运
用了对句，有避免单一、协调文章节奏的作用。这样一来，文
章在诵读过程中就更为朗朗上口，我们常称之为"骈散结合"，
是一种非常值得学习的文章句式。句中的"悠悠乎""洋洋乎"
都是柳宗元的主观感受。"悠悠"者，闲适也。白云悠悠，就是
白云飘浮在空中，自由自在的样子。"洋洋"则是"盛大、广
远"的意思。这一组对句除了起到调节行文节奏的作用外，还
特别适合抒发胸中的感慨。柳宗元说，我的心绪与天地间的广
大气息同步，渺小的个体完全融入自然的怀抱中，而自然的宏
阔则是无边无际的。其所谓"造物者"，大自然也。

　　这里有一个关键而不易察觉的点需要注意。通过前文的介
绍，我们知道柳宗元是世家子弟，通过科举之路步入庙堂，此
后他锐意进取参与革新运动。可以说，无论从思想上还是行
为上，他都是一个标准的以儒学立身的帝国官员。但是再来
看这两句话，已经不是儒家士大夫的口吻了。那些"莫得其
涯""不知其所穷"的语汇，与《老子》《庄子》中的表述更为
贴近，这说明了什么？有一句话说得很好：你是什么样的人，
就会说什么样的话。换言之，语言是思维的标志。柳宗元的思
想在此刻已经转向，此时的他更贴近老庄、贴近自然，并由此
获得心灵的解脱。

　　由此，柳宗元终于能够暂时地放开怀抱，放开人世间权力斗争给他带来的创伤。于是"引觞满酌，颓然就醉，不知日之入。苍然暮色，自远而至，至无所见，而犹不欲归"。柳宗元拿起酒杯斟满酒，颓放不羁地醉倒，以至于暮色降临也浑然不觉。暮色四合，笼罩天地，视野中已经看不到什么了，柳宗元还不愿意回去。这也是受老庄思想影响的士人们常见的举动，我们在"竹林七贤"、在王绩那里都见到过。这里的"就"，意思是"接近、进入"。有个成语叫"行将就木"，两个"就"的用法是一样的，都是进入到某种状态中的意思。此时此刻的柳宗元，似乎忘却了个体的存在而与自然融为一体，他为我们记录了这种独特的体验——"心凝形释，与万化冥合。""心凝"是说思维不再纷乱，不再胡思乱想任何事情。"形释"不是说形体消散，而是忘掉了自己的存在。这个"释"，也有"解脱"的意思。由此才能与运动变化着的天地万物融为一体，达到物我合而为一的忘我境界。所以，他的感慨就非常真切："然后知吾向之未始游，游于是乎始。故为之文以志。是岁，元和四年也。"

　　所谓"实践出真知"，柳宗元的感慨完全来自亲身所历。在远离尘嚣的西山之巅、在醉醒之间、在无人褒贬小无身份之累的大自然中，柳宗元找到了安宁。这个体验十分宝贵，是他在精神上升华到一个新境界的表现，他从政治当中的失败、被贬谪的消沉中开始解脱出来，去寻求自我突破的出路。所以他说，我这一生真正的游赏山水是从今天、从西山开始的。正是为了记住这种感受，他写下了《始得西山宴游记》，还郑重地标注了年份。由此观之，他的书写具有一种纪念性意义，纪念一次不可复刻的经历、纪念一种难以言传的体验、纪念心灵在创伤后的苏醒、纪念精神在苦难中的重生，其中所凝结的情感，也就远非一般的应酬之作可比了。沈德潜《唐宋八家文读本》评价这篇文章，说它"从'始得'字着意，人皆知之。苍劲秀削，一归元化，人巧既尽，浑然天工矣。此篇领起后诸小记"。[1] 充分肯定了《始得西山宴游记》在山水游记领域的创造性贡献与引领性作用。

【附】《始得西山宴游记》

自余为僇人，居是州，恒惴栗。其隙也，则施施而行，漫漫而游。日与其徒上高山，入深林，穷回溪，幽泉怪石，无远不到。到则披草而坐，倾壶而醉。醉则更相枕以卧，卧而梦。意有所极，梦亦同趣。觉而起，起而归。以为凡是州之山水有异态者，皆我有也，而未始知西山之怪特。

今年九月二十八日，因坐法华西亭，望西山，始指异之。遂命仆人，过湘江，缘染溪，斫榛莽，焚茅茷，穷山之高而止。攀援而登，箕踞而遨。则凡数州之土壤，皆在衽席之下。其高下之势，岈然洼然，若垤若穴。尺寸千里，攒蹙累积，莫得遁隐。萦青缭白，外与天际，四望如一。然后知是山之特立，不与培塿为类。悠悠乎与颢气俱，而莫得其涯；洋洋乎与造物者游，而不知其所穷。引觞满酌，颓然就醉，不知日之入。苍然暮色，自远而至，至无所见，而犹不欲归。心凝形释，与万化冥合。然后知吾向之未始游，游于是乎始。故为之文以志。是岁，元和四年也。

1　沈德潜选评《唐宋八家文读本》卷九，安徽文艺出版社，1998，第280页。

第三节 寓言篇:《蝜蝂传》

早在先秦时期，我国的寓言文学就已经有了一定的发展，诸子散文中时时可见寓言的身影。中国古人乐于借助假托的故事或拟人化的自然事物来说明道理，许多卓越的见识也就蕴藏在这些寓言当中，如《孟子》中的"五十步笑百步""揠苗助长"，《庄子》中的"螳臂当车""庖丁解牛""邯郸学步"，《韩非子》中的"守株待兔""滥竽充数""自相矛盾"等，都是中国早期经典寓言。不过，先秦时期的寓言往往作为论据出现，经常是一篇文章中接连出现好几个寓言，共同服务于论点。因此，这一时期寓言的文体独立性还没有完全显现出来。

到了柳宗元这里，寓言获得了巨大的发展。柳宗元笔下的寓言故事不仅能够独立成篇，在文体上摆脱了依附性，而且每个故事都富有发人深省的意味，显示出他对于社会人生的深刻洞察。他贬谪永州时期所写的《三戒》，分别以麋、驴和老鼠为中心编纂故事，融入了丰富的社会人生经验，短小精悍，发人深省。

《临江之麋》讲的是一只麋鹿在主人的保护下，由于缺乏基本的分辨能力和警惕性，终日与狗相嬉戏，最终命丧野狗之口的故事。这个故事非常耐人寻味，麋鹿行事天真、敌友不分的后果是不堪设想的——用活生生的性命去换一个血淋淋的教训。这难以承受的代价背后，折射出中唐时期宫廷政治斗争之惨烈，仔细想想令人不寒而栗。

《黔之驴》的故事流传最广。故事中的驴子体形魁梧，声音响亮，似乎厉害得很。在"信息不对等"的情况下，老虎被它吓得望风而逃、退避三舍。但长久的生存需要实力，驴子实际上除了长鸣一声、蹄蹬两下外，并没有什么过人的本领，久而久之终于露出破绽，被猛虎吃得干干净净。这篇寓言辛辣地讽刺了那些徒有其表、装模作样的"叫驴"式人物。他们大难临头却毫不自知，仍自以为是。殊不知正是这种可笑的自命不凡招致了悲惨的下场。我们所熟知的"庞然大物""黔驴技穷"这两个成语也来自这篇寓言。

《永某氏之鼠》这一则最为冷峻，批判力度也最强。说的是永州当地有个人，因为自己生肖属鼠便偏爱鼠类，纵容老鼠在家中肆意横行，不加管制。以至于家中被搞得乌烟瘴气，生活难以为继。即使这样，他也睁一只眼闭一只眼，全当看不见。可没过几年，这人便搬走了，新来的屋主看到房子里鼠患猖獗怒不可遏，借来五六只猫，关闭大门，掀开瓦片，用水灌，雇人抓，很快就把老鼠们一网打尽了。柳宗元语言之尖锐好似锋利的匕首，寒光指向了官场中的"鼠辈"们。这些人仗着有"保护伞"横行一时，但实际上危如累卵。只要环境一变，他们不仅没有立足之地，还落得身首异处的下场。

整体来看，柳宗元的寓言与他从政以来的阅历密切相关，其中的大部分直接来源于他对中唐时期朝堂权力斗争的经验总结，生动警醒，耐人咀嚼。除《三戒》外，他写的《蝜蝂传》也是一篇以物设喻的寓言佳作。文章首句就很值得注意："蝜蝂者，善负小虫也。"[1] 这是模仿史传文学的创作方式，围绕蝜蝂的基本特性，以后句解释前句来开篇。"善负"，是善于背东

1　本书所引柳宗元《蝜蝂传》内容均出自柳宗元《柳宗元集》卷一七，中华书局，1979，第483~484页。以下不再重复注释。

西的意思。根据《尔雅》的记载,蝜蝂是一种黑色的小虫,它后背隆起的部分可以背负东西。它还有什么生活习性呢?"行遇物,辄持取,卬其首负之。"蝜蝂行走的时候,如果碰到了什么东西,二话不说马上就抓取过来,昂着头背在背上。"卬"同"昂"。这个字用得很传神,一下就把蝜蝂抓取物品后得意扬扬的样子传神地描摹出来了。可它毕竟负重的能力有限,背上的东西却越背越多,就陷入了一种悲惨处境:"背愈重,虽困剧,不止也。""困剧"的意思是非常疲累、狼狈。这个词中的"剧",是"很、非常"的意思,用来修饰"困"。蝜蝂给自己的背上放了太多东西,很明显,它已经"超负荷运转"了,但它乐此不疲,根本停不下来。那它背上的东西难道就不会掉下来吗?柳宗元说:"其背甚涩,物积因不散。""涩",很好理解,就是不光滑。蝜蝂的背非常粗糙,借用物理学的术语,就是摩擦力强,特别地防滑。防滑到什么程度呢?放上去就掉不下来。读到这里有人可能会说,这不符合牛顿力学原理,自然界不可能存在这么防滑的材料。没错,现在你终于看出来了,柳宗元是在巧设譬喻。寓言中的"物象",经过一番读者难以察觉的"升级改造"后,在仍贴近真实自然状态的面目下,具有了拟人化的效果,更好地服务于文章说理的目的。

　　既然如此,我们就不难想象蝜蝂负重下去的处境——"卒踬仆,不能起。""卒",是"最后,最终"的意思。"踬仆"的意思是"跌倒",这里是被东西压住不能动弹的意思。如果蝜蝂就这样被压死,这个故事就缺乏必要的转折,难以触动人心。柳宗元是怎么运笔的呢?他给蝜蝂的悲剧命运安排了一个转机:"人或怜之,为去其负。"人有时候看到这种小虫,觉得它很可怜,就帮它把背上的东西拿了下来。"或"在这里,是"有时"

的意思。"负"在这里用作名词，意谓"负担"。

　　蝜蝂由此得以脱困，但它作为生物的天性是不会改变的。"苟能行，又持取如故。又好上高，极其力不已，至坠地死。""苟"在这里的意思是"只要"。"已"是"停止"的意思。这句话是说，蝜蝂只要能动弹了，就故态复萌，仍把东西抓来背到背上。不仅如此，它还是个"杂技演员"，特别喜欢往高处爬。越爬越高，力气已经用光了还不愿意停下来，最后掉在地上摔死了。读至此处，我想大部分人已经明白，现实中不大可能真的存在这样"傻"的昆虫。果真如此，它又是怎么生存繁衍下去的呢？是啊，连昆虫都不会这样愚蠢地生存，人却会因为受到贪念的牵引走向万劫不复的深渊。所以，蝜蝂的习性只是作为一个文学譬喻而存在，柳宗元铺垫的目的是引出观点：

> 今世之嗜取者，遇货不避，以厚其室，不知为己累也，唯恐其不积。及其怠而踬也，黜弃之，迁徙之，亦以病矣。苟能起，又不艾。日思高其位，大其禄，而贪取滋甚，以近于危坠，观前之死亡，不知戒。虽其形魁然大者也，其名人也，而智则小虫也。亦足哀夫！

"敬畏"是人类通往成熟的必要情感体验。在这个世界上，只有傻子和幼童不知道"惧"为何物，才会面对危险的诱惑露出天真的笑容。由此观之，"今世之嗜取者"的愚蠢一望可知。何以见得？他们"遇货不避"，见到财物不知道推辞，或者说，见到财物就不放过。柳宗元的这个"避"字，用得很传神，它包含着一种警惕、反省的意思在里面。如果像蝜蝂一样"行遇物，辄持取”，其后果是不堪设想的。可这些“嗜取者”对规则毫不畏惧，对危险毫无警觉，每天思谋着如何再增加自己的家底，却不知道这些财物最后会成为自己的累赘，只担心财富积聚得还不够多。

长此以往，他们就如同蝜蝂一样，迟早是要栽跟头的。文中的“怠”，意为“疲惫”，与蝜蝂的“困剧”呼应；“踬”，意为“跌倒”，又与蝜蝂的“踬仆”呼应。只要细读文本就会发现，柳宗元这种绵密而不着痕迹的呼应文法时时可见。蝜蝂被背上的东西压得不能动弹、奄奄一息时，期待有人救它一命。如果人也“怠而踬”，则意味着悲剧性的大溃败就要到来，其结局又如何呢？柳宗元说：“黜弃之，迁徙之。”黜弃，指被罢官。迁徙，指被流放。这些“嗜取者”栽了跟头，有的被贬斥罢官，有的被流放到边远的地方，其处境已经十分悲催，故曰“亦以病矣”。“以”通“已”，意思是“已经”。“病”意为“疲惫”，此处可以理解为“痛苦、悲惨”。

如果有人发善心，像救小虫子一样，拉这些“嗜取者”一把，也于事无补。贪欲似乎损害了这类人的智力，只要一脱身，他们不仅走回老路，而且变本加厉，即“苟能起，又不艾”。这里的“艾”读作“yi”，是“止息，停息”的意思。“不艾”，就是难以停止，难以改变。“日思高其位，大其禄，而贪取滋甚。”每天想的就是怎么加官晋爵、聚敛钱物，比从前更加贪婪。“滋”在这里，是“更加”的意思。这样的情况，旁观者一眼可见其已然到了危亡的关头，故而柳宗元称之为“以近于危坠”。可“嗜取者”们仍乐此不疲，对前车之鉴熟视无睹，难以收手。由此，柳宗元发出了沉重的喟叹，并收束全文：“虽其形魁然大者也，其名人也，而智则小虫也。亦足哀夫！”在这句话中，"名人"的"名"用作动词，意思是"称作、叫作"。柳宗元所感慨的是，这些人的形体虽然壮伟气派，也被叫作"人"，可他们似乎缺乏与形体相匹配的基本认知能力，行为和蝜蝂这样的小虫子别无二致。人活到这个地步，实在是太可悲了！

我们再看这篇文章的整体结构，发现它的前半部分所有的描述都是铺垫，目的是引出后半部分的道理，这意味着文章的后半部分才是重点。柳宗元通过描写小虫蝜蝂善负物、喜爬高的特性，讽刺了当时朝廷为官做宰的一批蠹虫贪得无厌、至死不悟的可悲人生。他具有敏锐的洞察力和丰富的想象力，并以此为基础谋篇布局，极大地拓展了中国寓言文学的表现力与深刻性。从茹毛饮血的穴居时代，到科技飞速发展的当下，人类的生产力随着生产工具的革新有了巨大的进步，可是人性中的那些弱点，譬如贪婪、自私、愚蠢仍然存在，这也是《蝜蝂传》至今仍能发人深省的原因。《史记·货殖列传》曰："天下熙熙，皆为利来。天下攘攘，皆为利往。"[1] 有的人穷其一生，聚敛钻营，削尖了脑袋往上爬，想方设法多拿多占，其心智和蝜蝂这样的小虫子又有什么区别呢？人生毕竟有限，而外物无穷无尽，究竟什么样的人生态度才是可取的呢？我想苏轼《赤壁赋》中的一段话早已给出了答案：

> 盖将自其变者而观之，则天地曾不能以一瞬；自其不变者而观之，则物与我皆无尽也，而又何羡乎！且夫天地之间，物各有主，苟非吾之所有，虽一毫而莫取。惟江上

---

1 《史记》卷一二九《货殖列传》，第3256页。

之清风，与山间之明月，耳得之而为声，目遇之而成色，取之无禁，用之不竭。是造物者之无尽藏也，而吾与子之所共适。[1]

同学们应当把这段话记在心里，在踏入社会之前好好在心底想一想，什么是个人的，什么是属于社会公有的；什么是短暂的，什么是永恒的。人之为人，固然有逐利的一面，但是人毕竟是人，而不是只知道聚敛的虫子。人之高贵，贵在知止。

【附】《蝜蝂传》

蝜蝂者，善负小虫也。行遇物，辄持取，卬其首负之。背愈重，虽困剧，不止也。其背甚涩，物积因不散。卒踬仆，不能起。人或怜之，为去其负。苟能行，又持取如故。又好上高，极其力不已，至坠地死。

今世之嗜取者，遇货不避，以厚其室，不知为己累也，唯恐其不积。及其怠而踬也，黜弃之，迁徙之，亦以病矣。苟能起，又不艾。日思高其位，大其禄，而贪取滋甚，以近于危坠，观前之死亡，不知戒。虽其形魁然大者也，其名人也，而智则小虫也。亦足哀夫！

---

1 《苏轼文集》卷一《赤壁赋》，第6页。

第六讲　吉光片羽：唐代散文遗珠

　　"韩柳"之外，唐代还有许多散文名家，他们的创作自成一家，熠熠生辉，在唐宋散文发展历程中添上了浓墨重彩的一笔，同样值得我们关注。生活在天宝年间的李华，他的《吊古战场文》以天马行空的想象重现秦汉以来的疆场战事，情感深沉，笔力千钧，被称为"极思研摧"的一代名作。中唐时期，白居易的《庐山草堂记》记述详细，摹景生动，融感慨于清思，使山水可亲可感，别具风韵。唐末社会动荡，皮日休、陆龟蒙是该时期散文创作的代表性人物。他们的散文忧时愤世，显示了士人的社会责任感与危机意识，被鲁迅先生称为"正是一塌糊涂的泥塘里的光彩和锋铓"。[1]

1　鲁迅：《南腔北调集》，人民文学出版社，1978，第 192 页。

第一节 李华《吊古战场文》

对于李华这个人，大家可能不是特别熟悉。他是赵郡赞皇（今河北赞皇）人。开元二十三年（735），李华考中进士。八年以后，也就是天宝二年（743），他通过了博学宏词科的考试，得以授官。李华入仕后做过监察御史、右补阙等官职。安禄山攻陷长安时，他被叛军俘虏，被迫担任凤阁舍人。这个职务非常重要。舍人之职始于先秦，本来是国君亲近的属官。到了魏晋时期，中书省内置中书通事舍人，负责宣谕诏命。南朝沿用了这个官职，到了梁朝的时候，去掉了"通事"二字，称中书舍人，担任起草诏令的职务，常伴君主左右，权力日重。隋唐时，中书舍人在中书省掌制诰。隋炀帝时曾改称内书舍人，武则天时称凤阁舍人，任务主要是起草诏书。然而，李华所获得的这个官职，并非来自唐王朝，而是安禄山军队攻陷长安之后，叛军胁迫他做的。等到安史之乱平定以后，李华因此受到了牵连，被朝廷贬为杭州司户参军。

广德二年（764），吏部尚书李岘领选江淮，慧眼识才，辟李华为幕职，且表其兼官为检校吏部员外郎。李岘是唐太宗李世民的玄孙，吴王李恪的曾孙。他不仅是唐朝的皇室宗亲，而且身居高位，历任要职。他曾官至宰相，封梁国公，名望卓著。《旧唐书》曰："宗室贤良，枝叶茂盛。最尤者谁？岘独守正。"[1]按理说，李华得到这位德高望重的人物赏识，即将开启新

---

1 《旧唐书》卷一一二《李岘传》，第 3348 页。

的人生篇章。但是，李华这个时候身体出了问题。在他加入李
岘幕府的第二年，就因风痹离职。风痹在中医学上指因风寒湿
侵袭而引起的肢节疼痛或麻木的病症，表现为周身疼痛游走不
定。李华病情严重，隐居于大别山南麓，晚年在病痛中皈依了
佛教。

作为一代才士，李华与萧颖士并称"萧李"。在文学创作
上，他主张宗经载道之文，以儒家思想作为文章的立论基础。
在《赠礼部尚书清河孝公崔沔集序》一文中，李华充分地表述
了自己所持的文学思想：

> 文章本乎作者，而哀乐系乎时。本乎作者，六经之
> 志也；系乎时者，乐文武而哀幽厉也。立身扬名，有国有
> 家，化人成俗，安危存亡。于是乎观之，宣于志者曰言，
> 饰而成之曰文。有德之文信，无德之文诈。皋陶之歌，史
> 克之颂，信也；子朝之告，宰嚭之词，诈也；而士君子耻
> 之。夫子之文章，偃、商传焉，偃、商殁而孔伋、孟轲
> 作，盖六经之遗也。屈平、宋玉哀而伤，靡而不返，六经
> 之道遁矣。论及后世，力足者不能知之，知之者力或不
> 足，则文义寝以微矣。文顾行，行顾文，此其与于古欤！[1]

李华由宗仰六经而否定屈原、宋玉以后的文学创作路径，表现
出浓厚的复古主义创作倾向，实际上成为中唐古文运动的先
声。他的《与弟莒书》《与表弟卢复书》《与外孙崔氏二孩书》
等书信，言辞恳切，质朴无华，动人心弦。他的《吊古战场

---

1 《全唐文》卷三一五《赠礼部尚书清河孝公崔沔集序》，第3196页。

文》更是广为传诵的名篇，文中运用了大量的辞赋句式和四言古文句式，节奏铿锵有力，诵读朗朗上口。此文措辞用语极为生动、鲜活，将战争的残酷场景淋漓尽致地予以再现，明为吊古，暗为讽今。李华希望由此激起施政者的悯民情怀，进而认同其理论主张——只有实行仁政，才能使四夷臣服、天下归心。接下来，我们一同走进李华笔下的古战场。

　　"浩浩乎，平沙无垠，敻不见人。河水萦带，群山纠纷。"[1]文章开篇三五笔就勾勒出了一个广阔辽远的大视野。"浩浩"，是无边无际的样子。用来形容自然界里那些"大"的事物，譬如天、地、河流、平原等。《诗经·小雅·雨无正》曰："浩浩昊天，不骏其德。"孔颖达疏曰："浩浩然，广大之昊天。"[2]"敻不见人"中的"敻"这个字，读作"xiòng"，现代汉语中很少用到，但古代散文中常用作修饰语，是"辽远"的意思。我们后面品读王禹偁《黄冈竹楼记》的时候，还会碰到这个字。这句话里还需要注意"纠纷"这个词，它和我们现在的"纠纷"的意思有很大的区别。我们现在一说到"纠纷"，指的是人与人之间产生了矛盾冲突。可群山怎么会产生纠纷呢？实际上，此处的"纠纷"意思是群山重叠交错在一起的样子。李华此时置身于广袤无垠的沙原之上，极目远望，看不到一个人影。河流回旋环绕，弯曲得如同衣带一般，远处群山相叠。

　　古战场的地理环境，李华已经为我们充分呈现，那么此间气候如何呢？"黯兮惨悴，风悲日曛。"举目所及，尽是阴暗凄凉的景象。"曛"的本义是日落时的余光，引申为"昏暗"之

1　本文所引用李华《吊古战场文》内容均出自《全唐文》卷三二一《吊古战场文》，中华书局，1983，第3256~3257页。以下不再重复注释。

2　《毛诗正义》卷一二《雨无正》，第730页。

义。高适《别董大》诗曰"千里黄云白日曛"，"风悲日曛"的
"曛"与其用法相近，表现的都是寒风悲啸、日色昏黄的景象。
此间有什么植物存活吗？"蓬断草枯，凛若霜晨。""蓬"即蓬
草。秋枯根拔，随风飘转。王维在《使至塞上》诗中写道："征
蓬出汉塞，归雁入胡天。"说的就是这种随风远飞的枯蓬。飞蓬
折断，野草枯萎，寒风凛冽犹如降霜的早晨。再联系前句中的
信息，我们发现文中所描写的应当是深秋或隆冬的北方荒原景
色。此间有什么动物生存吗？"鸟飞不下，兽铤亡群。"鸟儿飞
过也不肯落下，离群的野兽奔窜而过。"铤"这个字的本义是未
经冶铸的铜铁。《说文》曰："铤，铜铁朴也。"[1] "铤"可作兵器，
可以快速出击，又引申为"快跑"之义。有个成语叫"铤而走
险"，形容急不择路、冒险行事。此处用的就是"铤"的引申
义，形容野兽快速奔逃的样子。

　　由此可见，此处环境荒凉凄惨，实在不利于物种生存。假
设此时突然视野里冒出一个大活人，是不是会吓你一大跳？李
华行文至此，突然引出了第三个人——亭长。何谓亭长？秦汉
时在乡村每十里设一亭，每亭设亭长，负责乡里治安等事务。
斩蛇起义的刘邦就曾在乡间担任过亭长。唐代职官制度与秦汉
不同，亭长是中央官署中最低级的事务员，已经不在地方设
置。此处的"亭长"，很可能是李华为方便行文而设置的，未
必实有。这种叙事手法在唐代散文中并不少见，韩愈曾在《张
中丞传后叙》中引出一个当地老人，张巡、许远的忠义事迹都
是从当地老人处娓娓道来，极大地增加了读者的在场感和事件
的可信度。此处的"亭长"也担负着叙事的任务，且看他要传

1 《说文解字》卷一四，第296页。

达什么信息。

"亭长告余曰：'此古战场也，常覆三军。往往鬼哭，天阴则闻。'"亭长说，这里是古代的战场，曾经尸横遍野。阵亡将士们阴魂哀怨，久聚不散，天阴时寒风呼啸，如同呜咽啼哭之声，令人不寒而栗。何谓"三军"？根据周代的制度，天子置六军，诸侯大国可置三军，每军一万二千五百人。后来"三军"就泛指军队。《论语·子罕》曰："三军可夺帅也，匹夫不可夺志也。"[1] 意思是，军队的首领可以被改变，但是男子汉的志向是不能被改变的。"天阴鬼哭"的说法，听起来似乎很耳熟。在哪里听过呢？杜甫《兵车行》诗曰："君不见，青海头，古来白骨无人收。新鬼烦冤旧鬼哭，天阴雨湿声啾啾。"散文和诗歌文体不同，但两者所摹写的情景如果相近，就会给我们呈现更为丰富的"叠加式"画面。至此，"亭长"的任务已经完成，他的任务就是向外来者李华提供关于这片北方旷野的历史定性——古战场。如果缺少这个定性，李华的丰富联想就无从谈起。现在，李华得以"思接千载，视通万里"了。

"伤心哉！秦欤汉欤？将近代欤？"李华说，三军覆没于此，实在令人伤心！这是秦朝、汉朝发生的事情，还是晚近以来发生的事情呢？"将"字在这里，用作介词，有"或者是、抑或是"的意思。这个用法很值得注意，它表示好几种情况并列出现。《庄子·至乐》中讲了这样一个故事：庄子在路上走，遇到一个骷髅，他把这个骷髅拿在手上问对方："将子有亡国之事，斧钺之诛而为此乎？将子有不善之行，愧遗父母妻子之丑而为此乎？将子有冻馁之患而为此乎？将子之春秋故及

1　《论语注疏》卷九《子罕》，第 121 页。

此乎？"[1]一共用了四个"将"字，表示四种猜测。这种用法一直延续到明清的散文中，刘基《卖柑者言》曰："若所市于人者，将以实笾豆，奉祭祀，供宾客乎？将炫外以惑愚瞽乎？甚矣哉，为欺也！"[2]说的是刘基在市场上买了个橘子，外表光鲜，打开一看，里面如同败絮。"金玉其外，败絮其中"这个成语就是从这里来的。刘基受骗后，质问卖橘子的人："你卖给别人的柑橘，是用来装在盛满祭品的容器中祭祀祖先、招待宾客的吗？还是要炫耀它的外表用来欺骗傻子和瞎子呢？这样的行为实在是太过分了！"这里的两个"将"，用法和前述一样。它们可以领起多个疑问句，形成排比句式，使文章气势非凡。

正因为不知道战争发生的时代，所以李华把他的感慨投射到了漫漫历史长河中："吾闻夫齐魏徭戍，荆韩召募。万里奔走，连年暴露。沙草晨牧，河冰夜渡。地阔天长，不知归路。寄身锋刃，腷臆谁诉？""齐魏""荆韩"，是战国时期的四个诸侯国。其中，"荆"指的是楚国。我们常说"荆楚大地"，其意一也。"徭戍"者，义务兵也。"召募"者，雇佣兵也。这两句实际上用了互文的修辞手法，列举四国，以少代多，实际上说的是战国时期的整体情况，意谓各国打仗的时候以徭役和招募的方式来征兵。那么，"万里奔走，连年暴露"的自然是这些起于陇亩之间的士兵们了，他们早晨寻找沙漠中的水草放牧，夜晚穿涉结冰的河流。把自己的身家性命，寄托在手中的兵器上，苦闷的心情又能向谁倾诉？这两句省略了主语，结构整齐，画面丰富，抒情性很强，触动人心。"腷臆"这个词，现代

1　《庄子集释》卷六《至乐第十八》，第 617 页。
2　刘基：《刘基集》卷六《卖柑者言》，林家骊点校，浙江古籍出版社，1999，第 146 页。

汉语里已经不常用了，是"心情苦闷、情绪郁结"的意思。

"秦汉而还，多事四夷。中州耗致，无世无之。""四夷"指的是四方边境外的其他民族。这句话是说，自从秦汉以来，四方边境战争频繁。中央的财政收入并没有用在国家建设上，而是主要消耗在了平定四方边境上，故曰"中州耗致，无世无之"。"中州"者，中原也。"耗致"这个词，现在也很少用了，意思是"损耗败坏"。那么，这种情况难道就不能被改善吗？李华有自己的观点：

> 古称戎夏，不抗王师。文教失宣，武臣用奇。奇兵有异于仁义，王道迂阔而莫为，呜呼噫嘻！

他在这里旗帜鲜明地提出，止战的方式不在于"用奇"，而在于施行仁政、王道，在于思想教化。这句中的"戎"，泛指华夏以外的其他民族。"夏"与"戎"对举，指"华夏"。"王师"者，天子之师也。天子之师是应天顺人、吊民伐罪的仁义之师。据说古代的时候，无论是外邦还是华夏，老百姓都不和帝王的仁义之师为敌。可是后来呢？由于不再宣扬礼乐教化，武将们纷纷使用奇兵诡计取胜，故曰"文教失宣，武臣用奇"。"文教"指礼乐法度，文章教化，而"用奇"则指使用阴谋诡计。这样做的后果是什么？诡诈之兵虽然能够暂时取胜，但它胜之不武，有违世道人心。久而久之，礼乐仁义这些准则被认为是迂腐的、不切实际的，谁也不去实行，战争的爆发就在所难免了。由此，李华梳理了古代好战风气的社会思想根源。那么战争究竟是什么样的呢？为什么要避免发生战争？为加强论证，李华要把战争的典型场面予以文学性的再现。以下这一段非常生动，堪称经典：

> 吾想夫北风振漠，胡兵伺便。主将骄敌，期门受战。
> 野竖旄旗，川回组练。法重心骇，威尊命贱。利镞穿骨，
> 惊沙入面。主客相搏，山川震眩。声析江河，势崩雷电。

这句话除了首句外，全是非常整齐的四字句，甚至两两相对，诵读起来自然有一种气势。声韵对文章感染力的增强，由此可见一斑。李华说，我想象北风摇撼着沙漠，胡兵就在此时趁机来偷袭我们。主将过于骄傲轻敌，敌兵已经杀到营门前才仓促接战。你看，他的想象之所以马上能够抓住你的心，是因为其中有情节、有人物、有神态，而且情势非常紧急，间不容发。"期门"，即"辕门"，军营的大门。既然如此，两军就迅速摆开了交战的阵势。这时李华为我们呈现出的是一个俯瞰式的宏大场景——原野上竖起了将帅的旄旗，河谷中奔驰着全副武装的士兵。"组练"，即"组甲被练"，指将士的衣甲服装。后借指精锐的部队。那么，士卒个个都奋勇向前吗？看起来是这样，但驱动他们前进的，是悬殊的地位和严峻的军法。将领有生杀予夺的威权，而士兵的性命极其微贱。李华此刻就像一个富有经验的剪辑师，他娴熟地切换"镜头"，从大全景切换成特写，呈现了锋利的箭镞穿透骨头、飞扬的沙粒直扑人脸的细节画面，让人不由倒吸一口冷气。接着，他又从特写镜头切换回大全景，使我们看到两军对垒的声势之大，只听得厮杀之声震撼山川、崩裂江河。军士们攻势迅猛，如同雷鸣闪电。所有这些传神的细节和场景，都是为了帮助我们调动自己丰富的想象力，迅速进入李华笔下的世界。

　　此处厮杀尚且难分胜负，李华笔锋一转，为朔方的战争增加了"天时"因素："至若穷阴凝闭，凛冽海隅。积雪没胫，坚冰在须。鸷鸟休巢，征马踯躅。缯纩无温，堕指裂肤。"仍然是整齐的四字句，节奏铿锵有力。中原的军队北征塞上，首先要克服的就是气候的巨大变化。其中，军队在隆冬时期遭受的困难尤其明显。此句以"至若"二字领起后诸小句，这样的句式在范仲淹《岳阳楼记》中也用到过，其曰："至若春和景明，波澜不惊，上下天光，一碧万顷。"[1]今天我们知道在北宋范仲淹之前，唐代李华的文章中已经有了这样的用法。"至若"表示另提一事，用在句首，相当于"至于"。至于到了隆冬极寒之时，空气都已经凝结，天地都已经闭塞。在广袤的极北之地，连同海角天边，都被凛冽的寒气所笼罩。这无疑又是一个大全景视角，接下来则是分画面的切换了。我们先看到的是积雪已经陷没了行军士兵们的小腿，镜头在向上移动，士兵们呼出的热气被瞬间凝结，变成了厚厚的坚冰，挂在他们的胡须上面。在这样的冷天气里，即使是最凶恶的猛禽都躲在巢里休息，行军的战马也徘徊不前。由于气温太低，士兵们的衣服难以御寒，故曰"缯纩无温"。"缯"是丝织品。《说文》曰："缯，帛也。"[2]"纩"是丝绵。棉花大量传入中原地区的时间大致是在宋末元初时期，此前古人絮衣主要用的是丝绵。"缯纩"在这里指的就是指用缯帛丝绵制作的寒衣。这样的衣服在中原或江南一带可以抵御冬寒，但是到了极边之地却毫无用处。结果是什么呢？"堕指裂肤。"士兵们在塞北行军，被冻得手指掉落、肌肤

1 范仲淹:《范仲淹全集》卷八《岳阳楼记》，李勇先、刘琳、王蓉贵点校，中华书局，2020，第165页。
2 《说文解字》卷一三，第274页。

开裂。在这种情况下，生存恐怕都成问题，又如何作战呢？遇到敌军又该如何抵抗呢？

果然，"当此苦寒，天假强胡，凭陵杀气，以相剪屠"。极端的气候，正是强大的胡兵所拥有的天赐利器。他们凭仗寒冬肃杀之气，来斩伐屠戮中原的士卒。"凭陵"，意谓"凭借、倚仗"。高适《燕歌行》曰："山川萧条极边土，胡骑凭陵杂风雨。"这些胡兵也颇谙用兵之策，他们先截取了粮草等军用物资，然后拦腰冲断士兵队伍，使其首尾不能相顾，故曰"径截辎重，横攻士卒"。这场突袭的结局可谓惨不忍睹："都尉新降，将军复没。尸踣巨港之岸，血满长城之窟。无贵无贱，同为枯骨。可胜言哉！"其中，"都尉新降，将军覆没"这两句用了互文的手法，意思是都尉和将军们有的刚刚投降，而有的已经战死沙场。战斗进行到后半程，胜负已经显出端倪。从中原远途跋涉而来的将士们在低温和敌军的双重夹击下，苦苦支撑，死伤大半。这时李华笔锋一转，又把"特写镜头"换成了大全景：放眼望去，只见密密麻麻的尸体僵仆在大港沿岸，鲜血淌满了长城下的窟穴。《说文》曰："踣，僵也。"[1] 此处意谓士兵们纷纷倒毙，尸体倒在一起，交相叠压，数不胜数，即所谓"无贵无贱，同为枯骨"。冷兵器时代的战争使人直面血腥与死亡，面对大溃败下无差别的屠戮，个体地位的高低、平素品性的优劣在此时似乎全不管用，令人产生一种恍惚无力之感，故而以"可胜言哉"四字作为反问，收束此段。

随着战局的变化，决战的场景得以渐次铺陈展开："鼓衰兮力尽，矢竭兮弦绝。白刃交兮宝刀折，两军蹙兮生死决。"我们

---

1 《说文解字》卷二，第41页。

发现句式出现了新变化，由之前的四字句变为带有"兮"字的整齐对句。句式的延长起到了调节行文节奏的作用。四字句相对紧凑，干脆利落，节奏较快。而带有"兮"字的整齐对句则有利于抒情，行文的节奏也由此得以舒缓。这几句说的是，鼓声渐渐微弱了下来，意味着战士们已经精疲力竭。箭袋中的弓箭已经射尽，弓弦也已经断绝。种种迹象都表明，战斗已经进行到了最后的关头。"蹙"的本义是皱着眉头，这里是"迫近，接近"的意思，意谓两方的士兵开始近身相搏。白刃相接之时，不是你死就是我活，生死就在此一举。此时文章的整体氛围非常紧张，使人有"命悬一线"之感。李华巧妙地在此处插入了心理描写以调节文章的气氛，使其由高度紧张转为无限哀愤。在战斗的最后时刻，士兵们在想些什么呢？李华用两个对句清晰地呈现出他们所面对精神困境："降矣哉，终身夷狄；战矣哉，骨暴沙砾。"如果投降，可能会留下一条命，但永远成为异族的奴隶，再也不可能回到故乡。这意味着一个人永远失去了从前的自我，是为"精神之死亡"，其痛苦之甚不亚于肉体的消灭。而如果继续战斗，由于实力悬殊，马上就是刀下之鬼，死无葬身之地。这种选择是"为奴或是为鬼"的选择，是"坏与更坏"之间的选择。无论怎样选，士兵们的结局都是极其悲惨的。

面对无解的命运悲剧，李华没有再去一一探究每个个体的选择，而是把手中的"广角镜"缓缓地移向了战斗结束后的凄凉景象："鸟无声兮山寂寂，夜正长兮风淅淅。魂魄结兮天沉沉，鬼神聚兮云幂幂。日光寒兮草短，月色苦兮霜白。伤心惨目，有如是耶？"这里连续出现了六个带有"兮"字的句子，最后以两个四字句作结，延长出无限的哀怨与咏叹。厮杀过后，战场一片死寂，山野中听不到鸟鸣，阒寂无声，漫漫长夜里只有淅淅的悲风诉说着哀怨。阵亡的阴魂在这里凝结，四周的鬼神在这里聚集，于是阴云密布，日月无光。所见者何？在白昼的微光里摇曳着的短短的衰草，其卑微可悯正如同士卒们枉死的命运。等夜晚来临，凄苦的月色又为大地笼罩上了一层白霜。试问人间还有比这里更令人伤心、令人难以直视的景象吗？此处的"幂"，是"覆盖"的意思，形容云层深浓阴暗，覆盖天空的样子。李华摹景至此，使文章呈现出深重的悲哀之情。谢有辉《古文赏音》曰："夫盛世不能忘战，此事固所不免。但骄敌致败，世多以罪主将，而忘任人之失。文之极形惨痛，非但求工，正欲动人主恻隐耳。"[1]谢有辉的观点不免有时代局限性，但他说对了两点：其一，在具体的军事策略上，李华隐晦地点出君主有"任人之失"；其二，在整体的安边方针上，李华希望君主能够动恻隐之心，施行仁政，以长远地平息四方战争。因此，文中的摹景写物、烘托氛围实际上具有深刻用意，都是为创作主体观点的呈现做好前期的铺垫。如何才能避免"伤心惨目"的情况重现？如何才能安邦定边？以下是李华内心想法的渐次呈现：

> 吾闻之：牧用赵卒，大破林胡。开地千里，遁逃匈奴。汉倾天下，财殚力痡。任人而已，其在多乎？

我们发现，行文又回到了整齐而平稳的四字句式，这意味着文章的内容节奏出现了新的变化。"牧"指李牧。他是战国末年支

1　《解题汇评古文观止》卷七《吊古战场文》，第 414 页。

撑危局的赵国名将，甚至有"李牧死，赵国亡"之名。他曾长期驻守代地雁门郡，防备匈奴，以逸待劳，养精蓄锐，最后打败了东胡，收降了林胡，使单于望风而逃。此后十余年，匈奴不敢靠近赵国边境。与此相反的是，汉朝倾全国之力和匈奴作战，反而民穷财尽，国力被大大削弱。"殚"的意思是"用尽、竭尽"，而"痡"的意思是"劳倦、病苦"。据《史记·平准书》《汉书·食货志》等史料记载，汉武帝时，曾多次大举征伐匈奴及周边少数民族地区，以至于国力空虚，"赋税既竭，犹不足以奉战士"，[1]甚至出现了"功费愈甚，天下虚耗，人复相食"[2]的惨状。显然，李华用的是正反对举的手法，在称赞李牧大破匈奴的同时，对西汉穷兵黩武的军事策略提出质疑，进而抛出论点——战争胜负的关键在于用人得当，而不在于人海战术。一褒一贬，对比鲜明。这种写法也贯穿到了此后的行文中：

> 周逐猃狁，北至太原。既城朔方，全师而还。饮至策勋，和乐且闲。穆穆棣棣，君臣之间。秦起长城，竟海为关。荼毒生民，万里朱殷。汉击匈奴，虽得阴山。枕骸遍野，功不补患。

这一部分，李华将周王朝驱逐猃狁作为正面的例子以叙事说理。"猃狁"是古代北方的少数民族，是匈奴的前身。周宣王时，猃狁南侵，宣王命尹吉甫统军抗击，逐至太原（今宁夏固原北），不再穷追。《诗经·小雅·六月》曰："薄伐猃狁，至

---

1 《史记》卷二〇《平准书》，第 1422 页。
2 《汉书》卷二四《食货志》，第 1137 页。

于太原。"[1] 说的就是这件事。周朝的军队赶走猃狁后，又在北方筑城作为防御设施。"城"在这里用作动词，即"筑城"之意。《诗经·小雅·出车》曰："天子命我，城彼朔方。"[2] 李华所述与此贴合。此后，周天子的军队就班师凯旋，告祭宗庙，举行宴饮，记功授爵。君臣各在其位，各守其职，关系是和谐融洽的。"穆穆"是端庄盛美、恭敬谨肃的样子，用以形容天子的仪表，即所谓"天子穆穆"。"棣棣"则是雍容闲雅的样子，此处称述臣子仪容。

但是到了秦代和汉代，君主施政理念已经改变，老百姓成为开边战争中最大的牺牲品。公元前 215 年，秦始皇遣大将蒙恬北逐匈奴，筑长城万余里，以防匈奴南进。秦长城，西起临洮，东至鸭绿江，共筑万余里，故曰"竟海为关"。这种徭役残害了无数人民。所谓"万里朱殷"，意思是鲜血把万里大地都染成了殷红色。"殷"读作"yān"，赤黑色。《左传·成公二年》杜注曰："血色久则殷。"[3] 汉代情况如何呢？汉武帝时，卫青、霍去病率大军攻击匈奴，虽然夺取了阴山，阻止了匈奴南下，但阵亡的将士骸骨遍野，互相枕藉，汉军损失惨重，国力遭到极大削弱。因此李华说"功不补患"，意谓得不偿失。

李华在这部分行文中采用了反复对比的手法进行论述。他先用"牧用赵卒"和"汉倾天下"进行对比，李牧"大破林胡"，汉朝"财殚力痛"，由此说明解决边患问题的关键是选用良将，而不在于用兵数量。接下来，以"周逐猃狁"与"秦起长城"、"汉击匈奴"对比，周朝军队能够"全师而还"，君臣

---

1 《毛诗正义》卷一〇《六月》，第 631 页。
2 《毛诗正义》卷九《出车》，第 600 页。
3 《春秋左传正义》卷二五《成公二年》，北京大学出版社，1999，第 694 页。

和乐，国力充实；而秦朝"荼毒生灵"，汉朝"功不补患"。由此说明，解决边患的办法在于施行王道，在于安抚四夷，而非一味黩武开边。李华的引古是为了证今，用历史事实警示唐王朝的掌权者——其所发动的开边战争给人民带来了深重的灾难。由此，文章的叙述视角自然而然地转回到了普通底层老百姓的身上。李华所发出的这一连串诘问，足以使高高在上的统治者感到汗颜：

> 苍苍蒸民，谁无父母？提携捧负，畏其不寿。谁无兄弟？如足如手。谁无夫妇？如宾如友。生也何恩，杀之何咎？

"苍苍"者，天也。"蒸"通"烝"，意谓"众、多"。李华说，苍天之下的众多人民，谁没有父母呢？一个呱呱坠地的婴儿是如何长到成年的？是从小就被父母百般爱护，抱着、背着、拉扯着长大的。为人父母，唯恐爱子夭折，这十几年间付出了多少心血？如今却成为战场上的尸骸。这些尸骸，又是谁亲如手足的兄弟？又是谁家中的儿子和丈夫？这些问句铺排而下，形成一种难以抵挡的气势，令人哀愤。最后一个问句是最沉痛，也是最尖锐的——这些无辜的人活着受过君主什么恩惠吗？现在又有什么罪过而惨遭杀害？他们只是为王前驱的普通黎民百姓而已啊！

"其存其没，家莫闻知。人或有言，将信将疑。"甚至连他们的生死存亡，家中都无从知晓。即使听到一些传闻，也是疑信参半。家人牵挂已久，难免夜有所梦，即"悁悁心目，寤寐见之"。"悁悁"指的是忧愁郁闷的样子。此处当指亡魂哀怨的模样出现在家人的梦中。此情此景，恰如陈陶《陇西行四首》其二诗中所言："可怜无定河边骨，犹是春闺梦里人。"虽然如此，天远地阔，又到哪里去寻找亲人的遗骸呢？只好"布奠倾觞，哭望天涯"。"布"是"陈列"的意思。"奠"是"祭奠"。此处意谓家中亲人为亡灵陈列祭品，酹酒祭奠，望远痛哭。天地如若有灵，也会为这样的场景感到哀伤忧愁，故曰"天地为愁，草木凄悲"。可是，这样不明不白的吊祭，不能上达于死者的在天之灵，故而他们的亡魂也无所归依，因此说："吊祭不至，精魂何依？"

"必有凶年，人其流离。"意思是战争之后，一定会出现灾荒，致使老百姓流离失所。"凶年"意谓"荒年"，语出《老子》第三十章："大军之后，必有凶年。"[1] 这是为什么呢？首先，大举兴兵会造成大量农业劳动力离开土地，不再直接从事生产劳动；其次，双方军队的互相攻伐会破坏农田，直接影响农业生产的种植和收成；再次，阵亡的尸体如果得不到及时处理，会导致瘟疫流行；最后，国家军费的开支转嫁到了普通百姓的头上，使其生活难以为继，颠沛流离。因此这里的"凶年"不仅指自然灾荒，而且指向了自然灾荒背后的"人祸"。对此，李华发出了沉重的感慨："呜呼噫嘻！时耶命耶？从古如斯！为之奈何？"这种惨状是时势造成，还是命运招致呢？从古以来就是如此！那么，怎么办呢？李华在文章末尾亮明了观点——"守在四夷"。"守在四夷"语出《左传·昭公二十三年》："古者，天子守在四夷。"[2] 在李华看来，唯有宣扬教化、施行仁道，才能

1　王弼著，楼宇烈校释《王弼集校释》上篇《老子道德经注》，中华书局，1980，第78页。

2　《春秋左传正义》卷五〇《昭公二十三年》，第1437页。

使四方民族为天子守卫疆土，才能永远地平息战争。全文也由此戛然而止。

这篇文章据说是李华"极思研摧"的名篇，《新唐书·文艺传下》记载了关于它来历的一个小故事：

> 华文辞绵丽，少宏杰气，颖士健爽自肆，时谓不及颖士，而华自疑过之。因著《吊古战场文》，极思研摧。已成，污为故书，杂置梵书之庋。它日，与颖士读之，称工。华问："今谁可及？"颖士曰："君加精思，便能至矣。"华愕然而服。[1]

李华笔下的文章辞藻华美靡丽，但缺少宏伟之气，萧颖士的创作风格则刚健朗畅，当时的人认为李华比不上萧颖士。李华不服气，他觉得自己的文采是超过萧颖士的。于是用心创作了《吊古战场文》，在写作过程中，他竭尽心思，写好后认真修改校订。不仅如此，他在装帧的时候把文章故意"做旧"，又装作不经意的样子，把它放在堆积佛书的架子上。有一天，他请来萧颖士同读此文。萧颖士读后，称赞这篇文章写得工整而妥帖。李华不免有些得意，他问："当世的才子中，又有谁能比得上呢？"萧颖士的回答意味深长："以您的才华，只要稍微加以思考，精心安排文辞，也能达到这种境界。"李华吃了一惊，他万万没有料到萧颖士眼光是如此的精准，一眼就看出这是自己的作品，从此心悦诚服。从这个小故事中，我们能发现文学天然地具有其时代性。从作品诞生的那一刻起，其措辞用语、思

1　《新唐书》卷二〇三《李华传》，第 5776 页。

想情感均难以避免地带上了时代的"印记"。这种印记如此鲜明，即使"污为故书，杂置梵书之度"也无法掩盖。李华的《吊古战场文》文采精妙，但在措辞方面较为流畅易读，已经和唐前古人的创作形式有所不同，因此被萧颖士这个行家里手一眼看出。这种不同，也揭示了散文在唐代已经有了新的发展变化。

唐文治《国文经纬贯通大义》对于这篇文章的产生背景有不同的看法：

> 所贵乎作文者，欲其感动人心耳。此文因痛近时争城争地，杀人众多，而托古战场以讽之。末段淋漓呜咽，虽善战者读之，亦当流涕。[1]

也就是说，李华的创作情感基础在于当时的实际社会环境，他深痛于玄宗后期不修内政、滥事征伐而发出议论。据《资治通鉴》记载："天宝八载六月，上命陇右节度使哥舒翰帅陇右、河西及突厥阿布思兵，益以朔方、河东兵，凡六万三千，攻吐蕃石堡城……如期拔之……唐士卒死者数万。"[2]两年后，"天宝十载夏四月壬午，剑南节度使鲜于仲通讨南诏蛮，大败于泸南……士卒死者六万人，仲通仅以身免"。[3]唐王朝统治者因内心骄恣而发动的开边战争，给四方人民带来了深重的灾难。这一时期，在其他文体类型中也出现了针对唐王朝任意发动不义战争的批判。李白在《战城南》诗中对战场做过悲凉惨悴的描绘：

1　《解题汇评古文观止》卷七《吊古战场文》，第416页。
2　《资治通鉴》卷二一六，第7104页。
3　《资治通鉴》卷二一六，第7115页。

"野战格斗死，败马号鸣向天悲。乌鸢啄人肠，衔飞上挂枯树枝。士卒涂草莽，将军空尔为。"杜甫有感于君主好大喜功，将领邀功求赏，不顾底层士兵死活的现实情况，在《兵车行》诗中写道："边庭流血成海水，武皇开边意未已。"借助弱笔一支，唐代的文学家们纷纷对其时代见闻进行了深刻的摹写与反映。可以说，战争与和平，或者说痛恨战争、渴望和平是文学的永恒主题。

【附】《吊古战场文》

浩浩乎，平沙无垠，敻不见人。河水萦带，群山纠纷。黯兮惨悴，风悲日曛。蓬断草枯，凛若霜晨。鸟飞不下，兽铤亡群。亭长告余曰："此古战场也，常覆三军。往往鬼哭，天阴则闻。"伤心哉！秦欤汉欤？将近代欤？

吾闻夫齐魏徭戍，荆韩召募。万里奔走，连年暴露。沙草晨牧，河冰夜渡。地阔天长，不知归路。寄身锋刃，腷臆谁诉？秦汉而还，多事四夷。中州耗斁，无世无之。古称戎夏，不抗王师。文教失宣，武臣用奇。奇兵有异于仁义，王道迂阔而莫为，呜呼噫嘻！

吾想夫北风振漠，胡兵伺便。主将骄敌，期门受战。野竖旄旗，川回组练。法重心骇，威尊命贱。利镞穿骨，惊沙入面。主客相搏，山川震眩。声析江河，势崩雷电。

至若穷阴凝闭，凛冽海隅。积雪没胫，坚冰在须。鸷鸟休巢，征马踟蹰。缯纩无温，堕指裂肤。当此苦寒，天假强胡，凭陵杀气，以相剪屠。径截辎重，横攻士卒。都尉新降，将军覆没。尸填巨港之岸，血满长城之窟。无贵无贱，同为枯骨，可胜言哉！

鼓衰兮力尽，矢竭兮弦绝。白刃交兮宝刀折，两军蹙兮生死决。降矣哉，终身夷狄；战矣哉，骨暴沙砾。鸟无声兮山寂寂，夜正长兮风渐渐。魂魄结兮天沉沉，鬼神聚兮云幂幂。日光寒兮草短，月色苦兮霜白。伤心惨目，有如是耶？

吾闻之：牧用赵卒，大破林胡。开地千里，遁逃匈奴。汉倾天下，财殚力痛。任人而已，其在多乎？周逐猃狁，北至太原。既城朔方，全师而还。饮至策勋，和乐且闲。穆穆棣棣，君臣之间。秦起长城，竟海为关。荼毒生民，万里朱殷。汉击匈奴，虽得阴山。枕骸遍野，功不补患。

苍苍蒸民，谁无父母？提携捧负，畏其不寿。谁无兄弟？如足如手。谁无夫妇？如宾如友。生也何恩，杀之何咎？其存其没，家莫闻知。人或有言，将信将疑。悁悁心目，寤寐见之。布奠倾觞，哭望天涯。天地为愁，草木凄悲。吊祭不至，精魂何依？必有凶年，人其流离。呜呼噫嘻！时耶命耶？从古如斯！为之奈何？守在四夷。

第二节　白居易《庐山草堂记》

白居易是我国文学史上声名卓著的大诗人，他的诗作家传户诵，像"离离原上草，一岁一枯荣。野火烧不尽，春风吹又生"（《赋得古原草送别》）这样的作品，即使是五岁蒙童也能倒背如流。而他远传海外的长诗《长恨歌》《琵琶行》，则在东亚文化圈中产生过巨大、深远的影响。这样富有诗才的人，他的散文写得怎么样呢？下面我们就来走近白居易和他的《庐山草堂记》。

白居易的祖籍在山西太原，曾祖父迁居到了陕西渭南下邽，祖父又迁居到了河南新郑。大历七年（772）正月，白居易在河南新郑出生。这个孩子自幼聪颖过人，读书也十分刻苦。他曾在《与元九书》中有过这样一段自述：

> 仆始生六七月时，乳母抱弄于书屏下，有指"无"字、"之"字示仆者，仆虽口未能言，心已默识。后有问此二字者，虽百十其试，而指之不差。则仆宿习之缘，已在文字中矣。及五六岁便学为诗，九岁谙识声韵。十五六始知有进士，苦节读书。二十已来，昼课赋，夜课书，间又课诗，不遑寝息矣。以至于口舌成疮，手肘成胝。[1]

据此来看，白居易与文字结缘很早，可谓"早慧"。更为难得的是他异常勤奋，读书不辍，几乎没有时间休息，以至于口舌磨出了疮，手肘长出了厚厚的老茧。

贞元十六年（800），白居易参加进士考试，一举登第。元和元年（806）四月，他被朝廷任命为盩厔（今陕西周至）县尉。上任不久，正值五月农耕忙碌之季，白居易看到农民割麦的繁忙景象和贫妇抱其子拾麦穗充饥的场景，写下了《观刈麦》诗，其中"足蒸暑土气，背灼炎天光。力尽不知热，但惜

---

1 白居易著，朱金城笺校《白居易集笺校》卷二八《与元九书》，上海古籍出版社，1988，第 2791~2792 页。

夏日长"等句，深深地道出了底层百姓的心酸处境。这一年冬天，白居易与陈鸿、王质夫一道游览马嵬驿附近的仙游寺，众人谈及唐明皇与杨贵妃的爱情故事，深感如果没有诗歌传唱，李杨的爱情故事就会随着时间流逝而湮没无闻。这成了白居易创作千古绝唱《长恨歌》的契机。无论是《观刈麦》还是《长恨歌》，都具有通俗流畅、细节饱满的特征，给人以过目难忘的感受。可以说，白居易朗畅而生动的语言特征其实在他的创作早期就已经形成了。

　　元和二年（807）十一月，白居易被召回朝廷，担任翰林学士。次年五月，担任左拾遗，负责向君主进谏。据《资治通鉴》记载，元和四年（809）久旱无雨，白居易和李绛向君主建议，认为"欲令实惠及人，无如减其租税"，又言"宫人驱使之余，其数犹广，事宜省费，物贵徇情"，又请"禁诸道横敛以充奉进"，又言"岭南、黔中、福建风俗，多掠良人以为奴婢，乞严禁止"。[1] 唐宪宗均予以采纳。这一时期，白居易创作了大量反映社会现实的诗歌，希望以此补察时政。他的著名乐府诗《卖炭翁》就写于该时期，此诗题注云："苦宫市也。"宫市，指唐代皇宫里若需要物品，就差人到市场上去拿，随便给老百姓一点不值钱的东西了事，实际上是公开掠夺百姓。这样的社会现实弊端在白居易看来，就应当在创作中有所揭露，引起统治者的注意。可见此时的白居易是以弘扬儒家积极用世的思想作为文学创作的根本宗旨。他在《与元九书》中写道："文章合为时而著，歌诗合为事而作。"[2] 在他看来，文学反映社会现

1　《资治通鉴》卷二三七，第 7779 页。
2　《白居易集笺校》卷二八《与元九书》，第 2792 页。

实的功能是应当重视和提倡的。

在写作讽喻时政作品的同时，白居易也积极上书言事，他的慷慨直言令唐宪宗感到非常不快。唐宪宗曾经对李绛发牢骚："白居易小子，是朕拔擢致名位，而无礼于朕，朕实难奈。"[1] 意思是，白居易这个年轻人，他之所以有今天这样的地位，那是因为我慧眼识才。可他总是对我无礼，说一些让我不爱听的话，我真是难以忍受。李绛是怎么回答的呢？他说："居易所以不避死亡之诛，事无巨细必言者，盖酬陛下特力拔擢耳，非轻言也。陛下欲开谏诤之路，不宜阻居易言。"[2] 李绛用的是"四两拨千斤"的办法。他说，白居易正是用这个方式来报答您的赏识啊。他担负着巨大的风险向您吐露实情，并不是信口开河，而是无论大事小事都要让您了然于胸。不得不承认，李绛是一个很懂得谈话艺术的人，他从正面指出这件事情的性质后，又从宪宗执政的角度来分析这件事。既然君主久居宫廷之内，又想获得四面八方的信息，就不能轻易处罚像白居易这样敢说话的人，否则其他臣子看到开口说话竟落得如此下场，就吓得纷纷闭口不言了。宪宗听了火气消了大半，点头说："卿言是也。"白居易就这样有惊无险地渡过一劫。

然而，不久之后出现的一场政治刺杀活动，彻底地改变了白居易的人生轨迹，乃至大唐王朝的国运。这件事情发生在元和十年（815），当时宪宗君臣正锐意进取，打算逐个消灭地方藩镇势力。朝廷的举动引起了地方节度使的敌意，其中淄青节度使李师道竟然派出刺客刺杀了宰相武元衡，刺伤了御史中丞

---

1 《旧唐书》卷一六六《白居易传》，第4344页。
2 《旧唐书》卷一六六《白居易传》，第4344页。

裴元度。惨剧发生之后，朝野一片哗然。当朝宰相在京城大街上被明目张胆地杀死，刺客从容而退，可谓亘古未闻。这是藩镇对朝廷的莫大蔑视，更是朝廷的奇耻大辱。但满朝官员害怕藩镇的威势，没有人敢上疏提出对策。白居易认为默不作声只会助长藩镇的气焰，朝廷应当有所动作，不能放任藩镇为所欲为。他出于义愤，第一个上疏请求追捕刺杀武元衡的凶手。其他宰相认为白居易越职言事，而对白居易怀有私愤的人则趁机指摘白居易私德有亏，说他的母亲是因为看花坠井而死，而他却写过《赏花》《新井》等诗，这岂不是有伤名教？诬告至此，白居易被排挤出京，贬为江州司马。白居易被贬的消息传到了好友元稹那里，元稹为此写下了《闻乐天授江州司马》诗，以表达内心的震惊与同情："残灯无焰影幢幢，此夕闻君谪九江。垂死病中惊坐起，暗风吹雨入寒窗。"

事已至此，白居易只好离开京师，远赴江州。江州即今江西省九江市，毗邻庐山。白居易到任后曾登临庐山，游览东林、西林寺，并寻访陶潜的故居。秋天他在浔浦口送客，写下了《琵琶行》长诗，抒写志向受挫后心中的压抑和苦闷。其中"嘈嘈切切错杂弹，大珠小珠落玉盘""同是天涯沦落人，相逢何必曾相识"等名句，广为流传。这一时期，白居易的思想也逐渐发生了变化，他在庐山修建了一座草堂，并与当地的僧人交游往来，借佛教的空无观念超脱仕途失意的痛苦。《庐山草堂记》就是他为庐山新居落成所写的纪念性文章。文中先交代草堂的由来和位置，次写草堂的陈设布局，再写住进草堂后的情景，最后记叙自己自幼对山水的爱好，希望终老于自然的怀抱，以白描式的勾勒和生动的具象摹写，使庐山景色跃然纸上。白居易借此文真诚地表达了自己陶醉于山水间的淳朴状态，使庐山在他的笔下别具风韵。

"匡庐奇秀，甲天下山。"[1]这是文章的第一句，提笔定调，开门见山。"匡庐"指的就是江西的庐山。相传殷周之际有匡俗兄弟七人结庐于此，故称此山为"匡庐"。"匡俗"是什么意思呢？一种说法认为这七兄弟的老大名字叫"匡俗"，还有一种说法认为"匡俗"即"匡正风俗"，则其中又包含有许多教化意味。故而这七兄弟的履历，恐怕也是传说多过实迹，此处先按下不表。白居易说，庐山是天下间最为秀美的山了！这句话暗含着一种满足的意味，而这种"满足感"，也贯穿于此后文章的内容里："山北峰曰香炉，峰北寺曰遗爱寺。介峰寺间，其境胜绝，又甲庐山。"这句话中的"介"，是"处于两者之中"的意思，我们现在有个职业叫"中介"，做的就是居中牵线的工作。白居易说，庐山北峰叫香炉峰，山峰北边的寺庙叫遗爱寺。而居于山峰和寺庙两者之间的地方，景色绝佳，是庐山中最美的地方！短短两句话中接连出现了两个"甲"字，引人注目。既然对所处的环境如此满足，此刻白居易的精神状态，无论如何都不像个"迁客骚人"，与前一讲内容中柳宗元贬谪永州的郁郁寡欢形成极为鲜明的对比。这不由使人好奇，白居易是真的天性豁达，还是勉力振作、故作此语呢？我们再往下看。"元和十一年秋，太原人白乐天见而爱之，若远行客过故乡，恋恋不能去。因面峰腋寺，作为草堂。""面峰腋寺"意谓"对山傍寺"。"腋"，本来是人体部位，老百姓叫它"胳肢窝"，在这里名词用作动词，引申为"依傍"之意。白居易说，我一到这

---

1 本文所引白居易《庐山草堂记》内容均出自白居易著，朱金城笺校《白居易集笺校》卷四三《草堂记》，上海古籍出版社，1988，第2736~2742页。以下不再重复注释。

里就发自内心地喜欢上了它的美景，就好像远行的游子又回到故乡一样，恋恋不舍，不愿离去。于是我就面对山峰，依傍着山寺，修了一间草堂。在这里，我要问大家一个问题，白居易的选址是草率的、无所谓的，还是经过深思熟虑的？对，是经过深思熟虑的。他把自己的草堂建在香炉峰和遗爱寺之间，"其境胜绝"，又"甲庐山"。这说明他对生活的热爱之情远远没有熄灭，他的注意力已经被新的环境所吸引，心境自然要畅快许多。

文章的起始部分交代了草堂的由来和位置，接下来该讲草堂的布局和环境了。"明年春，草堂成。三间两柱，二室四牖，广袤丰杀，一称心力。洞北户，来阴风，防徂暑也；敞南甍，纳阳日，虞祁寒也。"第二年的春天，草堂修好了。它的格局很简单，不是深宅大院，而是山野中的书斋。它有三间房子，中间是厅堂，两边是两间居室，两根柱子支撑房梁，四扇窗子通风透气。这里的"广袤"和现代汉语中的意思有所区别。古人把"东西方向"叫"广"，把"南北方向"叫"袤"，引申指土地的长和宽，也就是面积大小。"丰"和"杀"，指的是"增"和"减"。白居易说，草堂面积的大小、增减，都和我的愿望、财力相称。接下来，白居易用一组对句，专门讲草堂的通风和采光设计。夏天的时候，打开北边的窗户，让北风吹进来。"洞"在这里是"洞开"的意思，名词用作动词。"阴风"指的是北风。我国属于季风气候，北边来的风总是寒冷干燥，因此叫作阴风。南边来的风则温暖湿润，叫作阳风。"徂暑"意谓"盛夏"。《诗经·小雅·四月》："四月维夏，六月徂暑。"郑玄笺："徂，犹始也，四月立夏矣，而六月乃始盛暑。"[1]有了从北

---

1 《毛诗正义》卷一三《四月》，第791页。

边吹来的凉风，夏天就不热了。那么冬天怎么办呢？冬天敞开南边屋脊上的天窗，让太阳照进来。"甍"意为"屋脊"。我们在中学课本中学过王勃的《滕王阁序》，其中有一句："披绣闼，俯雕甍，山原旷其盈视，川泽纡其骇瞩。"[1] 所以这个字不陌生。敞开南边屋脊上的天窗，为的是延长日照时间，这样就可以防范严寒。"虞"在这里有"防范"的意思。白居易在修建草堂的时候，把夏天和冬天的情况都想到了，似乎做了长远的打算。这不禁让人心生疑问：他真的忘却了从前种种，而乐于久居山林吗？

带着疑问，我们继续往下读。"木斫而已，不加丹；墙圬而已，不加白。砌阶用石，幂窗用纸。竹帘纻帏，率称是焉。堂中设木榻四，素屏二，漆琴一张，儒、道、佛书各两三卷。"这一段写的是草堂的装修情况和内部陈设。在白居易的描述中，我们发现草堂的装修也很简单。建造房屋的木材只用斧子砍削，不用油漆彩绘。给墙涂上泥，把坑坑洼洼的地方抹平就可以了，不必用石灰白粉之类的涂料粉刷。"幂"在这里是"覆盖"的意思。"砌阶用石，幂窗用纸"这两句，通俗地说，就是用石头作台阶，用纸糊窗子。"竹帘纻帏"，则是说用竹子作门帘，用粗麻布作帷帐。以上种种都和草堂的简约风格相称，故曰"率称是焉"。堂内陈设也是一派朴素古雅。白居易在室内放置了四张木质的卧榻，两扇没有描画的白色屏风，一张漆琴，两三卷儒、道、佛书，显示出他这一时期的生活爱好与志趣。这些细致的写实性描写，成为后世学者研究中国古代园林的重要史料，而《庐山草堂记》也被视为中国园林学的

---

1 《全唐文》卷一八一《秋日登洪府滕王阁饯别序》，第 1846 页。

奠基之作。

　　以下则是他对草堂生活的描写："乐天既来为主，仰观山，俯听泉，傍睨竹树云石，自辰至酉，应接不暇。"其中"乐天既来为主"这句话就很有意思，值得玩味。唐人虽在贬谪之境，仍具有相当自信，认为人是自然万物的主人，隐隐有主宰之意。这也不仅仅是白居易一个人独有的观念，柳宗元在《钴𬭩潭西小丘记》中说，自从买下小丘后，就看到"山之高，云之浮，溪之流，鸟兽之遨游，举熙熙然回巧献技，以效兹丘之下"。[1]"回巧"是呈现巧妙的姿态，"献技"是展露各自的特点，而所谓"效"则有"效力、尽力贡献"之意。柳宗元本来是个被贬谪到永州的失意者，他在小丘上站立，感到周围的景色如同万邦来朝一样，"回巧献技，以效兹丘之下"，争相地来取悦他。这样一来，简直有万物之主的自得感了。这种"我为物主"的自信观念来自古代"人为万物之灵长"的理念，与现代人的观念确实有很大不同。现代人认为人类同自然万物一样，都是大自然王国中平等的一员。

　　那么，白居易在庐山生活的日常活动又有哪些呢？他说我可忙得很，抬头看山景，低头听泉声，眼睛的余光还得落在草堂周围的竹林、树木、烟云、岩石上，从早到晚，目不暇接。"睨"是"斜着眼睛看"的意思。为什么要斜着眼看？自然是因为这里的美景太多，眼睛都忙不过来了。既然忙成这样，那些从前在朝堂上遭遇的不愉快和遭受贬谪的痛苦，就暂时远离了他的内心。"俄而物诱气随，外适内和。一宿体宁，再宿心恬，三宿后颓然嗒然，不知其然而然。""俄而"在这里是"不久、顷刻"的意思。白居易稍作休憩，清幽的景物就吸引了他的注

1 《柳宗元集》卷二九《钴𬭩潭西小丘记》，第765~766页。

意力，此为"物诱"；他的气质和精神状态也随着环境而变得恬淡，此为"气随"。由于外界环境适宜，人的心情也就随之平和了下来。只要住一宿，身体就十分安宁；住两夜，感到心情平静安适；住到第三个晚上以后，心旷神怡，物我两忘，自己也不知是如何进入这种状态的。"颓然"是"懒散的样子"，"嗒然"是"物我两忘的样子"。"颓然嗒然"是说，此刻的白居易在山水的感发与抚慰下，已经不起浮沉得失之念了。既然如此，又何来痛苦呢？

　　但白居易是个认真的人，"不知其然而然"是万万不行的。他认真思考了一会儿，随即自问自答，引出一段对草堂周围环境的细致描写："自问其故，答曰：是居也，前有平地，轮广十丈；中有平台，半平地；台南有方池，倍平台。环池多山竹野卉，池中生白莲、白鱼。"草堂门前有一块没有遮挡的广阔平地，长和宽均在十丈左右。中间有平台，是平地面积的一半。平台的南边有方形的池塘，池子的面积又比平台大一倍。池塘周围草木茂盛，竹树掩映，池水中生长着白莲和白鱼。这已经够让人感到幽静惬意的了，然而山中风物不止于此："又南抵石涧，夹涧有古松、老杉，大仅十人围，高不知几百尺。修柯戛云，低枝拂潭，如幢竖，如盖张，如龙蛇走。松下多灌丛，萝茑叶蔓，骈织承翳，日月光不到地。盛夏风气，如八、九月时。""石涧"指的是石门涧，在庐山西麓。因天池山、铁船峰对峙如门，内有瀑布垂落而得名。石门涧雨量充沛，生长着多种植物，古松老杉荟萃其间，蓊郁成林。白居易说，其中生长的巨木，"大仅十人围"。这里的"仅"读作"jìn"，是"几乎、将近"的意思。"十人围"是十个人可以将它围一圈。这是巨木可见的胸径，而它的高度，实在是难以测量，故曰"高不知几百尺"，只看到长长的枝条上摩云霄，低垂的枝条轻拂着潭水。白居易在这里接连用了三个比喻，"如幢竖，如盖张，如龙蛇走"，分别来形容树干挺拔、树冠巨大、树枝粗壮的样子。你看这株巨木，远远望去像旌旗一样引人注目；走近一看，它巨大的树冠像车上的伞盖一样张开，浓荫蔽日；再仔细看它的树枝，向四周伸展，蜿蜒如同龙蛇游走。像这样接连而出又层次分明的比喻，极大地丰富了描摹的生动性。

　　一棵巨木就是一个生态系统，且不说宿于其间的鸟类与昆虫，仅仅依附于其上的各类植物就已经形成了一个互相依存的体系。树下生长着灌木丛，而旋花科的寄生草叶子又并列交织承托覆盖于其上。光线被各类植物层层遮挡，山间盛夏的气候非常凉爽，"如八、九月时"。有人就要问了，八、九月间的长江沿岸仍然炎热，何来凉爽？要知道古人所指的月份乃是农历，此处的"八、九月"大致相当于公历的九月、十月，这时候暑热已经褪去，自然可称凉爽。由于我们日常生活中已经习惯使用公历，对农历就有些生疏，在赏析古代诗文作品时就要格外注意两种历法的区别。

　　在草堂的周围，白居易做了一些人工改造，显示出他的匠心："下铺白石，为出入道。堂北五步，据层岩积石，嵌空垤塊。杂木异草，盖覆其上。绿阴蒙蒙，朱实离离，不识其名，四时一色。"在地面铺上了白石，作为出入的道路。又在草堂北边五步远的地方，在已有的层层岩石上叠出假山来。假山是凹凸不平的，故曰"嵌空垤塊"。"嵌空"意谓"凹陷、玲珑"，而"垤塊"是"积土成堆"的意思。一凹一凸，为植物的生长提供了必需的空间。这样一来，假山上的植物就很茂盛了，绿荫浓密，枝叶间还露出许多密密麻麻的、叫不出名字的红色果实，长青常绿，四季不衰。"又有飞泉、植茗，就以烹燀。好事者见，可以销永日。""燀"是"煮"的意思，"烹燀"就是"烹煮"。用什么烹煮，烹煮的又是什么呢？答案从"又有飞泉、植茗"这句中来——用庐山飞溅而下的甘洌泉水，烹煮庐山种植的茶叶。"好事者"的词义从古到今发生了一定变化，逐渐从中性演变为贬义。在古代，"好事者"指有某种兴趣爱好的人、活跃的人，强调的是"因活跃而多事"这一方面，贬义并不很强烈。而现代汉语中的"好事者"已经完全沦为贬义词，有爱看热闹、搬弄是非之人的意思。这里的"好事者"，指的是爱好风雅之事的人。如果让他们看到这样的优美环境，可谓正中下怀，可以消磨漫长的夏日时光。不仅如此，"堂东有瀑布，水悬三尺，泻阶隅，落石渠，昏晓如练色，夜中如环佩琴筑声"。草堂东边的瀑布不算大，但也有三尺之高，清澈的瀑布水就像洁白的绸缎，昏晓不停地泻落在台阶角落，又注入石渠中。水声悦耳动听，在寂静的夜晚听起来，就好像环佩碰撞在一起叮当作响，又好像弹琴击筑之声那样悠远动听。

这里提到了"筑"这种乐器，它是中国古代的一种击弦乐器，形状有点像筝，有十三条弦，弦下边有柱。演奏时，左手按弦的一端，右手执竹尺击弦发音。在战国时代，筑是一种很流行的乐器，据《战国策·燕策》记载，荆轲刺秦王，太子丹易水送别，好友高渐离击筑，荆轲和而歌曰："风萧萧兮易水寒，壮士兮一去不复还。"[1]令人遗憾的是，筑这种乐器后来失传了，湮没在中国历史的长河中，没有人知道它是什么样子的，更不懂怎么弹奏它。20世纪末，在湖南西汉长沙王后渔阳墓中

---

1 《战国策》卷三一《燕策三》，第 1137 页。

发现了这一乐器，震动了中国乐器考古界。学界称它为"天下第一筑"。

除了铺白石道、叠假山，白居易还在草堂周围进行了哪些环境改造工作呢？不得不说，他真是一个心灵手巧的人，在草堂西边架设了一个人工的引水装置，兼具实用与美观的效果："堂西倚北崖右趾，以剖竹架空，引崖上泉，脉分线悬，自檐注砌，累累如贯珠，霏微如雨露，滴沥飘洒，随风远去。"古所谓"趾"，指足，不指脚趾。"右趾"指的是右侧山脚。草堂的西边靠北的山崖上有泉水，白居易就用剖开的竹子架在空中当做水管，把一头安置在北山崖的山脚处，引来崖上的泉水。这些竹管就好像人的脉管一样分出水流，像细线一样悬挂在空中，从高高的屋檐灌注到台阶下，连接不断好像成串的珍珠，随风飘洒又如雨似雾，给人一种格外空灵、清幽的美感。

草堂周围的一切已经安排妥帖，白居易十分满意。其四周情况又如何呢？"其四傍耳目杖屦可及者，春有锦绣谷花，夏有石门涧云，秋有虎溪月，冬有炉峰雪。阴晴显晦，昏旦含吐，千变万状，不可殚纪。觕缕而言，故云甲庐山者。"在这里，白居易改用列举的方式来说明居住在草堂的好处。"杖屦"是指手杖与鞋子，引申为拄杖漫步。白居易说，草堂附近望得见、走得到的地方，一年四季都有胜景。春天的时候，锦绣谷里的花最美；到了夏天呢，我就去石门涧看云彩；秋天虎溪一带的月色堪称一绝；冬天嘛，我就晒晒太阳，远眺香炉峰上的皑皑白雪。总之，草堂四周的山林美景，在阴天看和在晴天看，是不一样的；大清早去看和傍晚去看，也是不一样的。光线明暗交叠，烟云时隐时现，景色也是千变万化，难以详尽地一一记述下来，故而才说这里是庐山最美的地方。"殚纪"意思是"详尽地记述"，"覶缕"意思是"细说、一一说"。两者在此同义并举，加强了叙述的语气。

白居易详细地叙述自己住进草堂后的生活，他仰观入云的峰峦，俯听叮咚的泉声，在身体拥抱自然的同时，精神也随之平稳了下来。为详述草堂生涯的快乐，他又自问自答，对草堂周围的自然景物和人工建构进行细致的描绘，从中你可以察觉到他兴致勃勃的精神状态。他历数草堂周围四季的景观特征，再加上天气（阴晴）、时间（昏旦）、光线（显晦）等条件的变化，使得景物时隐时现，变幻多姿，美不胜收。于是，白居易在此段末句用"故云甲庐山者"一句收束以上写景部分，以下则顺理成章地转入了对人生处境的议论：

"噫！凡人丰一屋，华一箦，而起居其间，尚不免有骄矜之态；今我为是物主，物至致知，各以类至，又安得不外适内和，体宁心恬哉？"这段话仍然是表述自己对当下生活的满足。"箦"指的是竹编的床席。"华一箦"的"华"，在这里名词用作动词，意思是"装饰、装点"。白居易说，普通人扩建一所房屋，或是精心编织一个竹床席，生活在其中，尚且免不了洋洋自得，何况我已成了这些美景的主人呢？你看，前文提到的"我为物主"的感受，在这里又一次表露了出来。草堂周围纷至沓来的景色，引发了白居易对自然生命的体察与感知，故曰"物至致知"。大自然如同襁褓，使白居易感到一种发自内心的安宁与快乐，他情不自禁地说："昔永、远、宗、雷辈十八人，同入此山，老死不返；去我千载，我知其心以是哉！"这里所列举的"永、远、宗、雷辈十八人"，指的是东晋高僧慧永、慧远，隐士宗炳、雷次宗等人。据《莲社高贤传》记载，僧人慧永、慧远、慧持、道生、昙顺、僧叡、昙恒、道昺、昙

诜、道敬（或曰法安）、佛驮邪舍、佛驮跋陀罗及隐士刘程之、
张野、周续之、张铨、宗炳、雷次宗十八人，曾在庐山东林寺
共结莲社。白居易说，虽然他们生活的时代与我相距久远，但
我也知道，这是因为庐山美景对他们的召唤啊！

　　随着热爱山林这一情感的指引，白居易又转入对少年经历
的追忆和对当下处境的感慨。从他的这种叙述中，我们也能够
更深入地理解白居易性格的养成："矧予自思：从幼迨老，若白
屋，若朱门，凡所止，虽一日、二日，辄覆篑土为台，聚拳石
为山，环斗水为池，其喜山水，病癖如此！一旦蹇剥，来佐江
郡，郡守以优容抚我，庐山以灵胜待我。是天与我时，地与我
所，卒获所好，又何以求焉？""矧"是"况且、何况"的意
思。"白屋"指的是茅屋，平民的住所。"朱门"则指的是古代
官宦人家的住宅。由于大门被漆成红色，故有此称。"篑"指
的是用草编成的筐子，一般用来盛土。白居易说，况且我想了
想我自己的经历，从幼年到如今，不管是从前未曾考取功名时住
的茅屋，还是做官以后住过的深宅大院，哪怕只是住那么一天两
天，我也要搬来一筐土做个台子，收集一些拳头大的石头筑座假
山，再用一斗水环绕假山形成一个小小的水池，可见我这个人天
生就喜欢山水景致，这种癖好已经到了无可救药的地步，如今正
可谓得其所矣！文中此处的"一旦蹇剥"指志向受挫、被贬离京
之事，与后句中的"来佐江郡"相承接。"蹇剥"原本分别指的
是《易经》中"蹇"卦和"剥"卦。《易·蹇》曰："蹇，难也。"[1]
又《剥》曰："剥，不利有攸往。"[2] 由此暗示君子遭受挫折，陷

1 《周易正义》卷四《蹇》，第 165 页。
2 《周易正义》卷三《剥》，第 108 页。

入困难处境。白居易承认困境客观存在，但他是一个看得开的人，他会看到悲观者所看不到的一些积极面，怪不得他字"乐天"。他说，如今我的命运遭遇不顺，被贬来到九江。可是这里的郡守宽厚待客，庐山又用最美的风景来欢迎我，这是天地赐给了我休养的时机和空间，我终于能自在地徜徉于此，又有什么不满足呢？在这里，白居易又一次地表达出了满足之情。最使人惊讶的是，他的这种心灵的满足感使他在落笔时，触动了来日彻底归隐山林的念头："尚以冗员所羁，余累未尽，或往或来，未遑宁处。待予异日弟妹婚嫁毕，司马岁秩满，出处行止，得以自遂，则必左手引妻子，右手抱琴书，终老于斯，以成就我平生之志。清泉白石，实闻此言！""冗员"指的是朝廷多余的闲散官员，白居易用在这里有自谦的意味，意思是自己被眼下这个难以为国家做实事的、多余的官员身份所羁绊，未能完全摆脱牵累，不能彻底安居于此。但他又很快燃起了希望：等家里的弟弟妹妹各自成家了，我的官职任期满了，那个时候我就有了更大的自由。到时候，我必定要带着妻子和孩子，抱着古琴和书卷，在这里终老天年，"以成就我平生之志"。你看，这个"志"，与儒家用世之志是不同的，甚至是截然相反的，它是泉林之志、山野之志。由此可见白居易在被贬谪之后，心境的确产生了巨大的变化。此刻的他乐在山林，而千里之外的那个帝都长安，曾使他痛苦不堪，使他再也不愿提起。他喜爱庐山的情感是如此诚恳、真挚，以至于对着山中的清泉和白石发出了誓言，即文中的"实闻此言"，意思是你们今天都真切地听到了我说的这些话，请为我终老林下的心愿做个见证！

"时三月二十七日，始居新堂。四月九日，与河南元集虚、范阳张允中、南阳张深之、东西二林寺长老凑公、朗、满、晦、坚等凡二十二人，具斋施茶果以落之，因为《草堂记》。"落"是"落成"的意思，在这里指庆贺草堂的落成。这是文章的最后一段，附记移居、庆贺及作记等事。这虽是记体散文在当时通行的格式，却透露出白居易在这一时期社会活动内容。白居易在庐山交游往来的人物基本上是当地的士绅以及僧人、道士等方外之人。这些信息为后人考证白居易的生平提供了可靠的第一手资料。

不过，白居易最后并没有终老于庐山。不久之后，他得到了朝廷的重新起用，再次步入仕途。在人生的后半程，他的诗名更盛，影响日深。他所创作的诗文脍炙人口，传唱不歇，并随着丝路的驼铃和遣唐使的航船远播到了异国他乡。武宗会昌六年（846）八月十四日，白居易去世于洛阳，葬于洛阳香山。在他去世后，唐宣宗李忱亲自写诗悼念他："缀玉联珠六十年，谁教冥路作诗仙？浮云不系名居易，造化无为字乐天。童子解吟《长恨》曲，胡儿能唱《琵琶》篇。文章已满行人耳，一度思卿一怆然。"唐宣宗作为一国之君，亲自提笔为一位臣子写悼亡诗，这在古代是非常罕见的，可谓备极哀荣。由此可以看出唐宣宗对白居易的喜爱与敬重，也使我们真切地感受到，白居易以其不世出的文学才能，在他所处的时代已受到了极大的认可与敬仰。

【附】《庐山草堂记》

匡庐奇秀，甲天下山。山北峰曰香炉，峰北寺曰遗爱寺。介峰寺间，其境胜绝，又甲庐山。元和十一年秋，太原人白乐天见而爱之，若远行客过故乡，恋恋不能去。因面峰腋寺，作为草堂。

明年春，草堂成。三间两柱，二室四牖，广袤丰杀，一称心力。洞北户，来阴风，防徂暑也；敞南甍，纳阳日，虞祁寒也。木斫而已，不加丹；墙圬而已，不加白。砌阶用石，幂窗用纸。竹帘纻帏，率称是焉。堂中设木榻四，素屏二，漆琴一张，儒、道、佛书各两三卷。

乐天既来为主，仰观山，俯听泉，傍睨竹树云石，自辰至酉，应接不暇。俄而物诱气随，外适内和。一宿体宁，再宿心恬，三宿后颓然嗒然，不知其然而然。自问其故，答曰：是居也，前有平地，轮广十丈；中有平台，半平地；台南有方池，倍平台。环池多山竹野卉，池中生白莲、白鱼。又南抵石涧，夹涧有古松、老杉，大仅十人围，高不知几百尺。修柯戛云，低枝拂潭，如幢竖，如盖张，如龙蛇走。松下多灌丛，萝茑叶蔓，骈织承翳，日月光不到地。盛夏风气，如八、九月时。下铺白石，为出入道。堂北五步，据层岩积石，嵌空垤塄。杂木异草，盖覆其上。绿阴蒙蒙，朱实离离，不识其名，四时一色。又有飞泉植茗，就以烹燀。好事者见，可以销永日。堂东有瀑布，水悬三尺，泻阶隅，落石渠，昏晓如练色，夜中如环佩琴筑声。堂西倚北崖右趾，以剖竹架空，引崖上泉，脉分线悬，自檐注砌，累累如贯珠，霏微如雨露，滴沥飘洒，随风远去。其四傍耳目杖屦可及者，春有锦绣谷花，夏有石门涧云，秋有虎溪月，冬有炉峰雪。阴晴显晦，昏旦含吐，千变万状，不可殚纪。靘缕而言，故云甲庐山者。

噫！凡人丰一屋，华一箦，而起居其间，尚不免有骄矜之态；今我为是物主，物至致知，各以类至，又安得不外适内和，体宁心恬哉？昔永、远、宗、雷辈十八人，同入此山，老死不返；去我千载，我知其心以是哉！

　　翊予自思：从幼迨老，若白屋，若朱门，凡所止，虽一日、二日，辄覆篑土为台，聚拳石为山，环斗水为池，其喜山水，病癖如此！一旦寒剥，来佐江郡，郡守以优容抚我，庐山以灵胜待我。是天与我时，地与我所，卒获所好，又何以求焉？尚以冗员所羁，馀累未尽，或往或来，未遑宁处。待予异日弟妹婚嫁毕，司马岁秩满，出处行止，得以自遂，则必左手引妻子，右手抱琴书，终老于斯，以成就我平生之志。清泉白石，实闻此言！

　　时三月二十七日，始居新堂。四月九日，与河南元集虚、范阳张允中、南阳张深之、东西二林寺长老凑公、朗、满、晦、坚等凡二十二人，具斋施茶果以落之，因为《草堂记》。

第三节　皮日休《读司马法》

　　说到皮日休，大家可能不是很熟悉。他是晚唐时期非常引人注目的一位文学家，他的作品经常抨击时弊，同情民间疾苦，对当时的社会现实有深刻的洞察和思考。皮日休是襄阳（今湖北襄阳）人，出身贫寒。懿宗咸通七年（866），皮日休入京参加进士考试，铩羽而归，退居寿州（今安徽寿县），编纂了自己的作品集《皮子文薮》。咸通八年（867），他再次赴京参加进士考试，终于及第。考中进士以后，皮日休在苏州刺史幕府中担任了几年属官。这一时期他与陆龟蒙结识，二人唱和往来，世称"皮陆"，并留有唱和集《松陵集》。此后皮日休又再次入京，担任过朝廷的太常博士。僖宗乾符二年（875），他受命前往毗陵（今江苏常州），任副使之职。乾符五年（878），黄巢起义席卷江浙，皮日休参加了黄巢起义，也有一种说法是他受到了胁迫，"陷巢贼中"。[1] 他跟着黄巢的军队进入了长安，被授为翰林学士。关于他的结局，有许多不同说法。有的说黄巢怀疑他讥讽自己，杀害了他；有的说黄巢兵败以后，他遭到了唐王朝的杀害；还有一种说法，说他在黄巢兵败之后，去了吴越投奔钱镠，又流寓宿州，等等，种种说法莫衷一是。

　　皮日休继承了中唐韩愈的许多思想主张，甚至在许多方面向前迈进了一步，具有更为深厚的"民本"思想。他抨击那些欺上瞒下的乱臣贼子，认同民众反抗压迫的精神，下笔犀利深刻，含义隽永，耐人咀嚼。在《原谤》一文中，他写道："尧、舜，大圣也，民且谤之；后之王天下，有不为尧舜之行者，则民扼其吭，捽其首，辱而逐之，折而族之，不为甚矣！"[2] 这样的声音可谓闻所未闻，振聋发聩。在他的作品集《皮子文薮》中，就包含着许多这类为民疾呼、勇于抗争的光辉思想。后世学者认为皮日休善于思考，为国为民，他的创作掷地有声。鲁迅先生曾这样评价皮日休的作品，说它"正是一塌糊涂的泥塘里的光彩和锋铓"。[3]

　　那么，皮日休在唐代散文创作方面的贡献又体现在哪些方面呢？葛晓音先生在《唐宋散文》一书中总结得非常精到，她说："皮日休在散文艺术形式上的创新，首先是将历来只用骈

1　辛文房：《唐才子传》卷六《皮日休传》，中国书店，2018，第 217 页。
2　皮日休：《皮子文薮》卷三，萧涤非、郑庆笃整理，上海古籍出版社，2017，第 31 页。
3　鲁迅：《南腔北调集》，第 192 页。

文写作的赋和箴都改用散文创作。这两种文体，即使在古文运动兴盛的时期，也从未受到过散文的冲击。皮日休所作《霍山赋》《忧赋》《河桥赋》则全用长短不齐的古文句法，这就开了后来宋代散文赋的先河。"[1] 这使我们联想到，宋代那些最为著名的赋文大都是散体行文，譬如欧阳修的《秋声赋》，以及苏轼的前后《赤壁赋》，它们正是沿着皮日休开辟的这条道路发展而来的。

　　皮日休的散文句法也很值得我们留意和学习。葛晓音先生说："他（皮日休）善于在重叠句中通过关键字面的对换，构成对比句式，一针见血地概括出种种社会现象。"[2] 他在《鹿门隐书》中写道："古之隐也志在其中，今之隐也爵在其中。"[3] 一句道破了这些"伪隐士"的实质，他们仿效古人隐逸，实际上是为了拔高自己的名声，来求得更大的官爵。再如"古之置吏也，将以逐盗；今之置吏也，将以为盗"，[4] 意思是古时候国家设置官吏，是用来驱逐盗贼。而现在所设置的这些官吏，本身就是盗贼。你看，他的文章语言之尖锐，讽刺之辛辣，犹如匕首投枪，令人过目难忘，怪不得鲁迅先生很赞赏他。要知道，皮日休的这类句法是他的一大写作特色，看似简单容易，实际上很见功力。我们即将要研读的《读司马法》，首句也是如此："古之取天下也以民心，今之取天下也以民命。"

　　对于皮日休，更多的人其实是从他的一首翻案诗歌《汴河怀古》开始认识他的："尽道隋亡为此河，至今千里赖通波。若

1　葛晓音:《唐宋散文》，第65页。
2　葛晓音:《唐宋散文》，第65页。
3　《皮子文薮》卷九，第113页。
4　《皮子文薮》卷九，第117页。

无水殿龙舟事，共禹论功不较多。"隋炀帝发动民众开掘了大运河，引谷、洛二水入黄河，经黄河入汴水，再循春秋时吴王夫差所开运河故道，引汴水入泗水以达淮水。运河的主干在汴水一段，习惯上就称其为汴河。白居易在《长相思》诗中写道："汴水流，泗水流，流到瓜州古渡头。吴山点点愁。思悠悠，恨悠悠，恨到归时方始休。月明人倚楼。"诗中提到的"汴水"，就是汴河。隋炀帝开通大运河，消耗了大量民力物力。唐诗中有不少作品是围绕这个历史题材展开的。很多研究隋朝灭亡原因的人都将之归咎于运河，然而大运河的开凿使南北交通显著改善，影响极为深远。皮日休说"至今千里赖通波"，强调大运河的有利一面，运用了咏史诗中常用的"翻案法"，使人耳目一新。

"翻案法"可以使议论新颖，发人所未发，但要做到不悖情理，却不容易。大运河固然有利于后世，但隋炀帝的奢靡生活也确有其事。当年运河竣工后，隋炀帝率众二十万出游，自己乘坐高达四层的"龙舟"，还有高三层、称为"浮景"的"水殿"。船只首尾相衔长达三百余里，仅挽大船的人就有将近一万，均着彩服，水陆照亮，所谓"春风举国裁宫锦，半作障泥半作帆"（李商隐《隋宫》），其奢侈靡费实为史所罕闻。正所谓"玉玺不缘归日角，锦帆应是到天涯"（李商隐《隋宫》），隋炀帝最终丢失天下，落得个身死人手的结局，也引来了后世的无数讽刺。

但皮日休不一样，他甚至举出大禹治水的业绩来和隋炀帝修大运河相比，用反诘句式来强调自己的观点。意思是，若论起功绩来，隋炀帝开河不比大禹治水更多些吗？乍一听，简直荒谬离奇。但由于皮日休的立论是以"若无水殿龙舟事"作为前提的，而仅就水利工程造福后世而言，两者也确有可比之处。这首诗以议论为主，在形象思维、情韵等方面与李商隐的《隋宫》一类作品相比，不免略逊一筹；但在立意的新奇、议论的精辟和"翻案法"的妙用方面，自有其独到之处，不失为晚唐咏史怀古诗中的佳品。

通过以上的简要介绍，我们对皮日休的创作特色有了一些基本的了解。接下来我们就来解读他的著名散文《读司马法》。这篇文章其实是一篇读后感，是皮日休阅读古代兵书《司马法》而写的感言。《史记·太史公自序》曰："《司马法》所从来尚矣，太公、孙、吴、王子能绍而明之。"[1] 由此可见，《司马法》并非由一人所撰。西周开国之初的《司马法》由姜子牙所撰，此后又有后继者添加删改。据《史记·司马穰苴列传》记载："齐威王使大夫追论古者《司马兵法》而附穰苴于其中，因号曰《司马穰苴兵法》。"[2] 也就是说，到了战国时期，齐威王把春秋时期齐国人司马穰苴的兵法也编入其中。司马穰苴原姓田，名穰苴，曾领兵战胜晋国、燕国，被齐景公封为掌管军事的大司马。这样看来，《司马法》实际上是一本世代累积而成的兵书。皮日休把自己阅读后的感受写成了一篇散文，文章的第一句就尽显皮日休散文的句法特色：

"古之取天下也以民心，今之取天下也以民命。"[3]"以"在这里，是"依靠、凭借"的意思。"民命"，指的是老百姓的性命。他说，古代取得天下依靠的是人民的忠心，而如今取得天下用

1　《史记》卷一三〇《太史公自序》，第 3305 页。

2　《史记》卷六四《司马穰苴列传》，第 2160 页。

3　本书所引皮日休《读司马法》内容均出自皮日休《皮子文薮》，萧涤非、郑庆笃整理，上海古籍出版社，2017，第 73~74 页。以下不再重复注释。

的是老百姓的性命。何以见得？皮日休通过举例来说明："唐、虞尚仁，天下之民从而帝之。不曰取天下以民心者乎？汉、魏尚权，驱赤子于利刃之下，争寸土于百战之内，由士为诸侯，由诸侯为天子，非兵不能威，非战不能服，不曰取天下以民命者乎？"这是一正一反两个例子，首先是正面的例子，"唐、虞"是指唐尧和虞舜，他们是古代传说中的圣明君主。皮日休说他们崇尚仁义，因此天下的老百姓认同他们、归顺他们，拥戴他们为君主。这里的"帝"，名词用作动词，是尊为帝王的意思。既然如此，皮日休说这不就是依靠人民的认同而取得天下吗？这句话以反问作结，语气是非常强的，有一种不容置疑的信心。这也是皮日休一贯的行文风格，气势充沛，说服力强，使我们仿佛看到战国时期辩士的那种风采。

　　与"唐、虞尚仁"相反，后世的两汉、曹魏的统治者普遍崇尚权谋，而丢失了仁义的信念，尤其是在权力更迭之际做出了许多伤害黎民百姓的事情。在这里，皮日休用了一组对句"驱赤子于利刃之下，争寸土于百战之内"来说明情况。"赤子"，指初生的婴儿，这里喻指纯洁善良的百姓，《尚书·康诰》曰："若保赤子，惟民其康乂。"[1]两汉、曹魏的统治者，为了争夺一点点土地，驱赶自己的子民充当炮灰，不惜发动上百场战争，而他们则踩着百姓的尸骨获得了丰厚的政治回报，从"士"一步步变成割据一方的军阀势力。军阀混战不休，其中的一个幸运儿在各方势力的互相吞并中逐渐胜出，问鼎中原成为天子。对于这类人来说，"非兵不能威，非战不能服"已经成为一种指导行动的基本观念。这里的"威"，名词用作动词，意

---

1 《尚书正义》卷一四《康诰》，第 364 页。

思是"扬威"；而"服"则是使动用法，意思是"使对方屈服"。这两句话既是两个双重否定句，又互相承接对仗，意为"不使用武力，就不能显示他们的威势；而不进行战争，就不能使百姓屈服"，显示出皮日休极强的反讽语气和批判力量。顺理成章地引出结论——既然将百姓的性命视为草芥，这不就是说用百姓的性命来取得天下吗？

"由是编之为术，术愈精而杀人愈多，法益切而害物益甚。""术"在这里，指包括《司马法》在内的、各类指导攻城略地的古代兵书，而"法"则指的是兵法和战术。"切"指的是"切合实际"。皮日休说，由此将这些包含权谋而远离仁义的战争经验写成了军事著作，战术越精则杀人越多，战法越切合实用则危害万物越厉害。"呜呼！其亦不仁矣。"你看，皮日休的道德指向是很明确的，他没有说这些"术"、这些"法"没有用，恰恰相反，它们行之有效，对好战者来说简直是攻城略地的法宝，由此致使生灵涂炭，哀鸿遍野。皮日休思想的立足点在于底层人民，其出发点则在于朴素的重民思想。

那么，从古代普通老百姓的视角出发，是什么促使他们走上战场呢？皮日休说："蚩蚩之类，不敢惜死者，上惧乎刑，次贪乎赏。""蚩蚩"是敦厚的样子。"蚩蚩之类"，指的是敦厚的百姓。他们并非不爱惜生命，之所以被编入行伍，首先是恐惧君王威严的刑罚，其次是贪图军功赏赐。"上"在这里是"首先"的意思，与"次"相对。重点来了，皮日休接着说："民之于君，由子也。何异乎父欲杀其子，先给以威，后啖以利哉？""由"同"犹"，意思是"犹如、好像"。"给"同"诒"，是"欺骗、欺诈"的意思，"啖"是拿利益引诱的意思。皮日休说，老百姓是君主的子民，可实际上，君王是怎么对待老百姓的呢？你见过哪个当父亲的要儿子去送死，还生怕他不去，先用威严吓唬他，再用好处引诱他的？这算什么父亲呢？皮日休的这个提问，是古代君王万万难以回答的。可以说，古代社会的道德基石正在于所谓的"君臣父子之义"，皮日休三下两下就撕破了这层虚伪的面纱。

"孟子曰：'我善为阵，我善为战，大罪也！'"[1]这句话语出《孟子·尽心下》。孟子主张仁政，反对战争。"我善为阵，我善为战"是孟子引用的一个好战君主的话。这个君主说，我可是布阵打仗的一把好手！孟子说，你得意什么？好战是弥天大罪。皮日休在这里借用亚圣孟子的话，极大地加强了自己论证的说服力。"使后之君于民有是者，虽不得土，吾以为犹土焉。"这是文章的最后一句话，我们能看到皮日休深重的叹息。他把希望寄托在了渺远的未来，这是因为在他所处的时代从未见过爱惜百姓的君王。这句话里的"土"意思是"领土、土地"，指天下。皮日休说，假使今后的君王对待自己的子民有孟子这样的态度，即使他没有得到天下，我也认为他等于得到了天下。"有是者"意思是有孟子这样的用心。

读完这篇文章，我们会感到皮日休铁画银钩一样的笔力。他从《司马法》中的内容联系到统治者的好战与虚伪，以犀利的笔触抨击了古代社会政治结构中显而易见的弊端，一气呵成，气势充沛，抑扬顿挫，如同一道闪电划破了晚唐黑暗的天空。他下笔是多么尖锐，他的讽刺又是多么无情，但他的这种尖锐、无情，是冲着高高在上的、不可一世的君王发出的，所以，他又是多么勇敢。而在他身后所站立的，是无数的"蚩蚩

---

1 《孟子注疏》卷一四《尽心章句下》，第382页。

之类"，皮日休为他们大声地鼓与呼，在看似冷峻的语言背后，饱含的是对下层人民深切的同情。

【附】《读司马法》

　　古之取天下也以民心，今之取天下也以民命。唐、虞尚仁，天下之民从而帝之。不曰取天下以民心者乎？汉、魏尚权，驱赤子于利刃之下，争寸土于百战之内，由士为诸侯，由诸侯为天子，非兵不能威，非战不能服，不曰取天下以民命者乎？由是编之为术，术愈精而杀人愈多，法益切而害物益甚。呜呼！其亦不仁矣。蚩蚩之类，不敢惜死者，上惧乎刑，次贪乎赏。民之于君，由子也，何异乎父欲杀其子，先给以威，后啖以利哉？孟子曰："我善为阵，我善为战，大罪也！"使后之君于民有是者，虽不得土，吾以为犹土焉。

第七讲　风雅再临：北宋初期的散文

晚唐到五代，骈文又一次复兴。北宋初年上承五代文风，创作风格受到五代文学的直接影响，风格浮华绵丽。这种现实情况，使得北宋初期的散文发展道路异常艰难。宋初已有许多人为开辟本朝的文学面目而不懈努力，如柳开、王禹偁、范仲淹等人均在散文创作方面做出了许多有益的尝试与探索。至嘉祐二年（1057），欧阳修知贡举，由此开创了新的文学局面。可以说，宋代散文后来能够走上健康的发展道路，孕育出曾巩、王安石、苏洵、苏轼、苏辙等文坛巨匠，产生出一批光辉夺目的散文经典作品，与前人不懈地清扫道路、打破重重障碍是分不开的。

第一节　宋初散文的发展脉络

北宋初期的文坛，仍然流行着艳丽浮华的"五代体"，还远远没有形成本朝文学的自家面目。这一时期，柳开和王禹偁是两位值得注意的文学革新人物，他们提倡圣人之道，希望变革文风，通过继承前代韩愈等人的文学思想，来摒除浮靡的创作风气，这些主张为当时的文坛吹来了一些新鲜的空气。

我们先来了解柳开。柳开出生于官宦人家，他的先祖是中唐著名书法家柳公权，他的父亲柳承翰，曾官至监察御史。柳开这个人粗狂不羁，勇猛过人，杂著笔记中流传有许多关于他的故事。《宋史》中记载了一件他少年时期的事情：

> （柳）开幼颖异，有胆勇。夜与家人立庭中，有盗入室，众恐不敢动。开裁十三，亟取剑逐之。盗逾垣出，开挥刃断二足指。[1]

柳开这个人，自幼就和寻常孩子不一样，很有胆略。一天夜里，家中来了盗贼。家里上下许多人，都惊恐万状，不敢动弹。柳开这一年才十三岁，拔出剑就去追盗贼。盗贼见状夺路而逃，柳开穷追不舍。盗贼跑到院墙下无路可走，只好翻墙而出，柳开乘机挥剑，一下子砍断了盗贼的两根脚趾头。由此看来，柳开绝不是一般意义上的文弱书生。柳开从少年时期就

---

1 《宋史》卷四四〇《柳开传》，中华书局，1977，第 13023 页。

开始认真学习韩愈的文章，在《上符兴州书》一文中曾自述志向，要"师孔子而友孟轲，齐扬雄而肩韩愈"，[1] 可谓抱负远大。他给自己取名为"肩愈"，就是要比肩韩愈，与韩愈一样。"肩"在这里，是"相提并论、比肩"的意思，后来他才改名为"开"。他在《应责》一文中写道："吾之道，孔子、孟轲、扬雄、韩愈之道；吾之文，孔子、孟轲、扬雄、韩愈之文也。"[2] 在他看来，五代以来世态轻浮，应当推行孔孟之道，敦厚风俗，改变浇漓的世风。而推行孔孟之道的方法，就在于提倡古文，以古圣先贤的教诲规劝人心。对于古文，他在《应责》一文中也提出了较为明确的看法："古文者，非在辞涩言苦，使人难读诵之，在于古其理，高其意，随言短长，应变作制，同古人之行事。"[3] 也就是说，写古文不是一味拘泥于古代散文的措辞用语，以至于使人读起来感到艰涩难懂，而是应当把古圣先贤的精神融合于其中，教导人们以古人为行动的榜样。至于文章的形式，长短变化都是可以的。尽管如此，柳开本人的很多散文却未能做到"理论联系实际"，他的许多文章质朴有余而动人不足，内容太过于枯燥，以至于成就有限，回应者寥寥无几，在当时并没有产生特别大的影响。这或许是因为他后来以六经为范式，强调文学的载道功能，而过于轻视文学的辞采所导致的。他在《上王学士第三书》中写道："文恶辞之华于理，不恶理之华于辞。"[4] 这样一来，不免走上文学取消主义的仄径，文学也由此失去其应有的独立性。

1　《全宋文》卷一二一《上符兴州书》，巴蜀书社，1988，第 304 页。

2　白寿彝等编《文史英华·文论卷》，湖南出版社，1993，第 99 页。

3　《文史英华·文论卷》，第 99 页。

4　《全宋文》卷一二〇《上王学士第三书》，第 282 页。

　　不过，柳开倡导质朴文风，还是在一定程度上打击了宋初浮靡的创作风气，成为后来欧阳修诗文革新运动的先声。他的《代王昭君谢汉帝疏》借王昭君之口正话反说，对朝廷一味苟安妥协的策略进行了辛辣的讽刺："愿陛下宫闱中复有如妾者，臣妾身死之后，用妻于单于，则国安危之事，复何足虑于陛下之心乎？陛下以此安危系于臣妾一妇人，臣妾敢无辞以谢陛下也！"[1]文笔泼辣，构思独特，对朝廷中那些"食陛下之重禄，居陛下之崇位者"极尽挖苦之能事。范仲淹在《尹师鲁河南集序》中说："近则唐贞元、元和之间，韩退之主盟于文，而古道最盛。懿、僖已降，寖及五代，文体薄弱。皇朝柳仲涂起而麾之，髦俊率从焉。仲涂门人能师经探道，有文于天下者多矣。"[2]邵伯温《邵氏闻见录》亦称："本朝古文，柳开仲涂、穆修伯长首为之倡，尹洙师鲁兄弟继其后。"[3]可见，柳开"起而麾之"的首倡之功是有目共睹的。

　　前进的道路总是曲折的，稍后"西昆派"兴起，时文席卷文坛，散文的复兴的前景似乎更为渺茫了。所谓"西昆派"，发端于北宋景德二年（1005）至大中祥符元年（1008）期间，杨亿、刘筠、钱惟演等学士负责编纂《册府元龟》的活动初期。这些馆阁文人具有良好的文学修养，他们在编书之余写诗互相酬唱，共同效仿李商隐的风格，讲求辞采精丽、对仗工整、音律和谐、点缀升平，由此结集为《西昆酬唱集》，在当时影响很大，使得文坛后进纷纷效法，号为"西昆体"。据田况《儒林公议》记载："杨亿在两禁，变文章之体，刘筠、钱惟

1 《全宋文》卷一一九《代王昭君谢汉帝疏》，第 277 页。
2 《范仲淹全集》卷八《尹师鲁河南集序》，第 154 页。
3　邵伯温：《邵氏闻见录》，中华书局，1997，第 166 页。

演辈皆从而效之，时号杨、刘。三公以新诗更相属和，极一时之丽。亿乃编而叙之，题曰《西昆酬唱集》，当时佻薄者谓之'西昆体'。"[1] 欧阳修在《六一诗话》中称："盖自杨、刘唱和，《西昆集》行，后进学者争效之，风雅一变，谓之昆体。"[2] 在杨亿、刘筠等人的引领下，西昆体的骈文创作也非常流行，当时称为"时文"，科举考试甚至以此作为取士的标准。欧阳修《记旧本韩文后》曰："天下学者杨、刘之作，号为时文，能者取科第、擅名声，以夸荣当世。"[3] 学习写作"西昆体"骈文可以获得功名，哪个读书人又能不被吸引而争相效仿呢？由此，"西昆体"骈文在当时流行了四十年之久。

随着北宋国家承平日久，儒家思想重新成为维系社会关系的基本理念，许多怀抱经世济民思想的读书人也渐次崛起于政坛和文坛。这样一来，掀起批判时文、复兴古道的文学思潮也只是一个时间迟早的问题。天圣三年（1025），范仲淹在《奏上时务书》中写道："臣闻国之文章，应于风化，风化厚薄，见乎文章。是故观虞夏之书，足以明帝王之道；览南朝之文，足以知衰靡之化。……可敦谕词臣，兴复古道，更延博雅之士，布于台阁，以救斯文之薄，而厚其风化也。"[4] 提出通过复兴古道、改变文学创作风格，以敦厚社会风气的主张。到了庆历四年（1044），范仲淹又在京师建立太学。在太学中担任学官的孙复、石介、胡瑗等人，精通儒家经典，极力提倡圣人之道，对追随

1 田况：《儒林公议》卷上《杨亿与西昆体》，张其凡点校，中华书局，2017，第5~6页。

2 欧阳修：《六一诗话》，人民文学出版社，1983，第7~8页。

3 欧阳修：《欧阳修全集》，《居士外集》卷二三《记旧本韩文后》，中国书店，1986，第536页。

4 《范仲淹全集》卷九《奏上时务书》，第169~170页。

他们的太学生群体产生了巨大的影响。石介尤其反对时文，他认为时文内容空洞无物，在精神上也远离圣人教化之旨。在《怪说》一文中，他斥责西昆派的掌门杨亿，使当时的文坛产生了不小的震动：

> 今杨亿穷妍极态，缀风月，弄花草，淫巧侈丽，浮华纂组。刊锼圣人之经，破碎圣人之言，离析圣人之意，蠹伤圣人之道……其为怪大矣。[1]

可以说，石介反对"西昆体"的目的，实际上是为了弘扬儒家道统，因此这不仅仅是文学之争，也是思想之争。随着策论和经义成为科举考试的重头戏，古文写作又得到了重视和青睐。欧阳修在《条约举人怀挟文字札子》中述及此状，称："臣伏见国家自兴建学校以来，天下学者日盛，务通经术，多作古文，其辞艺可称、履行修饰者不可胜数。"[2]

　　然而矫枉难免过正，"西昆体"固然已呈日薄西山之势，但太学中的古文发展情况却事与愿违。由于过度强调尊经复古，太学生笔下的古文走上了艰涩险怪的歧途，文章的内容以标榜古圣先贤为能事，往往脱离实际，缺乏对社会现实的关心。可想而知，这种文风从太学流行到社会上以后，实际上难以担负起开创一代风气的重任。欧阳修就对这种险怪、迂腐的文风多有批评，他几次和友人通信谈及此事，希望文学创作能够回到健康的道路上来。但是最为根本的办法，还是通过科举考试来

1　石介：《徂徕石先生文集》卷五《怪说中》，第62页。
2　《欧阳修全集》卷八《条约举人怀挟文字札子》，《奏议集》卷一四，第872页。

扭转"太学体"的影响。嘉祐二年（1057），欧阳修知贡举，"痛排抑之，凡如是者辄黜"。[1]借科举取士的时机，欧阳修黜落了一大批素来以"太学体"作为看家本领的学生。也是在这一年，曾巩、苏轼、苏辙等人悉数得以录取，由此打开了北宋文学新的时代风气。这次排斥"太学体"文风的举动，引起了太学生们的不满。据《宋史·欧阳修传》记载："毕事，向之嚣薄者伺修出，聚噪于马首，街逻不能制；然场屋之习，从是遂变。"[2]"从是遂变"意味着"太学体"怪癖生涩的文风已经走到了尽头，而古文创作脱离现实的倾向，也在欧阳修的努力下得到了根本性的扭转。

应当说，北宋的散文发展之所以能够走上健康的发展道路，应当归功于欧阳修对古文创造的正确引导。此外，王禹偁、范仲淹等人对建立北宋散文明快切实的风格，也做出了不小的贡献，我们在稍后的章节中将予以一一介绍。

第二节　王禹偁《黄冈竹楼记》

王禹偁（954~1001），字元之，济州巨野（今山东巨野）人。他在太平兴国八年（983）登进士第，从此走上仕途，担任过右拾遗、左司谏这样的谏官，专门负责指出君主施政中的失误。同时知制诰，也就是在君主身边掌管诏令，做文书工作。他做谏官的时候，很敢于说话，也因此屡受贬谪。淳化二年

---

1 《宋史》卷三一九《欧阳修传》，第 10378 页。

2 《宋史》卷三一九《欧阳修传》，第 10378 页。

（991）他被贬为商州团练副使。淳化四年（993）秋，受召回到朝廷，继续做知制诰的工作。他曾向朝廷提出许多重要建议，都能切中时弊。如"谨边防""减冗兵，并冗吏"等意见，均是针对政府积弊而提出的。"谨边防"就是要居安思危，加强北方边境的防御能力。而"减冗兵，并冗吏"则是从国家机构改革的角度提出的，裁汰多余人员，能够有效改变国家积贫积弱的局面。王禹偁还曾参与撰修《太祖实录》，因直书史事，没有为尊者讳，招致当政者的不满。咸平二年（999），他再次被贬出京城，去黄州（今湖北黄冈）做官，所以我们叫他"王黄州"。咸平四年（1001），朝廷改派他去蕲州（今湖北蕲春）任职。可是他接到命令后没过多久就病逝了，年仅四十八岁，可谓英年早逝，使人叹息。

王禹偁是很务实的一个人，他不喜欢空谈，所写的诗文作品内容充实，平易畅达，简雅古朴，为宋初文坛带来清新的空气，被后世视为北宋诗文革新运动的先驱。他在《前赋春居杂兴诗二首间半岁不复省视因长男》诗中说："本与乐天为后进，敢期子美是前身。"又在《赠朱严》诗中写道："谁怜所好还同我，韩柳文章李杜诗。"可见他在诗歌创作上主要学习李白、杜甫和白居易，文章则取法韩愈和柳宗元。他主张复古革新，改变文坛面貌，认为"咸通以来，斯文不竞，革弊复古，宜其有闻"。[1]

王禹偁被贬为商州团练副使的时候，曾在秋天的一个傍晚，信马由缰地出去散心。当他安闲地走在山村中的小路上、

1　傅云龙编《宋人文集》卷一《送孙何序》，《唐宋明清文集》第1辑，天津古籍出版社，2000，第24页。

听着黄昏大自然中的各种声响时，突然发现眼前村庄里的小桥和原野上的树木，和自己的故乡多么地相似，一下子勾动了思乡的愁绪，写成了一首叫作《村行》的诗。这首诗是王禹偁的压卷之作，其中的颔联"万壑有声含晚籁，数峰无语立斜阳"，广为传诵。钱锺书先生在《宋诗选注》中对这两句诗也有很高的评价："按逻辑说来，'反'包含先有'正'，否定命题总预先假设着肯定命题。诗人常常运用这个道理。山峰本来是不能语而'无语'的，王禹偁说它们'无语'或如龚自珍《己亥杂诗》说：'送我摇鞭竟东去，此山不语看中原'，并不违反事实；但是同时也仿佛表示它们原先能语、有语、欲语而此刻忽然'无语'。这样，'数峰无语'、'此山不语'才不是一句不消说得的废话。……改用正面的说法，例如'数峰毕静'，就削减了意味，除非那种正面字眼强烈暗示山峰也有生命或心灵，像李商隐《楚宫》：'暮雨自归山悄悄'。"[1]

而我们今天要学的，则是他的另一篇著名作品《黄冈竹楼记》。这篇文章写在王禹偁贬官黄州期间。我们之前介绍过，王禹偁的一生都在努力革除朝廷的弊政，为此他多次遭到贬谪。文中的"小竹楼"固然是他的居所，又何尝不是他所肩负的士大夫精神的象征？让我们先来看看文章的内容。

"黄冈之地多竹，大者如椽。"[2]"椽"在这里指的是"房椽"。周邦彦《满庭芳·夏日溧水无想山作》词曰："年年，如社燕，飘流瀚海，来寄修椽。"说自己好像燕子，年年飞到人家屋檐的

1　钱锺书：《宋诗选注》，人民文学出版社，2016，第8页。
2　本文所引王禹偁《黄冈竹楼记》均出自吴楚材、吴调侯编选，洪本健、方笑一等解题汇评《解题汇评古文观止》卷九《黄冈竹楼记》，华东师范大学出版社，2002，第570~572页。以下不再重复注释。

房椽上做窝。那么，房椽是什么样子呢？这就涉及了中国古代的建筑知识。我们中国古代的房屋大部分是土木结构，一般用木料来做房顶支撑物，顺着山墙的叫梁，搭在梁上的叫檩，搭在檩上的就叫椽。椽大致有 7~8 厘米粗，它们被整齐地排列在房顶，上面盖上瓦片，屋顶就搭好了。王禹偁说，黄冈这地方出产竹子，其中长得粗壮的，就好像房椽那么粗。那么这个竹子是用来做房椽的吗？不是的，我们再往下看。

"竹工破之，刳去其节，用代陶瓦。"原来是用来做屋顶上的瓦片。"刳"，是从中间破开再挖空的意思。竹工破开竹子，剃去竹节，来代替用泥土烧制的陶瓦。而且，当地老百姓就地取材，都这么建房子，因此说"比屋皆然"。"比"是"连、并"的意思，"比屋"指挨家挨户。挨家挨户都这么干，为什么呢？"以其价廉而工省也。"因为这样做，不仅价钱便宜，而且节省工时。以上就是《黄冈竹楼记》的第一段，具有交代写作背景的铺垫作用，告诉了我们为什么王禹偁要用竹子来修建小楼，原来是"入乡随俗"。

建筑材料选好了，接下来选建筑位置。一般来说，我们为房屋选址，会考虑它周围环境是不是宜居，交通是不是方便，离商圈、医院、学校远不远……这是我们所关注的选址因素。可王禹偁偏偏就不是个"一般人"，他的选址非常特殊。他选在哪里了呢？"子城西北隅，雉堞圮毁，蓁莽荒秽，因作小楼二间，与月波楼通。""子城"是古代围绕在城门外的半圆形小城，能够加强城池的防御能力，由于这个小城就像大城的"儿子"一样，所以叫作"子城"，也叫作"瓮城"或"月城"。王禹偁把自己日常居住的小竹楼修在了黄州城墙边上，这是为什么？是因为环境优美吗？恐怕未必，这里城墙的垛墙都已经倒塌了。文中的"雉堞"，指的是古代城墙的外侧垛墙，用于掩护守城士兵，由垛墙和垛墙之间形成的垛口组成。"圮毁"是"坍塌"的意思，可见小竹楼附近的垛墙已经失去了应有的防御功能。而且很少有人在这里活动，四周杂草丛生，一片荒凉。"蓁莽"指的是杂乱丛生的草木。南方气候湿热，在杂草丛生的地方，往往有蛇、鼠、昆虫活动，王禹偁居然坦夷地说"因作小楼二间"。"因"在这里，是"于是、就"的意思，仿佛他是特意要住在这个交通不便、危险四伏的地方。而且他已经不是第一次在这里修筑居所了，何以见得？他说这个小竹楼"与月波楼通"。月波楼也是王禹偁自己修建的，位置在黄州的西北角。王禹偁曾写过《月波楼咏怀》诗，称："日日江楼上，风物得冥搜。何人名月波，此义颇为优。"

就是这样一个选址偏僻的竹楼，王禹偁却说它的位置很好："远吞山光，平挹江濑，幽阒辽夐，不可具状。""远吞山光"，是说小竹楼的视野很好，站在竹楼上，能看到远处山峦连绵不绝，遮挡住了夕阳的余晖，而光线则把起伏的山峦变成了明暗分明的剪影。"挹"是"舀起"的意思。"濑"是从沙石上流过的水。王禹偁说，小竹楼离江水很近，近到什么程度呢？似乎伸出手就能轻松地舀起浅滩上的清流，故曰"平挹江濑"。"阒"是"幽静"的意思，故而"幽"和"阒"是互训的。"夐"是"辽远"的意思。这个字我们之前在李华《吊古战场文》中遇到过："浩浩乎，平沙无垠，夐不见人。"大家调动一下记忆，这个字不陌生。"夐"既然是"辽远"的意思，"辽"和"夐"也是互训的，意思是视野辽阔绵远，没有一点遮挡。王禹偁简直对这个选址满意到了极点，甚至说这里的好处我说都说不完，用"不可具状"四个字收束了这一句。"具"同"俱"，意思是

"全、都"。"不可具状"，就是很难全部说完。

虽说难以全部说完，王禹偁还是认真选取了六个典型的日常画面，以点带面地列举出在小竹楼中生活的好处。这就是有名的"六宜"：

> 夏宜急雨，有瀑布声；冬宜密雪，有碎玉声。宜鼓琴，琴调虚畅；宜咏诗，诗韵清绝；宜围棋，子声丁丁然；宜投壶，矢声铮铮然：皆竹楼之所助也。

"宜"在这里，是"适宜"的意思。王禹偁说，夏天的时候，下点急雨最好，雨水落在竹瓦上，哗啦啦，听起来像瀑布的声音。冬天呢，下大雪的时候最好，雪落下来以后，竹瓦裂开，发出"咔哒"的清脆响声，和玉石碎裂发出的声音一样。住在这里适合弹琴，琴声流畅而空灵。也适合读诗，在吟诵中体察诗歌韵律之美。如果有朋友来拜访，适合一起下围棋，听棋子敲击棋盘声，清脆可爱。这里的"丁丁"是个拟声词，读"zhēngzhēng"，形容伐木、下棋、弹琴等声音。《诗经·小雅·伐木》曰："伐木丁丁。"[1] 除了下棋，还适合一起玩"投壶"这种游戏，投出去的箭矢打中铜壶，发出铮铮的金属撞击声，别有一番韵味。"投壶"是古代士大夫宴饮时做的一种投掷游戏，大家轮流把箭向壶里投，投中多的为胜，输的人照规定的杯数饮酒。王禹偁说，之所以能有这样多的好处，那都是因为竹楼的帮助。

这一段写得真是让人非常神往，笔者曾经问过我的学生

---

1 《毛诗正义》卷九《伐木》，第 576 页。

们，你们想不想有这样一方属于自己的天地，清雅地读书弹琴，焚香静坐，听雨雪落下，看四季流转，然后在此方寸之地休憩自己的心灵？大家纷纷点头，都说很想的。但是在这里，我还要提一个问题，小竹楼真的如此舒适吗？

关于这个问题，实际上在稍前的解读中我们就已经有了隐隐的"预感"，譬如它选址在"雉堞圮毁，榛莽荒秽"的黄州城墙边，远离繁华的城中心，生活中恐怕是多有不便的，我们现在把这种情况叫作"无配套设施"。小竹楼周围荒草丛生，人迹罕至，这在农业社会中意味着莫测的危险，除了有可能遭到野生动物侵扰外，还可能遇到盗贼，环境安全系数堪忧。再联系黄州的气候和地理位置因素综合考虑一下，这个问题的答案就更清楚了。黄州地处长江中游的沿岸区域，夏天非常炎热。王禹偁住在江边，自称伸手可以"平挹江濑"，如果夏天暴雨突至，江水猛涨，洪峰过境，则有性命之虞。冬天的长江沿岸又非常寒冷，由于江边环境潮湿，人的体感温度很低。而选用竹子作为建筑材料，它有着难以克服的一些缺点，比如隔音效果欠佳，大雨落在瓦片上"有瀑布声"。不知道大家有没有游览瀑布景观的经历？我们中国有很多著名的瀑布，如贵州黄果树瀑布、广西德天大瀑布。巨大的瀑布水声震耳欲聋，水雾腾空而起，使人在五十米之外就难以再靠近。况且，观赏瀑布和紧挨着瀑布生活是两回事。小竹楼在下大雨的时候"有瀑布声"，意味着竹楼隔音效果是不好的。不仅如此，王禹偁说，密雪落在竹楼的瓦片上，"有碎玉声"。这个"碎玉声"是怎么回事？原来是竹子不耐冷热，延展性有限，遇到温差变化它就断开了。可想而知，它作为建筑材料的寿命也不够长。这个特点，稍后在文末出现的竹工那里会得到印证。

可是王禹偁很满足，他用文人的诗笔给我们构筑的是一种绝美的生活意境，而且他确实在其中得到了快乐："公退之暇，被鹤氅衣，戴华阳巾，手执《周易》一卷，焚香默坐，消遣世虑。""公退"，意思是公事完毕，下班回家后就没什么事情了。他披上鹤氅衣，戴上华阳巾，很悠闲地拿起一卷《周易》，在烟雾氤氲间默然而坐，心中似乎忘记了一切烦恼。"被"在这里是个通假字，通"披"，是"披着"的意思。鹤氅最初是道士的衣服，后来士人也经常穿着，其形制类似于披风，是一种御寒用的长外衣。刘义庆《世说新语·企羡》载："孟昶未达时，家在京口，尝见王恭乘高舆，被鹤氅裘。"[1]华阳巾最初也是道士的装束，也叫作纯阳巾。帽底圆形，顶坡而平。帽顶向后上方高起，以示超脱。帽前上方有九道梁垂下，暗合纯阳之数。这种装束后来非常流行，儒士也常常这样打扮。

"江山之外，第见风帆、沙鸟、烟云、竹树而已。""第"是"仅仅"的意思。他说，我的眼前除了长江和远处的山峦之外，只有顺风疾驰的帆船、沙洲上起起落落的飞鸟、如烟似雾的云、眼前的竹林和野树罢了，此外别无他物。值得注意的是，在王禹偁谪居时期的视野中，我们看不到"人"的活动痕迹和市井的喧嚣，他笔下的"构图"简淡、雅致。这固然是一种审美的选择，但也很难说他不是有意地避开人群。他选址于黄州城一隅，使我们觉得偏僻到令人费解，但对他来讲，何尝不是通过隐去社会身份所获得的另一种自由？在这方天地中，没有人审视他的举动、评价他的成败，与世隔绝的环境能够给予他暂时的安宁。

---

1 《世说新语笺疏》卷一六《企羡》，第700页。

"待其酒力醒，茶烟歇，送夕阳，迎素月，亦谪居之胜概也。"“茶烟”，指烹茶炉火散发的烟气。王禹偁说，等到傍晚酒醒，茶炉中的烟也渐渐消散，这时候就看到夕阳缓缓地从山的那一头落了下去，而皎洁的月亮则慢慢地爬上了东山，此刻我感到内心是多么地安宁，心情是多么地柔和恬淡，这也是我贬谪生涯当中的快乐景象啊！你看，他也讲贬谪的经历，但你几乎很难感觉到他的哀伤。他的这种心理状态，固然与柳宗元截然不同，实际上与白居易也不一样。这是因为王禹偁这个人有很强大的精神力量，使自己免于消沉。何以见得？我们继续往下读：

"彼齐云、落星，高则高矣；井幹、丽谯，华则华矣，止于贮妓女，藏歌舞，非骚人之事，吾所不取。"“齐云、落星、井幹、丽谯”都是古代著名的歌楼的名称，在这里代指繁华的娱乐之地。王禹偁说，偌大的天下有的是夜夜笙歌的场所，有的是纸醉金迷的地方，但歌舞繁华的生活并不是我喜欢的。这句中的“吾所不取”，是一种主动的选择，代表王禹偁心中的志向。人可以失意，但志向不应当轻易改变。在王禹偁看来，声色犬马溺人不浅，既不是诗人应当追求的事，也不屑于去做。

"吾闻竹工云：‘竹之为瓦，仅十稔。若重覆之，得二十稔。’"“稔”原本是稻谷成熟的意思。中国大部分地区都处于温带，庄稼一年一熟，所以也把“一年”叫作“一稔”，这样一来，“稔”就具有了表示时间的意义。竹工在修建竹楼的时候很认真负责，他说，用竹子作瓦片，只能用十年，假如再覆盖上一层竹瓦，这个小竹楼就可以用二十年了。这是竹工的好意，但对于王禹偁来说，他受朝廷的派遣，四处做官，居无定所，很难考虑到十年、二十年以后的情况。竹工的一番话引发了他的感慨："噫！吾以至道乙未岁，自翰林出滁上；丙申，移广陵；丁酉，又入西掖；戊戌岁除日，有齐安之命；己亥闰三月到郡。四年之间，奔走不暇，未知明年又在何处，岂惧竹楼之易朽乎？"王禹偁一口气就罗列出了这几年辗转漂泊的经历，他的处境无疑是辛酸的，只是不明讲出来罢了。他说，至道乙未这一年，我从翰林院被贬到滁州做官，第二年是丙申年，我被朝廷改派到扬州；到了第三年丁酉年，我又回到京城进入中书省做官。然而，在戊戌年除夕这一天，我接到了被贬黄州的命令。己亥年闰三月，我抵达了黄州。四年之间，我四方奔走，没有片刻闲暇。像我这种身不由己的人，谁知道明年又会在哪里呢？又哪里能顾及竹楼是否会朽坏呢？言语之间充满了漂泊之感。这里的"乙未""丙申""丁酉""戊戌""己亥"都是对年份的称呼，来自中国古代的干支纪年法，此处不再详述。文中的"西掖"，指中书省，是当时朝廷最高的行政机关。"齐安"代指黄州。南齐置齐安县，故地在今湖北黄冈西北。

　　不过，王禹偁在文末寄托了一个希望："幸后之人与我同志，嗣而葺之，庶斯楼之不朽也。咸平二年八月十五日记。""嗣"是"继续"的意思。他说，天下之大，终会有和他一样有志节的人，继续修葺这个"竹楼"，这就是它的不朽了。行文至此，使人产生了这样一种感受：王禹偁笔下的这个"竹楼"，它似乎不仅仅作为物质居所而存在，同时还是士大夫精神的一种外化象征。在中国传统文化中，竹子深受文人的喜爱，它虚心、有节、坚韧，生于泥土之中而有凌云之志，因此也成了喻理明志的寄托。古人把松、竹、梅并称为"岁寒三友"，成为文人画的一个重要主题。苏轼在《於潜僧绿筠轩》诗中写道："宁可食无肉，不可居无竹。无肉令人瘦，无竹令人俗。"由此可见，竹子与士大夫精神契合程度是非常深的，这也使我们在追慕古人风采之余多了一分志气——只要你胸怀远大的抱负，志向高洁，这个"小竹楼"就在你的心中。

【附】《黄冈竹楼记》

黄冈之地多竹，大者如椽。竹工破之，刳去其节，用代陶瓦。比屋皆然，以其价廉而工省也。

子城西北隅，雉堞圮毁，蓁莽荒秽，因作小楼二间，与月波楼通。远吞山光，平挹江濑，幽阒辽夐，不可具状。夏宜急雨，有瀑布声；冬宜密雪，有碎玉声。宜鼓琴，琴调虚畅；宜咏诗，诗韵清绝；宜围棋，子声丁丁然；宜投壶，矢声铮铮然：皆竹楼之所助也。

公退之暇，被鹤氅衣，戴华阳巾，手执《周易》一卷，焚香默坐，消遣世虑。江山之外，第见风帆、沙鸟、烟云、竹树而已。待其酒力醒，茶烟歇，送夕阳，迎素月，亦谪居之胜概也。彼齐云、落星，高则高矣；井幹、丽谯，华则华矣，止于贮妓女，藏歌舞，非骚人之事，吾所不取。

吾闻竹工云："竹之为瓦，仅十稔。若重覆之，得二十稔。"噫！吾以至道乙未岁，自翰林出滁上；丙申，移广陵；丁酉，又入西掖；戊戌岁除日，有齐安之命；己亥闰三月到郡。四年之间，奔走不暇，未知明年又在何处，岂惧竹楼之易朽乎？幸后之人与我同志，嗣而葺之，庶斯楼之不朽也。

咸平二年八月十五日记。

第三节　范仲淹《岳阳楼记》

对于范仲淹，大多数人正是从他所写的《岳阳楼记》中的一句名言"先天下之忧而忧，后天下之乐而乐"[1]开始认识他的。这句话，否定了古人"达则兼济天下，穷则独善其身"的立身准则，进一步提出了士人不容推辞的社会责任感与担当意识。为什么范仲淹有这样强烈的社会责任感与担当意识？那就要从他的生平经历说起。

范仲淹出生于一个仕宦家庭，他的先祖可以追溯到唐朝的宰相范履冰。到了唐朝末年，天下大乱，范仲淹的高祖父范隋为了避乱，就从北方迁居到了吴县（今江苏苏州）。此后，范仲淹的曾祖、祖父和父亲都曾任职于吴越国。北宋建国后，太平兴国三年（978），范仲淹的父亲范墉随吴越王钱俶一道归降了宋朝，担任武宁军节度掌书记。根据楼钥《范文正公年谱》记载，宋太宗端拱二年（989）秋八月，范仲淹出生于父亲在徐州做官的任所。可是仅仅过了一年左右，他的父亲就病逝了。范仲淹从此失怙，母亲带着他改嫁了淄州长山人朱文翰，范仲淹也改姓为朱，名说。朱文翰先后曾在江苏、湖南、安徽、山东等地为官，范仲淹也就随之在上述各地就学。范仲淹青年时期的生活仍然非常窘迫，他在醴泉寺读书的时候，每次用两升小米煮粥，等粥煮好后先不食用，搁置一夜，粥就凝固了。他

1　本书所引范仲淹《岳阳楼记》内容均出自范仲淹《范仲淹全集》卷一《岳阳楼记》，李勇先、刘琳、王蓉贵点校，中华书局，2020，第164~165页。以下不再重复注释。

把凝固的粥块用刀切为四块，早晚各吃两块，再切几十根咸菜下饭，就这样过了三年。这就是成语"划粥断齑"的来历。

大中祥符八年（1015），范仲淹苦读及第，授广德军司理参军，迎母归养。此后，他曾出任过兴化知县、秘阁校理、陈州通判、右司谏、开封知府以及饶州、润州、越州等地的地方官，因直言进谏而多次遭到贬谪。康定元年（1040），西夏举兵包围延州（今陕西延安），边事告急。范仲淹被朝廷任命为龙图阁直学士，与韩琦共同担任陕西经略安抚招讨副使。范仲淹在边塞整军备战，使西北战线得以稳固，西夏人不敢进犯。据孔平仲《孔氏谈苑》载："贼闻之曰：'无以延州为意，今小范老子（范仲淹）腹中有数万甲兵，不比大范老子（范雍）可欺也。'戎人呼知州为老子，大范谓雍也。"[1]

庆历三年（1043）九月三日，宋仁宗开天章阁，召范仲淹、富弼等人，赐座问策。范仲淹言十事：一曰明黜陟，二曰抑侥幸，三曰精贡举，四曰择官长，五曰均公田，六曰厚农桑，七曰修武备，八曰减徭役，九曰覃恩信，十曰重命令。这就是北宋历史上"庆历新政"的开始。然而到了庆历四年（1044），朝廷的反对派不断攻击新政，诬蔑新政官员结党营私，范仲淹在朝中难以容身，自请外任。仁宗任命范仲淹为陕西、河东宣抚使。这一年的十一月，京师兴起"奏邸之狱"，范仲淹所荐举的官员均被贬逐殆尽，庆历新政宣告失败。庆历五年（1045）正月，范仲淹被罢免了参知政事的职位，出知邠州（今陕西彬州）。十一月，以给事中知邓州。这一年，在朝中与范仲淹志同道合的欧阳修、韩琦、富弼等人也纷纷被贬。庆历六

1　孔平仲：《孔氏谈苑》卷四《军中有范西贼破胆》，齐鲁书社，2014，第 95 页。

年（1046）九月十五日，他应挚友滕宗谅之邀，在花洲书院写下《岳阳楼记》。由此，我们至少能得到三个较为关键的信息：首先，《岳阳楼记》并非写在湖南岳阳，而是写在河南邓州；其次，写《岳阳楼记》的时候，范仲淹正处于改革失败的人生低谷；最后，《岳阳楼记》写在庆历六年的秋天。掌握了这些信息，对我们解读作品是大有帮助的。背景介绍告一段落，下面我们就通过《岳阳楼记》来走近范仲淹的精神世界。

"庆历四年春，滕子京谪守巴陵郡。越明年，政通人和，百废具兴，乃重修岳阳楼，增其旧制，刻唐贤、今人诗赋于其上，属予作文以记之。"滕子京，名宗谅，"子京"是他的字，他是河南府（今河南洛阳）人，与范仲淹同年登进士第。"庆历四年"是公元1044年，这一年滕宗谅被朝廷降职，任岳州太守，故曰"谪守巴陵郡"。前述《岳阳楼记》写在庆历六年，意味着这篇文章是通过追述旧事来起笔的。巴陵郡在宋代属于荆湖北路，治所在今湖南岳阳。滕宗谅在当地做太守时，为政颇有声绩，百姓安居乐业。在他的主导下，岳州废置的许多事情也得以再次启动。"百废具兴"的"具"在这里通"俱"，是"都、全部"的意思。正所谓"新人新气象"，滕宗谅知岳州的第二年，便集中人力物力重修了洞庭湖畔的岳阳楼。这次重修扩大了岳阳楼原有的规模，还在上边增加了唐宋名家的诗赋刻石。岳阳楼由此焕然一新，成为当地的"地标性"建筑。滕宗谅便嘱托远在邓州的范仲淹为它写一篇记文。"属"在这里通"嘱"，意思是"嘱托、嘱咐"。

以上是文章的开篇部分，具有交代写作起因的作用。由此观之，古代记体散文结构实际上也相当明显：开篇一般要花费少许笔墨，叙述写作缘起，作为铺垫；接下来述及所见所闻，写景状物中的辞采性笔墨都安排在这一部分；再接下来或转而抒情，或引发议论，表达内心感受与看法；最后在文末附上写作日期。这种"格式"，我们在柳宗元的《始得西山宴游记》中见到过，在白居易的《庐山草堂记》中见到过，在王禹偁的《黄冈竹楼记》中见到过，现在在范仲淹的《岳阳楼记》中又见到了。

交代了写作缘起后，接下来便是文章的主体部分："予观夫巴陵胜状，在洞庭一湖。衔远山，吞长江，浩浩汤汤，横无际涯，朝晖夕阴，气象万千，此则岳阳楼之大观也，前人之述备矣。"范仲淹说，在我看来，巴陵郡的胜景，都在洞庭湖一带。洞庭湖连接着远处的山峦，吞吐长江的水流，烟波浩渺，仿佛无边无际。湖区气象多变，早晨湖水还映照着金色晨辉，到了傍晚就阴云密布，湖景也随之呈现出千变万化的姿态。在前人的笔下，已经将登上岳阳楼后所观览的胜景详尽地记述过了。此处以"前人之述备矣"一句，收束"岳阳楼之大观"，意在删繁就简，以便为后文中自我观点的陈述留出重点位置。清代吴楚材、吴调侯《古文观止》卷九曰："岳阳楼大观，已被前人写尽，先生更不赘述，止将登楼者览物之情写出。悲、喜二意，只是翻出后文忧、乐一段正论。以圣贤忧国忧民心地，发而为文，非先生其孰能之？"[1] 这段评价是很有见地的，既点出了范仲淹行文具有"更不赘述"的洗练，也为拆解后文的结构找出了方法。

既然"前人之述备矣"，那么还有什么是前人文章中未曾关注到的？是"人"的因素："然则北通巫峡，南极潇湘，迁客

1　《解题汇评本古文观止》，第 581 页。

骚人，多会于此，览物之情，得无异乎？"岳州是水路四通八达的地方，所谓"北通巫峡，南极潇湘"，指的不是陆路，而是航道。从岳州乘船往北（严格说来应该是往西北方向），经过荆州、宜昌，可以到达长江的上游巫峡一带；而往南沿着长江的支流湘江溯游而上，可以到达长沙、湘潭、株洲、衡阳、永州等地。四方之客汇聚于此，登楼之情也因个人际遇和自然气候的不同而产生了明显的区别，范仲淹不能一一列举，他"提炼"出了两个最具有代表性意义的典型例子：

"若夫淫雨霏霏，连月不开，阴风怒号，浊浪排空，日星隐曜，山岳潜形，商旅不行，樯倾楫摧，薄暮冥冥，虎啸猿啼。登斯楼也，则有去国怀乡，忧谗畏讥，满目萧然，感极而悲者矣。"这一段读起来真是节奏整齐，朗朗上口，其原因在于这一段里除了语气助词外，几乎都是四字句。我们之前在王维《山中与裴秀才迪书》、李华《吊古战场文》中已经多次见过四字句。这种句式在唐宋散文中经常出现，它们节奏明快，辞采生动，音调铿锵，叠加出现后形成一种气势，极大地增强了作品的动人力量。将四字句和三字句、长句交替运用，又能够调节行文节奏，避免句式单一板滞。

讲清楚了句法特征，我们来欣赏其辞采。"若夫"是句首的语气词，它的作用是引起下文。范仲淹在这一段集中描摹了洞庭湖阴雨连绵的景象。在他的笔下，此时的洞庭湖呈现出骇人的景象：在岳州多雨的季节里，接连几个月都不能放晴；远处的山岳被重重的雨雾阻隔，太阳和星辰隐藏起了光辉，天地混沌一片；寒风怒吼着将一排排浑浊的巨浪甩向天空，使南来北往的商旅船只难以通行；如果硬要开航，就会遭遇船桅倾斜、船桨折断的危险；傍晚天色昏暗，山林中远远传来猛虎长啸、清猿悲啼的声音。当此之际，登上岳阳楼极目远眺，帝阙在哪里？故乡又在哪里？所谓"总为浮云能蔽日，长安不见使人愁"（李白《登金陵凤凰台》），远谪的孤臣担心遭到谗言陷害，面对着眼前满目萧然的景象，不由得产生了悲伤的心情。

然而，风和日丽的洞庭湖又是另外一番景象："至若春和景明，波澜不惊，上下天光，一碧万顷，沙鸥翔集，锦鳞 [1] 游泳，岸芷汀兰，郁郁青青。而或长烟一空，皓月千里，浮光跃金，静影沉璧，渔歌互答，此乐何极！登斯楼也，则有心旷神怡，宠辱偕忘，把酒临风，其喜洋洋者矣。""至若"表示另提一事，用在句首，相当于"至于"。范仲淹说，到了春光和暖的时候，洞庭湖水好像平滑的镜面一样，发出柔和的清光。天空与湖水上下相连，无边无际，望过去是一大片一大片碧蓝的颜色，让人感到舒服极了。沙洲上的鸥鸟成群地聚集在一起，水中美丽的鱼群自由自在地游来游去，生长在水岸沙洲边的香草和兰花茂密而青翠，一切都是那样的生机盎然。夜幕降临，湖面上的烟雾消散一空，远山近水都被皎洁的月光所笼罩。当湖水波动时，水面的波纹闪耀着点点金光；当湖水平静时，月亮的倒影就好像沉入水中的美玉，一动不动。这时，耳畔传来了渔夫们一唱一和的歌声，与大自然的各种声音一道，形成了和谐的奏鸣曲，这种快乐又有什么能比得上呢？当此之际，登上岳阳楼极目远眺，只感到心旷神怡，从前仕宦生涯中所遭受的荣辱升沉，恰似前尘旧梦，都被抛到了九霄云外。正所谓"帝力于我何有哉？"（《击壤歌》）趁清风徐来，把美酒斟满，在自然的怀抱中开怀畅饮，多么自在！

---

1 "鳞"，底本作"麟"，误。今从"鳞"。

　　以上两种情感状态，可以说正是人生际遇中存在的两种典型反应。那么，范仲淹是怎么看待这个问题的呢？他能够理解、体察、描绘这两种情状，但实际上他所持的态度同以上两种都不一样，这正是他超越平凡之处。他说："嗟夫！予尝求古仁人之心，或异二者之为。""嗟夫"是语气词，表示感叹。通常独立置于一句之前。"尝"是"曾经"的意思。"二者"，指前两段中所描述的"悲"与"喜"两种情感状态。范仲淹说，我曾探求古代仁人志士的思想，他们的精神境界或许和上述两种状况不同。"何哉？不以物喜，不以己悲。"这两句话形成一问一答。"以"在这里，是"因为"的意思。"不以物喜，不以己悲"，采用了"互文"的修辞手法，意思是这些仁人志士并不因外界境遇的好坏和自己的得失而产生情绪的变化，并由此困于一己的喜悦高兴或悲伤情绪中。可想而知，这是由于他们的眼睛并非盯着一己的得失，故而悲喜也并非为一己而发。那么，什么才是他们所真正关心的？"居庙堂之高，则忧其民；处江湖之远，则忧其君。"这里范仲淹又用了两个整齐的对句来调节行文的节奏，"居庙堂之高"指的是在中央朝廷做官；相对的，"处江湖之远"就指的是在远离京师的偏僻地方做官。这两句话，看似讲得很"大"，实际上很恳切。这是因为在朝廷里做高官最怕脱离基层，不了解民间的实际情况就制定政策是很危险的，"忧其民"就是说要始终关心底层的普通百姓，保持民意的畅通；而在偏僻的地方做官则容易消磨意志、虚度光阴，因此也不能只管眼前一亩三分地，乐得天高皇帝远，仍然要牢记自己的理想，关心国家的安危。

　　"是进亦忧，退亦忧。然则何时而乐耶？"范仲淹在这里又一次运用了问答句式，这种句式其实来自先秦赋这种文体中的主客问答形式，只不过在这里省略了人物，更显得简练、利落。意思是，这样来说在中央朝廷做官也忧心忡忡，在偏远的地方做官也忧心忡忡。既然这样，什么时候才会感到快乐呢？这句话承接上一句，又引发新的问句，用问答的形式将中心句一步一步推了出来："其必曰：先天下之忧而忧，后天下之乐而乐乎！"这句话，可谓振聋发聩，它的意思是，在天下人担忧之前先担忧，在天下人享乐之后才享乐。这句话也是使《岳阳楼记》成为千古名篇的根本原因。为什么这么说呢？这是因为范仲淹这句话意在强调"士"的身份具有无可回避的社会责任。

对于中国古代的文士而言，"道不行，乘桴浮于海"[1]是符合圣贤教化的。孔子认为："邦有道，则仕；邦无道，则可卷而怀之。"[2]"天下有道则见，无道则隐。"[3]因此，许多文士在仕途受阻、志向难伸、忠直见毁、身心俱疲之时，山林田园就自然而然地成为他们抚慰心灵的最好归宿。换言之，他们是有选择隐居的权利的。在范仲淹之前，即使是"一饭未尝忘君"的杜甫，也未尝没有动过"非无江海志，潇洒送日月"(《自京赴奉先咏怀五百字》)的念头。

但是在范仲淹这里，一个臣子，一个"士"，社会责任是其无可逃避的第一要义，否则这个人就该辞职让贤，改称"山人"，以免于尸位素餐之嫌。这也是宋代以来的科举士大夫与之前的士族士大夫的一人区别，科举士大大以科第之荣跻身于"士"的行列，这一身份的获得经由他们自身后天的努力与君主

1　《论语注疏》卷五《公冶长》，第 62 页。
2　《论语注疏》卷一五《卫灵公》，第 238 页。
3　《论语注疏》卷八《泰伯》，第 116 页。

的垂青，已经与魏晋时期的士族士大夫大相径庭。科举士大夫的地位和身份既然由朝廷赐予，那么从道义上来讲，他们步入仕途后就应当始终践行自己许身家国的承诺，这实际上使得宋代以后士大夫的社会责任感被大大加强了。

"先天下之忧而忧，后天下之乐而乐"所强调的就是一种不容推辞的社会责任感与担当意识。离开这个精神信念，"士"就不能自称为"士"，就不配获得"四民之首"的荣誉，并从事令人尊敬的、管理社会的工作。从这个角度来讲，范仲淹具有权责分明的观念。不过，实际的情况总是难以尽如人意，真正能够做到这一点的人可谓凤毛麟角，范仲淹也为此感到哀伤和无奈，因此他才说："噫！微斯人，吾谁与归？时六年九月十五日。""微"有否定意义，在这里可以理解为"如果没有"。"谁与归"的意思是"与谁归"，属于疑问句宾语前置的语法现象。这句话显示了范仲淹一种深深的孤独感，他说，如果没有这样忘却一己得失而怀抱社会理想的人，那我又同谁一道呢？这种孤独感的根源来自庆历新政的失败。但同时，"微斯人，吾谁与归"也是一种同声相应、同气相求的呼唤，改革虽然暂时失败，但变革的思想已经埋下了种子，庆历新政不乏如韩琦、富弼、欧阳修、苏舜钦这样的支持者。在时机适宜的时候，这颗小小的种子就会破土而出，显示出它巨大的力量。

【附】《岳阳楼记》

庆历四年春，滕子京谪守巴陵郡。越明年，政通人和，百废具兴，乃重修岳阳楼，增其旧制，刻唐贤、今人诗赋于其上，属予作文以记之。

予观夫巴陵胜状，在洞庭一湖。衔远山，吞长江，浩浩汤汤，横无际涯，朝晖夕阴，气象万千，此则岳阳楼之大观也，前人之述备矣。然则北通巫峡，南极潇湘，迁客骚人，多会于此，览物之情，得无异乎？

若夫淫雨霏霏，连月不开，阴风怒号，浊浪排空，日星隐曜，山岳潜形，商旅不行，樯倾楫摧，薄暮冥冥，虎啸猿啼。登斯楼也，则有去国怀乡，忧谗畏讥，满目萧然，感极而悲者矣。

至若春和景明，波澜不惊，上下天光，一碧万顷，沙鸥翔集，锦鳞游泳，岸芷汀兰，郁郁青青。而或长烟一空，皓月千里，浮光跃金，静影沉璧，渔歌互答，此乐何极！登斯楼也，则有心旷神怡，宠辱偕忘，把酒临风，其喜洋洋者矣。

嗟夫！予尝求古仁人之心，或异二者之为，何哉？不以物喜，不以己悲。居庙堂之高，则忧其民；处江湖之远，则忧其君。是进亦忧，退亦忧。然则何时而乐耶？其必曰：先天下之忧而忧，后天下之乐而乐乎！噫！微斯人，吾谁与归？

时六年九月十五日。

第八讲　欧阳修:"醉翁"的胸襟

　　欧阳修在我国文学史上具有"开一代风气"的重要地位。他的政治地位很高,文学贡献很大,这使他在宋代的地位如同唐代的韩愈。作为文坛盟主,他大力倡导诗文革新运动,一举扫除了唐末五代到宋初的文学创作积弊。在他的荐拔和指导下,曾巩、苏洵、苏轼、苏辙等才俊纷纷登上文坛,一举打开了北宋文坛的新局面。具体到他个人的文学创作,无论是诗、词还是文章都能够得心应手,其中的佳作代表了北宋文坛第一流的水平。尤其是他的散文,落笔质朴,风格淡雅,平易近人又饱含真情实感,成为当时与后世文人效仿的典范。

第一节　欧阳修的散文成就与文坛贡献

欧阳修,字永叔,号醉翁,晚年又号六一居士。为什么他要在晚年给自己取这样一个看起来有点奇怪的号呢?在《六一居士传》里他作了阐明:

> 六一居士初谪滁山,自号醉翁。既老而衰且病,将退休于颍水之上,则又更号六一居士。客有问曰:"六一,何谓也?"居士曰:"吾家藏书一万卷,集录三代以来金石遗文一千卷,有琴一张,有棋一局,而常置酒一壶。"客曰:"是为五一尔,奈何?"居士曰:"以吾一翁,老于此五物之间,是岂不为六一乎?" [1]

原来,"六一"指的是一万卷书、一千卷金石遗文、一张琴、一局棋、一壶酒,还有一个老翁置身其中,自得其乐,岂不快哉?由此,我们可以窥见欧阳修晚年的基本生活与兴趣爱好,他的描述也为我们呈现出北宋士大夫日常生活的画面,风雅、适意又饶有趣味。

这样一个自得其乐的醉翁,前半生的命运却颇为坎坷。欧阳修的祖籍在江西庐陵(今江西吉安),但他出生在四川的绵州(今四川绵阳)。北宋景德四年(1007),欧阳修的父亲在绵州做官,欧阳修就出生在父亲任职的地方。欧阳修出生的时

---

1 《欧阳修全集》,《居士集》卷四四《六一居士传》,第305页。

候，他的父亲已近花甲之年，实属老来得子，喜不自胜。然而三年后，欧阳修的父亲就去世了。少年失怙的欧阳修，与母亲郑氏相依为命。由于家道中落，没有钱供欧阳修读书，母亲郑氏就用芦苇秆当作笔，在沙地上写画，教欧阳修写字。郑夫人还教欧阳修记诵许多古人的文章，为他打下很好的文学基础。这就是"画荻教子"故事的由来。孤儿寡母，生活艰难，郑夫人为了鼓励儿子，经常将欧阳修父亲为官的事迹讲给儿子听，教他像父亲一样为人正直，不慕荣利。早期的家庭教育对孩子的影响是贯穿一生的，欧阳修在母亲的教导下形成了坚韧、正直的品格。

过了几年，欧阳修又长大了一些。家里没有书可读，他就从乡里的读书人家借书，一边抄写，一边诵读，一边记忆。他天资聪颖，又刻苦勤奋，经常是书还没有抄写完，就能背诵出其中的句子。他的文笔也十分老练，练习写诗作赋，下笔就有成年人的水平。后来，他从别人家废弃的书箱里得到了韩愈遗稿，读了以后心中十分佩服，甚至于爱不释手："苦志探赜，至忘寝食，必欲并辔绝驰而追与之并。"[1] 在那个时候，韩愈的文章没有人欣赏，文坛上流行的是杨亿、刘筠的"时文"，"能者取科第，擅名声，以夸荣当世，未尝有道韩文者"。[2] 而年轻的欧阳修则具有敏锐的文学感知力，他服膺韩愈，反复学习，这就为他日后重振古文埋下了思想的种子。

欧阳修的科举之路并不是一帆风顺的。天圣元年（1023）和天圣五年（1027）他两次参加科举考试，都没有考中。天圣

---

1 《宋史》卷三一九《欧阳修传》，第 10375 页。
2 《欧阳修全集》，《居士外集》卷二三《记旧本韩文后》，第 536 页。

七年（1029）春天，他就试于京师国子监，补选为广文馆生。同年秋天，他参加了国子监的解试，考了第一名。天圣八年（1030）正月礼部会试，欧阳修又考了第一名。同年三月，欧阳修参加了殿试，中了进士，被朝廷派往洛阳任职，从此走上仕途。当时欧阳修的领导是从前吴越国的旧贵族钱惟演。钱惟演时任西京留守，幕府中多有名士。欧阳修由此结识了尹洙、梅尧臣等朋友，经常一道切磋文章。这段经历对欧阳修学习古文创作有直接的影响，据范仲淹《尹师鲁河南集序》载："洛阳尹师鲁，少有高识，不逐时辈，从穆伯长游，力为古文。而师鲁深于《春秋》，故其文谨严，辞约而理精，章奏疏议，大见风采，士林方耸慕焉。遽得欧阳永叔，从而大振之，由是天下之文一变而古，其深有功于道与！"[1]欧阳修自己也在《记旧本韩文后》中说："官于洛阳，而尹师鲁之徒皆在，遂相与作为古文。"[2]这段在洛阳的青年时光，使欧阳修有充分的时间去琢磨古文创作，奠定了他一生的文学走向，也成为他生命中非常美好的回忆。后来，欧阳修因事左迁峡州夷陵（今湖北宜昌）县令，被贬官后他在《戏答元珍》诗中深情地写道："曾是洛阳花下客，野芳虽晚不须嗟。"意思是，我曾经在洛阳见过千姿百态、争奇斗艳的牡丹花，今日山城野花虽晚，但我并不在意。展现出一种阅尽繁华的平和、自信心态。

景祐元年（1034）欧阳修任满回京，担任馆阁校勘，参与编修《崇文总目》。这一时期，北宋王朝积贫积弱的弊病开始显现，社会矛盾日益突出。景祐三年（1036），范仲淹着手

---

1 《范仲淹全集》卷八《尹师鲁河南集序》，第 155 页。
2 《欧阳修全集》，《居士外集》卷二三《记旧本韩文后》，第 536 页。

呼吁朝廷进行改革，由此冒犯了既得利益者，被贬往饶州。当时在朝的很多官员都上疏解救范仲淹，只有左司谏高若讷认为朝廷应当把范仲淹黜除。欧阳修很有正义感，他写信谴责高若讷，说他简直不知道人间还有羞耻二字。由此，欧阳修也受到了牵连，被贬为夷陵县令。后世史家称赞他"天资刚劲，见义勇为，虽机阱在前，触发之不顾"。[1]

欧阳修被贬到夷陵后，难以排遣愁闷，就拿来县衙里的旧案件档案反复察看，发现里边冤假错案不计其数，仰天长叹道："边远人稀的小城尚且如此，普天之下这类情形之多就可想而知了。"自此以后，他处理事务就非常认真谨慎。有求学的人来拜见他，他往往与之谈论政事，而不谈文章。这是因为他意识到为官食俸，应当以政事为先。他做官不求虚名，为政宽简，从不干扰老百姓的生产生活。有人就问他："您治理地方，为政宽简，但办事从不拖拉，这是怎么做到的呢？"他说："如果我们做官的把放纵当成宽松，把疏忽当成简明，政务就得不到及时处理，老百姓就会受累。我所说的'宽'，是遇事不苛刻急切；'简'，是不做表面文章。"[2]遇事不苛刻急切、不做表面文章的施政理念被他一直贯彻了下去。

康定元年（1040），欧阳修被召回京。庆历三年（1043），仁宗广开言路，范仲淹、韩琦、富弼等人推行"庆历新政"，欧阳修时任谏官，参与其中。然而，在守旧派的阻挠下，新政又遭失败。庆历五年（1045），范仲淹、韩琦、富弼等人相继被贬，欧阳修为此上书，也被贬为滁州太守。在滁州任上，欧阳修写下了不朽名篇《醉翁亭记》，其中仍然能够看到他在坚

---

1 《宋史》卷三一九《欧阳修传》，第 10380 页。
2 《宋史》卷三一九《欧阳修传》，第 10380~10381 页。

持为政宽简的施政理念，滁州地方百姓也因此受惠颇多。在这一时期，他的古文创作也臻于成熟。

此后，欧阳修先后在扬州、颍州、应天（今河南商丘）等地任职。母亲去世后，他回家丁忧守孝。朝廷让他出来做官，他也坚决地推辞了。至和元年（1054），欧阳修服丧期满回朝，很快又遭受小人诬陷，要被贬去同州。当时朝廷正要修《唐书》，在宰相的主持下，欧阳修没有被贬，而是参与了修撰史书的工作。他和宋祁一起修订了《新唐书》，又自修《五代史记》（又称《新五代史》）。欧阳修很善于将盛衰兴亡的史实进行前后对照，史论结合，夹叙夹议。这样一来，他的文章感染力就很强。我们所熟知的《伶官传序》就是他所修《新五代史》中的一篇，也是历来为人传诵的佳作。

嘉祐二年（1057）二月，欧阳修担任礼部贡举的主考官，以翰林学士身份主持进士考试。当时的士子崇尚写作艰涩险怪的文章，内容却往往脱离实际。由于这种风气是从太学生当中流行开来的，故而被称作"太学体"。我们曾在第七讲"风雅再临：北宋初期的散文"第一节"宋初散文的发展脉络"中简要介绍过这种创作风气。欧阳修一贯提倡平实文风，对"太学体"坚决地加以排斥，凡是行文诡僻怪奇的卷子都不予录取。放榜以后，那些写"太学体"而自高自大的考生发现自己居然没有被录取，纷纷啰唣不休。欧阳修一出现，他们就聚在欧阳修的马前起哄，甚至巡街的士卒一时间都难以制止。但这件事之后，就没有人再去学写"太学体"了，"场屋之习，从是遂变"。[1] 可以说，嘉祐二年欧阳修主持的这次科举考试，对北宋

1　《宋史》卷三一九《欧阳修传》，第 10378 页。

文风转变产生了非常大的影响，此后"太学体"逐渐衰落，而新的文学格局则得以打开。这一年，被录取的士子有苏洵、苏轼、苏辙、曾巩等人，他们登上朝堂后，北宋的文学风气也焕然一新。欧阳修则以其卓越的识人之明，为北宋文学的发展做出了突出的贡献。

熙宁二年（1069），王安石实行新法。欧阳修这时在青州任职，他发现"青苗法"在执行的过程中伤害了老百姓的利益，就没有在自己管辖的地区推行。同时，他向朝廷提出具体的改良要求。这样一来，他被视为新法的反对者，遭到诋毁。熙宁三年（1070），朝廷委任他做检校太保、宣徽南院使，判太原府，河东路经略安抚监牧使，兼代、并、泽、潞等八路兵马都总管。欧阳修坚决地推辞了，他只想告老还乡。实际上，早在熙宁元年（1068），宋神宗继位不久，欧阳修就已经萌生了退意。他屡次上书朝廷请求致仕，一直没有被批准。直到熙宁四年（1071）六月，欧阳修以太子少师的身份退休，回到了颍州。第二年，他就在颍州家中溘然长逝了。

苏轼非常敬佩欧阳修的文学才华，他曾在《六一居士集叙》中说："欧阳子论大道似韩愈，论事似陆贽，记事似司马迁，诗赋似李白。此非余言也，天下之言也。"[1]欧阳修的文学观点师承韩愈，主张以"道"为根本，以"文"为形式。因此，他非常重视作家的个人修养，提出"道胜者，文不难而自至也"[2]的观点，认为求学之人应以儒家经义为思想旨归来立身处世。有了充足的精神力量，才能写出有光彩的文章，正所谓

1　《苏轼文集》卷一〇《六一居士集叙》，第316页。
2　《欧阳修全集》，《居士集》卷四七《答吴充秀才书》，第322页。

"夫世无师矣，学者当师经，师经必先求其意。意得则心定，心定则道纯，道纯则充于中者实，中充实则发为文者辉光"。[1]也就是说，一个人的思想品质、人格修养是很关键的，这决定了他的作品是否有骨气、有张力。

但他并非一味空谈儒家道统，而是非常关心现实，认为道不远人。在《答吴充秀才书》一文中，他批评有的文士仅仅满足于创作本身，以为文章写得精细工巧就足够了，甚至"弃百事不关于心"。[2]这种远离现实生活的创作方法和人生态度，是欧阳修所极力反对的。《与张秀才第二书》中，他鲜明地反对"舍近取远，务高言而鲜事实"[3]的做法，认为君子不能仅仅坐而论道，而是要在现实生活中、在处理具体的事务上去践行。践行以后，才能将道理自然而然地体现在文章中，其观点才能取信于人，而不至于远离现实。

关于"道"与"文"的关系，欧阳修认为两者都很重要。他在《代人上王枢密求先集序书》中称："言以载事，而文以饰言。事信言文，乃能表见于后世。"[4]"事信言文"，就是创作的内容符合艺术的真实，同时语言也应当有动人的辞采，只有达到内容与形式相统一，才能使作品具有流传后世的艺术价值。既然"文"也很重要，那么什么样的"文"是欧阳修所赞赏的呢？他取法韩愈，主张写文章文从字顺，反对艰涩险怪和华而不实的创作风格，提倡平实、流畅、自然的文风。他不仅能够提出行之有效、符合实际的散文创作理论，而且以引人入胜的

1　《欧阳修全集》，《居士外集》卷一八《答祖择之书》，第499页。
2　《欧阳修全集》，《居士集》卷四七《答吴充秀才书》，第321~322页。
3　《欧阳修全集》，《居士外集》卷一六《与张秀才第二书》，第481页。
4　《欧阳修全集》，《居士外集》卷一七《代人上王枢密求先集序书》，第486页。

佳作为后世树立了学习的榜样。他的《与高司谏书》《朋党论》，有的放矢，气势不凡；他的《醉翁亭记》《丰乐亭记》，情景交融，清新自然；他的《祭石曼卿文》《泷冈阡表》，情深意挚，质朴感人。接下来，我们就来欣赏他的千古名篇《醉翁亭记》。

第二节　山水篇:《醉翁亭记》

庆历五年（1045）是中国散文史上值得纪念的一年。这一年，范仲淹被朝廷罢免了参知政事的职位，第二年便写下了《岳阳楼记》；欧阳修上书替范仲淹分辩，被贬到了滁州，写下了《醉翁亭记》。到滁州上任以后，欧阳修的内心是有失落之感的，但他并没有因此而疏于治理。在为政方面，他延续了一贯的宽简之道，不求虚名，不给百姓添麻烦，使百姓得到许多实际的便利。正所谓"为政宽简，而事不弛废"，[1]滁州经过他的治理之后，更显出欣欣向荣的气象。而他的名作《醉翁亭记》，以诗一样的笔墨向后人展示了这段值得纪念的贬谪生涯。在文章中，欧阳修多次提到了"乐"，譬如"山水之乐"、"禽鸟之乐"、"人之乐"以及"太守之乐"。这些"乐"是在山林之美、游赏之趣和宴饮之热闹喧哗中自然产生的，欧阳修着意书写这些"乐"，固然显示出《孟子》所提倡的"与民同乐"的情怀，同时也是以此冲淡仕途失意所带来的苦闷。他"苍颜白发，颓然乎其间"，又自号"醉翁"，似乎置身其中，又似乎神游其外，这恰与曾巩《醒心亭记》中的记载相吻合："一山之隔，一泉之

---

1 《宋史》卷三一九《欧阳修传》，第 10381 页。

旁，岂公乐哉？乃公所寄意于此也。"[1] 既曰"寄意"，则非"乐不思蜀"之乐，这一点是尤其值得注意的。接下来，我们就随着《醉翁亭记》，一同看看欧阳修的寄意之处。

"环滁皆山也。其西南诸峰，林壑尤美，望之蔚然而深秀者，琅琊也。"[2] 欧阳修说，滁州一带被丘陵所环绕，这种地理特征被他用五个字高度概括，即"环滁皆山也"，用笔简练，符合"少即是多"的美学特征。既然滁州一带有很多丘陵，那么最独特、最美丽、最值得流连的又是哪里呢？欧阳修说，是滁州西南边一带的山峰，那里的森林和溪谷尤其美丽，一眼望去草木茂盛、郁郁葱葱，而山色幽深秀丽的琅琊山就隐藏在其间。"蔚然"这个词，我们现在经常在它后边加上"成风"两个字，来比喻事物盛极一时、形成风气的样子。但在古代，"蔚然"专指草木茂密的样子，譬如郦道元《水经注·河水四》曰："山南有古冢，陵柏蔚然。"[3]

"山行六七里，渐闻水声潺潺，而泻出于两峰之间者，酿泉也。"这句话是从听觉引出了视觉画面。由于欧阳修使用了限知视角，使我们提升了阅读的体验感和参与感，我们似乎同他一道走在琅琊山的小路上，耳畔渐渐听到了流水哗啦啦的响声，抬头一看，两座山峰之间悬挂着一道白色的绸缎，那就是著名的酿泉。这一句又与前一句呼应，构成了动静结合的描写，相映成趣。那么哪些是静态的景色呢？"林壑尤美""望之

1 曾巩：《曾巩集》卷一七《醒心亭记》，陈杏珍、晁继周点校，中华书局，1984，第276页。
2 本书所引《醉翁亭记》均出自欧阳修《欧阳修全集》，《居士集》卷三九《醉翁亭记》，中国书店，1986，第276页。以下不再重复注释。
3 郦道元著，陈桥驿校证《水经注校证》卷四，中华书局，2007，第107页。

蔚然而深秀"的琅琊山是静态的。哪些又是动态的景色呢？潺潺流淌的酿泉水是动态的，水声淙淙，令人耳目都能感知到鲜活的山林意趣。

再往前行走，眼前的景色又出现了新的变化。"峰回路转，有亭翼然临于泉上者，醉翁亭也。"山路随着山势而曲折，人也就随着山路拐弯。拐弯后忽然看到一座亭子好像飞鸟张开两翼似的，轻巧地坐落在酿泉之上，那就是醉翁亭。"翼然"是禽鸟展翅的样子，常用来形容山石或亭台等建筑物高耸开张的姿态。欧阳修在这里用的仍然是限知视角，何以见得？没有峰回路转，就看不到醉翁亭映入眼帘，故而我们的所见所闻是完全由着欧阳修的运笔深浅得来的。

如此想来你就会发现，欧阳修这一段的写法，是一个从"全景"向"特写"渐次过渡的过程。"环滁皆山也"是对滁州一带地貌的"大全景"展示，之后镜头逐渐拉近，我们看到了滁州西南方向的迤逦连绵、苍翠欲滴的山林风光，但这个画面仍然太大。第二次拉近镜头，看到的是清幽秀丽的琅琊山。第三次拉近镜头，看到的是山间的景色，流水潺潺，叮咚作响。峰回路转之后，第四次拉近镜头，翼然临于泉上的醉翁亭出现在眼前，这是一帧"特写"画面。古代没有无人机飞行拍摄的技术，但了不起的文学家却能通过文字模拟这种视觉感受，所谓"思接千载，视通万里"，这还不够神奇吗？

"作亭者谁？山之僧智仙也。名之者谁？太守自谓也。"这两句话既是自问自答，又是结构相同的、两两对应的句式。欧阳修问，建造这亭子的人是谁呢？是山上的僧人智仙。那么给它取名的人又是谁呢？是"太守"，也就是我欧阳修。我用自己的别号"醉翁"给这个亭子取了名字，所以它叫"醉翁亭"。

那么，"醉翁"这个别号又是怎么来的呢？欧阳修说："太守与客来饮于此，饮少辄醉，而年又最高，故自号曰醉翁也。"我带着宾客们来这儿饮酒，喝一点儿就醉了。而且我的年纪又最大，所以给自己取了一个别号叫作"醉翁"。醉翁是很贪酒的老爷子吗？不是的，欧阳修说："醉翁之意不在酒，在乎山水之间也。山水之乐，得之心而寓之酒也。"醉翁的快乐，并不是从痛饮烂醉中得来的，而是从山水中得来的。是山水之乐融于胸臆，又通过饮酒的方式外化了出来。因此，饮酒不是导致快乐的原因，而是快乐的结果。这也就解释了为什么欧阳修"饮少辄醉"，他的饮酒是"形式大于目的"的。

如果从笔法的角度来"复盘"，你就会发现欧阳修的运笔是很了不起、很见功夫的。他的笔墨自然而然地由山水转向建筑，又由建筑转向人物，最后又从人物转回山水之乐。这一切的转换是如此自然，丝毫不露痕迹，以至于我们都没有察觉出任何斧凿的生硬感。既然话头一转又回到山水，接下来的文章内容就以醉翁亭附近的景色为中心展开，分别以晨昏、四季为观察角度，为我们呈现了更为细致的描摹：

"若夫日出而林霏开，云归而岩穴暝，晦明变化者，山间之朝暮也。""若夫"这个词我们在赏析范仲淹《岳阳楼记》的时候见过，它作为语气词，经常在句首出现，作用是引起下文。"林霏"指的是森林中的雾气。"霏"作为名词，指弥漫的雨雾，这里指的是雾气。欧阳修笔下的色调、气氛因早晚不同而产生了区别。"日出"则"林霏开"，这是山间早晨明亮、宁馨的样子。与此相对，"云归"则"岩穴暝"，这是山间傍晚昏暗、温柔的样子。欧阳修好像一位笔触如丝的绘画大师，对光线非常敏感，随着一天当中明暗的交替，景色变化的过程被他既深且细的观察力牢牢捕捉，并呈现在了笔下：早晨太阳升起来的时候，深林中的雾气渐渐散去，山间的光线十分充足；到了傍晚，云彩又逐渐聚拢起来，遮挡了夕阳的余晖，山谷里就显得昏暗了。光线的明暗变化使山间晨昏景色产生了不同。

　　"野芳发而幽香，佳木秀而繁阴，风霜高洁，水落[1]而石出者，山间之四时也。"这一句话，是按照山间四季的特征来写的。"野芳发而幽香"是春天的景色，春天的时候这里山花绽放，幽香袭人，一派野趣；"佳木秀而繁阴"是夏天的景色，夏天森林沐浴着艳阳，枝繁叶茂的树木舒展挺拔的身姿，洒下浓荫；"风霜高洁"是秋天的景色，秋天风高霜白，天朗气清；"水落而石出"则是冬天的景色，冬天木叶落尽，水瘦石枯。既然四季的景色迥然有别，那些乐于亲近山林之人又有什么样的感触呢？行文至此，欧阳修用一句话予以总结："朝而往，暮而归，四时之景不同，而乐亦无穷也。"这句话其实也为我们揭示了欧阳修公务之余的日常生活。他早晨去琅琊山中的酿泉、醉翁亭一带流连观赏，晚上回到官署休息，因为四季的景观不同，所以一年中都有不同的景色值得欣赏，所以说"乐亦无穷"。

　　所谓"独乐乐不如众乐乐"，欧阳修以儒家思想立身，深谙与民同乐的道理。在他看来，为官者仅满足于自得其乐，仅把目光局限于自我的悲喜是远远不够的，于是我们很罕见地从古代士大夫的雅文学中看到了普通百姓日常游玩的热闹景象："至于负者歌于途，行者[2]休于树，前者呼，后者应，伛偻提携，

1　"落"，底本一作"涸"，一作"清"，今从"落"。
2　"行者"，底本作"行也"。

往来而不绝者，滁人游也。"虽然这句话仍然是士大夫的视角，但其生动、活泼的笔法为我们呈现出了一幅热闹非凡的游山图。你看，滁州的乡民们三五成群地走在山路上，有的人背着东西，一边唱歌一边往前走，歌声减轻了他的疲乏；有的人走累了，就在树荫下休息，用手帕擦着汗。走得快的人在前边喊："快点跟上来呀，马上就到了！"落在后边的人说："你等等我，我实在是走不动了。"老年人弯着腰慢慢地走，小孩子被大人牵着手蹦蹦跳跳地走，山路上人来人往，络绎不绝，这就是滁州人出游的场景。

欧阳修和他的宾客们也在其中。当然，醉翁既是老年人，又是一方太守，步行或许有所不便，我猜他是乘着肩舆上山的。到了山中，大家就地取材，"临溪而渔，溪深而鱼肥；酿泉为酒，泉香而酒洌。山肴野蔌，杂然而前陈者，太守宴也"。在清澈的溪水中抓鱼，溪水深处的鱼格外肥美；用酿泉的水来酿酒，泉水甘甜使得酒的味道也清洌无比。山中的野味和蔬菜多种多样，错杂地陈列在太守和宾客们的面前，欧阳修不无得意地说，这就是我醉翁的宴会啊！

既然是宴会，总少不了音乐。欧阳修说"宴酣之乐，非丝非竹"。"丝"指的是弦乐器，"竹"指的是管乐器。"丝竹"往往合称，用来泛指传统的音乐。《礼记·乐记》曰："金石丝竹，乐之器也。"[1]"酣"的本义是酒喝得很畅快。欧阳修说宴饮到了宾主酣畅的时候，也有乐声，但它既不是弦乐，也不是管乐。那你猜猜，会是什么音乐？《庄子·齐物论》中提到了"人籁"、

1　《礼记正义》卷三八《乐记》，第1111页。

"地籁"和"天籁"三个概念。[1]"人籁"泛指人发出的，包括前述丝竹乐器在内的声音；"地籁"指的是风吹大地的孔穴发出的声响；而"天籁"则是音乐的最高境界，根据《齐物论》中子綦的话，指的是物"咸其自取"、自然而然产生的声音，与大道融为一体。正所谓"人籁不如地籁，地籁不如天籁"，直到现在我们还常用"天籁之音"来形容声音十分动听悦耳，其典故就来源于此。既然欧阳修的宴会音乐"非丝非竹"，那恐怕就是"地籁"或者是"天籁"了，山鸣谷应、鸟雀呼晴，确实比丝竹更有自然之趣。

　　山林中的宴会除了能聆听大自然的声响，宾客们也如同在主人家一样，要做各类游戏，以增添热闹欢乐的气氛。欧阳修接下来的描写为我们展示了宋人宴饮的场景："射者中，弈者胜，觥筹交错，起坐而喧哗者，众宾欢也。""射"在这里不是射箭，而是指投壶，这是宋代宴饮时的一种游戏。我们之前在赏析《黄冈竹楼记》时见到过对它的描述。王禹偁说，住在小竹楼里，"宜围棋，子声丁丁然；宜投壶，矢声铮铮然"。[2]古代士大夫宴饮时常做一种投掷游戏，大家轮流把箭向壶里投，投中多的为胜，输的人照规定的杯数饮酒，因此叫作"投壶"。因为要用推力送出箭，也叫作"射"。那么投壶的人投中了没有呢？一定是投中了，所以他欢呼雀跃。除了投壶的，还有下棋的，赢了棋还能不快活吗？你看，宴席上的酒杯和酒筹相错杂，有的人离开了自己的座位，大声而热烈地互相说着什么，宾客们都沉浸在欢声笑语中。"觥筹交错"这个词我们现在仍

1 《庄子集释》卷一下《齐物论》，第 45 页。
2 《解题汇评古文观止》卷九《黄冈竹楼记》，第 570~571 页。

然在使用。"觥"是一种酒器，最初用兕牛角制成。《诗经·周南·卷耳》曰："我姑酌彼兕觥，维以不永伤。"[1]在这里指宴会中的酒杯。"筹"指的是酒筹，饮酒时用以记数或行令。只用了寥寥几笔，欧阳修就为我们展现出一幅"山溪宴饮图"。

那么，欧阳修也参与到了宾客们的投壶、下棋等宴饮活动中了吗？他有没有"起坐喧哗"？并没有，他似乎更像是一个旁观者，"苍颜白发，颓然乎其间者，太守醉也"。"颓然"这个词的解释是很多的，争议也很多。有人说这个词指的是太守衰老的样子，这是从外貌上来说的；有人说指的是太守静悄悄、寂然的样子，正好与宾客们的兴高采烈相映衬；还有人说指的是颓放不羁的样子，这是指欧阳修醉酒后的神态。其实"颓然"这个词，我们在前几讲中见过许多次了。譬如柳宗元《始得西山宴游记》："引觞满酌，颓然就醉，不知日之入。"[2]再如白居易《庐山草堂记》："俄而物诱气随，外适内和。一宿体宁，再宿心恬，三宿后颓然嗒然，不知其然而然。"[3]从用法上来讲，"颓然"这个词确实具有多义性，但总的来说，它常常指的是人的神态、气质方面的特征。尤其在这句中，欧阳修既然写了"苍颜白发"，已经能够充分地写出自己的老态，也就没有必要围绕外貌进行重复性的描写。在我看来，"颓然"主要指的是人体现出的一种寂然无声而又略带消沉的神态，由这种神态引申出了多义性的解读，譬如懒散、颓放、缺乏斗志等，又由此而常常用来形容衰老或醉酒的样子。

盛宴终有尽时，但欧阳修并无落寞之意。以他的年龄与阅

---

1 《毛诗正义》卷一《卷耳》，第 39 页。

2 《柳宗元集》卷二九《始得西山宴游记》，第 763 页。

3 《白居易集笺校》卷四三《草堂记》，第 2736 页。

历，已经能够充分接受这种如同自然规律一样的聚散场景，也就避免了许多不必要的情绪波动，因此行文的基调始终是平稳的。他也是以一贯平稳的笔法来写宴会结束的场景的："已而夕阳在山，人影散乱，太守归而宾客从也。树林阴翳，鸣声上下，游人去而禽鸟乐也。"从句式特征来看，这两句可以被视为一组对句，上一句和下一句的结构相同，都是两个四字句接一个八字句，结构整齐，便于诵读。从句子的意思上来看，上一句和下一句又形成因果关系：由于天色已晚，大家便乘兴而归；正因为游人归去，山林又重新成为大自然生灵们的乐园。再从修辞的艺术角度来看，欧阳修用寥寥几笔就让我们看到了许多生动形象的场景：夕阳渐渐向山边移动，把地上的人影越拉越长。人影是会活动的，它们时而聚集，时而移动，没有一定的位置，故曰"散乱"。醉翁真的酩酊大醉了吗？没有，他虽然乐在其中，但仍然知道已经到了要回去的时候了，这与柳宗元登上西山以后，看到"苍然暮色，自远而至，至无所见，而犹不欲归"[1]的心情是截然不同的。欧阳修虽然自号"醉翁"，但在贬谪生涯中他仍然保持着相当的清醒与自我约束的意识，这是他与柳宗元的区别，也是宋代士人与唐代士人的区别。

　　黄昏也是禽鸟纷纷归巢的时候，阴影中高大的树林与低矮的灌木丛正是鸟儿筑巢的地方，鸟鸣啾唧于其间，故曰"鸣声上下"。"然而禽鸟知山林之乐，而不知人之乐；人知从太守游而乐，不知太守之乐其乐也。醉能同其乐，醒能述以文者，太守也。太守谓谁？庐陵欧阳修也。"这段中连用了两次顶真回环的修辞手法，上句的结尾与下句的开头使用相同的字或者词，

---

1 《柳宗元集》卷二九《始得西山宴游记》，第763页。

使邻接的句子头尾相连，显示出一种上递下接的趣味。这种修辞手法在乐府诗中很常见，譬如我们熟知的《木兰诗》中“归来见天子，天子坐明堂”这句诗，就用了顶真的修辞手法。欧阳修把这种修辞手法用在文章里，加强了句子的流畅性和易诵读性。最后，以“庐陵欧阳修也”六个字收束全文，简洁明了，正好与开篇“环滁皆山也”相应和。

禽鸟在山林中自由自在地繁衍生息，山林就是它的乐园，人的快乐是它所不能理解的；而人与人之间，因为身份、年龄、立场与处境等因素的不同，也很难在同一场景中获得完全一致的情感体验。因此欧阳修说，宾客们知道同我这个老头子一起游于山中、饮于林下是快乐的，但他们不知道我在乐些什么。或者说，对方能看到欧阳修也是乐呵呵的，但实际上欧阳修内心的快乐是什么，宾客们不甚了了。在这里有两个隐而不显的意思，一是暗示自己的快乐与宾客们并不相同，而宾客们亦未尝察觉。这固然是由于欧阳修一贯随和，“醉能同其乐”的心态所致，但又显现出一种欢乐中未曾有知音的寂寥之感和疏离之感。二是欧阳修始终没有明确讲出自己的“乐”到底是什么。他自称醉翁，却比在场的任何人都清醒。关于这个问题的答案，要在下一讲曾巩的《醒心亭记》里才能找到。

【附】《醉翁亭记》

环滁皆山也。其西南诸峰，林壑尤美，望之蔚然而深秀者，琅琊也。山行六七里，渐闻水声潺潺，而泻出于两峰之间者，酿泉也。峰回路转，有亭翼然临于泉上者，醉翁亭也。作亭者谁？山之僧智仙也。名之者谁？太守自谓也。太守与客来饮于此，饮少辄醉，而年又最高，故自号曰醉翁也。醉翁之意不在酒，在乎山水之间也。山水之乐，得之心而寓之酒也。

若夫日出而林霏开，云归而岩穴暝，晦明变化者，山间之朝暮也。野芳发而幽香，佳木秀而繁阴，风霜高洁，水落而石出者，山间之四时也。朝而往，暮而归，四时之景不同，而乐亦无穷也。

至于负者歌于途，行者休于树，前者呼，后者应，伛偻提携，往来而不绝者，滁人游也。临溪而渔，溪深而鱼肥；酿泉为酒，泉香而酒洌。山肴野蔌，杂然而前陈者，太守宴也。宴酣之乐，非丝非竹，射者中，弈者胜，觥筹交错，起坐而喧哗者，众宾欢也。苍颜白发，颓然乎其间者，太守醉也。

已而夕阳在山，人影散乱，太守归而宾客从也。树林阴翳，鸣声上下，游人去而禽鸟乐也。然而禽鸟知山林之乐，而不知人之乐；人知从太守游而乐，不知太守之乐其乐也。醉能同其乐，醒能述以文者，太守也。太守谓谁？庐陵欧阳修也。

第三节　写人篇：《祭石曼卿文》

在研读《醉翁亭记》的时候，我们感觉到欧阳修带有一种超然物外的情感，他说"醉翁之意不在酒"，又说宾客们"不知太守之乐其乐也"。他年高德劭且阅历丰富，避免了许多不必要的情绪波动，故而行文的基调始终是平稳的。但在《祭石曼卿文》中，我们却能看到一个与平时不一样的欧阳修，不仅情绪激动，而且难以克制地潸然泪下，甚至自称"有愧乎太上之忘情"。这又是为什么呢？石曼卿又是谁呢？

石曼卿名叫石延年，"曼卿"是他的字。他是河南宋城（今河南商丘）人，数次参加进士考试，都没有考中。宋真宗选三举不中进士者授三班奉职，他耻不就任。明道元年（1032）张知白劝他就职，以大理评事召试，授馆阁校勘、右班殿直，改任太常寺太祝。后历官光禄寺、大理寺丞。因上书请求章献太后还政于天子而遭到贬谪，改通判海州。后又迁秘阁校理，官至太子中允。石延年这个人非常关心边事，曾建议朝廷加强边防应对契丹和西夏之患，但没有引起朝廷的重视。直到西夏进犯时，他的言论才得到朝廷的关注。欧阳修在《石曼卿墓表》中称石曼卿"以气自豪。读书不治章句，独慕古人奇节伟行非常之功，视世俗屑屑，无足动其意者"，[1]并称赞他的文章"劲健称其意气"，[2]意思是文章刚劲有力，和他为人慷慨磊落的气度是一致的。

康定二年（1041）石曼卿去世，年仅四十八岁。在距离石曼卿去世二十六年后，也就是北宋治平四年（1067），欧阳修遣人去石曼卿墓地悼念亡友，并写下了这篇祭文。这一年正月神宗即位，二月，御史彭思永、蒋之奇就借流言蜚语攻击已经六十一岁的欧阳修。虽然神宗查明这是诬告，并斥责了这两位官员，但是欧阳修为此感到心寒，产生了急流勇退之意，力请外任。三月，他被任命为观文殿学士，转刑部尚书、知亳州。《祭石曼卿文》就是在这种情况下写成的。时过境迁，死者长眠地下二十余年，生者则在人世间经历了数不尽的风刀霜剑。

1　《欧阳修全集》，《居士集》卷二四《石曼卿墓表》，第 168 页。
2　《欧阳修全集》，《居士集》卷二四《石曼卿墓表》，第 169 页。

欧阳修此时致祭亡友，愈发显现出一种孤独寂寞、感念畴昔的心境。

"维治平四年七月日，具官欧阳修，谨遣尚书都省令史李敭至于太清，以清酌庶羞之奠，致祭于亡友曼卿之墓下，而吊之以文。"[1]文章开篇这几句话，简洁地交代了《祭石曼卿文》的写作背景，并且包含着非常丰富的信息。"维治平四年七月日"，指的是北宋治平四年（1067）农历七月的某一天。"维"是发语词，并没有实际含义。有的同学读到这里就要问了，欧阳修为什么只写月份而不写清楚具体的日期？难道这样一个大文学家，竟然不知道自己写作当天的日期？又或者是他知道日期，但忘了写上去了呢？这些问题都非常好，说明大家的眼光非常敏锐。实际上，欧阳修既不是不知道写祭文当天的日期，也不是忘了写上去，而是有意空出了日期的位置。这是因为这个日期并非我们设想的"写作日期"，而是祭奠石曼卿的日期。也就是说，欧阳修其实并不知道具体祭奠亡友的日期是哪一天。

这又是怎么回事呢？我们接着往下看。"具官欧阳修"这一句中的"具官"，是省略性的称呼。唐宋以来，官吏在奏疏、函牍及其他应酬文字中，常把应写明的官职爵位，写作"具官"，表示谦敬。欧阳修写这篇祭文的时候，官衔是观文殿学士、刑部尚书，但他有意省略了，就是为了表示对亡友石曼卿的谦逊和恭敬。那么，他是亲自去亡友的墓前祭奠吗？不是的，他派遣尚书都省令史李敭去太清替自己祭奠。太清是石曼

1　本书所引《祭石曼卿文》均出自欧阳修《欧阳修全集》，《居士集》卷五〇《祭石曼卿文》，中国书店，1986，第341页。以下不再重复注释。

卿的葬地,在今河南商丘东南。欧阳修《石曼卿墓表》曰:"既卒之三十七日,葬于太清之先茔。"[1]这也说明,这篇祭文是事先就写好,让李敫带到墓地去的,因此才特意把日期空了出来,等到了祭奠的当天再临时填上。随祭文一同带去的,还有"清酌庶羞"。"清酌",指的是祭奠时用的酒。"庶",是"各种"的意思。"羞"通"馐",意谓食品,这里指的就是用于祭奠的祭品。

铺垫性质的首段行文结束后,这篇祭文的主体部分便渐次展开了。欧阳修怀着哀痛的心情写道:"呜呼曼卿!生而为英,死而为灵。其同乎万物生死,而复归于无物者,暂聚之形;不与万物共尽,而卓然其不朽者,后世之名。此自古圣贤,莫不皆然,而著在简册者,昭如日星。"这段话其实涉及了以欧阳修为代表的古代士大夫的人生观和价值观。欧阳修说,石曼卿活着的时候就是我们这一辈人当中的精英,他死之后则英灵长存。何以见得呢?这是因为,将有形的生命与无尽的时间相比,前者的存在是短暂的,叫作"暂聚之形"。我们每个"暂聚之形"都与身边的世间万物一道,在宇宙中作短暂的旅行,最终归于形体的消亡,故曰"其同乎万物生死,而复归于无物"。但是这仅仅是一段话的上半句,如果仅停留在这个层面,人不免会陷入虚无主义的泥潭。欧阳修接着说,不与万物一同走向生命终点的,是卓然不朽的、流传于后世的英名。古人早就意识到了肉体的脆弱,所谓"日月逝于上,体貌衰于下,忽然与万物迁化,斯志士之大痛也!"[2]因此他们迫切地希望在有

---

1 《欧阳修全集》,《居士集》卷二四《石曼卿墓表》,第169页。
2 《文选》卷五二《魏文帝典论论文》,第2315页。

生之年做出一番成就，以体现生命的价值。《左传·襄公二十四年》曰："太上有立德，其次有立功，其次有立言，虽久不废，此之谓不朽。"[1] 这就是古人常说的"三不朽"——期望通过立德、立功、立言，实现个体存在的意义，以抵挡时间洪流的冲刷。欧阳修说，自古以来圣贤之士均是抱着这种态度去面对有限的人生，而那些留名青史的人，他们就好像天上的太阳和星辰一样，令人纷纷抬头仰望。

"呜呼曼卿！吾不见子久矣，犹能仿佛子之平生。"欧阳修说，曼卿老友，我们已经阴阳相隔数十年了，可你的样子，仍然鲜活地存在于我的记忆深处。"仿佛"在这里是"依稀想见"的意思，与我们现在常用的语义不同。"仿佛子之平生"的意思是，尽管时隔二十六年，欧阳修的脑海中仍能生动地浮现出对方的样子。石曼卿是什么样子的呢？"其轩昂磊落，突兀峥嵘而埋藏于地下者，意其不化为朽壤，而为金玉之精。""轩昂"常用来形容一个人精神饱满、振奋的样子。有个成语叫"器宇轩昂"，说的是这个人精力充沛、风度不凡；而"磊落"指的是为人胸怀坦荡，我们组词常常把"磊落"和"慷慨"连用，用"慷慨磊落"来形容人胸襟开阔、志气昂扬。那么，"突兀峥嵘"又是什么意思呢？这个词原本不是用来形容人的，而是形容山岩高耸、山峰险峻的样子。借它来形容人物，就暗含着一种比喻的意味：以自然界山岩、山峰高迈挺拔的形象比喻人的气质不同寻常，此处则用来比喻石曼卿超出常人的独特才干。"朽壤"，指的是陈腐的土壤。欧阳修说，曼卿老友，你的气度、你的才干我至今历历在目，虽然它们都随着你的离去而

---

1 《春秋左传正义》卷三五《襄公二十四年》，第 1003~1004 页。

长眠于地下，但并不会融入泥土化为乌有，而是像那些稀世珍宝一样，像金子和美玉一样，都是天地自然曾孕育出的精华。行文至此，我们能深切体会到欧阳修对于亡友为人的钦佩和欣赏，对亡友英年早逝的惋惜。而将这样动情的语言赠予已逝之人，也足以表明欧阳修哀痛之深。但他并没有就此停笔，由此我们感到了醉翁此刻的忘情："不然，生长松之千尺，产灵芝而九茎？"这是一个反问句，意思是如若不然，怎么会在你的坟上长出千尺高的青松呢？怎么会生长出九茎一聚的灵芝呢？这是你的英灵所形成的自然祥瑞啊！青松翠柏是山岭中多见的植物，古人用它比附君子坚韧、正直的品德，正所谓"岁寒，然后知松柏之后凋也"。[1] 灵芝则是一种药用植物，古人认为是仙草，九茎一聚者更被当作珍贵祥瑞之物。《汉书·宣帝纪》曰："金芝九茎，产于涵德殿铜池中。"[2] 石曼卿的坟上生出千尺的长松，长出九茎的灵芝。欧阳修看到了吗？没有。但他认为英灵死后不当寂寥无闻、没于草莱之中，仿佛从未来过这个世界一样，故而他设想出"理应如此"的景象。正如关汉卿所言："若没些儿灵圣与世人传，也不见得湛湛青天。"[3] 这个祥瑞之象虽然是他设想出来的，并非出于亲眼所见，但实际上寄托了他一腔悲愤不平之气。

可是，再伟大的声名也抵挡不过时间的消解，这是欧阳修这个老年人心知肚明的，由此又使他产生了难以抑制的悲伤。他再次借助想象，描摹出石曼卿墓地的凄冷景象，而这个景象更符合我们一般化的认知："奈何荒烟野蔓，荆棘纵

1　《论语注疏》卷九《子罕》，第 122 页。

2　《汉书》卷八《宣帝纪》，第 258 页。

3　关汉卿著，蓝立蓂校注《关汉卿集校注》，中华书局，2018，第 1123 页。

横；风凄露下，走磷飞萤？但见牧童樵叟歌吟而上下，与夫惊禽骇兽悲鸣踯躅而咿嘤。""奈何"用在这一句的开头，是以反问的方式来表示作者对客观现实情况没有任何办法，表达出一种无可奈何的心情。什么样的现实情况呢？石曼卿的墓地荒烟弥漫，野生的蔓草缠绕滋长，丛生的荆棘遮挡了道路。在风雨凄凄的早晨，白霜降临，白露凝成；在飞萤明灭的夜晚，坟头磷火飘动，倏忽明灭，使人感到无限的恐惧与凄冷。这句中"走磷"的"磷"，指的是动物尸体腐烂后产生的磷化氢。它能在空气中自动燃烧并发出蓝色火焰，夜间常见于坟间及荒野，民间俗称为"鬼火"。在这远离人烟的地方，只有放牧的小孩和打柴的樵夫唱着歌路过，还有受到惊吓的鸟兽徘徊于此，发出声声悲鸣。现在我们来分析欧阳修选择的这些物象：牧童樵叟是刍荛之人，他们漠然地来去，既不了解此处埋葬着怎样伟大的灵魂，也不会为他驻足片刻。欧阳修由此暗示，像石曼卿这样钟灵毓秀的一代人杰竟然化为无物，仿佛他从未来过这个世界一样，这是多么令人黯然神伤！"惊禽骇兽"则是此处出现的动物，它们的悲鸣、踯躅、咿嘤其实是出于作者的"主观之眼"，是为了烘托已有的凄凉气氛而特意设置的。其中，"咿嘤"是一个象声词，指的是鸟兽的啼叫声。

这样的场景已经使我们感到很伤感了，但对欧阳修来说还不够。他要把目光投向更远的时空："今固如此，更千秋而万岁兮，安知其不穴藏狐貉与鼯鼪？""狐貉"，是狐与貉的合称，这是两种野外常见的动物。"狐"指狐狸，"貉"即狸，体型较小，貌似浣熊，耳小而圆，于夜间活动。古人常常将这两种动物相提并论，指常见的小型走兽。刘向《说苑·谈丛》曰：

"猿猴失木，禽于狐貉者，非其处也。"[1]"鼯鼬"指的是鼯鼠和黄鼬，它们的体型比狐和貉更小。鼯鼠，前后肢之间有薄膜，能从树上滑翔下来，也叫飞鼠。黄鼬其实就是老百姓常说的黄鼠狼。欧阳修的感慨又推进了一层：短短二十多年，石曼卿的坟头已经荒草丛生，凄凉万状。千百年后，更待如何？还会有人祭奠他吗？还会有人记得他吗？怎么知道他的墓穴不是狐狸与貉子、鼯鼠和黄鼬的藏身之处呢？一种巨大的无力感与渺小感涌上欧阳修的心头。这是一种有限面对无限所产生的绝望——有限的是人生，无限的是天地自然。欧阳修接着说："此自古圣贤亦皆然兮，独不见夫累累乎旷野与荒城？""荒城"原指荒凉的城池，是唐诗中常见的意象。王维《归嵩山作》曰："荒城临古渡，落日满秋山。"杜甫《谒先主庙》曰："绝域归舟远，荒城系马频。"但在这里，指的是荒坟。欧阳修说，不独我的老友石曼卿死后是这样，自古以来所有圣贤死后也都是这样，难道我们看不到旷野中累累相连的坟堆吗？欧阳修的这个意思，后来被曹雪芹在《红楼梦》中写得更为直白，并借跛足道人的口唱了出来："古今将相今何在？荒冢一堆草没了。"[2]

　　既然如此，什么又是永恒的价值呢？如何探讨个体存在的意义呢？在笔者看来，其一，"意义""价值"这些概念一定是有边界的，它们能且只能在人类社会范畴内探讨；其二，不同的人类社会类型对"意义""价值"的界定也具有差异性，这是毋庸置疑的。但有边界、有差异，不等同于其不存在，梳理清楚这一概念有利于我们对抗虚无主义思想。"意义""价值"既

1　刘向撰，向宗鲁校证《说苑校证》卷一六《谈丛》，中华书局，1987，第408页。
2　曹雪芹、高鹗：《红楼梦》，人民文学出版社，1996，第17页。

是人类头脑中所产生的概念，也是指引人类不断前进的光，是使我们从茹毛饮血的时代发展到当下的关键的驱动性力量。

"呜呼曼卿！盛衰之理，吾固知其如此，而感念畴昔，悲凉凄怆，不觉临风而陨涕者，有愧乎太上之忘情。尚飨！"从前几节的介绍中我们知道，欧阳修幼年丧父，起于贫寒之境。入仕后，他立身于朝廷数十载，几起几落而面不改色，自号醉翁，可谓意志坚韧、胸襟通达。此时他却情不自禁地潸然泪下，其情其景，使人动容。他说，我已经是一个见惯了盛衰的老人，我知道生死是自然的规律，谁也不能逃脱。但是我想起从前我与曼卿老友盛年相识，意气纵横，畅谈天下大事，那是多么好的一段时光啊！而今曼卿已为冢中白骨，我也是风烛残年，正所谓"君埋泉下泥销骨，我寄人间雪满头"（白居易《梦微之》）。今昔对比，怎能不叫人感到悲凉凄怆！欧阳修的眼泪是不知不觉落下的，以至于他觉得很不好意思，惭愧于自己不能像圣人那样忘却俗世的情感。这里的"陨涕"指的是落泪，是祭文中常用的词语。韩愈《祭郑夫人文》曰："感伤怀归，陨涕熏心。"[1]"太上"即最高，指圣人；"忘情"则意谓超脱了人世一切情感。"太上之忘情"语本刘义庆《世说新语·伤逝》："圣人忘情，最下不及情，情之所钟，正在我辈。"[2]这句话是王戎说的。他的儿子夭折了，朋友山简去看望他。王戎悲不自胜。山简说："孩抱中物，何至于此？"[3]王戎便用这句话来回答山简，意思是圣人心涤世外，不涉于人情。而地位低下之人扰于世务忙于生存，也无暇顾及情感。真正能做到情有所钟

---

1 《韩昌黎文集校注》卷五《祭郑夫人文》，第394页。
2 《世说新语笺疏》卷一七《伤逝》，第704页。
3 《世说新语笺疏》卷一七《伤逝》，第704页。

的，只是我这样的人罢了。山简被他的话所折服，也悲伤了起来。"尚飨"是古代祭文结尾用语，"尚"是希望的意思，"飨"指的是用酒食款待对方，连用则表示希望死者鬼魂来享用祭品。由此为整篇祭文画上了句号。

【附】《祭石曼卿文》

维治平四年七月日，具官欧阳修，谨遣尚书都省令史李敭至于太清，以清酌庶羞之奠，致祭于亡友曼卿之墓下，而吊之以文。曰：

呜呼曼卿！生而为英，死而为灵。其同乎万物生死，而复归于无物者，暂聚之形；不与万物共尽，而卓然其不朽者，后世之名。此自古圣贤，莫不皆然，而著在简册者，昭如日星。

呜呼曼卿！吾不见子久矣，犹能仿佛子之平生。其轩昂磊落，突兀峥嵘而埋藏于地下者，意其不化为朽壤，而为金玉之精。不然，生长松之千尺，产灵芝而九茎？奈何荒烟野蔓，荆棘纵横；风凄露下，走磷飞萤？但见牧童樵叟歌吟而上下，与夫惊禽骇兽悲鸣踯躅而咿嘤。今固如此，更千秋而万岁兮，安知其不穴藏狐貉与鼯鼪？此自古圣贤亦皆然兮，独不见夫累累乎旷野与荒城？

呜呼曼卿！盛衰之理，吾固知其如此，而感念畴昔，悲凉凄怆，不觉临风而陨涕者，有愧乎太上之忘情。尚飨！

第九讲　曾巩与王安石：平和简练不寻常

曾巩与王安石都是北宋政坛与文坛上引人注目的人物，他们的散文创作又与时代环境紧密相联。曾巩的文笔在平和中透出庄重，在入仕之前就得到了欧阳修的推重，他的文章简净醇厚，"落纸辄为人传去，不旬月而周天下"，[1] 在传统士人中具有极大的影响力。而王安石的文章条理清晰、结构分明、气势充沛、语言流畅，可以作为解析唐宋散文结构的范本。曾、王二人又是情好绸缪的挚友，一生互为知己，惺惺相惜。故而我们将他们安排在同一讲中来解读。

---

1 《曾巩集》附录《行状》，第 791 页。

第一节　曾巩《醒心亭记》

曾巩的祖父是读书人，叫曾致尧。何为"致尧"？杜甫曾在《奉赠韦左丞丈二十二韵》诗中说，自己的愿望是"致君尧舜上，再使风俗淳"。什么意思呢？就是希望自己辅佐君王，让君王成为尧舜一样的明君。由此观之，曾巩的祖父以"致尧"作为名字，其中包含着深厚的儒家士人的精神与理想。曾巩的父亲曾易占也是读书人，他是曾致尧的第五个儿子，天圣二年（1024）登进士第，官至太常博士。在这样一个富于儒学底蕴和文化积淀的家族中成长，曾巩的性格也受到了祖辈和父辈的深刻影响，他的一生都在身体力行圣贤的教诲，被人称为"醇儒"。这种气质表现在创作上，使他的散文显出一种平和稳健之风，刘熙载《艺概》曰："曾文'穷尽事理'，其气味尔雅深厚，令人想见'硕人之宽'。"[1]"硕人"有两个意思，一指美人。《诗经·卫风·硕人》曰："硕人其颀，衣锦褧衣。"郑玄笺曰："硕，大也，言庄姜仪表长丽俊好颀颀然。"[2]一指贤德之人。《诗经·邶风·简兮》曰："硕人俣俣，公庭万舞。"毛传曰："硕人，大德也。"[3]"硕人之宽"指的就是曾巩的文章具有儒家文化所推重的稳健、宽厚之美。

据史料记载，曾巩小时候与兄长曾晔一起读书，他虽然年幼，但非常聪慧，读书过目不忘，十二岁时，曾尝试写作《六

1　刘熙载著，袁津琥笺释《艺概笺释》卷一《文概》，中华书局，2019，第 170 页。
2　《毛诗正义》卷三《硕人》，第 221~222 页。
3　《毛诗正义》卷二《简兮》，第 161 页。

论》，提笔立成，文辞很有气魄。十八岁时，曾巩随父赴京参加科举考试，由此与王安石相识，两人一见如故，结下了深厚的友谊。此后曾巩虽然屡试不第，但经常以布衣身份向朝廷推荐王安石。在给蔡襄的书信中，他写道："巩之友王安石者，文甚古，行称其文，虽已得科名，然居今知安石者尚少也。彼诚自重，不愿知于人。然如此人，古今不常有。如今时所急，虽无常人千万不害也。顾如安石，此不可失也。"[1] 可见他对王安石的推重与欣赏。

庆历七年（1047），曾巩的父亲去世了，家庭生活的重担全部落到了曾巩的肩上。曾巩的家庭人口众多，他既要侍奉继母，还要抚养教育四个弟弟和九个妹妹。不久，哥哥曾晔病逝，他还要养育哥哥留下的两个侄子和两个侄女。在生活的重压下，他不得不先暂停参加科举考试。如今，我们仍可以通过曾巩的《读书》诗，了解他这段负担沉重的生活：

> 荏苒岁云暮，家事已独当。
>
> 经营食众口，四方走遑遑。
>
> 一身如飞云，遇风任飘扬。
>
> 山川浩无涯，险怪靡不尝。
>
> 落日号虎豹，吾未停车箱。
>
> 波涛动蛟龙，吾方进舟航。
>
> 所勤半天下，所济一毫芒。

如果我们感到目前的人生处境实在太过于艰难，请在将要放弃

---

1 《曾巩集》卷一五《上蔡学士书》，第 239 页。

之前，想想自己的处境是否比曾巩稍微好一些。曾巩每天早晨眼睛一睁，就有十几口人等着他来养活，而他也不得不为了照顾大家庭而暂时放弃了前途。"落日号虎豹，吾未停车箱。波涛动蛟龙，吾方进舟航。"坚韧的意志化为质朴的情愫，通过古诗这种体例表达出来，非常动人。而其中人的坚毅乃至人对于命运的抗争，又使我们看到人这样渺小的个体，在面对庞大、深不可测的命运时，所发出的耀眼光芒。那么，是不是还可以反过来说，那种未经历练就"躺赢"的人生，既缺乏意义，又难以动人？曾巩在面对生活重压时拼尽了全力，而"所勤半天下，所济一毫芒"，则是他面对现实时发出的沉重叹息。

嘉祐二年（1057），欧阳修主持会试，坚持以古文、策论为主，诗赋为辅命题，曾巩这一年才和弟弟曾牟、曾布及堂弟曾阜一同登进士，曾巩更是考取了第一名的好成绩。嘉祐四年（1059），他外任太平州司法参军，因明习律令、量刑适当而闻名于当地。次年因欧阳修举荐，曾巩回到京师担任馆阁校勘、集贤校理，整理出大量古籍，并撰写了大量序文。

熙宁二年（1069），王安石出任参知政事，开始实施新法。这时曾巩任《宋英宗实录》检讨，他认为，王安石的变法操之过急，规劝他更慎重一些，王安石则对曾巩的苦口婆心不置可否。曾巩为此深感失望。因此，在好友上台之后，他主动请求离开朝廷，外放到地方为官。整个熙宁变法期间，王安石两次为相，在京主持新法，曾巩则被外放越州（今浙江绍兴）通判。熙宁五年（1072）后，他又历任齐州、襄州、洪州、福州、明州、亳州等地的知州。元丰三年（1080），改任沧州（今河北沧州）知州，途经京城开封时，宋神宗召见了他。曾巩认为"节约为理财之要"，只有裁撤庞大的官僚机构和官僚队伍，才能压缩财政开支，在不加重百姓负担的前提下解决北宋王朝的"三冗"问题。宋神宗对他的建议大为赞赏，留任他做三班院勾判。元丰四年（1081），曾巩被任命为史官修撰。第二年四月，擢拜中书舍人。曾巩说自己年岁已老，希望另选贤能，表示谦退。同年九月，母亲去世，曾巩告归。元丰六年（1083）四月，曾巩卒于江宁（今江苏南京），终年六十五岁。

曾巩的文学才能是有目共睹的，据说他写的文章"落纸辄为人传去，不旬月而周天下。学士大夫手抄口诵，唯恐得之晚也"。[1]《醒心亭记》则是他的散文中极负盛名的一篇。让我们借助这篇文章，来走进这位醇儒丰富的内心世界。

"滁州之西南，泉水之涯，欧阳公作州之二年，构亭曰'丰乐'，自为记，以见其名之意。既又直丰乐之东几百步，得山之高，构亭曰'醒心'，使巩记之。"[2]开篇的这几句是由地点、时间和人物活动串联起来的，寥寥几笔便向我们交代了《醒心亭记》的写作缘由，笔墨简练有力。在曾巩的叙述中我们得知，这篇《醒心亭记》是受老师欧阳修的嘱托而写的。到底是怎么回事呢？曾巩说，欧阳修在滁州做官的第二年，就在滁州西南一带的泉水边修建了丰乐亭，并为它写了记文，以说明这个亭子取名"丰乐"的原因。然后又从丰乐亭径直往东几百步，找到一个山势较高的地方，修建了一个亭子叫作"醒心"，请我为它写一篇记文。

这段话中的"涯"字，我们在柳宗元《始得西山宴游记》中讲解过，是"边际"的意思，在这里又一次见到了。"泉水

---

1 《曾巩集》附录《行状》，第 791 页。
2 本书所引曾巩《醒心亭记》内容均出自曾巩《曾巩集》，陈杏珍、姚继周点校，中华书局，1984，第 276~277 页。以下不再重复注释。

之涯"意谓"泉水边"；"作州"指欧阳修出任滁州太守；"见"在此处读"xiàn"，是"体现、呈现"的意思；"直"在这里用作副词，意思是"径直、直接"。这里还有一个值得注意的地方，曾巩说"使巩记之"，"巩"是曾巩自称。古人自称的时候，是称名而不称字，以示谦恭；同辈之间互相称呼对方，是称字而不直呼其名，以示尊敬。曾巩字子固，他自称的时候，便说"使巩记之"，而不会说"使子固记之"。

"凡公与州之宾客者游焉，则必即丰乐以饮。或醉且劳矣，则必即醒心而望。"这句讲的是两个亭子在欧阳修日常生活中的用处——丰乐亭是他款待宾客的地方，而醒心亭是他游赏散心的地方。曾巩说，只要欧阳修与当地来拜会他的客人们出行游赏，就一定会到丰乐亭宴饮集会；如果在宴席上喝醉或者感到疲惫，就一定会到醒心亭观望风景。"即"在这里，是"到"的意思。那么，观望到了什么样的风景呢？曾巩接着写道："以见夫群山之相环，云烟之相滋，旷野之无穷，草树众而泉石嘉。使目新乎其所睹，耳新乎其所闻，则其心洒然而醒，更欲久而忘归也。"登高是为了远眺，在醒心亭远眺，最先看到的是近处环绕着的群山，一派郁郁葱葱。山间的水气滋生蔓延开来，在阳光的蒸发下化为白色的云雾，缭绕在山腰间，如同绸带一般。更远处则是空旷的原野，一直绵延到视线的尽头，似乎无穷无尽。山间花草树木蓊蓊郁郁，山泉岩石随步成景。置身于其中的人，眼睛看到的都是清新的景致，耳朵听到的都是自然的声响，这样一来，他的生命意识被大大地激发了，心灵就如同被重新唤醒一样，畅快淋漓地跳动着，久久不愿意回到尘世之中。这句话中的"洒然"，指的是人畅快洒脱的样子。杨万里《晨炊白升山》诗曰："千峰为我旋生妍，我为千峰一洒然。""洒然"这个词有时也用来比喻病愈后神采恢复的样子。曾巩《送刘医博》诗曰："洒然沉疴一日解，始免未老为枯骸。"

　　由于这个亭子连同它周围的景致是如此让人陶醉而流连忘返，曾巩说："故即其所以然而为名，取韩子退之《北湖》之诗云。"这句话讲明了"醒心亭"得名的由来——依据游赏于此的感受为它取名"醒心亭"，而"醒心"二字用的是唐人韩愈《北湖》诗里的辞藻。这里说的《北湖》诗，指的是韩愈写的《奉和虢州刘给事使君三堂新题二十一咏》组诗中的一首题为《北湖》的诗，其曰："闻说游湖棹，寻常到此回。应留醒心处，准拟醉时来。"这首诗描摹了古人湖上宴饮的情景。众人在舟中游赏湖景，饮酒欢歌，雅兴不浅。当船划到北湖的另一头时，便要掉头回去，不免使人感到意兴索然。韩愈说，应当在游船掉头处修建一个用来观景、流连的"醒心"之处，延长游赏的欢乐。

　　写作的缘由交代清楚了，亭子得名的由来也讲明白了，接下来由物及人，该对主持修建醒心亭的欧阳修施以笔墨了。曾巩本人发自内心地服膺这位前辈，他说："噫！其可谓善取乐于山泉之间，而名之以见其实，又善者矣。"这句话用了很多代词，增加了我们理解的难度。其中，第一个"其"，指的是欧阳修。曾巩说，我的老师欧阳修，真可谓是擅长从山水泉林之间获得乐趣的人啊！但是我们不妨想想，从山水泉林之间获得乐趣是许多普通人都具备的本领，并不独特。因此这段话的重点在后一句——"名之以见其实"。什么叫作"名之以见其实"呢？就是给山水泉林命名以凸显它们的特征和实质。这里的"名"是"命名"的意思；"见"仍然读作"xiàn"，是"体现、呈现"的意思；"其"指的是山水泉林这些自然外物。曾巩说，我的老师欧阳修，不仅善于领略自然的妙处，而且善于给它们命名，以体现它们与众不同的特点。

　　但是，欧阳修的快乐在于山水之间吗？不是的。文章在这里出现了一个转折："虽然，公之乐，吾能言之。吾君优游而无为于上，吾民给足而无憾于下，天下之学者，皆为材且良，夷狄鸟兽草木之生者，皆得其宜，公乐也。一山之隅，一泉之旁，岂公乐哉？乃公所以寄意于此也。"此处的"虽然"这个词与现代汉语中的用法不太一样，在这里是"虽如此"的意思，作用是承接上文，引出下文。曾巩说，欧阳修内心真正的快乐，我是知道的。作为一个朝廷的官员，君主的臣子，他所期盼的是国家安定。这种安定表现在几个方面，曾巩列举了出来，譬如君主垂拱而治；老百姓生活富足；读书人品行端正，成为国家优秀的人才；四方边境安宁，民族之间消弭了冲突；而自然界的鸟兽繁衍、草木生长都能各得其宜……以上种种才是欧阳修真正的快乐。而一座山的角落、一池泉水的旁边，难道就能成为使欧阳修的济世之心止步的地方吗？这些自然山水不过是欧阳修借以暂时寄寓闲愁罢了。这段话是很中肯的，我们将它与欧阳修的《醉翁亭记》对读就不难发现，欧阳修面对自然山水所表现出的陶醉其实非常有限，这种有限的"乐"只在于形而未驻于心，这是因为他怀抱着更为宏阔的对于社会治理的期望，使其"乐"不止于自身，而在于天下国家。

　　"若公之贤，韩子殁数百年，而始有之。今同游之宾客，尚未知公之难遇也。"曾巩是非常崇敬欧阳修的，这种崇敬发之于心，形之于笔端。他说，像欧阳修这样贤德的人，韩愈去世后的数百年才出现一位，可谓难得。但是与他同时代而交游往来的人并没有意识到这种难得。怎么个难得呢？"后百千年，有慕公之为人，而览公之迹，思欲见之，有不可及之叹，然后知公之难遇也。"这后半句话，分量是很重的，曾巩说从今往后的百千年间，自然有人仰慕欧阳公的为人，看到了他的文章，接受他的思想影响，很想要见他一面，却因为处于不同的时空而无法得偿所愿，只好感慨叹息。然后大家才知道，能与欧阳修这样的人生活在同一个时代，是多么难得、多么荣幸。曾巩的这段表述也非常特别，这是因为他把视角从单一的历史时期扩大到整个中国文化奔涌发展的长河上，然后再去定位欧阳修的历史影响和贡献。平心而论，欧阳修个人及其文学创作之于宋代以后中国传统文化走向的影响是显著的。尤其是明清以来散文写作范式的确立，于其中总能看到对这位"醉翁"和他门下诸贤笔法的继承，使人肃然起敬。

"则凡同游于此者，其可不喜且幸欤？"曾巩说，这样说来，凡是曾与欧阳修在这里同游的人，难道不感到欢喜和幸运吗？毕竟他是不世出的贤德之人，当世的文学之士大半都受到了他的援引和推荐。"而巩也，又得以文词托名于公文之次，其又不喜且幸欤！"这句话中有一些信息的省略，补全之后的意思大致是：而我曾巩，又因《醒心亭记》这篇文章在编次时被放在欧阳修的文章之后，借着老师德高望重的声誉，我的名字也附带着被传于后世，难道不更应感到欢喜和幸运吗？这两句话在句法结构上形成了排比和递进的关系，前一句话作为后一句话的铺垫存在，而后一句话的情感在前一句话的基础上又提升了一个层级，显得更为诚挚热烈。文章就在此处戛然而止，最后附上写作日期："庆历七年八月十五日记。"

从这篇文章的措辞中能看出，曾巩和欧阳修的感情是很深厚的。这种情感建立的基础，是曾巩的才华。早在曾巩没有中进士的时候，欧阳修就非常欣赏他的文章，他曾说："过吾门者百千人，独于得生为喜。"[1] 又说："吾奇曾生者，始得之太学，初谓独轩然，百鸟而一鹗。"（《送杨辟秀才》）曾巩屡试不第，欧阳修为他鸣不平，怀疑科举取士的标准有偏差，发出"有司所操，果良法邪？"[2] 的疑问。苏轼称赞他："醉翁门下士，杂沓难为贤。曾子独超轶，孤芳陋群妍。"（《送曾子固倅越得燕字》）王安石也说："曾子文章众无有，水之江汉星之斗。"（《赠曾子固》）《宋史》称曾巩"立言于欧阳修、王安石间，纡徐而不烦，简奥而不晦，卓然自成一家，可谓难矣"，[3] 对他评价颇高。

南宋朱熹非常推崇曾巩的文章，他曾说："余年二十许时，便喜读南丰先生之文，而窃慕效之，竟以才力浅短，不能遂其所愿。"[4] "予读曾氏书，未尝不掩卷废书而叹，何世之知公浅也！盖公之文高矣，自孟、韩以来，作者之盛，未有至于斯。"[5] 明清文人士大夫受朱熹的影响，对曾巩的评价也很高。尤其是明代唐宋派、清代桐城派等主流文学创作流派，对曾巩推崇备至。这是由于曾巩一生为人端正，可称为君子之典范，其文章在内容上能够与儒家伦理道德思想相贴合，落笔行文平正质朴，也完全符合儒家所提倡的中和之旨，尤其适合作为读书人写文章的范本来学习。因此，曾巩文章的经典地位在中国传统社会中得以逐步确立。

---

1 《曾巩集》，第 234 页。

2 《欧阳修全集》，《居士集》卷四二《送曾巩秀才序》，第 291 页。

3 《宋史》卷三一九《曾巩传》，第 10396 页。

4 朱熹：《朱子全书》卷八四《跋曾南丰帖》，上海古籍出版社，2002，第 3965 页。

5 束景南编著《朱熹佚文辑考》，江苏古籍出版社，1991，第 16 页。

【附】《醒心亭记》

滁州之西南，泉水之涯，欧阳公作州之二年，构亭曰"丰乐"，自为记，以见其名之意。既又直丰乐之东几百步，得山之高，构亭曰"醒心"，使巩记之。

凡公与州之宾客者游焉，则必即丰乐以饮。或醉且劳矣，则必即醒心而望。以见夫群山之相环，云烟之相滋，旷野之无穷，草树众而泉石嘉。使目新乎其所睹，耳新乎其所闻，则其心洒然而醒，更欲久而忘归也。故即其所以然而为名，取韩子退之《北湖》之诗云。噫！其可谓善取乐于山泉之间，而名之以见其实，又善者矣。

虽然，公之乐，吾能言之。吾君优游而无为于上，吾民给足而无憾于下，天下之学者，皆为材且良，夷狄鸟兽草木之生者，皆得其宜，公乐也。一山之隅，一泉之旁，岂公乐哉？乃公所以寄意于此也。

若公之贤，韩子殁数百年，而始有之。今同游之宾客，尚未知公之难遇也。后百千年，有慕公之为人，而览公之迹，思欲见之，有不可及之叹，然后知公之难遇也。则凡同游于此者，其可不喜且幸欤？而巩也，又得以文词托名于公文之次，其又不喜且幸欤！

庆历七年八月十五日记。

第二节　王安石《祭欧阳文忠公文》

王安石生于宋真宗天禧五年（1021），这一年他的父亲王益正担任临江军判官一职，王安石就出生在父亲任职的治所。据王安石的记述，王益是一个恪守本分、爱民的地方官。他一生笃行儒家的孝悌仁义之道，用"恩信"治理百姓，"历岁不笞一人"。[1]景祐四年（1037）四月，王益被任命为江宁府（今江苏南京）通判，王安石随父赴任。从此，王安石就和江宁结下了不解之缘。江宁对于王安石而言，就是他的第二故乡。然而不到两年，王益就因病去世了。父亲的去世，使家庭陷入了困境，王安石也由此感受到了生活的艰苦。他发奋苦读，希望能够通过科举考试获得立身的基础。他谢绝参加亲友的婚丧嫁娶应酬之事，整日闭门读书。他在《忆昨诗示诸外弟》诗中追述了这段往事，称自己从"乘闲弄笔戏春色，脱略不省旁人讥"的无忧无虑少年，一下子变成了"吟哦图书谢庆吊，坐室寂寞生伊威"的读书人。后一句中的"坐室寂寞"很好理解，就是一个人在书房里独处。"生伊威"又是什么意思呢？"伊威"是虫名。《诗经·豳风·东山》曰："伊威在室，蟏蛸在户。"陆玑疏曰："伊威，一名委黍，一名鼠妇，在壁根下甕底土中生，似白鱼者。"[2]"生伊威"，说明主人足不出户，以至于室内不通风，或者是主人无暇打扫卫生，为"伊威"提供了适宜的生活环境，由此可见王安石读书之专心。

　　这个阶段的王安石刻苦研习儒家经典，不过王安石并不亦步亦趋于书本的解释，而是总能独出机杼，讲出一些不同的见解。例如他不认同董仲舒等汉儒对经典的注解，尤其是"天人感应"之说。王安石认为读书人应该抛开汉儒的误导，去发现

1　王安石:《王安石文集》卷七一《先大夫述》，刘成国点校，中华书局，2021，第1228页。

2　《毛诗正义》卷八《东山》，第523页。

经典的本意。不仅如此，如果想通晓儒家经典的内涵，就不能只在儒家经典内部转圈子，而是要摒除门户之见，广读诸子百家的著作，才能在学业上有真正的收获。王安石这种突破樊篱的学习方式使得他很快在诸多青年学子中崭露头角。他保持思维的独立性，敢于质疑前人，为后来变法运动的产生奠定了思想基础。

庆历二年（1042），王安石考中进士，被朝廷派到扬州去做官，开始了他的仕途生涯。庆历七年（1047），王安石改知鄞县，第一次登上了施展平生所学的舞台。鄞县地处宋代明州（今浙江宁波），是东南富庶之地。王安石到任的第一年，鄞县的农业还获得了大丰收。但居安思危的王安石在对县境进行广泛实地走访调查之后，还是发现了隐患。鄞县的山川缺乏贮蓄的水利设施，遇到少雨的年份往往出现旱情。为此，王安石督劝百姓趁农闲时节疏浚川渠，"起堤堰，决陂塘，为水陆之利"，[1]颇有成效。从这件事上能够看出，王安石具有未雨绸缪的忧患意识，正是这一品质使得他能在同僚满足于"本朝百年无事"时，仍然保持清醒的头脑，发现国家上下的种种积弊。王安石在任期间，还曾大胆地突破常规，在春季青黄不接时，将县里的存粮借贷给贫困民户，令其秋后偿还，帮助这些人家躲过地方豪强的重利盘剥。此种做法其实就是"青苗法"的前身。可以说，此时的王安石已经开始了对其执政主张的早期实践。

嘉祐三年（1058）十月，王安石被委派为三司度支判官。自此，王安石认真思考国家的财政问题。王安石对自己入仕

---

1 《宋史》卷三二七《王安石传》，第 10541 页。

以来所亲历的种种行政弊端做了深入的思考和归纳，向仁宗皇帝献了一篇长达万言的《言事书》。这篇文章后来被看成王安石变法的最早期蓝本。在《言事书》中，王安石提出要使国政"合于先王之意"，[1]由此申明要"改易更革天下之事"。[2]他抨击"重文轻武"的国策，将矛头大胆地指向了宋代长期奉行的"祖宗之法"，还提出了"因天下之力，以生天下之财。取天下之财，以供天下之费"[3]的主张，这些主张后来成了王安石变法的核心理念。上书后不久，王安石写下了后世流传甚广的名作《明妃曲》，表达了自己的主张不受朝廷重视的失落情绪。不久朝廷任命他入直集贤院，修起居注，他不愿任此闲职，固辞不就，遂改任知制诰，替皇帝起草诏令文告，同时纠察在京刑狱。因言忤旨意，难以在朝为官，嘉祐八年（1063）八月，他以母病为由，辞官回江宁守丧。

英宗即位后，屡召王安石赴京，王安石均以服母丧和有病为由，不肯入朝。宋神宗即位后，起用王安石为江宁知府，旋即诏为翰林学士兼侍讲。第二年，神宗召王安石"越次入对"，王安石即上书主张变法。熙宁二年（1069），王安石在君主的支持下，在全国范围内推行新法，开始大规模的改革变法运动。王安石这时任同中书门下平章事，位同宰相。他大胆地提出了"天变不足畏，祖宗不足法，人言不足恤"[4]的主张，可谓振聋发聩。这次变法，是中国古代史上继商鞅变法之后又一次规模巨大的社会变革运动。

---

1 《王安石文集》卷三九《上仁宗皇帝言事书》，第 642 页。

2 《王安石文集》卷三九《上仁宗皇帝言事书》，第 642 页。

3 《宋史》卷三二七《王安石传》，第 10542 页。

4 《宋史》卷三二七《王安石传》，第 10550 页。

宋神宗熙宁五年（1072）八月，欧阳修卒于颍州居所。王安石此时是新党领袖，与欧阳修政治主张不同，但他对欧阳修的学术文章、立身行事仍表示敬佩。在《祭欧阳文忠公文》中，他对这位前辈倍加推崇，并表达了深切的追慕之情。这篇文章结构清晰，语言流畅，可以作为解析唐宋散文结构的范本来学习。我们先来看他怎么开篇。

"夫事有人力之可致，犹不可期，况乎天理之溟漠，又安可得而推？"[1]王安石以问句开篇，显现出一种思辨气质。他说，我们人的力量能够做到的事情，最后还不一定成功，何况天理渺茫不可捉摸，又怎么能推测知晓呢？这句话说得不错，我们经常说做一件事要抱着"尽人事，听天命"的通达态度，尽全力去做，但不认为成功就是手到擒来的必然结果，因为它的达成或多或少还要受到一些不可控因素的影响，民间谓之"运气"。"致"在这里是"做到"的意思。前半句话说完后，王安石用"况乎"两个字引出后半句，把话题转向更为宏阔的社会历史层面。"溟漠"是幽暗寂静的意思，这里指的是自然的运转规律、社会的发展走向都充满了渺茫不可知的各种情况，这是人类难以提前预知的。

赏析至此大家是否注意到，王安石在开篇的第一句中连续使用了以退为进的"让步式"句法，一共"让步"了几次？两次。第一次是"犹不可期"，第二次是"又安可得而推"。文章一开头就接连用了两次"让步式"句法，目的何在呢？大家想一想，蛇要攻击猎物的时候，是先把头向前伸还是往后缩？

---

[1] 本书所引王安石《祭欧阳文忠公文》内容均出自王安石《王安石文集》，刘成国点校，中华书局，2021，第1489~1490页。以下不再重复注释。

对，是先往后缩。正所谓"退步原来是向前"，两次运用"让步式"句法，是为了突出欧阳修，是为了称述他的伟大与不凡，是为了先抑后扬，好给此后的行文留出足够的空间。果然，转折马上出现了：

"惟公生有闻于当时，死有传于后世，苟能如此足矣，而亦又何悲！"王安石先用了一组节奏整齐的对句来称述欧阳修的功绩，前一句"生有闻于当时"，指的是欧阳修在世的时候闻名于朝野；而后一句"死有传于后世"，则是说欧阳修有著述流传于世间，使其死后仍然具有相当的影响力。由此顺理成章地引出论断，即"苟能如此足矣，而亦又何悲！"意思是大丈夫在世有这样的成就已经很了不起了，即使去世也没有什么遗憾悲切的了！

你看，王安石的句法安排巧妙不巧妙？他先讲人不能完全把控的事物，比如一件事最终是否能达到预期的设想，再比如自然与社会的演化路径能否为人类所掌控。这些问题都具有相当的抽象性，由于无法给出答案，而使人产生出一种不确定感。我们人类天然地不喜欢不确定的、模棱两可的模糊答案，这会使我们产生无序感，无序感又会衍生混乱感与价值的缺失感，因此你感到文章开篇所营造的气氛是低沉的。但马上，确定的、有序的、昂扬的事物出现了——这就是欧阳修毕生的成就，他能够"生有闻于当时，死有传于后世"。由此，人的意义被重新拾起，人的价值被重新肯定，随之而来的是文章感情的上扬，这怎么能使读者不感到欢欣鼓舞呢？可以说，这个开头是非常成功的，它给后文留下了巨大的写作余地。

接下来，王安石沿着铺垫好的基础，对欧阳修的品德与能力展开描述："如公器质之深厚，智识之高远，而辅学术之精微，故充于文章，见于议论，豪健俊伟，怪巧瑰琦。"他一口气讲了欧阳修三个方面的优秀品质，在这里具有提纲挈领的作用。"器质"指的是为人的器量和品质，这是道德层面；"智识"指的是见识、判断力，这是智慧层面；而"学术"在这里指的是学问、学养，这是积累与表达的层面。有了这三方面的能力，欧阳修在发表看法的时候就能获得很好的效果，王安石称赞其曰"豪健俊伟，怪巧瑰琦"。"豪健俊伟"指的是文章有气魄，有力量，表现出一种挺拔的、壮美的风采。"怪巧瑰琦"则指文章的风格、措辞能够独出机杼、精妙无比、瑰丽奇异。怎么个"豪健俊伟，怪巧瑰琦"法呢？王安石用了两组对句来进行描摹，句式的陡然变换使行文更显摇曳多姿：

　　　其积于中者，浩如江河之停蓄；其发于外者，烂如日月之光辉。其清音幽韵，凄如飘风急雨之骤至；其雄辞闳辩，快如轻车骏马之奔驰。

欧阳修积累在心胸中的浩大才力，好像江河一样波澜壮阔。而当他要将这种积累化为文辞，喷薄而出的时候，则如同日月的光辉一样灿烂夺目。他所作的诗、填的词，音韵清雅，情感幽深，凄凄切切好像突然到来的飘风急雨，一下子就俘获了读者的心。而他笔下的文章则充满了宏伟的议论，气魄宏大，才情横溢，风格明快就好像轻车骏马在飞速地奔驰。细心的同学可能注意到了，这不仅是两组结构均衡的对句，而且还是四个生动的比喻句：以江河比喻欧阳修的日常积累，以日月比喻欧阳修的创作能力，以飘风急雨比喻其清音幽韵，以轻车骏马比喻其雄辞闳辩。从逻辑上来看，前两句是后两句得以成立的前提，而后两句则是前两句的具体表现。铺排叙述至此，王安石以一句话作为本段总结："世之学者，无问乎识与不识，而读其文，则其人可知。"意思是，当今求学论道之人，无论他是否熟知欧阳修，只要读过欧阳修的著作，就能知道他的品德与为人。

以上部分集中称述了欧阳修的文学才能。不过，对古人而言，并不仅以文章为功业，像欧阳修这样的朝廷命官，最重要的职责是辅弼君主，为国家做出实绩。因此，欧阳修的仕宦生涯乃至其间的贡献是一定要提到的。接下来，王安石就要围绕欧阳修为官数十年的经历作出述评：

"呜呼！自公仕宦四十年，上下往复，感世路之崎岖。虽屯邅困踬，窜斥流离，而终不可掩者，以其公议之是非。"在上一讲中，我们了解了欧阳修的基本生平经历。可以说，王安石在这篇祭文中的描述是基本准确的。"仕宦四十年"，指的是欧阳修自仁宗天圣八年（1030）中进士任西京留守推官，至神宗熙宁四年（1071）致仕，正好四十年。这四十年是惊涛骇浪的四十年，他数次起落，不断遭到外贬，又被朝廷数次召回，故曰"上下往复"。一个人经历了如此多的变化，一方面确实要承受巨大的心理落差，但另一方面也丰富了阅历，积累了经验。这里的"屯邅"，意思是难以前进的样子。屯，也作"迍"，语出《易·屯》："屯如邅如。"孔颖达疏曰："屯是屯难，邅是邅回。"[1]后多用来比喻艰难困苦的人生处境。"困踬"意思是生活颠沛、窘迫，与"屯邅"的意思相近。"窜斥流离"的意思是遭到朝廷的贬逐，不得不离开熟悉的京师，辗转于陌生的地

---

1 《周易正义》卷一《屯》，第 35 页。

方。但即使是这样，欧阳修到底不会被埋没，他的才能难以被掩盖，这是因为一切是非，自有公论。

"既压复起，遂显于世。果敢之气，刚正之节，至晚而不衰。"这句话中的"既压复起"，指宋仁宗景祐三年（1036）欧阳修因营救范仲淹而被贬谪到夷陵（今湖北宜昌）的事情，直到康定元年（1040）他才重新回到朝廷。此后，他逐渐受到君主的重用，职位慢慢得到了升迁。嘉祐五年（1060），欧阳修出任参知政事，成为北宋一代名臣，因此王安石在文章中说他"遂显于世"。而无论遭到贬谪还是得到升迁，欧阳修勇于决断的气概、刚毅正直的节操是一以贯之的，到老都没有丝毫减弱。

在这四十年的仕宦生涯中，必定有一些事情是非常重要的，是值得突出的。在君主制社会中，皇位继承人的选定至为关键，我们从古代以"国本"一词特指立储就能看出，古人认为立储之事是立国的根本。王安石于众多事件中，精心选取了欧阳修辅佐英宗即位一事作为书写的重点，生动地体现出欧阳修作为肱股之臣的形象：

"方仁宗皇帝临朝之末年，顾念后事，谓如公者，可寄以社稷之安危。""方"这个字的用法，我们之前在王维《山中与裴秀才迪书》中讲过，王维在信中写道："足下方温经，猥不敢相烦。""方"表示正在做某件事。在这里的用法也是类似的，可以理解为"在仁宗皇帝执政的晚期"。君主到了执政后期，想得最多的也是继承人的问题，故曰"顾念后事"。仁宗皇帝是很信任欧阳修的，认为可以把国家社稷的未来托付给这样的官员。欧阳修确实也在关键的时刻贡献了力量："及夫发谋决策，从容指顾，立定大计，谓千载而一时。"这几句说的是嘉祐六年（1061），欧阳修以参知政事的身份，与宰相韩琦一起奏请宋仁宗立赵曙为太子。嘉祐八年（1063）三月，仁宗病死，欧阳修又引领百官辅佐赵曙即位，是为英宗。"发谋决策"，意思是谋划方针、决定策略，向君主提出储君的人选。"从容指顾"说的是欧阳修的神情从容，行动迅速，能够当机立断。由此国家政权得以平稳过渡，没有节外生枝，故曰"千载而一时"，意思是欧阳修一时间便建立了千载功勋。

拥戴新君登基后，欧阳修有没有妄自尊大？有没有不可一世？有没有犯辅弼之臣的常见错误？没有。这个人实际上非常懂得为官之道，"功名成就，不居而去"。什么叫"不居而去"？就是不以有功自居，而是请求隐退，我们称之为"知进退"。对于人性而言，这是很难的一个选择，也是很见功力的一个选择。"其出处进退，又庶乎英魄灵气，不随异物腐散，而长在乎箕山之侧与颍水之湄。""庶乎"在这里是"大概"的意思；"异物"指它物，此处专指尸体。王安石说，欧阳修从出任官职，到居家隐退都能恪守臣子的本分，可谓为官之楷模。像他这样不世出的人物，其英灵大概也不会随着肉体一道消亡，而是应当长留在箕山之旁和颍水之滨。箕山在今河南登封东南，颍水发源于登封境内的颍谷。"湄"是"水边"的意思。相传这里是高士巢父、许由隐居的地方，后世就以此指代隐居之所。

尽管如此，他的离去仍使得世人感到震惊和哀痛，王安石述其状曰："然天下之无贤不肖，且犹为涕泣而歔欷。而况朝士大夫，平昔游从，又予心之所向慕而瞻依？""天下之无贤不肖"指的是普天之下无论贤与不贤之人，这里指全国上下的人士。他们听闻欧阳修的死讯，纷纷叹息不已，以至于落泪。"歔欷"指的是哭泣时的抽噎声。王安石说，与他素未谋面的普通人士都如此哀伤，更何况平时与他交游往来的同朝士大夫呢？我所失去的，是一位向来仰慕而亲近的长辈啊！行文至此你能够感觉到，王安石的情感喷薄而出，几乎难以抑制。他哀痛于这位宽厚待人的前辈的离去，在行文中表现出少有的巨大情感波动。

这种巨大波动推动着文章进入尾声："呜呼！盛衰兴废之理，自古如此，而临风想望，不能忘情者，念公之不可复见，而其谁与归？"大家还记得欧阳修在《祭石曼卿文》的结尾是怎么说的吗？他说："呜呼曼卿！盛衰之理，吾固知其如此，而感念畴昔，悲凉凄怆，不觉临风而陨涕者，有愧乎太上之忘情。"相似的语言，我们在王安石这篇文章中又见到了，或许可以认为这是宋人祭文的一个标准式结尾。王安石说，人世间兴盛衰废的规律自古以来就是如此运行的，有生必然有死，可为什么我在情感上不能忘却？为什么我要在风中伫立良久追思欧阳公？就是因为我知道，这样的人物从此再也不能见到了，那么今后我将与谁同道呢？"其谁与归"这句话中，"谁与归"的意思是"与谁归"，属于疑问句宾语前置的现象，并且省略了主语"我"。我们更熟悉的另一个例句是范仲淹《岳阳楼记》中的"微斯人，吾谁与归"，在意义和用法上这两个句子有异曲同工之处。

清代蔡上翔对这篇祭文充满赞赏之情，称"欧公之其人其文，其立朝大节，其坎坷困顿，与夫平生知己之感，死后临风想望之情，无不具见于其中"。[1] 可以说，王安石虽然和欧阳修政见有所不同，但情感上义兼师友。欧阳修既是北宋朝堂元老级的人物，又对王安石有知遇之恩，曾为王安石推荐延誉。所

1　蔡上翔：《王荆公年谱考略》卷一七，上海人民出版社，1959，第235页。

以于公于私，于情于理，王安石对欧阳修都是充满崇敬的，他在祭文中的措辞是极为恳切的，表达出他对这位前辈的深厚情感。明代文学家茅坤非常赞赏这篇文章，称"欧阳公祭文，当以此为第一"。[1]

【附】《祭欧阳文忠公文》

夫事有人力之可致，犹不可期，况乎天理之溟漠，又安可得而推？惟公生有闻于当时，死有传于后世，苟能如此足矣，而亦又何悲！如公器质之深厚，智识之高远，而辅学术之精微，故充于文章，见于议论，豪健俊伟，怪巧瑰琦。其积于中者，浩如江河之停蓄；其发于外者，烂如日月之光辉。其清音幽韵，凄如飘风急雨之骤至；其雄辞闳辩，快如轻车骏马之奔驰。世之学者，无问乎识与不识，而读其文，则其人可知。

呜呼！自公仕宦四十年，上下往复，感世路之崎岖。虽屯邅困踬，窜斥流离，而终不可掩者，以其公议之是非。既压复起，遂显于世。果敢之气，刚正之节，至晚而不衰。方仁宗皇帝临朝之末年，顾念后事，谓如公者，可寄以社稷之安危。及夫发谋决策，从容指顾，立定大计，谓千载而一时。功名成就，不居而去，其出处进退，又庶乎英魄灵气，不随异物腐散，而长在乎箕山之侧与颍水之湄。然天下之无贤不肖，且犹为涕泣而歔欷。而况朝士大夫，平昔游从，又予心之所向慕而瞻依？呜呼！盛衰兴废之理，自古如此，而临风想望，不能忘情者，念公之不可复见，而其谁与归？

1 茅坤著，张伯行选编《唐宋八大家文钞》卷一九，中华书局，1985，第401页。

第十讲　苏洵与苏辙：劲健沉稳有余响

　　苏洵与其子苏轼、苏辙并称"三苏"，三人各以文章擅天下，足称文坛佳话。其中，苏洵见识深远，下笔劲健老成，写出的文章最耐咀嚼。他的散文名篇《六国论》借古讽今，具有明确的现实指向性，凿凿有力，发人深省。作为幼子的苏辙虽然不像哥哥苏轼那样，具有足以睥睨一世的豪才，但胜在笔法沉稳，卓然有乃父之风。尤其是他的《武昌九曲亭记》，文辞灵动隽雅，意味散淡悠长，有他人难及之处。

第一节　苏洵《六国论》

　　北宋大中祥符二年（1009），苏洵出生于眉州眉山（今四川眉山）。他是初唐大臣苏味道之后。苏洵年轻的时候在读书治学上没有花太多心思，由于父亲健在，故而没有养家的负担，得以游历四方。天圣五年（1027），苏洵迎娶了大理寺丞程文应的女儿。他后来回忆起这段时光，称"始余少年时，父母俱存，兄弟妻子备具，终日嬉游，不知有生死之悲"。[1] 程夫人很贤惠，看到丈夫如此耽误时光，嘴上不好明说，但心中很是忧虑。苏洵和夫人感情很好，对此也有所察觉，他在《祭亡妻文》中写道："昔予少年，游荡不学。子虽不言，耿耿不乐。我知子心，忧我泯没。"[2] 苏洵的父亲苏序倒是抱着无所谓的态度，从来不给儿子施加什么压力。欧阳修《故霸州文安县主簿苏君墓志铭》曰："君（苏洵）少独不喜学，年已壮犹不知书。职方君（苏序）纵而不问，乡间亲族皆怪之。或问其故，职方君笑而不答。君亦自如也。"[3]

明道二年（1033），这一年苏洵已经二十五岁了，才开始意识到应当读书了。但由于他一直以来都没有养成良好的学习习惯，因此态度就不十分认真，"年既已晚，而又不遂刻意厉行，以古人自期"，[4] 他自认为是同辈中间最突出的，很是志得意满。这样的心态又怎么能有所成就呢？一直到二十七岁，他才终于下定决心，谢绝了平日里经常往来的一帮狐朋狗友，闭户发愤读书，学习文章写作。程夫人这时也给了他很大的支持，她变卖了家里值钱的东西来贴补家用，苏洵才不再为家里的生

1 苏洵：《苏洵集》卷一五《极乐院（造）六菩萨记》，邱少华点校，中国书店，2000，第141页。

2 《苏洵集》卷一五《祭亡妻文》，第150页。

3 《欧阳修全集》，《居士集》卷三四《故霸州文安县主簿苏君墓志铭》，第240页。

4 《苏洵集》卷一二《上欧阳内翰第一书》，第110页。

计担忧，得以一心一意研读经典。

景祐四年（1037），苏洵东出巫峡进京参加进士考试，落榜而归。之后又参加朝廷选拔茂材异等的考试，也没有考中。这时他终于认清了自己与别人的差距，痛定思痛，把自己写成的数百篇文章全部付之一炬。从此以后他闭户不出，读书更加刻苦，有五六年的时间没有贸然写文章，而是深刻钻研儒家六经和诸子百家的学说，并将这些学养与古今治乱成败、圣贤穷达进退相质证，只要有所收获就积累下来。就这样过去了好几年，苏洵的积累越来越深厚。终于有一天，他感到可以动笔了，顷刻间就写下了数千字。文章内容深刻，意气纵横，论水平、功力和从前有天壤之别。

嘉祐元年（1056），苏洵带苏轼和苏辙进京应试，谒见了翰林学士欧阳修。欧阳修很赞赏苏洵的文章，认为他可以和汉代的刘向、贾谊相媲美。经过欧阳修的大力推扬，一时间京师的后生学者都纷纷传诵苏洵的文章，甚至把他的文章立为学习效法的典范。嘉祐二年（1057），苏洵和两个儿子同榜进士及第，自此"三苏"登上了属于他们的历史舞台。三人在当时闻名天下，为了区别起见，苏洵被大家尊称为"老苏"。

嘉祐五年（1060），经韩琦推荐，苏洵被任命为秘书省校书郎。恰逢朝廷下令修纂建隆以来的礼书，苏洵就被任命为霸州文安县主簿，与陈州项城县令姚辟一同修撰礼书《太常因革礼》。治平三年（1066）三月，《太常因革礼》编撰完成。苏洵此时也病体难支，走到了生命的尽头。这一年的四月二十五日，苏洵病逝于京师，终年五十八岁。君主听闻此事后，特意追赠他为光禄寺丞，命令相关部门准备船舶，运载苏洵的尸骨返回故乡。六月，苏轼、苏辙两兄弟就扶着父亲的灵柩经三峡回到了眉州。次年十月，将苏洵和程夫人合葬于祖先的墓地。

我们熟悉苏洵，是因为他写了举世闻名的《六国论》。战国末年六国破灭的事情，离宋代很遥远，为什么苏洵要拿来作为论题？这就要联系当时的国家形势。北宋北边是几个强大的少数民族政权，北宋每年岁币的开支巨大，给国家财政造成沉重负担。苏洵称"六国破灭，非兵不利，战不善，弊在赂秦"，[1]其目的在于借古讽今，希望朝廷能够权衡利弊，改变对北方少数民族政权一味妥协的态度。文章立论高远，开篇就有先声夺人的气概：

"六国破灭，非兵不利，战不善，弊在赂秦。"这是文章开头第一句话，也是整篇文章的核心观点，之后的所有论证都是围绕这句话展开的。由此看出，苏洵议论文的首要特征就是观点鲜明。他说，战国末年六国逐一走向灭亡，不是因为他们的兵器不锋利，仗打得不好，而是因为他们不断地向秦割地求和。"兵"在这里指的是兵器。那么，为什么不能割地求和呢？苏洵一针见血地说："赂秦而力亏，破灭之道也。"拿自己的土地贿赂虎狼之秦，明眼人一眼就能看出来，这是一个昏招。不断亏损自己的国力，甘于被暴秦一点一点蚕食，才是六国走向灭亡的根本原因。

这时候或许有人要问了："或曰：六国互丧，率赂秦耶？曰：不赂者以赂者丧。盖失强援，不能独完，故曰弊在赂秦也。""或曰"在这里是"有人说"的意思，作用是提出设问：六国一个接一个地灭亡，难道都是因为贿赂秦国吗？下句的

1　本书所引苏洵《六国论》内容均出自苏洵《苏洵集》，邱少华点校，中国书店，2000，第18~19页。以下不再重复注释。

"曰"，则是对该设问的回答。苏洵说，正是因为有不断贿赂秦国的国家，使那些不愿意贿赂秦国的国家也最终走向了灭亡。后者失去了强有力的外援，不能独自保全，所以说弊病仍在于贿赂秦国。我们发现，这是苏洵为了推进论证而设置的一个问答对话场景，有效地加强了论点的说服力。接下来，他通过对比秦国获得土地的方式，给出了具体的数据信息：

"秦以攻取之外，小则获邑，大则得城。较秦之所得，与战胜而得者，其实百倍；诸侯之所亡，与战败而亡者，其实亦百倍。则秦之所大欲，诸侯之所大患，固不在战矣。"历史上的秦国有两种较为主要的获得领土的方式：其一，发动武力战争，攻城略地；其二，其他国家主动割让土地。相较而言，前者涉及士兵的征调、护具、武器、工程设施、战马和粮草的供给，而后者不费一兵一卒，简直是无本万利的买卖。苏洵说，其他诸侯国通过割地的方式不断贿赂秦国。割让的土地有大有小，小则邑镇，大则城池。秦国由此得到的土地，比它通过战争所获得的土地竟然要多上百倍！相应地，六国诸侯因贿赂秦国所丧失的土地，与他们因战败而丧失的土地相比，实际也要多上百倍。由此看来，秦国最想要达成的目的，和六国诸侯最大的祸患，其实不在于战争胜负本身。看到这里有同学就要问了，如果不在于战争胜负，那在于什么？苏洵在这里有一句话隐而未发：在于土地，在于人面对土地的态度。战争只不过是手段，而土地才是目的。

不能轻易割地，不仅有现实的依据，还有历史的原因。"思厥先祖父暴霜露，斩荆棘，以有尺寸之地。子孙视之不甚惜，举以予人，如弃草芥。"自古以来，创业易而守成难。"厥先祖父"，指战国列国诸侯的祖辈与父辈们。"厥"在这里作代词，相当于"其"。"先"是对去世的尊长的敬称。苏洵说，想想那些列国诸侯的祖辈和父辈们，当年开创基业是多么地艰难！他们顶风冒雪，披荆斩棘，才获得了一点点土地。可是他们的子孙并没有经历原始积累的创业阶段，坐享其成的人生导致这些子孙以为已有的一切都是很容易得来的，并不珍惜自己借以立足的宝贵土地，而是拿起来很轻易地就送给别人，就像扔掉路边干枯的小草一样满不在乎。"今日割五城，明日割十城，然后得一夕安寝。起视四境，而秦兵又至矣。"苏洵的描绘真是活灵活现，流畅清通，使我们看到了一个活脱脱的败家子的形象，他为了苟安片刻，今天割掉五座城，明天割掉十座城，这才能睡一夜的安稳觉。可是有什么用呢？第二天起床一看，四周边境上，秦国的军队又黑压压地涌过来了。

"然则诸侯之地有限，暴秦之欲无厌，奉之弥繁，侵之愈急。故不战而强弱胜负已判矣。至于颠覆，理固宜然。"苏洵说，照这样下去，列国的土地总有被不肖子孙割让殆尽的一天，可是秦国的胃口却越来越大，它的欲望是永远不会被满足的。它这么大的胃口，是谁给它养起来的？不是别人，正是面对秦军闻风丧胆、日日割地的诸侯们。诸侯们送给秦国的土地越多，秦国侵犯得就越急迫。所以压根就用不着打仗，谁强谁弱、谁胜谁负就已经决定了。最后的结局也很容易想到，秦国源源不断地获得土地，一天天地强大起来，而列国则一天天地萎缩下去，最后走到了亡国的地步，这不是理所当然的吗？完全符合我们对事物的一般认知。这段话里的"弥"和"愈"都是"更加"的意思。接下来，苏洵引用了古人的一段话作为这一部分的结语："古人云：'以地事秦，犹抱薪救火，薪不尽，火不灭。'此言得之。"苏洵引用的这段话见于《史记·魏世家》

和《战国策·魏策》。意思是，拿土地去侍奉秦国、讨好秦国，就好像抱着柴去救火，柴不烧完，火就不会灭。苏洵认为这个话算说对了，找到了六国灭亡的病根。"此言得之"，意思是此言得其理。

接下来，苏洵把齐国、燕国、赵国的情况作了补充性说明，由此使论证更加完整："齐人未尝赂秦，终继五国迁灭，何哉？与嬴而不助五国也。五国既丧，齐亦不免矣。"齐国并没有贿赂过秦国，可是最终也随着五国灭亡了，这又是为什么呢？苏洵不慌不忙地做出了解析，这是因为齐国跟秦国交好，它不出兵帮助其他五国。五国已经灭亡了，齐国自然也就没法幸免了。此外，还有两个没有向秦国割地的国家，燕国和赵国，也很值得一说："燕、赵之君，始有远略，能守其土，义不赂秦。是故燕虽小国而后亡，斯用兵之效也。至丹以荆卿为计，始速祸焉。"燕国和赵国的国君具有长远的谋略，能够坚持大义，守住他们的国土，决不贿赂秦国。因此燕国虽然是个小国，但很晚才灭亡，这就体现出用兵抵抗的实效。到后来，燕太子丹派遣荆轲刺杀秦王，这才招致了灭亡的祸患。"丹"在这里指的是燕太子丹。他是燕王喜的儿子，曾被派往秦国作人质，后来从秦国逃回燕国。太子丹归国后，寻求报复秦国的办法，但因燕国的实力过于弱小，无法可想。燕王喜二十八年（前 227），秦军已达易水，形势紧迫。太子丹于是遣刺客荆轲，以送督亢地图及樊於期首级为名，赴秦国刺杀秦王嬴政。事败以后，秦军大举攻打燕国，太子丹与燕王喜一同逃往辽东。最后。太子丹被燕王喜所杀，首级被献往秦廷。

那么，赵国的情况又如何呢？"赵尝五战于秦，二败而三胜。后秦击赵者再，李牧连却之。洎牧以谗诛，邯郸为郡，惜其用武而不终也。"赵国一直是秦国的劲敌。苏洵说两个国家曾经交战五次，赵国打了两次败仗，三次胜仗。这说明两者的军事实力是差不多的。而且赵国还有一员大将李牧，曾经接二连三地打退秦国的进攻。李牧这个人我们并不陌生。在之前学过的李华《吊古战场文》中就有许多对他的描述和夸赞："牧用赵卒，大破林胡。开地千里，遁逃匈奴。"他的前半生驻守在赵国北部边境，抗击匈奴。他的后半生则主要在抵御秦国的入侵。在宜安之战中，他重创秦军，被封为武安君。可惜这位骁勇的武将最后竟然遭受诬陷，被害致死。公元前 229 年，赵王迁中了秦国的离间计，听信谗言夺了李牧的兵权，不久便将李牧杀害。此举无异于自毁长城，秦军兵临城下，赵国也随之走向了灭亡，令后人无不扼腕叹息，甚至有"李牧死，赵国亡"的说法。"再"在这里，表示重复的动作。"洎"是"及、等到"的意思。苏洵感慨于赵国都城邯郸最终变成了秦国的一个郡，疾呼"惜其用武而不终也"，其中的惋惜之情是很深的。

同时，外部形势变化、力量强弱对比等情况，苏洵也考虑到了，他说："且燕赵处秦革灭殆尽之际，可谓智力孤危，战败而亡，诚不得已。"意思是说，在当时的环境下，秦国横扫天下，已经快要把其他国家消灭干净了。"革灭"在这里是"消灭、灭亡"的意思。《文选·班固〈典引〉》："虎螭其师，革灭天邑。"吕延济注曰："用虎龙之兵攻灭桀纣，以升天子之位也。"[1] 燕国和赵国在当时的环境中，可以说智谋和力量都到了山穷水尽的地步，国势危如累卵，最后战败而亡国，确实是不得已的事情。接下来，苏洵作了一个假设："向使三国各爱其

---

1 《文选》卷四八《班孟坚典引》，第 2204 页。

地，齐人勿附于秦，刺客不行，良将犹在，则胜负之数，存亡之理，当与秦相较，或未易量。"向使"在这里是"假使、假令"的意思。《史记·李斯列传》曰："向使四君却客而不内，疏士而不用，是使国无富利之实而秦无强大之名也。"[1] 由此可见，"向使"所引出的是一个假设句。假设什么呢？假设韩、魏、楚三国都爱惜他们的国土，不轻易割地；齐国不依附秦国；燕国的刺客不去刺秦王；赵国的良将李牧还活着，那么胜负存亡的命运尚未可知。如果他们鼓起勇气和秦国较量，结局如何也未必就那么容易判断。"数"和"理"，在这里都指命运。"当"在这里同"倘"，是"如果"的意思。

我们知道历史是不能假设的，已经过去的事情，无论如何遗憾都难以逆转。但苏洵仍然在这里作出了假设，他的用意是很明确的：虽然过去的事情已经成为历史，无可挽回，但当下的人应该以史为鉴，不要让过去的错误再次上演。因此，他的立论目的不在于惋惜已成事实的过去，而在于纠正眼下北宋王朝的对外政策："呜呼！以赂秦之地封天下之谋臣，以事秦之心礼天下之奇才，并力西向，则吾恐秦人食之不得下咽也。"苏洵的观点就是坚持用武力抗击敌军，绝不轻易割地赔款。他也有具体的策略：把用来贿赂敌国的土地封给天下的谋臣，用侍奉敌国的心来礼遇天下的奇才，然后齐心合力地向西进军，那么恐怕秦人将会寝食难安。列国的诸侯们由于没有这个觉悟，国家已经倾覆。前鉴不远，为什么执政者不能醒悟呢？为此，他感叹道："悲夫！有如此之势，而为秦人积威之所劫，日削月割，以趋于亡。为国者无使为积威之所劫哉！"我们发现这部

---

1 《史记》卷八七《李斯列传》，第 2542 页。

分行文中出现了很多感叹词，前文出现了"呜呼"，这里又出现了"悲夫"，它们的意思是相近的，都用来表达作者充满愤懑的、悲慨的心情。苏洵说，太可悲了！六国诸侯原本具有有利的形势，却被秦国积累已久的威势所胁迫，每日每月割让土地，最终使国家走向了灭亡。那些治理国家的人千万不要被敌国积累已久的威势所胁迫啊！"劫"在这里是"胁迫、劫持"的意思。

　　不仅如此，在文章的最后一段，苏洵发出了振聋发聩的呐喊："夫六国与秦皆诸侯，其势弱于秦，而犹有可以不赂而胜之之势。苟以天下之大，下而从六国破亡之故事，是又在六国下矣。"六国和秦国都是诸侯国，有的国家实力甚至还要比秦国弱小得多，可是北宋却是泱泱大国，与北方的辽国、西夏相比，无论是人口数量、军队规模还是经济文化水平都具有压倒性优势。六国尚且还有通过抵抗转败为胜的可能，而北宋的统治者坐拥偌大的国家，竟然去重蹈六国灭亡的覆辙，这就连六国都不如了。这句话中的"故事"，与我们现代汉语中的意义不同，是"旧事、先例"的意思。

　　欧阳修曾经这样评价苏洵的文章："吾阅文士多矣，独喜尹师鲁、石守道，然意犹有所未足，今见子（苏洵）之文，吾意足矣。"[1]苏洵的散文质朴雄浑，议论纵横恣肆，这篇《六国论》是他论说文中的代表作品。六国灭亡的史实，历来是后世史家所关注的热点话题，"三苏"都曾围绕这一话题写过文章。相较而言，苏洵的《六国论》名气最大，流传最广，影响最深。苏洵写《六国论》的目的不在于言古，而在于喻今，或者说言古

1　邵博：《邵氏闻见后录》卷一五，《全宋笔记》第四编，大象出版社，2008，第105页。

正是为了喻今。北宋王朝建立后，"守内虚外"的政策造成了边关空虚的情况。北方辽国虎视眈眈，屡屡犯境。太平兴国四年（979），宋太宗赵光义移师幽州，试图一举收复燕云十六州。高梁河一战，宋军大败而归。宋真宗景德元年（1004），辽军直逼澶州（今河南濮阳），宋辽签订了"澶渊之盟"，宋朝向辽输岁币银十万两，绢二十万匹。仁宗庆历二年（1042），又增加岁币银十万两，绢十万匹。次年，宋王朝再赐西夏岁币银十万两，绢十万匹，茶三万斤。苏洵对此痛心疾首，他借《六国论》陈述利弊，以此来提醒北宋的君主，不能对北方的敌国一味退让求和，否则势必养虎为患。文章紧紧抓住六国破灭"弊在赂秦"这一点来立论，文末又能由历史回归现实，发人深省。明人何景明曰："老泉论六国赂秦，其实借论宋赂契丹之事，而卒以此亡，可谓深谋先见之识矣。"[1]由此观之，"老苏"可谓见识深远，眼光犀利。他运笔如风，使整篇文章显出纵横捭阖的气势，更兼议论透彻，犹如江河决口，滚滚而下，足以振响一世。

【附】《六国论》

六国破灭，非兵不利，战不善，弊在赂秦。赂秦而力亏，破灭之道也。或曰：六国互丧，率赂秦耶？曰：不赂者以赂者丧。盖失强援，不能独完，故曰弊在赂秦也。

秦以攻取之外，小则获邑，大则得城。较秦之所得，与战胜而得者，其实百倍；诸侯之所亡，与战败而亡者，其实亦百倍。则秦之所大欲，诸侯之所大患，固不在战矣。思厥先祖父暴霜露，斩荆棘，以有尺寸之地。子孙视

1　高步瀛选注《唐宋文举要》，上海古籍出版社，1982，第965页。

之不甚惜，举以予人，如弃草芥。今日割五城，明日割十城，然后得一夕安寝。起视四境，而秦兵又至矣。然则诸侯之地有限，暴秦之欲无厌，奉之弥繁，侵之愈急。故不战而强弱胜负已判矣。至于颠覆，理固宜然。古人云："以地事秦，犹抱薪救火，薪不尽，火不灭。"此言得之。

齐人未尝赂秦，终继五国迁灭，何哉？与嬴而不助五国也。五国既丧，齐亦不免矣。燕、赵之君，始有远略，能守其土，义不赂秦。是故燕虽小国而后亡，斯用兵之效也。至丹以荆卿为计，始速祸焉。赵尝五战于秦，二败而三胜。后秦击赵者再，李牧连却之。洎牧以谗诛，邯郸为郡，惜其用武而不终也。且燕赵处秦革灭殆尽之际，可谓智力孤危，战败而亡，诚不得已。向使三国各爱其地，齐人勿附于秦，刺客不行，良将犹在，则胜负之数，存亡之理，当与秦相较，或未易量。

呜呼！以赂秦之地封天下之谋臣，以事秦之心礼天下之奇才，并力西向，则吾恐秦人食之不得下咽也。悲夫！有如此之势，而为秦人积威之所劫，日削月割，以趋于亡。为国者无使为积威之所劫哉！

夫六国与秦皆诸侯，其势弱于秦，而犹有可以不赂而胜之之势。苟以天下之大，下而从六国破亡之故事，是又在六国下矣。

第二节　苏辙《武昌九曲亭记》

苏辙生于宋仁宗宝元二年（1039），前人说他的哥哥苏轼比他要大三岁，这是按照以前的传统，加上虚岁后的说法。要是严丝合缝地来算，两兄弟出生日期其实只相差两年两个月多一点。苏辙刚出生不久，父亲苏洵就游学四方去了。庆历七年（1047），苏辙的爷爷去世。苏洵回到故乡居家守孝，再未出游，每天在家教导苏轼和苏辙读书。这段读书生涯对苏辙的一生产生了很大的影响，他此后能够以史为鉴，关心治乱兴亡，是受到父亲耳提面命所致。至和二年（1055），苏辙娶同乡史瞿的女儿为妻，当时苏辙十七岁，史姑娘只有十五岁。夫妻二人感情很好，一生白头偕老。

嘉祐二年（1057），这一年苏辙才十九岁，他和父亲苏洵、哥哥苏轼一同在京城参加朝廷举办的礼部会试。当时欧阳修知贡举，有意改革文风，将来自蜀地、文辞质朴清新的苏轼、苏辙兄弟置于高等，苏辙名登五甲。"三苏"之名自此享誉天下。苏辙考中进士后，写了《上枢密韩太尉书》给枢密使韩琦，希望得到对方的接见和赏识。也就是在这一年，两兄弟的母亲程夫人去世，苏辙和父亲、哥哥一道回到蜀地，为母亲守丧。嘉祐五年（1060），父子三人回到京师。苏辙回京后被授为河南府渑池县主簿，但他没有赴任，与哥哥苏轼在怀远驿读书，准备参加第二年的制科考试。

嘉祐六年（1061）八月，苏辙参加制科考试。他的文章议论非常激切，指陈时政直言不讳，被列为第四等。次年，充商州军事推官。当时苏洵奉命编修礼书，苏轼出任签书凤翔府判官。苏辙就请求留在京城侍养父亲，获得了朝廷准许，被改任为试秘书省校书郎。宋英宗治平二年（1065），苏辙出任大名府留守推官。第二年，他的父亲苏洵在京师病逝了。苏辙和苏轼走水路，扶着灵柩回乡葬父。宋神宗熙宁二年（1069），两

兄弟守丧期满，又回到了开封。这一年，王安石得到了神宗的
支持，在朝廷开启了轰轰烈烈的变法运动。苏辙进入制置三司
条例司任职。这个机构是北宋熙宁变法初期负责研究、制定变
法措施，指导变法活动的重要机构，甚至被认为是主持变法的
总枢纽。在神宗的支持下，这个部门相继制定并颁行了均输、
青苗、农田水利等法，研究酝酿了免役、保甲等法。但是苏辙
本人的思想与王安石的变法主张多有抵牾，不久又被朝廷外放
为河南府留守推官，赴洛阳任职。这一年苏轼也被外放去杭州
做官。

　　元丰二年（1079）八月，苏轼因为"乌台诗案"被捕下
狱，苏辙给君主上书，请求革除自己的官职，以此来为哥哥赎
罪。不仅没有得到朝廷准许，反而被贬为监筠州（今江西高
安）盐酒税，五年不得升调。他在《偶游大愚见余杭明雅照师
旧识子瞻能言西湖旧游将行赋诗送之》诗中写道："五年卖盐
酒，胜事不复知。"失意之情跃然纸上。元丰五年（1082），苏
辙赴黄州（今湖北黄冈）看望贬官在此的哥哥苏轼，兄弟二人
一起游览了长江对面的武昌西山。这个"武昌"实际上是现在
的湖北鄂州，九曲亭则是当地的名胜。据《清一统志》记载：
"九曲亭在武昌县西九曲岭，为孙吴遗迹，宋苏轼重建，苏辙有
记。"[1]"苏辙有记"的这个"记"，就是接下来我们要解读的《武
昌九曲亭记》。

　　"子瞻迁于齐安，庐于江上。齐安无名山，而江之南武昌
诸山，陂陁蔓延，涧谷深密，中有浮图精舍。"[2]这是文章开篇的

1 《清一统志》卷三三六《武昌府二》，上海书店，1984，第 6 页。
2 本书所引苏辙《武昌九曲亭记》内容均出自苏辙《苏辙集》栾城集卷二二，陈宏天、
　高秀芳校点，中华书局，1990，第 406~407 页。以下不再重复注释。

两句，先引出了一个关键人物——"子瞻"，这是苏轼的字，他此时正在黄州生活；还引出了一个关键地点——"武昌诸山"，其间有景色有居所，八成还有朋友。那么，子瞻为什么会迁于齐安呢？"齐安"又是哪里呢？其实，我们在此前的第七讲第二节"王禹偁《黄冈竹楼记》"中见过这个地名。王禹偁在文末感慨道："戊戌岁除日，有齐安之命；己亥闰三月到郡。四年之间，奔走不暇，未知明年又在何处，岂惧竹楼之易朽乎？""齐安"在诗文中经常用来代指黄州，这是因为在南齐的时候，朝廷在今湖北黄冈西北置齐安县，"齐安"就成为黄州的古称。宋神宗元丰二年（1079），苏轼因"乌台诗案"下狱。十二月二十九日，圣谕下发，苏轼被贬谪为检校尚书水部员外郎、黄州团练副使，本州安置。到黄州的第二年，苏轼由定惠院迁居临皋亭，由于居所靠近江边，所以苏辙说他"庐于江上"。"庐"是"居住"的意思。我们知道，苏轼是一个兴趣广泛的人，他对生活抱有极大热情，即使遭受贬谪，仍然喜欢游览山川。可惜黄州本地并没有什么名山，不过长江对岸的武昌一带的山岭高低错落，绵延不绝，山谷幽深，溪涧众多，还有佛塔庙宇、僧舍斋堂点缀其间，风景之美自不待言。文中的"陂陁"，指地貌倾斜不平的样子。《史记·司马相如列传》曰："登陂陁之长阪兮，坌入曾宫之嵯峨。"[1]"陁"同"陀"。"浮图"是梵语的音译，亦作佛图、浮屠，指佛陀，古人也以此来称呼僧侣。后又称佛塔为浮图，文中的"浮图精舍"的"浮图"指的就是佛塔。所谓"救人一命胜造七级浮屠"，就是说救人一命的功德比修建一座佛塔的功德还要大。"精舍"则是僧道居住或说法布

---

1 《史记》卷一一七《司马相如列传》，第 3055 页。

道的处所，也可作为居士修行的地方。

"西曰西山，东曰寒溪。依山临壑，隐蔽松枥，萧然绝俗，车马之迹不至。"这句中的"西山""寒溪"，按照前人的解释，指的都是寺庙的名称。西边的寺庙，叫西山寺，东边的寺庙，叫寒溪寺。它们一个依山而建，另一个靠近溪壑，山林中茂密幽深的松树和枥树将两座寺庙层层隐蔽。此处远离喧嚣，泥土中看不到车辙和马蹄印，分外清静寂寥，似乎不在尘世之中一般。苏轼却最喜欢这里，"每风止日出，江水伏息，子瞻杖策载酒，乘渔舟乱流而南"。只要天气晴好，江风停歇，云开雾散，水流平稳，他就一定要渡江一游。出门的时候他挂着登山的手杖，带上一坛美酒，乘着渔舟，横绝江水而来。你看他多么潇洒，哪里还像谪居之人？这句话中"乱流而南"的"乱"字用得最妙，将形容词用作动词，意思是使江水的波纹产生了变化。使人仿佛看到一叶扁舟好像一把剪刀，正把江水像绸缎一样轻轻地裁开，多么轻盈而美妙。

苏轼是一个人游玩吗？不是的，"山中有二三子，好客而喜游。闻子瞻至，幅巾迎笑，相携徜徉而上"。看来，这个乐天、达观的大才子在哪里都有朋友。山中就住着两三位他的朋友，平日里喜欢款待客人，也爱好游玩。他们听说苏轼来了，以幅巾束首，笑着出来迎接他，然后手挽着手慢慢地、安闲地一同往山上走。你看，苏辙只用了寥寥几笔就把这些朋友对待苏轼的亲热劲儿写出来了。这些朋友用幅巾束首，那"幅巾"又是什么呢？幅巾，又称巾帻，或称帕头。幅巾束首是指用整幅帛巾从额头往后包住头发，然后系紧，余幅自然垂后。垂下来的长度一般至肩，也有至背的情况。如果用葛布制成，就称为"葛巾"，多为布衣庶人戴用。用细绢制成的，称为"缣巾"，多为王公雅士戴用。宋代以后，深衣幅巾是士大夫参加宴会、举行祭祀，或出席冠礼、婚礼的常见交际服装。

于是，苏轼便和朋友们一起，"穷山之深，力极而息，扫叶席草，酌酒相劳。意适忘反，往往留宿于山上。以此居齐安三年，不知其久也"。"穷"在这里是"达到极点"的意思。我们此前在赏析柳宗元《始得西山宴游记》时，里面有一句话："遂命仆人过湘江，缘染溪，斫榛莽，焚茅茷，穷山之高而止。""穷山之高而止"，是说一直到山的最高处才停下来。"穷山之深"的意思是一直走到深山尽处，两个"穷"字的用法是一样的。苏轼和朋友们一直走到山林的深处，力气都用完了才停下来休息。大家扫去落叶，坐在如茵的绿草上，举起酒杯，互相问问彼此的近况。在自然的怀抱里，人是舒适惬意的，所以总是忘了回去的时间，一不小心天就黑了。这里的"反"，与返回的"返"的意思相同。回不去怎么办呢？回不去就回不去了嘛，干脆住在山上。就这样，苏轼在黄州过了三年。虽然他是贬谪之身，但这样的日子似乎也并不难过，故曰"不知其久也"。

行文至此，仍没有写到九曲亭。那么九曲亭又在哪里呢？根据前述《清一统志》记载，九曲亭是由苏轼重建的。那么，苏轼为什么要修建这个亭子呢？让我们继续往下读：

"然将适西山，行于松柏之间，羊肠九曲而获少平。"苏辙说，往西山山顶攀登的感觉和在山间席地而坐的感觉相比，那可不太一样了。这是因为西山很陡峭，松柏掩映的小路狭窄而曲折，山路上仅有此处是略微平坦的。"少平"在这里，指的是一块地势稍微平缓的地方。你想想看，累得气喘吁吁的游人走到这里，能不歇歇脚、休息一下吗？故而"游者至此必息，倚怪石，荫茂木，俯视大江，仰瞻陵阜，旁睨溪谷，风云变化，林麓向背，皆效于左右"。从"游者至此必息"往后的这八句，都是以登山者的视角来进行描述的。你可以想见，苏轼和朋友们攀登到这里，背靠着嶙峋突兀的山石，在茂密的树荫下乘凉。往下看，是潮平岸阔的长江，往上看，是望不到顶的高山。左右两旁则是山溪和深谷，水汽从山谷中升起来形成了白色的云雾，风一吹，变化无穷。山中的林木生长也符合自然的规律，向阳的山坡上和背阴的山谷里所分布的植物是不同的。这样一来，山林在阳光的照射下就出现了层次感。所有的这些美景，只有在登山途中的这块小平地上才能看到，故曰"皆效于左右"。可见，这块小平地真是一块宝地。这里的"效"，是"呈现"的意思。

真奇怪，苏轼和朋友们只是站着看风景，他们怎么不坐下来呀？因为这块平地实在太小了，没地方坐。说着说着，就自然而然地讲到亭子了："有废亭焉，其遗址甚狭，不足以席众客。"这块小平地上原本有一座荒废的亭子，可是它残存的那点空间太小了，没办法让大家坐进去。"焉"的意思是"在那里"。那么，能不能把这个亭子扩建一下呢？不行，地方不够，"其旁古木数十，其大皆百围千尺，不可加以斤斧"。这座废亭旁边生长着几十棵古树，它们的树干粗几百围，树高有几千尺。在生产工具不发达的古代，人们面对这样巨大的树只好望洋兴叹，故曰"不可加以斤斧"，意思是没办法用一般的斧头来砍伐它。"子瞻每至其下，辄睥睨终日。"你看，苏辙写人是多么传神，多么生动。他没有正面直接表露苏轼的心理活动和意图，仅仅通过几笔白描，就勾勒出了苏轼的动作，传达给我们这样一个信息：苏轼心中早就想移开这几棵大树，腾出地方重修废亭，这样就可以让大家歇脚，也能给其他上山的游人提供便利。"睥睨"是侧目斜视，有所打算的样子。"终日"在这里不是一整天的意思，而是"良久、很久"的意思。要是苏轼上西山光看这几棵树就看一整天，那未免也太耽误事情了。

"一旦大风雷雨，拔去其一，斥其所据，亭得以广。子瞻与客入山视之，笑曰：'兹欲以成吾亭邪？'遂相与营之。亭成而西山之胜始具。子瞻于是最乐。"天公作美，有一天山中刮起了大风，雷鸣电闪，暴雨如注，这些大树中的一棵就被连根拔了起来。空地变大了，这样一来亭子就有了扩建的可能。"斥"在这里是"开拓"的意思。大家进山看到以后很高兴，苏轼笑着说："这不就是老天想成全我们，让我们能重修亭子吗？"于是大家很快就找来工匠，把亭子重建了起来。亭子的落成为西山增添了最美的一道风景，苏轼因此感到非常高兴。

行文至此，我们发现武昌九曲亭的重修原来是这样一个自然而然的过程。此处虽然风景优美，但原有的废亭过于狭窄，不足以让宾客与游人歇脚，由此产生了扩建的需求和打算。但客观的情况是什么样的呢？周围古木参天，空地不足，无法扩建，由此形成了一组难以调和的矛盾。事情的转机来自大自然的力量。在机缘巧合之下，一棵大树被狂风拔起，空地增加了，矛盾解决了，亭子也很快修好了。苏辙的叙述生动而流畅，他详细描写了苏轼在西山游玩的过程和亭子的修建缘起，而对于亭子本身，譬如样式、格局、布置等方面着墨甚少。这使我们产生了这样一种感觉，虽然文章叫作《武昌九曲亭记》，但实际上苏轼的黄州生活与精神风貌或许才是苏辙想要表现和书写的重点内容。这种情况或许也可以被视为宋代以来亭台楼阁记的一个发展特征：笔墨从描写建筑物本身的具体特征逐渐转移到了刻画相关人物（如主持修建者）的风神俊貌、生活逸闻等方面，而连接"人"与"物"的桥梁则是修建工程的缘起。简言之，对"物"的表现让位给了对"人"的书写。如若不信，我们再来读读最后一段：

"昔余少年，从子瞻游。有山可登，有水可浮，子瞻未始不褰裳先之。有不得至，为之怅然移日。"苏辙深情地回忆起少年时和哥哥一起游玩的时光，哥哥是多么活泼而大胆呀！只要有山能去爬一爬，有水能去游一游，他都会兴致勃勃地提起自己的衣服下摆，一马当先地走在前面。可要是去不成，就连续好几天闷闷不乐。你猜猜，一个还没有成年的、半大的孩子想要去山上玩、去水里游，如果去不成，最常见的原因是什么？对，太危险了，家长不让他乱跑。以苏轼的性格，他就整天惦记着这个事，一副不痛快的样子。"褰裳"的意思是撩起下裳，古人的衣服宽袍大袖，和现代的服装相比多少有些不方便，要登山就得把衣服的下摆撩起来或者掖起来。"怅然"是说他失望的样子。"移日"的原意是日影缓缓移动，在这里用来形容过去了很长时间。

"至其翻然独往，逍遥泉石之上，撷林卉，拾涧实，酌水而饮之，见者以为仙也。"一旦能去山野中撒欢，苏轼就高兴得忘记了一切烦恼。"翻然"这个词用得很传神，你仿佛能看到一个翩翩少年，一个人轻快地、自由自在地在山林间跑跑跳跳。他在山泉边的大岩石上歇脚，在树林采摘山花野草，偶尔弯腰捡起掉落的果实，觉得渴了就掬起一捧清澈的山泉水喝个痛快。山中路过的樵夫看到他这无忧无虑、潇洒出尘的样子，还以为他是神仙下凡。"撷"在这里是"摘取"的意思。"盖天下之乐无穷，而以适意为悦。方其得意，万物无以易之。及其既厌，未有不洒然自笑者也。"世间让人快乐的事情很多，而合乎自己的心意、能够自得其乐的就是最好的选择。苏轼是很热爱生活，又很有好奇心的人，当他倾心专注于某件事情的时候，什么都不能打扰他，因此说"万物无以易之"；但当他尽兴以后，又常常为自己曾那样全神贯注而感到吃惊，自己也觉得自己好笑。"洒然"这个词，我们之前在曾巩《醒心亭记》中见到过："使目新乎其所睹，耳新乎其所闻，则其心洒然而醒，更欲久而忘归也。"指的是人畅快洒脱的样子。

"譬之饮食，杂陈于前，要之一饱而同委于臭腐。夫孰知得失之所在？"在这里，苏辙用了一个比喻，他说人对于兴趣的选择，就好像我们每顿饭要面对的各种食物一样。各种各样的食物陈列在面前，但是人的饭量是有限的，一顿吃那么几种也就饱了。然而，无论是那些被我们吃掉的食物，还是没有选择去吃的食物，到最后它们同样都变成了腐臭的东西。谁又知道选择哪几种食物就是最好的，选择哪几种食物就一定不好呢？"要之"在这里是"总之"的意思。"委于"是"归于"的意思。那如何去判断对一件事情投注热情是不是值得呢？苏辙说："惟其无愧于中，无责于外，而姑寓焉。此子瞻之所以有乐于是也。"意思是，人生在世只要自己问心无愧，也没有违反社会的公序良俗，那么把心思寄托在自己喜欢的事物上有什么不可以呢？毕竟我们每个人也都是暂时寄身于天地间啊。这也是苏轼在起起落落的人生中总能找到快乐的原因。

对于苏轼，我们总有一种印象，觉得他天生就是达观的人，似乎任何的风吹浪打对他来说都是微风细雨，正所谓"也无风雨也无晴"（《定风波·莫听穿林打叶声》）。苏辙在这篇文章的结尾，为我们揭示了这种达观精神的源头：人生对于苏轼而言，乃是"姑寓焉"。什么意思呢？在苏轼看来，我们每个个体不过是借助身体这个躯壳，姑且暂时居住于人世间罢了。所见种种，皆为体验而已。兴之所至，只要无愧于内心、无害于他人，就不妨尝试一下，至于做到什么程度，收获多少，以后能不能持续做下去，并不是最关键的问题。抱着这样的一种"体验式"人生观，苏轼看重的是做每件事的过程。在这个过程中，他是全身心地投入于其中的，充分去体验新的事物所带来的乐趣，甚至不知今夕何夕。这样一来，那些生活中具体的痛苦，譬如前途的晦暗、牢狱里的羞辱、亲人的早逝、身体的衰朽，就无法横冲直撞地打开他的心门来不断折磨他了。也正是因为这个缘故，他的眼睛时常保持着如儿童一般的好奇，心灵也始终对生活充满热情，这或许就是他看起来比别人更为坚强、更为达观的原因。

【附】《武昌九曲亭记》

　　子瞻迁于齐安，庐于江上。齐安无名山，而江之南武昌诸山，陂陁蔓延，涧谷深密，中有浮图精舍，西曰西山，东曰寒溪。依山临壑，隐蔽松枥，萧然绝俗，车马之迹不至。每风止日出，江水伏息，子瞻杖策载酒，乘渔舟乱流而南。山中有二三子，好客而喜游。闻子瞻至，幅巾迎笑，相携徜徉而上。穷山之深，力极而息，扫叶席草，酌酒相劳。意适忘反，往往留宿于山上。以此居齐安三年，不知其久也。

　　然将适西山，行于松柏之间，羊肠九曲而获少平。游者至此必息，倚怪石，荫茂木，俯视大江，仰瞻陵阜，旁瞩溪谷，风云变化，林麓向背，皆效于左右。有废亭焉，其遗址甚狭，不足以席众客。其旁古木数十，其大皆百围千尺，不可加以斤斧。子瞻每至其下，辄睥睨终日。一旦大风雷雨，拔去其一，斥其所据，亭得以广。子瞻与客入山视之，笑曰："兹欲以成吾亭耶？"遂相与营之。亭成而西山之胜始具。子瞻于是最乐。

昔余少年，从子瞻游。有山可登，有水可浮，子瞻未始不褰裳先之。有不得至，为之怅然移日。至其翩然独往，逍遥泉石之上，撷林卉，拾涧实，酌水而饮之，见者以为仙也。盖天下之乐无穷，而以适意为悦。方其得意，万物无以易之。及其既厌，未有不洒然自笑者也。譬之饮食，杂陈于前，要之一饱而同委于臭腐。夫孰知得失之所在？惟其无愧于中，无责于外，而姑寓焉。此子瞻之所以有乐于是也。

第十一讲 苏轼:"坡仙"的文法

　　苏轼为人率真,生性通达。他好交友,好美食,好品茶,好游山林。这样一位崇尚自由精神的艺术家,建立了自己独立的文艺理论体系,其思想可谓三教兼宗。在《祭龙井辩才文》中,苏轼说:"孔老异门,儒释分宫。又于其间,阃律相攻。我见大海,有北南东。江河虽殊,其至则同。"[1] 他的散文则很好地体现了这种兼收并蓄的文学主张,至今有许多脍炙人口的名篇流传于世,如《留侯论》《日喻》《赤壁赋》等。作为一个诗、词、文、书、画无所不能而又异常聪敏的全才,苏轼既树立了中国文人士大夫的典型形象,也是最使后世老百姓感到亲切、感到喜爱的对象。

---

1 《苏轼文集》卷六三《祭龙井辩才文》,第 1961 页。

第一节　议论篇：《留侯论》《日喻》

宋仁宗景祐三年腊月十九日（1037 年 1 月 8 日），苏轼出生于四川眉州眉山。苏轼的"轼"，是一个不常用的字。我们之所以认识这个字，恐怕还是因为苏轼这个人名气太大的缘故。那么，"轼"是什么意思呢？它原本指的是古代车厢前面用作扶手的横木。古代的马车是非常高的，人上车下车，都要扶着这个"轼"才行。如果乘车的人在行进中想要瞻望远处，也要扶着它才更加安全稳当。你看这个"轼"，默默无闻却不可或缺，这恐怕也是苏轼的父亲寄予儿子的深切期望。

嘉祐元年（1056），苏洵带着苏轼和苏辙出川，经剑门关、秦岭，五月到达京师汴京（今河南开封），七月参加礼部初试。如果按照周岁来算的话，这时的苏轼还不满二十岁。第二年，父子三人又参加了礼部会试。会试的主考官是朝廷上德高望重的名臣欧阳修。在前几讲中我们曾提到过，他一直致力于革新文学创作风气，而这次科举取士是一个绝佳的机会。苏轼的《刑赏忠厚之至论》以古仁者施行刑赏以忠厚为本展开论述，说理透彻，文辞晓畅而富于张力。欧阳修对这篇文章喷喷称赞，十分赏识，认为它洗净了宋初以来的浮靡艰涩之风。不过，由于欧阳修猜想这篇文章是弟子曾巩所作，为了避嫌，便将其取为第二。实际上，以苏轼的才华是足以拔得头筹的。这次考试，苏轼父子三人均中了进士，"三苏"之名震动京师。可就在这个时候，眉州老家传来了母亲病亡的噩耗，苏轼、苏辙两兄弟泣涕涟涟，随父亲即日启程回乡奔丧。

　　守丧期满后，嘉祐四年（1059），父子三人经水路，沿着岷江，经过长江出三峡，到江陵转陆路，于次年二月又回到了汴京。朝廷任命苏轼为河南府福昌县主簿。苏轼没有去赴任，准备参加制科考试。考试前，苏轼给杨畋、富弼等人上了二十五篇进策、二十五篇进论，《留侯论》就是进论中的一篇，也是他早期议论文的代表之作。"留侯"是汉初名相张良，他是刘邦的重要谋臣，辅佐刘邦开创了汉代基业。苏轼根据司马迁《史记》中的记载，围绕张良圯下受书等故事，指出"养其全锋而待其敝"的策略的重要性。文章起笔不凡，雄辩而富有气势。尤其是开头一段，最为脍炙人口：

　　　　古之所谓豪杰之士者，必有过人之节。人情有所不能忍者，匹夫见辱，拔剑而起，挺身而斗，此不足为勇也。天下有大勇者，卒然临之而不惊，无故加之而不怒。此其所挟持者甚大，而其志甚远也。[1]

苏轼说，被人称作豪杰的那些人，具有超过普通人的本事。什么样的本事呢？是力气大吗？是个了高吗？是嗓门响亮吗？都不是。一个年轻人，想要在今后的人生道路上真正能走得远、做出一番事业，应当具备一种过人之节。这个过人之节，说通俗一些叫作涵养。有一些同学，一听到"涵养"这个词就以为笔者要讲大道理，教你当受气包，不是的。笔者所说的涵养，是回归到这个词的本义——"养精蓄锐"。"人情有所不能忍者"，你看，苏轼没有说忍耐是人人应当具备的德行，反而指出人生

1　《苏轼文集》卷四《留侯论》，第103页。

在世，确实有许多让人感到难以忍受的时候。但是如果我们不懂得必要的克制，时时拔剑而起，处处挺身而斗，就会无限度地损耗自己的精力与志气。"天下有大勇者，卒然临之而不惊，无故加之而不怒。此其所挟持者甚大，而其志甚远也。"真正勇敢的人，遇到突发的意外情况，仍然能够镇定自若，保持理智与克制。当无端受到别人羞辱的时候，仍然能够从容不迫。这是因为什么？因为他们关注的不仅仅在于当下一时的得失，而是胸怀四海，有极大的抱负。

最初读到这句话的时候是十几年前，时至今日，笔者仍以这句话来自勉。其实，我们为什么会惊会怒？是因为我们觉得自己受到了委屈，遭遇了不公正的对待，再加上年轻的时候血气方刚，不由得就要拔剑而起，挺身而斗，用"短平快"的方式来解决问题。但是到后来才发现，真正的人生是一场漫长的马拉松，"短平快"的思路不仅解决不了问题，有时甚至会恶化问题。这个时候，我们就不得不把自己的注意力从眼前这一件"是可忍孰不可忍"的事情上抽离出来，然后投射到往后漫长的一生。这时你会发现，可以做的事情还有很多。

对于另外一些人来说，他们挺身而斗是因为自己抱有完美主义情结，如果破坏了这个"完美"，是等同于"辱"的，是义不能忍的。然而，绝对意义上的完美，大概只存在于"二次元"里，人生的真相是生活中的完美转瞬即逝，缺陷则如影随形。当我们有一天终于明白了这个道理，逐渐从对生活的完美想象中走了出来，不再去走与现实决裂的极端，才能说看清了人生的真相，才有可能与自己达成和解。所以说，生活需要极大的耐心。西晋刘琨《重赠卢谌》诗曰："何意百炼刚，化为绕指柔？"与诸君共勉。

嘉祐六年（1061），苏轼参加制科考试，入第三等，授大理评事、签书凤翔府判官。治平二年（1065），苏轼回到了京师。这一年妻子王弗病逝，次年父亲苏洵又病逝，苏轼、苏辙兄弟买船运送灵柩，经大运河转长江，回到眉山。熙宁元年（1068），苏轼守丧服满，经剑门关第三次离开蜀地。从此，他再也没回到过故乡眉州。苏轼还朝任职的这一年正是熙宁二年（1069），宋神宗任命王安石为参知政事主持变法，声势震动朝野。苏轼的许多师友，包括当初赏识他的恩师欧阳修在内，因对新法提出反对意见而与王安石政见不合，被迫离京。

熙宁四年（1071），新党成员诬告苏轼回川葬父时贩盐，苏轼不得已，请求出京任职，被派往杭州任通判。熙宁七年（1074），他被派到密州（今山东诸城）任知州。熙宁十年（1077），又调任徐州知州。在徐州任上，他写了著名的散文《日喻》。从字面意思来看，"日喻"就是借太阳来打比方。用形象生动的事物进行比喻说理，是古代散文中常见的一种写法。我们来看苏轼是怎么打比方的：

> 生而眇者不识日，问之有目者。或告之曰："日之状如铜盘。"扣盘而得其声，他日闻钟，以为日也。或告之曰："日之光如烛。"扪烛而得其形，他日揣籥，以为日也。日之与钟、籥亦远矣，而眇者不知其异，以其未尝见而求之人也。[1]

"眇"，是眼睛失明的意思。"生而眇者"，指的是一出生就双目

---

1 《苏轼文集》卷六四《日喻》，第 1980 页。

失明的人。他没有见过太阳，只好问看得见的人："太阳是什么样子呢？"有好心人告诉他："太阳的样子，就像铜盘一样。"还怕这位盲人不理解，用力地敲击铜盘，当当作响。盲人就牢牢地记住了这种声音。有一天，盲人听到了钟声，就把钟当作了太阳。有人看到，就对盲人说："你理解得不对。太阳会发光发热，就好像咱们点的蜡烛一样。"于是，盲人就用手摸摸蜡烛，哦，原来太阳是细长细长的呀，那我记住了。有一天，他摸到了笛子一类的管乐器，以为这就是太阳。文中的"籥"是一种乐器，通常用竹管制成，形状如笛而稍短，有三孔、六孔等区别。行文至此，苏轼感叹道："太阳和钟、籥的差别太大了，但是天生双目失明的人却不理解这种差别。这是因为他不曾亲眼看见太阳，而是向他人求得关于太阳的知识的缘故。"这说明了什么道理？说明我们在探索事物的真相时，离不开亲身的实践。如果仅仅以耳代目，我们得出的结论就很可能与真实的情况相距甚远。你看，苏轼的比喻是不是很贴近日常生活、很生动形象？由于他能够不着痕迹地把道理与生活中的常见事物联系起来，不仅使文章立论新颖别致，而且说服力很强，给人留下极为深刻的印象。

　　贴近日常生活并反映"常理"，是苏轼写作的一大"法宝"。在《净因院画记》中，苏轼探讨了艺术创作的原理："余尝论画，以为人禽宫室器用，皆有常形。至于山石竹木水波烟云，虽无常形，而有常理。常形之失，人皆知之；常理之不当，虽晓画者有不知……世之工人，或能曲尽其形。而至于其理，非高人逸才不能辨。"[1]苏轼认为，如果我们想要活灵活现

---

1 《苏轼文集》卷一一《净因院画记》，第 367 页。

地表现出审美对象的特征,关键在于把握它的"常理"。把握事物的"常理",比把握事物的外在形态更为重要,它从根本上决定了艺术创作的高下,决定了创作者是"世之工人"还是"高人逸才"。对此,徐复观《中国艺术精神》有较为细致的解析:"他(苏轼)所说的'常理',不是当时理学家所说的伦理物理之理。因为伦理物理,都有客观而抽象的规范性、原则性。他所说的常理,实出于《庄子·养生主》庖丁解牛的'依乎天理'的理,乃指出于自然地生命构造,及由此自然地生命构造而来的自然地情态而言。"[1]

同时,苏轼还主张写文章要"辞达",也就是说语言为表述思想服务,应当具备通畅、明晰的特点。他在《与谢民师推官书》中说:

> 孔子曰:"言之不文,行而不远。"又曰:"辞达而已矣。"夫言止于达意,即疑若不文,是大不然。求物之妙,如系风捕影,能使是物了然于心者,盖千万人而不一遇也,而况能了然于口与手者乎?是之谓"辞达"。辞至于能达,则文不可胜用矣。[2]

有的人觉得"辞达"是写文章的最低要求,好像仅仅追求文辞表达意思的功能太"小儿科"了,实际上完全不是这样。苏轼说,我们想抓住事物的神采是很难的。有多难呢?就像拴住风、捉住影那样难。能在心里领悟审美对象风格神韵的人,

---

1 徐复观:《中国艺术精神》第九章"苏氏兄弟",商务印书馆,2010,第 334 页。
2 《苏轼文集》卷四九《与谢民师推官书》,第 1418 页。

千万人中也未必能找出来一个，更何况还要把我们的领悟用语言表达出来，用文字写出来呢？这涉及了一个问题：语言和文字能在多大程度上表达我们丰富的内心？如果你笔下的文辞能将自己的所见、所闻、所思、所感清楚地、生动地、活灵活现地表达出来，那么你就是文辞的大师！

【附】《留侯论》（节选）

古之所谓豪杰之士者，必有过人之节。人情有所不能忍者，匹夫见辱，拔剑而起，挺身而斗，此不足为勇也。天下有大勇者，卒然临之而不惊，无故加之而不怒。此其所挟持者甚大，而其志甚远也。

《日喻》（节选）

生而眇者不识日，问之有目者。或告之曰："日之状如铜盘。"扣盘而得其声，他日闻钟，以为日也。或告之曰："日之光如烛。"扪烛而得其形，他日揣籥，以为日也。日之与钟、籥亦远矣，而眇者不知其异，以其未尝见而求之人也。

第二节　山水篇:《后赤壁赋》

元丰二年（1079），苏轼四十三岁，调任湖州知州。上任后，他给君主写了一封《湖州谢上表》。在当时，官员到任以后给朝廷写一封谢表，属于例行公事，内容无非是谢君主恩典，表示自己要在地方好好工作，本来并没有什么特殊之处。

但就因为这件事,苏轼下半生的命运被彻底改变了。他在表中写道:"知其愚不适时,难以追陪新进;察其老不生事,或能牧养小民。"[1]这些话被新党拿来做文章,他们说苏轼讪谤朝廷、妄自尊大。这年七月二十八日,苏轼以"文字毁谤君相"之罪被押入御史台监狱。孔平仲《孔氏谈苑》中记载了苏轼被逮捕的场景:"顷刻之间,拉一太守如驱犬鸡。"[2]苏轼在狱共计 130 天。受牵连者达数十人。这就是北宋著名的"乌台诗案"。"乌台"就是御史台,因其上植柏树,终年栖息乌鸦,故有此称。

苏轼下狱之后,审讯者对他通宵辱骂,他的精神压力很大。在林语堂的《苏东坡传》里,记载了这样一个小故事:苏轼在等待判决的时候,他的儿子苏迈每天去监狱给他送饭。由于父子不能见面,所以在暗中约好:平时只送蔬菜和肉食,如果有死刑判决的坏消息,就改送鱼,以便心里早做准备。一日,苏迈因银钱用尽,需出京去借,便将为苏轼送饭一事委托朋友代劳,却忘记告诉朋友暗中约定之事。偏巧那个朋友送饭时,给苏轼送去了一条熏鱼。苏轼一见大惊,以为自己凶多吉少,便以极度悲伤之心,写下了诀别诗《狱中寄子由二首》,其中"与君世世为兄弟,更结来生未了因"一句,诚挚动人,流传颇广。诗作完成后,狱吏将诗篇呈交了上去。宋神宗其实并没有将其处死的意思,再加上朝中元老多方营救,最后苏轼于当年十二月被释放出狱,贬为黄州(今湖北黄冈)团练副使。轰动一时的"乌台诗案"就此销结。

出狱后苏轼就去黄州上任。经过这样大的风波,不免有些

---

1 《苏轼文集》卷二三《湖州谢上表》,第 654 页。

2 孔平仲:《孔氏谈苑》卷一《苏轼以吟诗下吏》,王恒展校点,齐鲁书社,2014,第 7 页。

心灰意冷。尽管他写的诗词文赋仍然有着潇洒气度，但实际上从生活的具体层面上来看，他在黄州的日子是很凄苦的。至今我们仍能从他写的"君门深九重，坟墓在万里。也拟哭途穷，死灰吹不起"（《寒食雨二首》其二）这样的诗句中读出巨大的感伤与痛苦。苏东坡在黄州的生活状态，已被他在《答李端叔书》中描述得非常清楚：

> 得罪以来，深自闭塞，扁舟草履，放浪山水间，与樵渔杂处，往往为醉人所推骂，辄自喜渐不为人识。平生亲友无一字见及，有书与之亦不答，自幸庶几免矣。[1]

落难至此，苏轼原有的世界已经不复存在，从前的社会关系已经冰消瓦解。如今谁还和苏轼打交道呢？是当地不知道"苏轼"为何许人物的樵夫渔父。苏轼说，我走在乡间，还经常被喝醉的乡民推搡詈骂，那又怎么样呢？至少我卸下了身份的负担。可是尽管如此，我们仍能从苏轼的这些文字背后感受到他内心的孤独感是那样强烈，那样难以回避。他给亲朋好友们写的一封封信犹如石沉大海，换不回任何回音。从前的朋友们压根不再理会苏轼，甚至还庆幸自己没有被他连累到。苏轼于寂寞中感到无比惶恐，他真是如临深渊、如履薄冰。在这封信的末尾，他说：

> 自得罪后，不敢作文字。此书虽非文，然信笔书意，不觉累幅，亦不须示人。必喻此意。[2]

---

1 《苏轼文集》卷四九《答李端叔书》，第 1432 页。
2 《苏轼文集》卷四九《答李端叔书》，第 1432 页。

如果我们今天仅仅突出苏轼天性中的豁达开朗，而无视他如何在苦难中挣扎，最后又如何走向对苦难的克服，那么我们就把苏轼看轻了，就会以为苏轼是一个不知痛痒的橡胶人。实际上恰恰相反，像他这样的艺术天才，对于事物的感知和领悟恐怕还要比常人更加敏感、更加丰富一些。正所谓病蚌成珠，他在黄州写下的那一篇篇优美的诗词文章，正是他顶着精神上的巨大痛苦与孤独创作出来的。

元丰五年（1082），苏轼曾于七月十六日和十月十五日两次泛游赤壁，并且把这两次经历记录了下来。后人称第一篇为《前赤壁赋》，第二篇为《后赤壁赋》，黄州不同季节的山水特征，在苏轼这两篇文章中都得到了生动、逼真的反映。前一篇赋谈玄说理，后一篇赋叙事写景；前一篇赋描写的是秋天长江上水波接天的景色，后一篇赋则描写初冬枯水期的风景和江岸上的活动，结尾还讲了一个似真似幻的小故事，颇有老庄思想意趣。

"是岁十月之望，步自雪堂，将归于临皋。二客从予，过黄泥之坂。"[1] 这两句是文章的开篇，就在这短短的两句中，苏轼为我们提供了许多信息，譬如文章的写作时间、相关人物以及三个地名。"是岁"，从字面上来看，是"这一年"的意思。哪一年呢？元丰五年，也就是苏轼到黄州的第三年。"十月之望"的"望"，指的是"望日"，即农历十月十五日。这一天夜晚，苏轼和朋友们从雪堂出发，打算走回临皋亭的家中，经过了黄泥坂这个地方。"雪堂"是苏轼在黄州所建的新居，离他临

---

[1] 本书所引《后赤壁赋》内容均出自苏轼《苏轼文集》卷一《后赤壁赋》，孔凡礼点校，中华书局，1986，第 8 页。以下不再重复注释。

皋亭的住处不远，位置在黄冈东面。因为堂在大雪时建成，又画雪景于四壁，故取名"雪堂"。那么临皋亭又在哪里呢？在长江边上。苏轼初到黄州时住在定惠院，不久就迁居到了临皋亭。从雪堂到临皋亭，中间要路过黄泥坂。"坂"是"斜坡、山坡"的意思。古文作者有时候为了调整音节，会在一个名词中增加"之"字，如欧阳修《昼锦堂记》曰："乃作昼锦之堂于后圃。"[1] 这里也是为了调整音节，在"黄泥坂"中间加了一个"之"字。

在这不太长的一段夜行途中，一行人看到了什么呢？"霜露既降，木叶尽脱。人影在地，仰见明月，顾而乐之，行歌相答。"这里一口气用了六个四字句，形成了一段结构整齐、读音朗朗上口、前后之间具有逻辑关系的行文内容。正是因为"霜露既降"，所以"木叶尽脱"；正是因为"木叶尽脱"，人突然看到自己的影子毫无遮挡地在月光下显现了出来，故曰"人影在地"；正是因为看到"人影在地"，苏轼和朋友们意识到这是一个晴朗的夜晚，自然而然地抬起头来望向天空，果然皎皎的明月已经升起。你看，我们的所见也不知不觉地随着苏轼的视角在转换。换言之，他给我们分享了他的视角，他的所见就是我们的所见。"木叶"是"树叶"的意思。屈原《九歌·湘夫人》曰："帝子降兮北渚，目眇眇兮愁予。袅袅兮秋风，洞庭波兮木叶下。"后来杜甫化用这一句，写出了"无边落木萧萧下，不尽长江滚滚来"（《登高》）的千古名句。前后句子的逻辑关系还在继续，正是因为看到了皎皎的明月，人产生了什么样的情感呢？"顾而乐之"，心中很高兴；正是因为心中高兴，反映在

1　《欧阳修全集》，《居士集》卷四〇《昼锦堂记》，第281页。

一举一动上,又有什么样的表现呢?"行歌相答",且走且唱,互相应和。

但这还不够,就这样回去脱衣就寝,匆匆入睡,大家都觉得不尽兴,似乎辜负了良辰美景。"已而叹曰:'有客无酒,有酒无肴,月白风清,如此良夜何?'""已而"是"过了一会儿"的意思。过了一会儿,东坡叹息着说,我有朋友来访,但是没有美酒,就算有美酒,也没有好菜,咱们怎么度过这个美好的夜晚呢?这句话省略了主语,那我凭什么说一定是苏轼发出的叹息呢?因为古人把"主客"的身份分得很清楚,如果是客人倡议的话,一般会加上"客曰"的字样。你看,客人马上回答了:"客曰:'今者薄暮,举网得鱼,巨口细鳞,状如松江之鲈。顾安所得酒乎?'"客人说,今天天快黑的时候,我张网捕上来一条鱼,鱼的嘴很宽,鳞片很细,样子好像松江的鲈鱼。"薄暮"是太阳将落天快黑的时候。"薄"在这里不是"薄厚"的"薄",而是用作动词,意思是"迫、逼近"。野生鲈鱼很稀有,是松江一带的名产。范仲淹《江上渔者》诗曰:"江上往来人,但爱鲈鱼美。君看一叶舟,出没风波里。"说的正是捕鱼人的辛苦和鲈鱼的难得。菜肴有了,但是从哪儿能弄到酒呢?"顾"在这里是"但是、可是"的意思。"安所"是"何所、哪里"的意思。苏轼回家找老婆想办法,"归而谋诸妇。妇曰:'我有斗酒,藏之久矣,以待子不时之需。'"哎呀,这样的老婆谁不喜欢呢?实在是太善解人意了!"诸"在这里相当于"之于"。

万事俱备,冬夜里的赤壁之游才得以成行。"于是携酒与鱼,复游于赤壁之下。江流有声,断岸千尺。山高月小,水落石出。曾日月之几何,而江山不可复识矣!"苏轼与朋友们泛舟而游。夜里人的听觉异常灵敏,所以苏轼是先从听觉写起的，先听到"江流有声"，后看到"断岸千尺"。长江的水流在冬天的时候，也没有那么急了，江水触碰到岸边的岩石，发出哗啦啦的、有节奏的声音。由于冬天水位下降，岸边的岩石显得格外突兀，似乎高达千尺。"断"本来是一个动词，在这里用作形容词，意思是"整齐、陡峭"，形容山壁峭立的样子。苏轼的目光随着岸边峭立的岩石一直往上延伸，他看到已经升高的山月，是那样的明亮，那样的小巧玲珑，远远地挂在黝黑高耸的山崖之外的天空上。目光回转之处，原本隐藏于水底的石头已经显露了出来，这是由于枯水期来临，水位下降所致。时节不同，风景竟然产生这样大的差异。苏轼感慨地说，这才过去几个月啊，赤壁的景象就完全不一样了，我几乎都认不出来了。这话是联系他之前的赤壁之游说的。上一次苏轼游赤壁的时间在"七月既望"，相距仅仅三个月。由于时间很短，故而说"曾日月之几何"。前次所见的景象是"水光接天""万顷茫然"，而这次所见的是"断岸千尺""水落石出"，所以他才会说"江山不可复识"。"曾"在这里是"才、刚刚"的意思。

　　到目前为止，苏轼的位置还是在小船上。可是很快，这个对外界事物充满好奇心的才子就要冒险舍舟登陆了，你看他多么大胆："予乃摄衣而上，履巉岩，披蒙茸，踞虎豹，登虬龙，攀栖鹘之危巢，俯冯夷之幽宫。盖二客不能从焉。""摄衣"，提起衣服的下摆。"履"在此处名词用作动词，意思是踩着。踩着什么呢？巉岩，陡峭、险峻的山石。"披"是"分开"的意思。"蒙茸"是杂乱的草丛。也就是说，没有成熟的道路，苏轼是徒手分开乱草上山的。你想一想，夜晚的山林是多么危险。即使我们现代人要去登山，一般来说选择的也是天气晴朗、光线充足的白天，穿上轻便的衣服和防滑的登山鞋，带上饮用水、雨具和手杖,然后和同伴们一起进入已经完成开发的景区。如果是夜晚野外活动,就需要经验丰富的领队带路,还要配备绳索、头灯、急救箱等工具。以上种种,还没有把野生动物带来的危险因素考虑在内。进入现代社会以后,由于野生动物攻击人类的事件大大减少,这方面的威胁基本解除,我们的敏感性也随之降低了。但在过去传统的农业社会里,人在单独面对自然界危险生物的时候,确切来说是不堪一击的。两相比较你就会发现,苏轼这个人真是胆量过人。他孤身一人,衣着不便,没有任何装备,也没有防身工具,竟然乘着夜色去攀登江岸的山崖。

他攀登得顺利吗?似乎也不太顺利。由于没有成熟的路线,他只能在巨石和树枝间穿行,时而蹲在形似虎豹的怪石上歇一歇脚,时而又踩着形如虬龙的粗壮树枝来保持平衡。"踞"在这里是"蹲着"的意思,"虎豹"比喻长得好像虎豹的山石,"虬龙"则比喻枝条弯曲形似虬龙的树木。他就这样手脚并用地努力往高处爬,甚至还惊扰了睡在高崖上的鹘鸟。"鹘"是一种凶猛的鸟,据说是鹰隼的一种。苏轼登上了高崖后低头往下看,在皎洁的月光下,能够看到江水的深处,好像一眼就望见水神幽深的宫殿一样,故曰"俯冯夷之幽宫"。"冯夷"就是传说中的水神。《庄子·大宗师》曰:"冯夷得之,以游大川。"成玄英疏:"姓冯名夷,弘农华阴潼乡堤首里人也。服八石,得山仙。大川,黄河也。天帝锡冯夷为河伯,故游处盟津大川之中也。"[1]曹植《洛神赋》曰:"于是屏翳收风,川后静波,冯夷鸣鼓,女娲清歌。"[2]

---

1 《庄子集释》卷三《大宗师》,第 247、249 页。
2 《文选》卷一九《洛神赋》,第 914 页。

　　这个时候，苏轼下意识地做了一个动作，结果把自己也吓了一跳："划然长啸，草木震动，山鸣谷应，风起水涌。予亦悄然而悲，肃然而恐，凛乎其不可久留也。""划"有"裂"的意思，这里是说自己长啸的声音划破了山林的寂静，四周的草木随风飒飒作响。回声很快从对面的山崖传来，又在山谷中不断回响。寒冷的江风扑上苏轼的面颊，使他几乎站立不住，山崖下的江水这时也在风的推动下涌上了岸边的岩石。苏轼伫立在山崖上，屏息静默良久，此时觉得鸡皮疙瘩都要起来了，心里产生了一种说不出的恐惧感。他马上意识到，这个地方不可久留，得赶紧下山。"反而登舟，放乎中流，听其所止而休焉。"苏轼把下山这部分过程省略了，他似乎很容易就回到了船里，但实际上我们知道，上山容易下山难。他恐怕还是吃了点苦头的，只不过没有写出来罢了。这里的"反"，与返回的"返"的意思相同。这种用法，我们在上一讲苏辙《武昌九曲亭记》里也见到过，苏辙说哥哥"意适忘反，往往留宿于山上"。苏轼回到小船上，和朋友们把小船"放乎中流"，任船在江水中慢慢漂流，停在什么地方就在什么地方休息。"放"在这里有"纵"的意思。这也是枯水期江水流量下降才能做的事情，如果是在夏天丰水期，小船被"放乎中流"是很危险的事情。

　　"时夜将半，四顾寂寥。适有孤鹤，横江东来。翅如车轮，玄裳缟衣，戛然长鸣，掠予舟而西也。"这一段除最后一句外，全是节奏整齐的四字句，读起来朗朗上口。苏轼在这一段里讲了一个亦真亦幻的超现实场景。夜半时分，四周静悄悄的。突然我看到有一只鹤从东边飞来，它展开车轮一样大的翅膀，从大江上空横穿而过。飞过我的小舟的时候，长鸣了一声，往西边去了。这只鹤是真实存在的，还是苏轼的幻觉呢？第一，它的出现就很可疑。鸟类竟然在夜半独自飞行,这似乎能给我们带来一种审美感受,但实际上不符合鸟类的生活习性。第二,它的样子更加可疑,"翅如车轮"。我们之前讲"轼"这个字的时候提到过,古代的车轮是非常巨大的,它的半径比我们日常所见的普通轮胎要大好几倍。"翅如车轮"意味着这只鹤的翼展是非常宽的,是超出同类的。但同时,它也具备一些现实性特征,譬如这只鹤身上的羽毛是白的,尾巴是黑的。苏轼在这里用了拟人的手法,说它是"玄裳缟衣"。"玄"是"黑色"的意思,"缟"是"白色"的意思。而它"戛然长鸣"的叫声,也符合我们对于鹤的一般认知。"戛然"是用来形容鹤、雕一类的鸟高声鸣叫所发出的音色。白居易《画雕赞》曰:"轩然将飞,戛然欲鸣。"[1] 这些现实性特征,使我们对苏轼的描述又多了几分信任。可后边发生的事情就近乎六朝志怪中的情节了:

"须臾客去,予亦就睡。梦一道士,羽衣翩跹,过临皋之下,揖予而言曰:'赤壁之游乐乎?'问其姓名,俯而不答。"这里涉及了一个被苏轼省略的位置移动情况,需要加以说明。大家一定还记得之前苏轼的位置在"放乎中流"的小舟上,但到了"须臾客去,予亦就睡"的时候,我们想一想,他的位置是在哪里?还在小舟上吗?难道他的朋友纷纷回家了,竟然把苏轼一个人留在船上了?这也不安全啊。就算是这样,苏轼难道不担心后半夜江上寒冷潮湿,准备在狭小的船上就寝吗?才一个菜就醉成这样,连风湿病都不怕了吗?其实,他和朋友们已经舍舟登岸了。他回到了家中,就寝于室内。何以见得?让我们来细读原文。"须臾"在这里的意思是"没过多久",表示

1　《白居易集笺校》卷三九《画雕赞》,第 2630 页。

很短的时间。客人离去了，苏轼也睡着了。在梦里，他看见一位道士，穿着鸟羽制成的衣服，轻快地走着。路过临皋亭的时候，一边向苏轼拱手施礼，一边问道："赤壁游玩得开心吗？"苏轼很疑惑："你是谁啊？"道士低着头没有回答。"'呜呼噫嘻！我知之矣。畴昔之夜，飞鸣而过我者，非子也耶？'道士顾笑，予亦惊悟。开户视之，不见其处。"苏轼突然灵光一现，脱口而出："哎呀呀，我知道了！昨晚从我小舟上飞过的，不就是你吗？"道士并不回答，他本来已经走过了临皋亭，听到苏轼的问话，又回过头来笑了一下。苏轼一下子就惊醒了，而且下意识地延续了梦中的动作，他推开窗子伸出头往外边张望，但是什么都没有看到。

　　整篇文章就这样戛然而止，落下了尾声，给我们留下了余音绕梁、幽韵不绝的感受。《东坡文谈录》曰："意尽而言止者，天下之至言也，然而言止而意不尽，尤为极致。"[1]"言止而意不尽"的意思是，文章虽然结束了，但传递给读者的审美感受仍然在持续地生发，形成耐咀嚼、耐回味的余韵，这是最伟大的作家才能做到的事情。《后赤壁赋》的结尾也因此为后世许多古文家所赞赏，甚至有人觉得它超过了《前赤壁赋》的艺术成就。袁宏道曰："《前赤壁赋》为禅法道理所障，如老学究着深衣，遍体是板；《后赋》平叙中有无限光景，至末一段，即子瞻亦不知其所以妙。"[2]李贽也称："前赋说道理，时有头巾气。此则空灵奇幻，笔笔欲仙。"[3]

　　由此观之，命运的确给了苏轼许多屈辱与痛苦，但是他给

1　陈秀明编《东坡文谈录》，商务印书馆，1937，第6页。
2　《解题汇评古文观止》卷一一《后赤壁赋》，第720页。
3　《解题汇评古文观止》卷一一《后赤壁赋》，第720页。

命运的回答是一首首绝妙的诗、一阕阕动人的词、一篇篇优美的文章，以及众多无与伦比的书画作品。在笔者看来，这样的人才当得起一个"大"字，才是天地间真正的"大人物"。

【附】《后赤壁赋》

是岁十月之望，步自雪堂，将归于临皋。二客从予，过黄泥之坂。霜露既降，木叶尽脱。人影在地，仰见明月，顾而乐之，行歌相答。已而叹曰："有客无酒，有酒无肴，月白风清，如此良夜何？"客曰："今者薄暮，举网得鱼，巨口细鳞，状似松江之鲈。顾安所得酒乎？"归而谋诸妇。妇曰："我有斗酒，藏之久矣，以待子不时之需。"

于是携酒与鱼，复游于赤壁之下。江流有声，断岸千尺。山高月小，水落石出。曾日月之几何，而江山不可复识矣！予乃摄衣而上，履巉岩，披蒙茸，踞虎豹，登虬龙，攀栖鹘之危巢，俯冯夷之幽宫。盖二客不能从焉。划然长啸，草木震动，山鸣谷应，风起水涌。予亦悄然而悲，肃然而恐，凛乎其不可久留也。反而登舟，放乎中流，听其所止而休焉。

时夜将半，四顾寂寥。适有孤鹤，横江东来。翅如车轮，玄裳缟衣，戛然长鸣，掠予舟而西也。须臾客去，予亦就睡。梦一道士，羽衣翩跹，过临皋之下，揖予而言曰："赤壁之游乐乎？"问其姓名，俯而不答。"呜呼噫嘻！我知之矣。畴昔之夜，飞鸣而过我者，非子也耶？"道士顾笑，予亦惊悟。开户视之，不见其处。

第十二讲 李清照与文天祥：忧国伤时正气彰

李清照与文天祥都是生活在山河破碎之际的人，他们的文章带有鲜明的时代烙印，反映出国破家亡的大环境下个人颠沛流离的际遇和顽强不屈的志节。李清照在《金石录后序》中追忆从前与丈夫赌书泼茶的温馨情景，使人顿起今昔之叹。文天祥在《指南录后序》中描摹了自己置生死于度外，"以小舟涉鲸波出"的画面，可谓惊心动魄。两篇文章的共同之处在于细节饱满、情感真挚，令人读后过目难忘，而其中所蕴含的"虽九死其犹未悔"的执着情感，实际上已经成为后世中国人所共有的、历久弥新的文化记忆。

第一节　李清照《金石录后序》

李清照是一位非常有才学的女性，我们熟知她，是从她那婉转惆怅的词作开始的。实际上她学识广博，所擅长的也不仅仅是作词。中国著名的金石目录和研究专著《金石录》，就出自她和其夫赵明诚之手。由于赵明诚生前已写了书的序文，列于书首，并请好友刘跂写了后序，一般人们把刘跂的后序叫《金石录刘序》，而李清照所写的这篇序晚出，亦附于书后，为作区别，称为《金石录后序》。李清照写《金石录后序》的时候，她的丈夫赵明诚已经去世。其间李清照遭遇家国变乱，经历了艰难而曲折的人生。她和丈夫从前共同收藏的文物或失于战火，或被盗贼窃取，留存下来的不到十之二三。在追思往事时，她百感交集，把自己对丈夫赵明诚真挚而深婉的感情，倾注于行云流水般的文笔中，娓娓动人地叙述着自己过往的经历和心中的隐曲，使这篇著名的序文带有一定的自传性质。从中能够了解李清照和亡夫赵明诚共同收集、整理金石文物的经过，《金石录》的内容与成书过程，以及李清照个人的生活点滴细节。

李清照为金石录作后序，起笔即称："右《金石录》三十卷者何？赵侯德父所著书也。"[1]《金石录》三十多卷是谁的著作呢？是先夫郡侯赵德父所撰的。宋代称州守为侯，赵德父即李

---

[1]　本书所引李清照《金石录后序》内容均出自李清照著，徐培均笺注《李清照集笺注》卷三《金石录后序》，上海古籍出版社，2017，第334~338页。以下不再重复注释。

清照的丈夫赵明诚，德父是他的字。由于他曾经历任莱州、淄州知州，并做过建康府知府、湖州知州，所以称他为"赵侯"。那么这个"右"又作何解释呢？熟悉线装古籍的朋友知道，古人的书写习惯是从上到下、从右到左，刚好和我们现在的书籍排版是相反的。我们现在的书籍后序是放在一本书的末尾，是无所谓"左"或者"右"的。但是按照古人的书写习惯，后序排在正文的末尾，那么它的排版位置正好就在正文的左侧，因此李清照称"右《金石录》三十卷"，指的就是这个后序的右边是《金石录》的正文三十卷。

接下来，她就要介绍这部著作的内容了。她说，这部《金石录》"取上自三代，下迄五季，钟、鼎、甗、鬲、盘、匜、尊、敦之款识，丰碑大碣、显人晦士之事迹，凡见于金石刻者二千卷，皆是正伪谬，去取褒贬，上足以合圣人之道，下足以订史氏之失者皆载之，可谓多矣"。这里说的三代，指的是夏、商、周，是中华文明的开端。五季，则指的是后梁、后唐、后晋、后汉、后周，是离李清照所处的宋代比较近的历史时期。她说，这部《金石录》中内容远至夏、商、周三代，近至不远的后梁、后唐、后晋、后汉、后周。凡是铸在钟、鼎、甗、鬲、盘、匜、尊、敦上的铭记，以及刻在巨大碑碣上的知名人物和山林隐士的事迹，都得到了收录。刻在这些金石之物上的文字一共被整理出了二千卷，全都校正了谬误，进行汰选和品评，既符合圣人的道德标准，又能够帮助史官修订失误。可以说，它的内容是非常丰富的。

这句话当中有一些字，我们熟悉它的意思，比如钟、鼎，我们知道这是古代的乐器和礼器，是贵族所享有的。有个成语叫作"钟鸣鼎食"，说的就是古代富贵人家吃饭时，击钟为号，列鼎而食。形容生活极为奢华。唐代王勃《滕王阁序》曰："闾阎扑地，钟鸣鼎食之家。"[1] 说的就是这种情况。而像"甗""鬲""匜""尊""敦"则使我们感到隔膜，其实它们也是古代的生活用具，"甗"是古代蒸煮用的炊具，上下两层，中间有箅子。"鬲"也是一种炊器，圆口，形状类似于鼎，而有三足，足部中空，便于加热炊煮。"匜"是古代一种盛水或酒的器皿。"敦"则是古代用来盛黍、稷、稻、粱等的器具。这些器具基本都是青铜制成的，有的上面刻有铭文，记录了祀典、赐命、诏令、征战、围猎、盟约等活动或事件，反映了当时的社会生活，内容十分丰富。李清照夫妇将这些铭文以及刻在巨大的石碑、石碣上的文字记录下来并进行了整理、订正、删汰、评定，形成了《金石录》这部著作。

下面她接着说："呜呼！自王涯、元载之祸，书画与胡椒无异；长舆、元凯之病，钱癖与传癖何殊。名虽不同，其惑一也。"在这里，李清照运用了好几个典故来说明，自己和丈夫对于金石的热爱和其他人的癖好相比，并没有什么不同。这当然是一种自谦的说法，事实上文献整理工作的艰辛是有目共睹的，李清照夫妇由于自得其乐，因此不觉其苦。王涯是唐文宗时候的人，他热衷于收藏书籍字画，并且装潢华丽精美。但他在甘露之变中为宦官所杀，家产被抄没，众人得其卷轴，取其奁盒、金玉、牙锦，其余弃于道旁，遭践踏者无数。而元载则是唐代宗时宰相，他为官贪横，喜好聚敛。后获罪赐死，在抄没家产时，仅胡椒就有八百石。那么，长舆、元凯又是谁呢？和峤字长舆，杜预字元凯。这里用的是《晋书》中的典

故。《晋书·杜预传》载："预常称济有马癖，峤有钱癖。武帝闻之，谓预曰：'卿有何癖？'对曰：'臣有《左传》癖。'"[1]李清照说，自从唐代的王涯与元载遭到杀身之祸以来，世人意识到，书画、胡椒都是为了满足主人癖好而被聚集起来的物品罢了，并无不同。而和峤与杜预，一个贪财，一个嗜好读《左传》，听起来不相同，但痴迷其中的状态都是一样的。这两句铺垫，目的是引起下文中对自己和丈夫收集、记录金石文字生涯的叙述。

"余建中辛巳，始归赵氏。"建中辛巳，指的是宋徽宗建中靖国元年（1101）。古代称女子出嫁为"归"。《诗经·周南·桃夭》曰："桃之夭夭，灼灼其华。之子于归，宜其室家。"[2]"之子于归"指的就是女子出嫁。李清照自叙在建中靖国元年出嫁，从此就成为赵明诚的夫人。"时先君作礼部员外郎，丞相时作吏部侍郎，侯年二十一，在太学作学生。"先君，指是李清照的父亲李格非。古时将过世的父亲称为先君或者先父。礼部员外郎则是礼部分曹的办事官员。李清照说当时其父是礼部员外郎，而丈夫赵明诚的父亲则是吏部侍郎。赵明诚那个时候才二十一岁，正在太学当学生。"赵、李族寒，素贫俭。每朔望谒告出，质衣取半千钱，步入相国寺，市碑文果实归，相对展玩咀嚼，自谓葛天氏之民也。"赵、李两家都不是豪家大族，向来过的都是清贫俭朴的生活，但是夫妻二人对于金石铭文的喜欢并不因此而中断。赵明诚每月初一、十五都请假出去，把衣服押在当铺里，取五百铜钱，到大相国寺去购买碑文和果实。大相国

---

1 《晋书》卷三四《杜预传》，第 1032 页。
2 《毛诗正义》卷一《桃夭》，第 22 页。

寺在当时定期开放交易，孟元老《东京梦华录》卷三载："相国寺每月五次开放，万姓交易，大三门上皆是飞禽猫犬之类，珍禽奇兽，无所不有。第二、三门皆动用什物……殿后资圣门前，皆书籍、玩好、图画及诸路罢任官员土物、香药之类。"[1]可见其热闹非凡之况。两人对着买回来的碑文一起欣赏、反复研究，心中非常满足，觉得好似远古时代葛天氏的臣民那样自由和快乐。这样志趣相投的生活，使人欣羡神往。

"后二年，出仕宦，便有饭疏衣练，穷遐方绝域，尽天下古文奇字之志。日就月将，渐益堆积。丞相居政府，亲旧或在馆阁，多有亡诗逸史、鲁壁、汲冢所未见之书，遂尽力传写，浸觉有味，不能自已。后或见古今名人书画、三代奇器，亦复脱衣市易。""练"是一种像苎布的纺织品。疏，同"蔬"。"饭疏衣练"的意思就是吃穿都很简朴。李清照说，两年以后，赵明诚离开了太学，出来做官，便立下志向，即使节衣缩食也要把天下的古文奇字全部搜集起来。日积月累，碑文也越攒越多。其中也得到了亲友们的支持和帮助，由于赵明诚的父亲在朝堂任职，亲戚故旧掌管国家图书典藏，李清照夫妇常常可以看到散失的史料和出土的文物。如《诗经》以外的佚诗、正史以外的逸史，以及即使是鲁国孔子旧壁中、汲郡魏安釐王墓中都未见的古文经传和竹简文字，这些文献资料对李清照夫妇而言，不啻新的文化宝藏。他们尽力抄写，渐渐深入其中，感到趣味无穷，简直到了难以自控的地步。如果看到古今名人的书画和夏、商、周三代流传下来的珍奇器物，即使没有钱，脱下

1　孟元老撰，邓之诚注《东京梦华录注》卷三《相国寺内万姓交易》，中华书局，1982，第88~89页。

衣服去当了也要把它买下来。

　　就在此处，李清照插入了一件旧事，使得行文更加生动起来。她说："尝记崇宁间，有人持徐熙牡丹图，求钱二十万。当时虽贵家子弟，求二十万钱，岂易得邪？留信宿，计无所出而还之。夫妇相向惋怅者数日。"她说，曾记得崇宁年间，有一个人拿来一幅徐熙所画的《牡丹图》，要价二十万钱才肯卖。徐熙是南唐时人，善画花木，尤其善画牡丹，为米芾所称道。赵明诚虽是官宦子弟，但要筹备二十万钱，谈何容易！"信宿"是接连两夜的意思。夫妻二人把玩了它两夜，想尽办法也筹不到钱，只得还给了卖家。夫妇二人互叹可惜，为此不开心了好几天，这件事情成为他们的一个遗憾。此后二人将收入继续投入到这一人生志趣上，并从中获得了许多常人难及的生活体验："后屏居乡里十年，仰取俯拾，衣食有余。连守两郡，竭其俸入，以事铅椠。每获一书，即同共校勘，整集签题。得书画彝鼎，亦摩玩舒卷，指摘疵病，夜尽一烛为率。故能纸札精致，字画完整，冠诸收书家。余性偶强记，每饭罢，坐归来堂烹茶，指堆积书史，言某事在某书某卷、第几页第几行，以中否角胜负，为饮茶先后。中即举杯大笑，至茶倾覆怀中，反不得饮而起。甘心老是乡矣，虽处忧患困穷，而志不屈。"她说后来赵明诚罢官，两人回青州故乡闲居了十年。夫妇勤俭持家，过上了衣食无忧的生活。此后，宋徽宗宣和三年（1121）至宋钦宗靖康元年（1126），赵明诚先后知莱州、淄州，夫妇二人将全部的俸禄都拿了出来，从事书籍的校勘、刻写工作。"铅椠"指书写用具，这里指校勘、刻写。两人每得到一本书，就一起校勘整理，题上书名。得到书、画，就展开欣赏，得到彝、鼎，就摩挲把玩，指出其中存在的不足，每次等到蜡烛烧完才去睡觉。这句话里出现了几个名词，其中书、画、鼎大家都知道，而"彝"是什么呢？"彝"，是古代盛酒的器具或宗庙常用的祭器。《尔雅·释器》载："彝、卣、罍，器也。"晋郭璞注曰："皆盛酒尊。彝，其总名。"[1] 李清照和丈夫有着共同的志趣与爱好，所收藏的古籍和字画在精致和完整方面也超过了许多收藏家。

　　李清照在这里又讲了一个故事，这个故事非常动人。她说，我天性博闻强记，每次吃完饭，和丈夫在归来堂烹茶，两个人指着堆积的书籍，说某一典故出某书某卷第几页第几行，以猜中与否来定胜负，然后决定谁先饮茶。猜中的，便举杯大笑，常常把茶不小心倒在胸前衣襟上，反而一口茶都没有喝到。其情其景，描摹如画。李清照说，我真愿意这样过一辈子！虽然那时候生活并不富裕，但我们坚守共同的志趣，不曾有丝毫动摇。这个故事后来一直流传到清代，有"国初第一词人"之称的纳兰性德在他的词作《浣溪沙·谁念西风独自凉》中又写到了这件事，他说"赌书消得泼茶香，当时只道是寻常"，用来纪念他早逝的妻子，言语缱绻，情意绵长。可见人类一些基本的情感休验是古今相通的。

　　"收书既成，归来堂起书库大橱，簿甲乙，置书册。如要讲读，即请钥上簿，关出卷帙。或少损污，必惩责揩完涂改，不复向时之坦夷也。是欲求适意而反取憀慄。余性不耐，始谋食去重肉，衣去重采，首无明珠翡翠之饰，室无涂金刺绣之具。遇书史百家字不刓阙、本不伪谬者，辄市之储作副本。自来家传《周易》《左氏传》，故两家者流，文字最备。于是几案

1　郝懿行：《尔雅义疏》，王其和等点校，中华书局，2017，第 505 页。

罗列，枕席枕藉，意会心谋，目往神授，乐在声色狗马之上。"李清照夫妇收集了这样多的书籍，就在归来堂中建起了书库，而且非常细心地把大橱编上了甲乙丙丁的号码，中间放上书册。如果需要讲解、诵读，就拿来钥匙开橱，在簿子上登记，然后取出需要的书籍。要是书籍被损坏或弄脏了一点，定要责令经手之人揩拭干净、涂改正确。李清照说，这就不同于自己从前那种较为率性的做法了，如此一来，想求得适意，却适得其反，患得患失了起来。"憀慄"这个词我们现在很少用，意为"凄怆、凛冽"，引申为不自在的样子。李清照说，我的性子实在忍耐不住这样患得患失，就想办法从吃穿用度上节省一些，再购买书籍作为副本。怎么节省呢？每顿饭只有一道荤菜，不准备两种以上的肉食。穿衣服不穿多种颜色的华美衣服，头上不戴明珠、翡翠，室内没有镀金刺绣的用具，节省下来的钱就可以买书了。遇到不残缺、无讹谬的各类善本，李清照就买下储存起来作为副本。由于《周易》和《左传》是家传的典籍，故而与这两家相关的著述，收藏得最为完备。这些典籍罗列在几案上，堆积在枕席间，夫妇二人意会心谋，目往神授，这种生活所带来的快乐远远高出那些追逐声色犬马的趣味。

　　然而，这样的生活随着国破家亡，再也不能复得。"至靖康丙午岁，侯守淄川，闻金人犯京师，四顾茫然，盈箱溢箧，且恋恋，且怅怅，知其必不为己物矣。建炎丁未春三月，奔太夫人丧南来，既长物不能尽载，乃先去书之重大印本者，又去画之多幅者，又去古器之无款识者，后又去书之监本者，画之平常者，器之重大者。凡屡减去，尚载书十五车。至东海，连舻渡淮，又渡江，至建康。青州故第尚锁书册什物，用屋十余间，期明年春再具舟载之。十二月，金人陷青州，凡所谓十余屋者，已皆为煨烬矣。"到了宋钦宗靖康元年（1126），赵明诚做了淄州知州，听说金军进犯京师汴京，夫妇二人一时间很茫然，看着满箱满箧的书籍，恋恋不舍，怅惘不已，心知这些东西必将不能再为己有了。高宗建炎元年（1127）三月间，李清照的婆婆太夫人郭氏死于建康，两人去奔丧。书籍字画古玩这些身外之物不能全部带走，便先把书籍中重而且大的印本去掉，又把藏画中重复的几幅去掉，再把古器中没有款识的去掉。后来又把书籍中的国子监刻本、画卷中的常见之作和又重又大的几件古器去掉。经多次削减，还装了十五车书籍。到了海州，雇了好几艘船渡过淮河，又渡过长江，到达建康。这时青州老家里还锁着书册什物，占用了十多间房屋。李清照夫妇本来打算来年春天再备船把它们装走。可是到了十二月，金兵攻陷了青州，这十几屋东西就化为了灰烬。这些书籍、字画、器物是李清照夫妇积年累月的收藏，一旦化为乌有，其痛心、遗憾之情，可想而知。家国破灭之际，也是文化受厄之时。而个人在时代巨变中的遭际，恰似狂风席卷的落叶，身不由己。不久，赵明诚病逝，李清照陷入了茕茕孑立的处境。

"建炎戊申秋九月，侯起复知建康府。己酉春三月罢，具舟上芜湖，入姑孰，将卜居赣水上。夏五月，至池阳，被旨知湖州，过阙上殿，遂驻家池阳，独赴召。"这一段叙述的是赵明诚应朝廷的征召做官，与李清照告别的事情。高宗建炎二年（1128）秋九月，赵明诚服丧未满，就被任命为建康府知府。建炎三年（1129）春三月赵明诚罢官，夫妇搭船上芜湖。到了姑孰（今安徽当涂），打算在赣水一带找个住处。同年的夏五月，到了池阳（今安徽贵池）这个地方，赵明诚接到了君主的旨意，被任命为湖州知州。按照当时的规矩，他要上殿朝见君主。于是李清照夫妇先把家暂时安置在池阳，赵明诚一个人奉旨入朝。这次分别在李清照心中留下了难以磨灭的印象，当时的情形即使过去很多年，李清照回忆起来犹如昨日，其中的场景仍然历历在目。她是这样描写自己丈夫的："六月十三日，始负担，舍舟坐岸上，葛衣岸巾，精神如虎，目光烂烂射人，望舟中告别。"六月十三日这一天，赵明诚挑着行李，舍舟登岸。他那天穿着一身夏布衣服，翻起覆在前额的头巾，坐在岸上，精神如虎，明亮的目光直向人射来，向船上告别。这个时候李清照的情绪很不好，文中写道"余意甚恶"，这个"恶"，指的是情绪上烦恼、低落的状态。但她也只能无可奈何地送走丈夫。临别时李清照大喊道："如传闻城中缓急，奈何？"意思是："假如听到城里局势紧急，怎么办呢？"赵明诚这个时候在岸上越走越远了，他"戟手遥应曰：'从众。必不得已，先弃辎重，次衣被，次书册卷轴，次古器；独所谓宗器者，可自负抱，与身俱存亡，勿忘也。'遂驰马去"。"戟手"是伸出食指和中指指人，以其似戟，故云。这个动作表明了赵明诚的坚决态度，他远远地回应妻子说，如果局势发生变乱，你就跟随众人逃生。实在万不得已，先丢掉包裹箱笼，再丢掉衣服被褥，再丢掉书册卷轴，再丢掉古董。只是那些宗庙祭器，要亲自携带，与自身共存亡，千万不能忘记！说罢策马而去。笔者在读到这一段的时候，起初惊异于他们竟然如此延宕，把这样重要的话放到不得不讲的时候才讲出来。转而似乎又明白了一点他们的苦楚。变乱当前，他们并不是不知道要早作安排、早作打算，而是实在难以割舍历年来苦心收集的这些书籍、字画、器物，故而两人都不愿提起。必不得已，延宕至分别之际，眼见丈夫在岸上渐行渐远，李清照心中知道不能不问了。赵明诚的回答是带着"戟手"这个动作的，两指相并伸出，颇为坚决干脆。回答也是条理分明，显然也是早已经想好的。

"途中奔驰，冒大暑，感疾，至行在，病痁。七月末，书报卧病。余惊怛，念侯性素急，奈何！病痁或热，必服寒药，疾可忧。遂解舟下，一日夜行三百里。比至，果大服茈胡、黄芩药，疟且痢，病危在膏肓。余悲泣，仓皇不忍问后事。八月十八日，遂不起。取笔作诗，绝笔而终，殊无分香卖履之意。"赵明诚一路上不停地奔驰，冒着炎暑，身体受到了疾病感染。等到达了君主所在的建康，疟疾病发。七月底，李清照在家中收到了丈夫寄来的信，说自己卧病在床。李清照又惊又怕，想到丈夫的性格向来很急，患疟疾之后可能会发烧，一定会服用那些败火、解热的中药。可是这类药对于患疟疾的人而言，不宜服用。这样一想，她心中便很着急，连忙乘船东下，一昼夜赶了三百里。到达以后才知道，丈夫果然服了大量的柴胡和黄芩。这里的"茈胡"，即柴胡。

疟疾加上痢疾，赵明诚病入膏肓，危在旦夕。李清照悲伤哭泣，心中恐惧忙乱，不忍心问及后事。到了八月十八日，赵明诚将要咽气，取笔作诗，绝笔而终，此外并没有"分香卖履"之类的遗嘱。"分香卖履"，说的是魏武帝曹操临死的时候无法忘记妻妾，遗嘱中都是一些琐碎的安排。据曹操《遗令》载："余香可分与诸夫人，不命祭。诸舍中无所为，可学作组履卖也。"[1]后人认为魏武帝戎马一生，临死的时候挂念这样一些无足轻重的事情，实在是英雄气短，"分香卖履"也就被用作临死念念不忘妻儿的典故。李清照说赵明诚"殊无分香卖履之意"，

1 曹操：《曹操集》卷三《遗令》，中华书局，1959，第58页。

并不是说他不念及妻子，而是说他是一位男子汉，平生志趣高远，更不会在生死之际啰啰唆唆地说一些无谓的琐事。

丈夫已经去世，李清照便成了寡妇，以下的追忆就更加凄凉。"葬毕，余无所之。朝廷已分遣六宫，又传江当禁渡。"安葬赵明诚后，李清照感到心中茫然，不知道去哪里安身。建炎三年（1129）七月，君主遣散了后宫的嫔妃，又传闻长江就要禁渡。这个时候局势非常紧张，而李清照随身所带的行李非常多："时犹有书二万卷，金石刻二千卷，器皿、茵褥，可待百客，他长物称是。余又大病，仅存喘息。""茵褥"是"褥垫"的意思。李清照在动乱的年月里带着二万卷书、二千卷金石刻文，带着能够招待上百人的器皿、褥垫和其他许多与之配套的身外之物。这么多的行李带在身边非常不方便，也容易被盗，更兼她这时候生了一场大病，所以希望能够把这些物品存放在稳妥的地方。"事势日迫，念侯有妹婿任兵部侍郎，从卫在洪州，遂遣二故吏，先部送行李往投之。冬十二月，金人陷洪州，遂尽委弃。所谓连舻渡江之书，又散为云烟矣。"她想到赵明诚有个做兵部侍郎的妹婿在洪州（今江西南昌）担任皇帝的侍从，于是马上派两个老管家先将行李分批送到他那里去。谁知到了十二月，金人又攻下了洪州，这些物件就全部散失掉了。李清照感到非常惋惜，她难过地说，从前设法一艘接着一艘运过长江的书籍，又像云烟一般消失了。这深重的遗憾是那样真切，又是那样具体。历史上许多宝贵的文化结晶，就是在战火纷飞中、在逃难的泪眼中一次次化为灰烬的。金兵南下造成的不仅是许许多多像李清照一样的普通百姓的痛苦，亦是一个民族的文化劫难。此后，"独余少轻小卷轴书帖，写本李、杜、韩、柳集，《世说》《盐铁论》，汉、唐石刻副本数十轴，三代鼎鼐十数事，南唐写本书数箧，偶病中把玩、搬在卧内者，岿然独存"。《世说》指《世说新语》，鼎和鼐都是青铜器。鼐是"大鼎"的意思。李清照说，身边只剩下少数分量轻、体积小的卷轴书帖，李白、杜甫、韩愈、柳宗元作品集的写本，《世说新语》《盐铁论》，汉代、唐代石刻副本数十轴，夏商周时期的青铜器十几件，南唐写本书几箱。生病的时候偶尔欣赏把玩，这些被搬在卧室之内的东西反而岿然独存。

逝者不可追，生活总要继续下去，李清照说："上江既不可往，又虏势叵测，有弟远任敕局删定官，遂往依之。到台，台守已遁。之剡，出陆，又弃衣被，走黄岩，雇舟入海，奔行朝，时驻跸章安。从御舟海道之温，又之越。庚戌十二月，放散百官，遂之衢。绍兴辛亥春三月，复赴越。壬子，又赴杭。"由于金兵南下，长江上游已经不能居住了。不仅如此，由于金兵进攻的方向是不可预料的，李清照眼下的容身之地也并不安全。她想到自己有个弟弟叫李远，在朝廷担任敕局删定官，也就是负责辑纂君主诏令的官员，便去投靠他。李清照赶到台州，台州知州已经逃走。到剡县（今浙江嵊州），离舟走陆路，丢掉衣服被褥。到了黄岩雇船入海，追随流亡中的朝廷。这时高宗皇帝正驻跸在章安（今浙江临海），于是李清照跟随御舟从海道去往温州，又去了越州（今浙江绍兴）。建炎四年（1130）十二月，朝廷放散百官，李清照去往衢州居住。绍兴元年（1131）春三月，再次到了越州。第二年，又到了杭州。也就是说，丈夫死后的几年里，由于金人南侵，家国破碎，她一直处于辗转漂泊的状态，始终没有过上安稳的生活。不仅如此，她还担负着丈夫的嘱托，努力保护二人从前辛苦收集的书画文物，其艰难可想而知。其间又先后经历了两次风波，竟又使从前的收藏十不存一。

"先侯疾亟时，有张飞卿学士，携玉壶过视侯，便携去，其实珉也。不知何人传道，遂妄言有'颁金'之语；或传亦有密论列者。余大惶怖，不敢言，亦不敢遂已，尽将家中所有铜器等物，欲赴外廷投进。到越，已移幸四明，不敢留家中，并写本书寄剡。后官军收叛卒，取去，闻尽入故李将军家。所谓岿然独存者，无虑十去五六矣。"李清照说，赵明诚病重时，有一个叫张飞卿的学士，带着玉壶来看望他，随即又带走了。其实那并不是玉，而是用一块像玉的石头雕成的。不知是谁传出去，于是就有了"颁金"的谣言，说连君主都想用黄金向李清照求购古玩了。还有传言称李清照遭到了秘密评议和弹劾。李清照感到非常恐惧，不敢讲话，也不敢就此不理，于是把家里所有的青铜器等古物全部拿出来，准备献给朝廷。她赶到越州，君主已经去了四明（今浙江宁波）。她不敢把东西留在身边，就把这些器物连同写本书籍一起寄放在剡县。后来官军搜捕叛逃的士兵时把它们拿去了，听说全部归入了以前的李将军家中。那些所谓"岿然独存"的东西，无疑又去掉十分之五六了。

"惟有书画砚墨可五七簏，更不忍置他所，常在卧榻下，手自开阖。在会稽，卜居土民钟氏舍，忽一夕，穴壁负五簏去。余悲恸不得活，重立赏收赎。后二日，邻人钟复皓出十八轴求赏，故知其盗不远矣。万计求之，其余遂牢不可出。今知尽为吴说运使贱价得之。所谓岿然独存者，乃十去其七八。所有一二残零不成部帙书册，三数种平平书帖，犹爱惜如护头目，何愚也邪！"这样一来，只剩下五六筐书画砚墨了，李清照再也舍不得放在别处，而是藏在床榻下，亲手开关，没想到即使这样也难以保全。李清照在越州时，借居在当地居民钟氏家里。一天夜里，有贼掘壁洞背走了五筐。李清照悲恸难忍，悬赏重金收赎被盗的书画。过了两天，邻居钟复皓拿出了十八轴书画来求赏，李清照知道盗贼其实离自己并不远，她千方百计地想办法赎回失物，可其余的东西却再没有被拿出来。李清照说，今天我才知道，它们被福建转运判官吴说贱价买去了。所谓"岿然独存"的东西，这时已去掉十分之七八，只剩下一二本残余零碎、不成部帙的书册和三五种普普通通的书帖。李清照说自己还是像保护头脑和眼珠一样爱惜它们。她说自己"何愚也邪"，可是我们读到这里都知道，那是一种对所生长、浸染之文化难以割舍的挚爱之情。长久的努力换来的是长久的叹息，李清照的这一句"何愚也邪"，异乎寻常地沉重。

"今日忽阅此书，如见故人。因忆侯在东莱静治堂，装卷初就，芸签缥带，束十卷作一帙。每日晚吏散，辄校勘二卷，跋题一卷。此二千卷，有题跋者五百二卷耳。今手泽如新，而墓木已拱，悲夫！"李清照在这里运用今昔对比的书写手法，加倍凸显了物是人非的悲凉之情。她说，我今天无意之中翻阅这本《金石录》，好像见到了逝去的故人。又回想起从前在莱州静治堂，赵明诚把购来的书籍装订成册，插以芸签，束以缥带，每十卷作一帙。每天晚上公事完毕，他就校勘两卷，题跋一卷。在这两千卷中，有题跋的就有五百零二卷。如今他的手迹还像新的一样，可是墓前当初栽种的树木已能两手合抱了，多么令人伤感唏嘘！随着李清照的回忆，我们似乎也被她带回了从前欢畅的时光中，眼前似乎浮现出夫妇二人一同品题书画、赏鉴古物的自在生活。然而随着赵明诚的病逝和金人的南侵，李清照年轻时的快乐生活同这些辛苦收藏的书籍字画古器一样，都烟消云散了。时光荏苒，岁月不居，今昔之感在李清照的笔下凄怆莫状，分外突出。

"昔萧绎江陵陷没，不惜国亡而毁裂书画；杨广江都倾覆，不悲身死而复取图书。岂人性之所著，生死不能忘欤？或者天意以余菲薄，不足以享此尤物邪？抑亦死者有知，犹斤斤爱惜，不肯留人间邪？何得之艰而失之易也！"李清照在这里提到了两件事情，一件是梁元帝萧绎在都城江陵陷落、国家覆灭的时候，焚毁了大量图书。据《南史·梁本纪》载，梁元帝非常喜爱书籍，即使睡觉都手不释卷。西魏攻破江陵，梁元帝在被俘之前，竟然将十余万卷图书聚集在一起焚毁。至于他焚书的原因，《资治通鉴》载梁元帝曰："读书万卷，犹有今日，故焚之。"[1]竟然把亡国的原因归结到了书籍上。另一件事情源于一个传说，《太平广记》卷二八〇转引了《大业拾遗记》里的一个故事，说隋炀帝杨广身死江都之后，遗留下的众多书籍要被运往长安，上官魏梦到隋炀帝对他大喊道："为什么把我的书运往京师？"当时太府监官员宋遵贵负责监理调度的事情，在陕州把这些书籍装到了大船上，打算运到长安去，没想到在河里遇到了风浪。船沉之后，一卷图书都没有留下。这时，上官魏又梦到了隋炀帝高兴地对他说："我已经得到了这些书。"据说隋炀帝活着的时候非常爱惜书籍，尽管身边书籍堆积如山，但是不允许外传，即使身死国灭，神灵仍然不肯放弃书籍。[2]这当然只是传说，李清照在这里讲述两个前朝故事，其实是叹息书籍的流落散失之易。她说，难道人性之所专注的东西，能够逾

---

1 《资治通鉴》卷一六五，第5294页。
2 《太平广记》卷二八〇《炀帝》，中华书局，1961，第2229页。

越生死而念念不忘吗？或者天意认为我资质浅陋，不足以享有
这些珍贵的书籍文玩吗？抑或死者有知，对这些东西犹斤斤爱
惜，不肯留在人间吗？为什么得来非常艰难，而失去又是如此
容易啊？

"呜呼！余自少陆机作赋之二年，至过蘧瑗知非之两岁，
三十四年之间，忧患得失，何其多也！然有有必有无，有聚必
有散，乃理之常；人亡弓，人得之，又胡足道。所以区区记其
终始者，亦欲为后世好古博雅者之戒云。"写到这里，李清照要
给自己宽一宽心了，失去了不能再来，人生是一个不可逆的旅
程。她说陆机二十岁的时候写下了《文赋》，我在比他小两岁
的时候嫁到赵家。蘧瑗五十岁的时候，知四十九岁之非，如今
我已比他大两岁。在这三十四年之间，忧患得失，何其多啊！
然而有得必有失，有聚必有散，这是人间的常理。有人丢了
弓，就有人得到弓，又何必计较？那么，我为什么要执着地记
述这些事情呢？是想为后世好古博雅之士留下一点鉴戒罢了。
行文至此，我们仍能读出其中的难平之意与伤时之悲。

文末曰："绍兴二年玄黓岁，壮月朔甲寅，易安室题。"记
述了写作时间。"玄黓岁"，指的是壬子年。《尔雅·释天》曰：
"太岁……在壬曰玄黓。"[1]绍兴二年正好是壬子年。"壮月"指的
是八月。但是这个署年可能是有误的。虽然流传至今的各版本
《金石录后序》皆记为"绍兴二年"，但文中"至过蘧瑗知非
之两岁，三十四年之间，忧患得失，何其多也"这句话，说明
李清照写此文时当为五十二岁，但李清照在绍兴二年只有五十
岁。王璠先生在《李清照研究丛稿》中指出当为"绍兴四年"，

1　郝懿行：《尔雅义疏》，第 553 页。

"绍兴二年"是后人传抄出错所致。这一说法为今人所采信。

南宋洪迈在《容斋随笔》中称："东武赵明诚德甫，清宪丞相中子也。著《金石录》三十篇……其妻易安李居士，平生与之同志。赵没后，愍悼旧物之不存，乃作《后序》，极道遭罹变故本末。"[1]洪迈的介绍较为简短，只有深入这篇《金石录后序》，才能看到李清照赌书泼茶的闺阁生活、购书藏书的雅士之乐、国破家亡的艰难岁月，以及物散人亡的凄凉晚景。清代李慈铭在《越缦堂读书记》中曾这样评价李清照的《金石录后序》，称其"叙致错综，笔墨疏秀，萧然出町畦之外。予向爱诵之，谓宋以后闺阁之文，此为观止"。[2]这也是这篇文章入选本书，被着意讲解的原因。李清照笔墨过处，含情蓄意，对从前与亡夫一道节衣缩食、一同校书品题的生活，她充满了怀念，其间又与家国之痛相牵缠，让人看到在乱世危亡中个体的渺小、无奈与痛苦。想要文章动人心魄，其一要有一个"真"字。以真诚的情感倾注于笔尖，将自己的经历与感受和盘托出。其二要懂得剪裁。李清照的行文虽多有记述，但并不是流水账，而是用了许多插叙的手法。她写到"今日忽阅此书"的时候，称"如见故人"，自然而然地插入了从前赵明诚每日晚吏散之后在东莱静治堂校勘、跋题书籍的场面。视角倏忽又转回眼前，称"此二千卷，有题跋者五百二卷耳。今手泽如新，而墓木已拱，悲夫！"今昔对比，使人更添感慨。因此她的书写既是个体的观照，又未囿于个体经验，使我们从中读到许多时代场景与画面，心绪随着李清照的遭遇而起伏，由此极大地

1　洪迈:《容斋随笔·容斋四笔》卷五《赵德甫金石录》，中华书局，2005，第684页。
2　李慈铭撰，由云龙辑《越缦堂读书记》，中华书局，1963，第1053页。

丰富、深化了我们对于北宋末年家国丧乱这一历史时期的具体感知，这是非常了不起的。

【附】《金石录后序》

右《金石录》三十卷者何？赵侯德父所著书也。取上自三代，下迄五季，钟、鼎、甗、鬲、盘、匜、尊、敦之款识，丰碑大碣、显人晦士之事迹，凡见于金石刻者二千卷，皆是正伪谬，去取褒贬，上足以合圣人之道，下足以订史氏之失者皆载之，可谓多矣。呜呼！自王涯、元载之祸，书画与胡椒无异；长舆、元凯之病，钱癖与传癖何殊。名虽不同，其惑一也。

余建中辛巳，始归赵氏。时先君作礼部员外郎，丞相时作吏部侍郎，侯年二十一，在太学作学生。赵、李族寒，素贫俭。每朔望谒告出，质衣取半千钱，步入相国寺，市碑文果实归，相对展玩咀嚼，自谓葛天氏之民也。后二年，出仕宦，便有饭疏衣练，穷遐方绝域，尽天下古文奇字之志。日就月将，渐益堆积。丞相居政府，亲旧或在馆阁，多有亡诗逸史、鲁壁、汲冢所未见之书，遂尽力传写，浸觉有味，不能自已。后或见古今名人书画、三代奇器，亦复脱衣市易。尝记崇宁间，有人持徐熙牡丹图，求钱二十万。当时虽贵家子弟，求二十万钱，岂易得邪？留信宿，计无所出而还之。夫妇相向惋怅者数日。

后屏居乡里十年，仰取俯拾，衣食有余。连守两郡，竭其俸入，以事铅椠。每获一书，即同共校勘，整集签题。得书画彝鼎，亦摩玩舒卷，指摘疵病，夜尽一烛为率。故能纸札精致，字画完整，冠诸收书家。余性偶强记，每饭罢，坐归来堂烹茶，指堆积书史，言某事在某书某卷、第几页第几行，以中否角胜负，为饮茶先后。中即举杯大笑，至茶倾覆怀中，反不得饮而起。甘心老是乡矣，虽处忧患困穷，而志不屈。收书既成，归来堂起书库大橱，簿甲乙，置书册。如要讲读，即请钥上簿，关出卷帙。或少损污，必惩责揩完涂改，不复向时之坦夷也。是欲求适意而反取憀慄。余性不耐，始谋食去重肉，衣去重采，首无明珠翡翠之饰，室无涂金刺绣之具。遇书史百家字不刓阙、本不伪谬者，辄市之储作副本。自来家传《周易》《左氏传》，故两家者流，文字最备。于是几案罗列，枕席枕藉，意会心谋，目往神授，乐在声色狗马之上。

至靖康丙午岁，侯守淄川，闻金人犯京师，四顾茫然，盈箱溢箧，且恋恋，且怅怅，知其必不为己物矣。建炎丁未春三月，奔太夫人丧南来，既长物不能尽载，乃先去书之重大印本者，又去画之多幅者，又去古器之无款识者，后又去书之监本者，画之平常者，器之重大者。凡屡减去，尚载书十五车。至东海，连舻渡淮，又渡江，至建康。青州故第尚锁书册什物，用屋十余间，期明年春再具舟载之。十二月，金人陷青州，凡所谓十余屋者，已皆为煨烬矣。

建炎戊申秋九月，侯起复知建康府。己酉春三月罢，具舟上芜湖，入姑孰，将卜居赣水上。夏五月，至池阳，被旨知湖州，过阙上殿，遂驻家池阳，独赴召。六月十三日，始负担，舍舟坐岸上，葛衣岸巾，精神如虎，目光烂烂射人，望舟中告别。余意甚恶，呼曰："如传闻城中缓急，奈何？"戟手遥应曰："从众。必不得已，先弃辎重，次衣被，次书册卷轴，次古器；独所谓宗器者，可自负抱，与身俱存亡，勿忘也。"遂驰马去。途中奔驰，冒大暑，感疾，至行在，病痁。七月末，书报卧病。余惊怛，念侯性素急，奈何！病痁或热，必服寒药，疾可忧。遂解舟下，一日夜行三百里。比至，果大服茈胡、黄芩药，疟且痢，病危在膏肓。余悲泣，仓皇不忍问后事。八月十八日，遂不起。取笔作诗，绝笔而终，殊无分香卖履之意。

　　葬毕，余无所之。朝廷已分遣六宫，又传江当禁渡。时犹有书二万卷，金石刻二千卷，器皿、茵褥，可待百客，他长物称是。余又大病，仅存喘息。事势日迫，念侯有妹婿任兵部侍郎，从卫在洪州，遂遣二故吏，先部送行李往投之。冬十二月，金人陷洪州，遂尽委弃。所谓连舻渡江之书，又散为云烟矣。独余少轻小卷轴书帖，写本李、杜、韩、柳集，《世说》《盐铁论》，汉、唐石刻副本数十轴，三代鼎鼐十数事，南唐写本书数箧，偶病中把玩、搬在卧内者，岿然独存。

　　上江既不可往，又虏势叵测，有弟远任敕局删定官，遂往依之。到台，台守已遁。之剡，出陆，又弃衣被，走黄岩，雇舟入海，奔行朝，时驻跸章安。从御舟海道之温，又之越。庚戌十二月，放散百官，遂之衢。绍兴辛亥春三月，复赴越。壬子，又赴杭。先侯疾亟时，有张飞卿学士，携玉壶过视侯，便携去，其实珉也。不知何人传道，遂妄言有"颁金"之语；或传亦有密论列者。余大惶怖，不敢言，亦不敢遂已，尽将家中所有铜器等物，欲赴外廷投进。到越，已移幸四明，不敢留家中，并写本书寄剡。后官军收叛卒，取去，闻尽入故李将军家。所谓岿然独存者，无虑十去五六矣。惟有书画砚墨可五七簏，更不忍置他所，常在卧榻下，手自开阖。在会稽，卜居土民钟氏舍，忽一夕，穴壁负五簏去。余悲恸不得活，重立赏收赎。后二日，邻人钟复皓出十八轴求赏，故知其盗不远矣。万计求之，其余遂牢不可出。今知尽为吴说运使贱价得之。所谓岿然独存者，乃十去其七八。所有一二残零不成部帙书册，三数种平平书帖，犹爱惜如护头目，何愚也邪！

今日忽阅此书，如见故人。因忆侯在东莱静治堂，装卷初就，芸签缥带，束十卷作一帙。每日晚吏散，辄校勘二卷，跋题一卷。此二千卷，有题跋者五百二卷耳。今手泽如新，而墓木已拱，悲夫！昔萧绎江陵陷没，不惜国亡而毁裂书画；杨广江都倾覆，不悲身死而复取图书。岂人性之所著，生死不能忘欤？或者天意以余菲薄，不足以享此尤物邪？抑亦死者有知，犹斤斤爱惜，不肯留人间邪？何得之艰而失之易也！

呜呼！余自少陆机作赋之二年，至过蘧瑗知非之两岁，三十四年之间，忧患得失，何其多也！然有有必有无，有聚必有散，乃理之常；人亡弓，人得之，又胡足道。所以区区记其终始者，亦欲为后世好古博雅者之戒云。

绍兴二年玄黓岁，壮月朔甲寅，易安室题。

第二节　文天祥《指南录后序》

文天祥是一位震古烁今的民族英雄，他在《过零丁洋》诗中所写的"人生自古谁无死，留取丹心照汗青"，激励了后世众多仁人志士奋勇前进。他自称"庐陵文天祥"，可知他是江西庐陵（今江西吉安）人，与欧阳修是老乡。《宋史》称他"体貌丰伟，美皙如玉，秀眉而长目，顾盼烨然"。[1]意思是身材魁梧，相貌堂堂，眉清目秀，双眼炯炯有神。宝祐四年（1256），文天祥考中进士，对策于集英殿。他的才华得到了君主的赏识，被当庭选拔为第一名，也就是"状元"。入仕后的文天祥，不仅有状元之才，而且非常有骨气。元兵举兵伐宋，宦官董宋臣劝说皇帝迁都，群臣不敢反对。文天祥愤而上书"乞斩（董）宋臣，以一人心"。[2]权臣贾似道自称身患重病，请求归家养老，要挟皇帝对他让步。文天祥起草制诰，字里行间对贾似道充满了讥讽。后来遭到贾似道的报复，被迫致仕归家。

德祐元年（1275），元军南下，朝廷诏告天下勤王。文天祥招募地方兵丁勇士保家卫国。在援救常州时，他的部下与元军交战，败绩之后首尾不能相顾，只得退守余杭。德祐二年（1276）正月，元军兵临南宋都城临安（今浙江杭州）。文天祥挺身而出，作为使臣赴元军大营谈判。他在谈判席上，与元朝丞相伯颜针锋相对地争论了起来，敌营中又有奸细趁机从中作梗，和谈最终失败，文天祥也遭到扣押。二月九日，文天祥被押解北上。二月二十九日夜，他在镇江乘隙逃脱，历经了种种坎坷。他把拘押期间和逃归途中所写的诗整理到了一起，又取《渡扬子江》诗中"臣心一片磁针石，不指南方不肯休"之意，把诗集命名为《指南录》。在写这篇序之前，文天祥已经为诗集写了《自序》，故称本篇为"后序"。他以第一人称追叙了他此次出使敌营、面斥敌酋、遭到扣押、冒死逃脱、颠沛流离、万死南归等一系列经历，彰显出历经磨难而始终不渝的报

---

1 《宋史》卷四一八《文天祥传》，第 12533 页。
2 《宋史》卷四一八《文天祥传》，第 12534 页。

国情怀。

　　"德祐二年二月十九日，予除右丞相兼枢密使，都督诸路军马。时北兵已迫修门外，战、守、迁皆不及施。缙绅、大夫、士萃于左丞相府，莫知计所出。会使辙交驰，北邀当国者相见，众谓予一行，为可以纾祸。国事至此，予不得爱身；意北亦尚可以口舌动也。"[1] 文天祥先追忆了出使之前的情形，德祐二年是公元 1276 年，文天祥担任右丞相兼枢密使一职，统率各路兵马。二月十九日，元兵已经逼近都城北门外，情势非常紧急，交战、防守、转移统统都已经来不及了。"修门"语出《楚辞·招魂》："魂兮归来，入修门些。"[2] 原指楚国郢都城门，这里代指南宋都城临安的城门。满朝官员聚集在左丞相吴坚的府第中，面面相觑一筹莫展。"萃"在这里的意思是"聚集"。这一时期双方使者往来很频繁，元军邀约南宋朝廷主事的人前去谈判。"使辙"在这里指使臣车辆。经过商讨，大家认为文天祥可以当此重任，或许出使一趟就可以解除围困。"纾"在这里是"解除"的意思。文天祥知不知道此次出使有巨大风险呢？他是知道的。但眼前国家的形势危如累卵，因此他说"予不得爱身"。意思是不能再吝惜自己的性命了。并且他还抱有一线希望，"意北亦尚可以口舌动也"，意思是或许元军可以被他说服退兵，从而解除围困。"北"在文中代指元军。

　　"初，奉使往来，无留北者，予更欲一觇北，归而求救国之策。于是辞相印不拜，翌日，以资政殿学士行。"所谓"两国

1　本书所引文天祥《指南录后序》均出自文天祥《文天祥全集》卷一三，中国书店，1985，第 312~313 页。以下不再重复注释。

2　朱熹：《楚辞集注》卷七《招魂第九》，黄灵庚点校，上海古籍出版社，2015，第170 页。

交战，不斩来使"，此前使者们奉命往来，南宋的使臣并没有被扣留在北方的情况，这使得文天祥略微增加了一点信心。他自己也想察看一下元军的虚实，目的是在南归以后商量出救国的计策来。"觇"在这里是"侦察、窥视"的意思。于是文天祥出使敌营的事情就这样被定了下来。他推辞了朝廷授予的丞相印信，次日便以资政殿学士的身份前往敌军大营。

以上是文天祥出使元军的背景缘起。此后作者笔锋一转，叙述进入敌营后的种种经历："初至北营，抗辞慷慨，上下颇惊动，北亦未敢遽轻吾国。不幸吕师孟构恶于前，贾余庆献谄于后，予羁縻不得还，国事遂不可收拾。"文天祥说，我刚到元军大营，面对主帅慷慨陈词，元军上下都为之震动，他们也不敢马上就轻视南宋。"遽"在这里有"立刻、马上"的意思。可不幸的是，叛将吕文焕的侄儿吕师孟因为私人恩怨，事先在元人面前说了文天祥的很多坏话。和文天祥一同出使元营的贾余庆，看到大事不妙，对元军百般逢迎谄媚。这样一来，文天祥陷入了孤立无援的境地，被拘押在元营不能南还，之前的种种打算至此落空了。

事情陷入绝境，反而使文天祥产生了破釜沉舟的勇气："予自度不得脱，则直前诟虏帅失信，数吕师孟叔侄为逆，但欲求死，不复顾利害。北虽貌敬，实则愤怒，二贵酋名曰'馆伴'，夜则以兵围所寓舍，而予不得归矣。"他说，我揣度自己已经不能脱身，就径直上前痛骂元军统帅不守信用，列举出吕师孟叔侄的叛国行径。这个时候我已经不再考虑个人安危了，一心求死而已。面对文天祥大义凛然的举动，元军的统帅显得非常狡诈。他表面上很尊敬文天祥，暗地里怀恨不已，开始布置罗网。先是派了两个身份尊贵的头头，到文天祥住处进行监视，美其名曰"馆伴"，一到夜里就派兵包围了文天祥的住处。这样一来，文天祥就被当作犯人一样关押了起来，不能回国了。

"未几，贾余庆等以祈请使诣北。北驱予并往，而不在使者之目。予分当引决，然而隐忍以行。昔人云：'将以有为也。'""未几"在这里是"不久"的意思。这种用法在上古时期就已经出现了，《诗经·齐风·甫田》曰："未几见兮，突而弁兮。"朱熹曰："未几，未多时也。"[1]文天祥被关押了起来，没过多久，贾余庆等人以"祈请使"的身份北上元大都（今北京）。这个"祈请使"是什么呢？就是奉表请降的使节。元军驱使文天祥一同前往，却不把他的名字列入使者的名单。这简直是奇耻大辱，文天祥说，按理我本该自裁以明志，之所以不动声色地随行，是因为前人曾经说过："将以有为也。"

"将以有为也"这句话很耳熟，似乎在哪里听到过？没错，我们之前研读韩愈《张中丞传后叙》，在叙述到南霁云慷慨就义时，韩愈写道："云笑曰：'欲将以有为也，公有言，云敢不死？'即不屈。"[2]南霁云对张巡说，我本来有所打算，您既然担心我的名节，我就随您去吧。于是没有投降叛军，也被杀害了。南霁云到底有什么打算呢？"将以有为"所指为何？韩愈没有点破，但我们大体已经知道，南霁云原本准备隐忍不发，先麻痹敌人，等待机会成熟，再立功绩。由此也可以看出，文天祥对韩愈《张中丞传后叙》非常熟稔。其中的一些经典语言，文天祥可以信手拈来。

---

1 《诗集传》卷五《甫田》，第93页。
2 《韩昌黎文集校注》卷二《张中丞传后叙》，第92页。

　　"至京口，得间奔真州，即具以北虚实告东西二阃，约以连兵大举。中兴机会，庶几在此。"到了京口（今江苏镇江），文天祥找到了脱身的机会，他逃奔到真州（今江苏仪征），把元军的虚实情况详尽地告诉淮东制置使李庭芝和淮西制置使夏贵，并且相约联合兵力，共同攻打元军。"阃"指的是城郭的门槛，这里代指统兵在外的将帅。文天祥认为，复兴宋朝的机会，可能就在此一举了。没想到，变生肘腋，祸起萧墙。发生了什么事呢？我们继续往下读："留二日，维扬师[1]下逐客之令。不得已，变姓名，诡踪迹，草行露宿，日与北骑相出没于长淮间。"文天祥到真州后，与真州安抚使苗再成商议，约淮东制置使李庭芝共破元军。李庭芝却听信谗言，怀疑文天祥通敌，下令苗再成将其杀死，苗再成不忍心，放文天祥逃走。文天祥迫不得已，只好隐姓埋名来躲避追捕。他隐蔽行踪，在野外藏身，过着风餐露宿的日子。即使是这样，仍然免不了与元军时时遭遇，只不过没有被对方逮住罢了。在这里，他用了四个四字句形容自己困窘的处境："穷饿无聊，追购又急。天高地迥，号呼靡及。"四字句读起来节奏整齐，而"急"和"及"在古代都是入声字，作为韵脚，更显出一种促迫感。文天祥说，我的处境非常艰难，每天忍饥挨饿，几乎没有办法可想。元军悬赏追捕我，情势又很紧急。天高地远，即使大声呼号，声音也无法到达君主那里。这里的"天"，不仅仅指的是自然界的天空，也指帝阙、指朝廷；这里的"地"，也不仅仅指自然界的大地，也指自己所处的偏僻、困苦的环境。

　　还好，此后的情势出现了转机："已而得舟，避渚洲，出

1　"师"，一作"帅"，今从底本。

北海，然后渡扬子江，入苏州洋，展转四明、天台，以至于永嘉。"文天祥找到了一条小舟，他乘着这条小舟，避开元军把守的沙洲，从北边的出海口驶出，然后渡过扬子江，进入苏州洋，辗转在四明、天台等地，最后到达了永嘉，才转危为安。以下一段，从文天祥肺腑中喷薄而出，呜咽淋漓，动人心魄：

　　　　呜呼！予之及于死者，不知其几矣！诋大酋当死；骂逆贼当死；与贵酋处二十日，争曲直，屡当死；去京口，挟匕首以备不测，几自到死；经北舰十余里，为巡船所物色，几从鱼腹死；真州逐之城门外，几彷徨死；如扬州，过瓜洲扬子桥，竟使遇哨，无不死；扬州城下，进退不由，殆例送死；坐桂公塘土围中，骑数千过其门，几落贼手死；贾家庄几为巡徼所陵迫死；夜趋高邮，迷失道，几陷死；质明，避哨竹林中，逻者数十骑，几无所逃死；至高邮，制府檄下，几以捕系死；行城子河，出入乱尸中，舟与哨相后先，几邂逅死；至海陵，如高沙，常恐无辜死；道海安、如皋，凡三百里，北与寇往来其间，无日而非可死；至通州，几以不纳死；以小舟涉鲸波出，无可奈何，而死固付之度外矣。呜呼！死生，昼夜事也。死而死矣，而境界危恶，层见错出，非人世所堪。痛定思痛，痛何如哉！

葛晓音先生对这一段尤为激赏，她在《唐宋散文》一书中评价道："连用十七个以'死'字结尾的句子，概括他在这一时期无数次出生入死的艰险经历，展现出东南地区在元人铁蹄下疮痍满目、残破动乱的历史画面，使一片痛定思痛的感慨随串珠般的新颖句法一气滚出，声情并茂，强烈地表现了文天祥置生死于度外的爱国精神。"[1] 接下来，我们就对这段内容进行细致解析。文天祥回忆出使以来的种种遭遇，感慨于自己曾经数次濒于危险境地，几乎随时失去性命。他将这些危难的情形一一列举了出来。

进入元军大营谴责主帅伯颜的时候，我就可能遇害；痛骂奸臣、叛国贼的时候，也可能遇害；和元军的高级头目相处二十天，争论是非曲直，屡次触怒对方，没有死已经是侥幸了；我离开京口，怀揣着匕首以防意外，路上遭遇了好几次险情，差点刎颈自裁；元军兵舰停泊在江边，绵延十几里，我乘着小舟驶过，元军巡逻的船过来搜寻，我差点投江葬身鱼腹；真州守将把我逐出城门外，那时我走投无路，徘徊犹豫，肝肠寸断，奄奄欲绝；后来过瓜洲扬子桥，当时如果遇上元军哨兵，必定会成为刀下之鬼；到了扬州城下，我进退两难，当时的处境犹如送死一般；藏身在桂公塘的土围墙中，数千元军骑兵从门前经过，我差点落入敌手；在贾家庄遇到巡查的士卒，几乎被对方欺凌而死；乘着夜色去高邮，结果迷了路，差点陷入沼泽而死；天刚亮时，我到竹林中躲避哨兵，先后经过了几十个巡逻的骑兵，我无处逃避，朝夕不保；到了高邮，淮东制置使官府下达了通缉令，我差点就被抓捕起来死在牢里；经过城子河，我在乱尸堆中出入，所乘的船和敌方哨船一前一后行进，险些被对方捉住；到海陵以后，往高沙走，时常担心枉死在半路；后来经过海安、如皋，大概有三百里水路，元兵与盗贼往来其间，我命悬一线；到通州以后，当地不肯收留我，使

---

1 葛晓音：《唐宋散文》，第 157 页。

我陷入走投无路的绝境；最后，我靠着一条小船渡过了惊涛骇浪，这实在是没有办法的办法，在当时的情景下已经不能再惜命了！生死对我来说，只在瞬息之间。人谁不死？可是像我这样处于危难的境地，险象环生，确实不是常人所能忍受的。那场经历仿佛噩梦一样，虽然已经过去了，但我追忆当时的种种处境，历历在目，这是何等的痛苦悲怆！

文天祥写文章之所以能够动人，关键在于真诚。他毫无保留地把这一场出生入死、惊心动魄的遭遇倾泻于笔端，文章的语言在真情实感的浸润下就显得格外有力。随着他的叙述，我们的脑海里仿佛出现了他怒斥主帅的场景、舟中遇险的场景、迷失道路的场景、藏身竹林的场景、出入乱尸的场景，还有最后驾着一艘小船，挣脱天罗地网的场景。其中的一些词句非常生动，如"以小舟涉鲸波出"，一下就凸显出了扁舟的渺小、孤立无援与海洋的巨大、深不可测。

叙述完艰险的经历之后，接下来文天祥介绍了《指南录》中诗歌的产生环境和分卷的基本原则："予在患难中，间以诗记所遭，今存其本不忍废。道中手自抄录。使北营，留北关外，为一卷；发北关外，历吴门、毗陵¹，渡瓜洲，复还京口，为一卷；脱京口，趋真州、扬州、高邮、泰州、通州，为一卷；自海道至永嘉、来三山，为一卷。将藏之于家，使来者读之，悲予至²焉。"在患难之中，文天祥把自己的遭遇用诗歌记录了下来，而且在逃亡路上亲手抄录。他将出使元营，被扣留时写下的诗歌，整理为一卷；又将从元营出发，经过吴门、毗陵，渡

---

1 "毗陵"，底本作"毘陵"，误，今从"毗陵"。
2 "至"，一作"志"，今从底本。

过瓜洲，又回到京口这一阶段所写的诗歌，整理为一卷；接下来，把从京口脱身，辗转于真州、扬州、高邮、泰州、通州（今江苏南通）时写的诗歌，整理为一卷；最后，又把从海路到永嘉、三山（今福建福州）时写的诗歌，整理为一卷。他说，我要把这些诗稿藏在家中，后世之人读后，会为我的经历深感动容。

"呜呼！予之生也幸，而幸生也何为？所求乎为臣，主辱，臣死有余僇；所求乎为子，以父母之遗体行殆，而死有余责。""僇"这个字，我们在柳宗元《始得西山宴游记》中见到过，柳宗元说："自余为僇人，居是州，恒惴栗。"[1] "僇人"者，罪人也。"死有余僇"的意思是，即使死了仍不能抵偿罪过。"遗"在这里是"给予"的意思，用作动词。"父母之遗体"的意思是"父母给我的身体"。"殆"是"危险"的意思。"行殆"意谓冒险行事。这句话出自《礼记·祭义》："不敢以先父母之遗体行殆。"[2] 文天祥沉痛地说，我能死里逃生也算是一种幸运，但是人活着不仅仅是为了维持肉体的存在。在这里，我们要注意他的语气和情绪，实际上在写下这些话的时候，文天祥的心中充满了遗憾和惭愧。他说，我要求自己做一个忠臣，可如今国君受到了侮辱，做臣子的即使以死明志，也难以挽回国家丢失的尊严，正是死有余辜；我要求自己做一个孝子，可是我用父母给我的身体去冒险，忘记了他们养育的艰难，即使是为国捐躯，也难脱其责。

由于产生了一种巨大的负罪感，文天祥接下来的行文可

---

1 《柳宗元集》卷二十九《始得西山宴游记》，第 762 页。
2 《礼记正义》卷四八《祭义》，第 1336 页。

谓字字血泪："将请罪于君，君不许；请罪于母，母不许；请罪于先人之墓。"他说，我想向国君请罪，料想国君不会原谅我；我向母亲请罪，料想母亲也不会原谅我；我只好向祖先的坟墓请罪了。既如此，文天祥今后又会以什么样的态度立于世间呢？他在此处犹如发誓一般，表明了自己的心迹："生无以救国难，死犹为厉鬼以击贼，义也；赖天之灵，宗庙之福，修我戈矛，从王于师，以为前驱，雪九庙之耻，复高祖之业，所谓誓不与贼俱生，所谓鞠躬尽力，死而后已，亦义也。"在当时元军大军压境的形势下，南宋政权恐怕已经无力回天，这是文天祥心中已然清楚的事实，但他是一个精神无比坚韧的人。他说，我活着如果不能拯救国难，死后也要变成厉鬼去杀贼，这就是义；依靠上天的神灵、宗庙的福泽，我要修整武备，跟随君主投身于抗敌的大业，做一个杀敌的先锋，由此洗雪国家社稷的耻辱，恢复高祖的事业，以实践我与敌军不共戴天，竭尽全力至死方休的誓言，这也是义。这句话中的"修我戈矛"和"从王于师，以为前驱"都出自《诗经》。《诗经·秦风·无衣》曰："岂曰无衣？与子同袍。王于兴师，修我戈矛。与子同仇！"[1]《诗经·卫风·伯兮》曰："伯兮朅兮，邦之桀兮。伯也执殳，为王前驱。"[2]两首诗歌都表现出了同仇敌忾、保家卫国的英勇气概，文天祥化用在文章中，以示自己一往无前、百折不回的决心。

在文章的末尾，文天祥谈到了死亡，这时他的心情反而显得非常平静："嗟夫！若予者，将无往而不得死所矣。向也使予委骨于草莽，予虽浩然无所愧怍，然微以自文于君亲，君亲

1 《毛诗正义》卷六《无衣》，第431页。
2 《毛诗正义》卷三《伯兮》，第241~242页。

其谓予何！"他说，像我这样将生死置之度外的人，在任何地方都可以找到葬身之地。只不过假如我之前死在荒野里，就算自己问心无愧，但难以在君主和父母面前掩饰自己的过错，君主和父母又怎么看待我这个人呢？"微以"是"无以"的意思。"文"在这里用作动词，是"修饰、掩饰"的意思。有个成语叫"文过饰非"，意思是明知有过错，却故意隐瞒掩饰。那么"自文"就是"自我掩饰"的意思。

"诚不自意返吾衣冠，重见日月，使旦夕得正丘首，复何憾哉！复何憾哉！"文天祥说，实在没想到，我竟然返回了我的祖国，返回了我的衣冠之邦，再次见到了君主。对我来说，即使立刻死在故国的土地上，又有什么遗憾呢？"使旦夕得正丘首"句，语出《礼记·檀弓上》："古之人有言曰：狐死正丘首，仁也。"[1]《楚辞·哀郢》中也有"鸟飞返故乡兮，狐死必首丘"[2]之句。据说狐狸如果死在外面，一定把头朝着它的洞穴。比喻不忘本或怀念故乡。文天祥以此来表明自己心系家国、至死不渝的情怀。

"是年夏五，改元景炎，庐陵文天祥自序其诗，名曰《指南录》。"文天祥说，这一年的夏五月，朝廷改年号为景炎，我为自己的诗集作序，把它命名为《指南录》。由此说明了写作这篇序文的时间。

【附】《指南录后序》

德祐二年二月十九日，予除右丞相兼枢密使，都督诸路军马。时北兵已迫修门外，战、守、迁皆不及施。缙

---

1 《礼记正义》卷七《檀弓上》，第 194 页。
2 《楚辞集注》卷四《哀郢》，第 106 页。

绅、大夫、士萃于左丞相府，莫知计所出。会使辙交驰，北邀当国者相见，众谓予一行，为可以纾祸。国事至此，予不得爱身；意北亦尚可以口舌动也。初，奉使往来，无留北者，予更欲一觇北，归而求救国之策。于是辞相印不拜，翌日，以资政殿学士行。

初至北营，抗辞慷慨，上下颇惊动，北亦未敢遽轻吾国。不幸吕师孟构恶于前，贾余庆献谄于后，予羁縻不得还，国事遂不可收拾。予自度不得脱，则直前诟虏帅失信，数吕师孟叔侄为逆，但欲求死，不复顾利害。北虽貌敬，实则愤怒，二贵酋名曰"馆伴"，夜则以兵围所寓舍，而予不得归矣。

未几，贾余庆等以祈请使诣北。北驱予并往，而不在使者之目。予分当引决，然而隐忍以行。昔人云："将以有为也。"至京口，得间奔真州，即具以北虚实告东西二阃，约以连兵大举。中兴机会，庶几在此。留二日，维扬帅下逐客之令。不得已，变姓名，诡踪迹，草行露宿，日与北骑相出没于长淮间。穷饿无聊，追购又急。天高地迥，号呼靡及。已而得舟，避渚洲，出北海，然后渡扬子江，入苏州洋，展转四明、天台，以至于永嘉。

呜呼！予之及于死者，不知其几矣！诋大酋当死；骂逆贼当死；与贵酋处二十日，争曲直，屡当死；去京口，挟匕首以备不测，几自刭死；经北舰十余里，为巡船所物色，几从鱼腹死；真州逐之城门外，几彷徨死；如扬州，过瓜洲扬子桥，竟使遇哨，无不死；扬州城下，进退不由，殆例送死；坐桂公塘土围中，骑数千过其门，几落贼手死；贾家庄几为巡徼所陵迫死；夜趋高邮，迷失道，几陷死；质明，避哨竹林中，逻者数十骑，几无所逃死；至高邮，制府檄下，几以捕系死；行城子河，出入乱尸中，舟与哨相后先，几邂逅死；至海陵，如高沙，常恐无辜死；道海安、如皋，凡三百里，北与寇往来其间，无日而非可死；至通州，几以不纳死；以小舟涉鲸波出，无可奈何，而死固付之度外矣。呜呼！死生，昼夜事也。死而死矣，而境界危恶，层见错出，非人世所堪。痛定思痛，痛何如哉！

予在患难中，间以诗记所遭，今存其本不忍废。道中手自抄录。使北营，留北关外，为一卷；发北关外，历吴门、毗陵，渡瓜洲，复还京口，为一卷；脱京口，趋真州、扬州、高邮、泰州、通州，为一卷；自海道至永嘉、来三山，为一卷。将藏之于家，使来者读之，悲予志焉。

呜呼！予之生也幸，而幸生也何为？所求乎为臣，主辱，臣死有余僇；所求乎为子，以父母之遗体行殆，而死有余责。将请罪于君，君不许；请罪于母，母不许；请罪于先人之墓。生无以救国难，死犹为厉鬼以击贼，义也；赖天之灵，宗庙之福，修我戈矛，从王于师，以为前驱，雪九庙之耻，复高祖之业，所谓誓不与贼俱生，所谓鞠躬尽力，死而后已，亦义也。

嗟夫！若予者，将无往而不得死所矣。向也使予委骨于草莽，予虽浩然无所愧怍，然微以自文于君亲，君亲其谓予何！诚不自意返吾衣冠，重见日月，使旦夕得正丘首，复何憾哉！复何憾哉！

是年夏五，改元景炎，庐陵文天祥自序其诗，名曰《指南录》。

后　记

　　回想第一次给本科生讲授"唐宋散文欣赏"这门课，是在 2015 年的春季学期。当时，我的手中只有薄薄的一册自编讲义，殊为简陋，但学生们却对这门课充满热情。这使我得到了莫大的支持和鼓励，使我想把这门课程内容打磨得更精细、更丰富。此后，我几乎每个学期都要开设"唐宋散文欣赏"课程。课程结束后，我会根据课文的难易程度和课堂教学的反馈情况做一些修订，既补充一些言而未尽的知识，也删汰一些芜蔓的枝节。八年过去了，讲义的内容就好像滚雪球一样，越来越多，越来越厚，已非从前规模之可比。今天，我把它奉献给喜欢唐宋散文的人，希望我的讲解能够使更多的人了解唐宋散文，并由此更加喜爱我们的传统文化。

本书的编纂得到了许多人的支持和鼓励，最初是我的前辈庆振轩教授建议我面向本科生开设"唐宋散文欣赏"。在他的支持下，这门课程才得以与莘莘学子见面；社会科学文献出版社的郑庆寰编辑给我许多鼓励，窦知远编辑为书稿提出了许多中肯的意见，如果没有他们的帮助，这部书稿是万万难以面世的；王瑞霖等小友帮我校对书稿引文、补充注释，其间历经许多辛苦，使我感念不已；还有选修这门课的学生们，我们因"唐宋散文欣赏"这门课程相聚，度过了一个学期充实、丰富、快乐的课堂时光。现在他们当中的一些人已经走上了工作岗位，还有一些人选择继续深造。虽然身在祖国的四面八方，但我们仍时常联系。每当提起学习这门课的点点滴滴，他们总会说，这是一段令人难忘的、美好的大学回忆。这让我感到很荣幸，也很欣慰。

我来兰州工作，不知不觉已经九年了。窗外可以看到皋兰山上的皑皑积雪，耳畔可以听到黄河的阵阵涛声，这使我常常想起白居易在《庐山草堂记》中的话："是天与我时，地与我所，卒获所好，又何以求焉？"是为记。

高 璐

2023 年 6 月 30 日于金城兰州

图书在版编目（CIP）数据

风骨兴寄：唐宋散文十二讲 / 高璐著. -- 北京：
社会科学文献出版社, 2023.11
（鸣沙. 人文通识）
ISBN 978-7-5228-2406-2

Ⅰ.①风… Ⅱ.①高… Ⅲ.①古典散文-鉴赏-中国
-唐宋时期 Ⅳ.①I207.62

中国国家版本馆CIP数据核字（2023）第165232号

·鸣沙·人文通识·

风骨兴寄：唐宋散文十二讲

著　者 / 高　璐

出 版 人 / 冀祥德
责任编辑 / 赵　晨　窦知远
责任印制 / 王京美

出　　版 / 社会科学文献出版社·历史学分社（010）59367256
　　　　　　地址：北京市北三环中路甲29号院华龙大厦　邮编：100029
　　　　　　网址：www.ssap.com.cn
发　　行 / 社会科学文献出版社（010）59367028
印　　装 / 北京盛通印刷股份有限公司

规　　格 / 开　本：889mm×1194mm 1/32
　　　　　　印　张：10.375　字　数：242千字
版　　次 / 2023年11月第1版　2023年11月第1次印刷
书　　号 / ISBN 978-7-5228-2406-2
定　　价 / 79.00元

读者服务电话：4008918866